Maggie Robinson

Auteure de romance historique légère et sexy, elle écrit également sous le pseudonyme de Margaret Rowe. Elle a été finaliste pour le prix Romantic Times. Elle vit dans le Maine.

Les couleurs d'Eliza

Du même auteur
aux Éditions J'ai lu

L'AGENCE DE MME EVENSONG

Dans les bras d'une héritière
N° 10992
Accordez-moi une nuit
N° 11170

MAGGIE
ROBINSON

L'AGENCE DE MME EVENSONG – 3

Les couleurs d'Eliza

Traduit de l'anglais (États-Unis)
par Anne Busnel

J'AI LU

Titre original
THE RELUCTANT GOVERNESS

Éditeur original
InterMix Books published by The Berkley Publishing Group
and New American Library,
divisions of Penguin Group (USA) LLC, New York

1

Mount Street, Londres, octobre 1904

— Je ne vous le demanderais pas si ce n'était pas si urgent. Je sais bien que l'on ne peut pas se passer de vous à l'agence, d'autant plus que je pars enfin en lune de miel, mais Nicholas a besoin de quelqu'un de fiable aujourd'hui même.

Lady Mary Raeburn écarquilla ses grands yeux verts pailletés d'or avec l'air implorant d'un chiot.

Elle avait bien du mal à convaincre Eliza Lawrence de reprendre pour quelque temps son ancien emploi de gouvernante. En effet, depuis deux mois, celle-ci tenait le poste de réceptionniste à l'agence Evensong. Elle s'y distinguait par son sens de l'organisation et avait beaucoup d'avenir dans l'entreprise, Mary en était persuadée.

Cette place de gouvernante qu'elle la suppliait d'accepter n'était qu'un arrangement temporaire. Mary ne pouvait pas laisser tomber Nick, son beau-frère, qui venait d'arriver à Londres avec sa fille bâtarde.

Bâtarde. Quel mot affreux. Domenica avait le droit au respect, comme n'importe quelle petite fille. Mary n'avait fait qu'entrevoir l'enfant la veille, mais elle l'avait trouvée adorable, avec ses longues anglaises brunes et ses immenses yeux noirs. La petite ne ressemblait certes pas à son père, Nicholas Raeburn, un artiste fantasque qui avait fait les quatre cents coups en Europe ces dernières années. Elle devait tenir de sa mère, une Italienne.

— Mary, je ne sais pas... Vous êtes sûre que personne d'autre n'est disponible ?

Eliza désigna d'un geste le grand meuble en chêne massif qui contenait les dossiers de nombreuses candidates en recherche d'emploi.

— Ce sera très court, je vous le promets. Quelques jours, tout au plus. Mais Oliver va devoir se montrer sélectif pour le recrutement. Il ne faut pas placer n'importe qui au service de M. Raeburn. Il est plutôt... original, vous comprenez. C'est un artiste aux idées singulières. Il nous faut quelqu'un qui ait les nerfs solides et l'esprit large. Les enfants s'attachent. On ne peut pas imposer à une petite fille un défilé de gouvernantes qui claqueraient la porte les unes après les autres en criant au scandale.

Mary espérait que le bon sens d'Eliza aiderait celle-ci à passer outre aux extravagances de son beau-frère. Des rumeurs circulaient. La personne qui accepterait de s'occuper de la petite Domenica à long terme ne devrait pas être trop à cheval sur les convenances.

Mary se rappelait avoir croisé la veille trois jeunes modèles à Kensington House, sur Lindsey Street. Dans le plus simple appareil, les trois filles avaient monté sans hâte l'escalier pour rejoindre l'atelier de l'artiste, situé au dernier étage. Voilà le genre de spectacle auquel il fallait s'attendre dans cette maison.

Nick avait les moyens, il aurait au moins pu leur fournir des peignoirs ! Mais il n'avait même pas levé la tête quand les trois jeunes filles étaient passées, alors que son frère Alec – l'époux de Mary – les avait longuement suivies du regard.

Sur le chemin du retour, Mary ne s'était pas gênée pour lui signifier sa façon de penser. Et si elle avait eu le vieux parapluie noir qui complétait son déguisement, à l'époque où elle se faisait passer pour sa tante, elle n'aurait pas hésité à lui en flanquer un coup sur la tête !

Alec l'avait apaisée d'un baiser en la traitant de bécasse. Puis il avait entrepris de lui prouver qu'elle était la seule femme au monde à le faire brûler de passion.

Cet interlude voluptueux, si plaisant fût-il, avait empêché Mary de préparer ses affaires, alors qu'ils partaient le lendemain pour New York. Elle n'avait plus que quelques heures pour boucler sa malle et devait s'y atteler de toute urgence... enfin, dès qu'elle aurait résolu les problèmes domestiques de son beau-frère.

Trouver des solutions était la spécialité de lady Mary Raeburn. Il fallait bien rester fidèle à la devise de l'agence : « Pour vous et depuis 1888, l'agence Evensong réalise l'impossible ! »

Pendant quatre ans, Mary avait travaillé dans l'entreprise fondée par sa tante Mim, trouvant tout ce qu'exigeaient les membres de l'aristocratie londonienne, de la bonne au mari, en échange du juste prix pour le mal qu'elle se donnait. Un prix exorbitant, prétendait Alec.

Lui-même était venu réclamer ses services, et elle avait magistralement rempli sa mission. Désormais, c'était un homme heureux qui prenait très à cœur son rôle de mari dévoué.

Mary ne connaissait Nicholas Raeburn que depuis la veille, mais elle ne l'imaginait pas du tout en mari dévoué. Et c'était là sa seule crainte. Car Eliza, avec sa beauté blonde délicate et ses yeux bleus, était jolie comme un cœur. Des qualités qui ne convenaient pas du tout à une gouvernante, sauf si elle cherchait les ennuis.

Si Eliza avait le malheur de plaire à Nicholas et si jamais il osait lui faire des avances, il le paierait cher, Mary y veillerait en personne, quitte à le rosser à coups de parapluie.

Bien sûr, Nick ne lui avait pas demandé de lui dénicher une gouvernante. Il semblait croire que Domenica était parfaitement heureuse entre Mme Quinn, la vieille cuisinière, et les modèles nus qui déambulaient dans la maison.

Mais Mary avait bien vu que l'enfant était habillée n'importe comment. Pieds nus, le pouce fourré dans la bouche, elle s'était enfuie dès que Mary lui avait souri. La vérité, c'était que cette fillette avait besoin d'une gouvernante, comme Mary l'avait signifié à son père. Elle n'avait pas l'habitude de tourner autour du pot.

Face à Eliza, elle reprit son plaidoyer :

— Vous vous êtes si bien débrouillée avec les enfants de maître Hurst ! Et Domenica n'est pas aussi turbulente que le petit Jonathan. C'est une fillette tranquille. Je vous le répète, ce ne sera que pour quelques jours. Une semaine, au pire. Je vais demander à Oliver de vous chercher sur-le-champ une remplaçante.

— Les plus calmes sont les plus dangereux, marmonna Eliza. Vous savez, ce n'est pas la première fois qu'on me fait le coup. J'étais dactylographe à l'étude de maître Hurst, et quand il m'a demandé de m'occuper de ses enfants, il m'a juré que c'était provisoire. Je suis restée en place *un an*, Mary. Si je ne vous avais pas rencontrée par hasard au Forsyth Palace Hotel, je serais toujours dans la nursery. Vous savez combien je vous suis reconnaissante de m'avoir offert ce travail que j'adore. C'est passionnant de croiser tous ces clients et de participer à ma mesure aux missions qu'ils vous confient.

— Et l'agence Evensong ne peut que se féliciter de vous avoir embauchée, Eliza. Je vois bien qu'Oliver et tante Mim ne jurent que par vous.

Auparavant, le poste de réceptionniste était tenu par le jeune Oliver Palmer, avant que celui-ci ne soit promu assistant. Lorsque Eliza l'avait remplacé, ils avaient échangé conseils et astuces. Mais, comme le personnel manquait encore, Eliza avait vite agrandi son champ d'activité.

Harriet, la secrétaire personnelle de Mary, se remettait tout juste d'une opération chirurgicale compliquée et ne travaillait plus qu'à mi-temps. Et Mary elle-même avait passé presque tout l'été en Écosse, à apprendre le dur métier de baronne.

Elle n'était pas encore certaine d'en maîtriser toutes les ficelles.

— Cela ne durera pas, insista Mary, qui sentait Eliza sur le point de fléchir. Je vous en donne ma parole.

Eliza capitula dans un soupir :

— Oh, bon, très bien ! Après tout, ça ne peut pas être si terrible que ça.

Quoique...

Eliza était rentrée chez sa mère boucler sa petite valise et avait pris l'omnibus jusqu'à Kensington High Street, puis avait suivi les indications données par lady Raeburn pour rejoindre Lindsey Street.

Parvenue au milieu de la rue, elle gravit les marches du perron de la charmante maison de ville où habitait Nicholas Raeburn. Elle avait délibérément ignoré l'entrée de service. Elle n'était pas une domestique. Elle avait un diplôme de secrétariat, et son défunt père avait exercé la profession de comptable. Avant que maître Hurst, devenu veuf, ne la débauche pour lui confier ses deux enfants, elle travaillait au sein de son étude juridique. Et, que ce soit au poste de gouvernante ou à celui de secrétaire, elle avait satisfait aux exigences de son employeur.

Eliza était la reine de l'organisation. Au premier abord, les gens avaient tendance à la prendre pour une potiche, à cause de son physique, puis ils étaient surpris par ses compétences. Elle n'était pas une intellectuelle, mais elle avait l'esprit pratique, un solide bon sens, et était également douée pour les chiffres – un héritage de son père, sans doute.

Un jour, peut-être pourrait-elle diriger sa propre entreprise. Elle caressait parfois cette idée, sans trop savoir dans quel domaine elle se spécialiserait, ni comment elle se débrouillerait pour trouver les fonds.

Eliza admirait beaucoup lady Raeburn. Celle-ci avait su échapper au modèle social tyrannique qui voulait qu'une Anglaise délicate ne puisse vivre qu'à l'ombre d'un homme. Même devenue baronne, elle continuait à s'occuper de l'agence. Elle venait à Londres au moins une fois par mois, et le reste du temps, quand elle résidait en Écosse, elle se tenait au courant des affaires en cours par téléphone, télégramme ou courrier classique.

Face à la porte d'entrée vert sauge, Eliza tira la chaînette de la clochette en bronze. Celle-ci avait besoin d'être astiquée, nota-t-elle, bien que ce genre de détail ne relevât pas des fonctions d'une gouvernante.

Dans la rue silencieuse, les rayons du soleil d'octobre se reflétaient sur les façades blanches parfaitement identiques. Le quartier était plutôt récent – une vingtaine d'années d'existence tout au plus – et abritait une population respectable.

Il était surprenant qu'un artiste aussi peu conventionnel que M. Raeburn ait acheté une propriété ici. Sans doute aurait-il mieux valu qu'il s'installe à l'étranger, à Paris par exemple, où les mœurs étaient bien plus libres.

C'était du moins l'idée que s'en faisait Eliza. Elle n'avait jamais mis les pieds en France – n'avait jamais quitté le sol anglais, en fait. Et elle ne connaissait rien au monde de l'art. Il lui était arrivé d'accompagner sa mère à la National Gallery, où elle était restée de marbre devant ces toiles immenses qui célébraient des guerres, des épisodes sanglants des siècles passés, ou bien montraient des couples d'amants maudits survolés par des angelots dodus.

Pragmatique, Eliza estimait que le cadre était encore la partie la plus utile d'un tableau.

Au premier étage, un rideau de dentelle bougea. La fenêtre du troisième était dépourvue de tentures. Sans doute l'atelier du peintre était-il installé là.

Lady Raeburn lui avait brièvement décrit les lieux. Il y avait deux grandes pièces par niveau. Eliza logerait dans la chambre de la petite fille, Domenica. Ce prénom signifiait « dimanche » en italien. Elle le trouvait charmant, quoiqu'un peu insolite.

Elle attendit, guettant un bruit de pas dans le hall. Au bout d'un moment, elle posa sa valise et sonna de nouveau.

Plusieurs minutes passèrent.

Devait-elle emprunter l'escalier de service qui menait au sous-sol ? Il y avait forcément quelqu'un à l'office. L'heure du thé approchait et, dans sa hâte à préparer ses affaires, Eliza avait sauté le déjeuner. Elle n'aurait pas dit non à quelques biscuits et aurait été heureuse de les partager avec sa nouvelle petite protégée, histoire de faire connaissance.

La troisième fois était souvent la bonne, disait-on. D'un geste vigoureux – excédé ? –, Eliza tira de nouveau sur la chaînette.

Cette fois, si personne ne daignait répondre, elle retournerait à l'agence attendre d'autres instructions.

Mais, finalement, la porte pivota sur ses gonds pour s'ouvrir en grand... comme la bouche d'Eliza.

L'homme qui se dressait devant elle n'était pas le majordome. Pour commencer, il portait un pantalon de pyjama en soie maculé de taches de peinture, ce que n'importe quel majordome conscient de la dignité de sa fonction aurait refusé d'enfiler, même pour dormir.

Et il était torse nu.

Il avait des cheveux auburn, bouclés et tout emmêlés. Il ne s'était pas rasé depuis un moment, même s'il n'arborait pas non plus une vraie barbe. À son oreille scintillait un diamant. Et un tatouage représentant un serpent à la langue fourchue prêt à se mordre la queue lui encerclait le biceps gauche.

Eliza agrippa la rambarde en fer forgé et ferma les yeux.

Lorsqu'elle les rouvrit, le diamant et le serpent étaient toujours là.

— Oh, parfait. Vous ferez l'affaire, je suppose. Calamité m'a parlé de vous. Venez, entrez.

Eliza demeura figée sur le perron. Qui était Calamité ? Ce n'était quand même pas lady Raeburn qu'il osait appeler ainsi ? Même si elle avait du caractère, assurément.

Il lui tendit une main crasseuse.

— Vous avez perdu votre langue ? Je suis Nick Raeburn. Calamité ne m'a pas dit comment vous vous appeliez, juste que vous étiez du premier choix.

Devait-elle se sentir flattée ? Il était à craindre que non.

— E... E... Eliza... Lawrence. Eliza Lawrence.

Il eut un sourire narquois.

— Eh bien, E... E... Eliza Lawrence, bienvenue dans mon humble atelier. Écoutez, nous n'avons plus beaucoup de temps avant que la lumière baisse, alors il va falloir vous déshabiller tout de suite. En temps normal, je fais l'effort d'échanger quelques politesses, mais là, ce n'est pas possible. Les autres filles attendent.

La main d'Eliza se crispa sur la rambarde.

— Je vous demande pardon ?

— Calamité m'a prévenu que vous étiez un peu coincée. Allez, ne soyez pas timide. Voulez-vous un doigt de whisky pour vous détendre ? Il se trouve que ma famille fabrique le meilleur whisky de tous les Highlands, et ce n'est pas peu dire. J'en ai des caisses entières. Venez, nous allons boire un gorgeon, puis vous vous mettrez toute nue.

Il lui tendit de nouveau la main. Eliza eut un mouvement de recul.

— Monsieur Raeburn, je crois qu'il y a un malentendu.

— Comment ça ? Vous n'êtes pas l'amie de Calamité ?

— J'ignore de qui vous parlez. Je suis envoyée par votre belle-sœur, lady Raeburn, qui m'a dit que votre fille avait besoin d'une gouvernante. Et il n'est pas question que je me déshabille, ni maintenant ni plus tard, quand bien même vous sortiriez toutes vos bouteilles de whisky !

Ce fut son tour d'ouvrir des yeux ronds. Pour autant, il ne semblait pas pressé d'aller enfiler une tenue correcte.

— Une gouvernante ? Oh, balivernes. La femme d'Alec se mêle de tout ! Je lui ai pourtant dit que nous n'avions besoin de personne. Nous sommes très bien comme ça.

— Je vois.

Elle en voyait beaucoup trop, d'ailleurs. Jamais, de toute sa vie, elle n'était tombée sur un tel spécimen mâle. Il était pour ainsi dire nu devant elle ! En plein jour, sur le perron de sa maison ! À l'époque où elle vivait chez maître Hurst, elle n'avait jamais vu son employeur avec un seul cheveu déplacé ou la cravate de travers. Et elle était restée un an à son domicile !

Un petit muscle tressaillit sur la joue de Nicholas Raeburn.

— Vous ne me croyez pas ?

— Ce n'est pas à moi de porter des jugements. Je suis venue pour rendre service à lady Raeburn. Et je ne vous cache pas que si vous n'avez pas besoin de mes services, j'en serai grandement soulagée.

— Alors... vous n'êtes pas modèle ? Ce n'est pas une farce que Calamité vous aurait demandé de me faire ?

— Je ne m'amuse pas à faire des farces, monsieur Raeburn, rétorqua Eliza avec dignité.

— Dommage. J'ai vraiment besoin d'un modèle, et... vous auriez été parfaite. En général, je n'aime pas trop les blondes, mais... vous avez une sorte... d'étincelle.

— Merci, je suis très honorée, répliqua-t-elle, sarcastique.

Cet énergumène était d'une grossièreté inouïe.

Fascinée, elle ne put s'empêcher de fixer le diamant qui brillait à son oreille... et c'est alors qu'elle aperçut, derrière lui dans le couloir, une petite fille de quatre ou cinq ans qui, debout sur une chaise, était en train de se contorsionner pour escalader une énorme urne chinoise.

Eliza n'eut pas le temps de crier. L'enfant bascula, disparut dans l'urne et se mit à pousser des cris perçants.

— Mais qu'est-ce que...

Nick Raeburn tourna le dos à Eliza. Puis il se précipita dans le hall, dérapant sur les tapis qui recouvraient les dalles.

— Non, Sunny ! Je t'ai déjà dit mille fois de ne pas faire ça !

Eliza le suivit sans réfléchir. Elle se pencha au-dessus du vase et distingua deux prunelles sombres qui la dévisageaient. La fillette pouffa, puis plaqua ses mains potelées sur ses yeux.

— Je te signale qu'on te voit très bien, même quand toi, tu ne peux plus nous voir, espèce de chipie. Si tu casses cette antiquité, je t'envoie tout droit à l'orphelinat !

— Mais... on ne dit pas ce genre de chose ! Même pour plaisanter ! protesta Eliza. Vous ne savez donc pas que les enfants prennent tout au premier degré ?

— Sunny sait bien que je blague. Jamais je ne l'abandonnerais. Hein, ma puce ?

Il adressa un sourire à sa fille, un vrai sourire, authentique et chaleureux, et non ce rictus ironique dont il avait gratifié Eliza sur le pas de la porte.

— Oui, papa.

La voix caverneuse de Domenica – Sunny – donnait l'impression qu'elle s'était retranchée au fond d'un puits. Elle était toute petite, et l'urne énorme.

— Elle a l'habitude de se cacher là-dedans ?

— Oui. Sunny adore jouer à cache-cache. Je n'arrête pas de la retrouver dans des armoires ou des coffres.

— C'est dangereux. Qui s'occupe de la surveiller ici ?

— Sue, la fille de cuisine, mais... j'imagine qu'en ce moment, Mme Quinn a besoin de son aide pour préparer le dîner. J'organise une sorte de pendaison de crémaillère ce soir.

Il passa sa main pleine de peinture dans ses cheveux en désordre.

— Et que comptez-vous faire de Domenica pendant que vous vous amuserez avec vos invités ?

— Elle sera au lit à cette heure-là, évidemment.

— Qui va la coucher ? Car je suppose que Sue sera chargée de faire le service à table.

— Je n'en sais rien, on trouvera bien une solution, répondit-il d'un ton agacé.

Eliza insista :

— Pourquoi n'avez-vous pas engagé une nounou ou une gouvernante pour veiller sur votre fille ? Vous en avez les moyens. Et, à ce propos, où est votre majordome ?

— Décidément, vous êtes aussi tatillonne que ma belle-sœur. J'avoue qu'elle a amené un rayon de soleil dans la vie d'Alec, mais bon… tout ça ne vous regarde pas. Mêlez-vous de vos oignons.

— Cela me regarde, au contraire, puisque lady Raeburn est ma patronne et qu'elle m'a confié une mission. Elle se fait du souci pour votre fille, et maintenant, en toute franchise… je comprends pourquoi.

— Papa… tu peux m'aider à sortir ?

Bonté divine ! Ils étaient là à se disputer, penchés au-dessus de l'urne, alors que la fillette était peut-être en train d'étouffer là-dedans !

Nick Raeburn réagit et renversa le vase sur le tapis turc. Domenica en émergea à quatre pattes, un peu plus poussiéreuse qu'elle n'y était entrée. Elle exécuta devant Eliza une petite révérence tout à fait correcte.

— Êtes-vous ma nouvelle nounou ? Celle d'avant est au ciel, avec maman.

— Eh bien… je ne sais pas, avoua Eliza, avant de se tourner vers le père. Suis-je la nouvelle nounou ?

— Oh, bon, d'accord ! s'exclama-t-il avec un geste de résignation. Mais c'est un arrangement temporaire. Je vais trouver quelqu'un qui me convienne.

— Temporaire, c'est bien le mot, monsieur Raeburn. Au moment même où nous parlons, l'agence Evensong fait passer des entretiens pour sélectionner une personne de confiance qui pourra intégrer votre maisonnée.

— Oh, bon sang ! Je n'ai jamais rien demandé à Mary. Peut-être qu'elle mène mon crétin de frère par le bout de la b... du nez, mais ce n'est pas une raison pour régenter ma vie. Je ne suis à Londres que depuis une semaine. Nous n'avons même pas eu le temps de tout déballer !

Eliza jeta un coup d'œil autour d'elle dans le hall encombré. Elle n'avait jamais vu une telle collection d'antiquités, de tableaux et d'objets d'art au sein d'une maison privée. On ne savait où porter le regard. Y en avait-il davantage encore, rangés dans des caisses ? Cela défiait l'entendement.

— J'ai acheté la maison en l'état, lui apprit Nick Raeburn, qui semblait avoir deviné ses pensées. C'est un de mes amis, peintre lui aussi, qui a été contraint de me la céder. Tous ces objets lui appartiennent. Enfin, ils sont à moi maintenant, je suppose.

— La décoration est plutôt... chargée.

Un euphémisme. En réalité, il y en avait partout, et il lui démangeait d'aller chercher un balai et une poubelle.

— Oui, c'est fabuleux, n'est-ce pas ? Si Leighton[1] était toujours de ce monde, il en serait vert de jalousie. Bon, je prends votre valise.

Eliza se sentit un peu étourdie en le voyant se diriger vers la porte restée ouverte. Son pantalon de pyjama glissait sur ses hanches minces, et on apercevait ses...

Quelqu'un tira sur le bas de son manteau.

— Venez dans ma chambre. Nous aussi, on va faire la fête.

Domenica lui sourit. Eliza la suivit dans l'escalier en se demandant où elle était tombée, et combien de temps au juste le mot « temporaire » impliquait.

---

1. Frederic, baron Leighton : peintre et sculpteur britannique de l'époque victorienne. (*N.d.T.*)

2

Il était vraiment dans la panade.

Pourquoi avait-il fallu que Maria meure et le laisse en plan, à la merci de Mlle Eliza Lawrence ? Bien sûr, cette bonne Maria avait près de quatre-vingts ans. Elle était même trop âgée pour être nourrice, mais mourir comme ça, à bord d'un train qui traversait la France, c'était tout simplement de l'inconséquence, d'autant plus que Sunny était dans la couchette voisine.

À cette pensée, Nick eut un petit frisson. Que se serait-il passé si sa fille avait compris que la vieille Maria ne dormait pas du tout ?

Une semaine s'était écoulée depuis, et Sunny semblait s'être satisfaite de son explication, à savoir que sa nounou s'en était allée au ciel rejoindre sa mère. D'ici quelques mois, avec un peu de chance, ses souvenirs de Maria s'estomperaient pour devenir aussi vagues que ceux qui lui restaient de Barbara.

La paternité était tombée sur Nick sans prévenir. Il ne se doutait pas qu'il avait une fille, jusqu'au jour où Barbara l'avait convoqué dans sa belle villa italienne pour lui révéler la vérité. Elle s'était très bien débrouillée seule, mais voilà, elle était mourante, elle avait un enfant dont Nick était probablement le père. Pouvait-il s'en occuper ?

Probablement le père.

Peut-être. Éventuellement. Sans doute.

Il fallait dire, à la décharge de Barbara, qu'elle ne lui avait pas menti, n'avait jamais parlé de certitude. Elle fréquentait d'autres hommes à l'époque – Nick se souvenait d'eux –, mais aucun n'était digne d'élever sa fille.

Il s'était senti à la fois flatté et submergé par la panique. Mais il était un Raeburn. Les Raeburn ne se défilaient pas devant leurs responsabilités. Ils faisaient leur devoir, quoi qu'il leur en coûte.

Alors, il avait emmené Sunny, et Barbara avait pu mourir en paix.

L'argent n'était pas un problème. Loin de là. Barbara avait parfaitement su gérer ses finances. Sunny ne manquerait jamais de rien, tout comme Nick s'il décidait de vivre sur les fonds de la fillette.

Il avait choisi de ne pas y toucher. Non seulement une de ses tantes lui avait légué sa fortune, mais ses œuvres se vendaient à un prix exorbitant. Il possédait des parts de la distillerie Raeburn, et son frère Alec avait été plus que généreux en répartissant le reste de la fortune familiale.

Ainsi, Nick n'avait rien de l'artiste maudit qui mangeait de la vache enragée. Et, plus tard, Sunny serait une riche héritière, ce qui compenserait largement ses origines douteuses.

Lorsqu'il contemplait son adorable petit visage, il ne voyait que Barbara.

Deux années s'étaient écoulées depuis qu'il vivait avec l'enfant, et désormais, Nick se moquait de savoir s'il était bel et bien le père biologique de Sunny. Il la revendiquait comme sa fille. Et il adorait passer du temps en sa compagnie.

Mais maintenant, cette pète-sec de Mlle Lawrence allait rogner leur précieuse liberté.

Certes, il avait envisagé d'engager une vraie gouvernante. Un jour. Plus tard. Mais les choses venaient de lui échapper.

Nick emprunta l'escalier pour rejoindre le dernier étage. Le grenier, à l'origine aménagé pour loger les domestiques, avait été transformé en un atelier de peinture tout à fait correct. Son ami Daniel Preble avait fait percer la toiture et installer une très belle verrière. Le débarras adjacent servait de laboratoire photographique, car les visions artistiques de Nick n'avaient pas de limites. Il partageait ses journées entre la peinture et la photo, au gré de ses humeurs.

Assis sur la méridienne, les deux modèles à la beauté rousse et diaphane l'attendaient, croquant les pommes censées servir de décor à son hommage photographique aux *Trois Grâces* de Raphaël.

— Alors, elle est là ? s'enquit l'une des filles.

— Non. Fausse alerte. Je crois que nous en avons fini pour aujourd'hui.

Face à leurs protestations, il leva la main.

— Ne vous inquiétez pas, je vous paierai l'après-midi, et vous aurez les tirages des photos que nous avons déjà faites pour vos portfolios. Revenez mercredi après-midi. Je suppose que la fille envoyée par Calamité se sera manifestée entre-temps.

— Dommage que le bon ami de Maisie lui ait flanqué une tournée. On ne pourra jamais planquer tous ces bleus, même sous trois couches de fard.

— Eh oui…

Nick s'était rembruni. Il comptait avoir une explication avec le compagnon de Maisie après la petite fête de ce soir. Il allait lui faire passer l'envie de frapper Maisie ou qui que ce soit d'autre.

Daniel Preble lui avait aimablement fourni une liste de ses modèles préférés, aussi Nick avait-il pu se mettre au travail sans attendre, dès son arrivée à Londres. Il n'avait vu Maisie qu'une fois, mais l'avait trouvée gentille et de bonne volonté. Et, en tant qu'employeur, il se sentait tenu de la protéger. C'était peut-être idiot, mais c'était comme ça.

Les filles se rhabillèrent pendant qu'il rangeait son matériel avec d'infinies précautions. Il se moquait bien d'empester les produits chimiques ou d'avoir de la peinture sur la figure, mais ses outils de travail étaient sacrés. Mme Quinn et Sue, la petite bonne à peine sortie de l'adolescence, n'avaient pas le droit de mettre les pieds au dernier étage, sauf en cas d'alerte incendie. Comme Mme Quinn, Sue travaillait déjà pour Daniel lorsque celui-ci était encore propriétaire de la maison. En revanche, il n'avait pas de majordome. De toute façon, le grenier ayant été transformé en atelier, il aurait été impossible de le loger. La cuisinière et la bonne dormaient au sous-sol.

Mlle Lawrence n'aurait qu'à s'installer avec Sunny. C'était la seule solution envisageable. Nick occupait la chambre mitoyenne. Il trouvait assez troublant de songer que cette jeune personne allait loger sous son toit, qu'elle serait là, à sa portée, tout en étant rigoureusement inaccessible.

Nick avait coutume de suivre ses pulsions. Heureusement, cette fille ne les éveillait pas. Et puis, lutiner la gouvernante… c'était d'un vulgaire. Il n'était pas Rochester, et Eliza Lawrence n'était pas Jane Eyre.

Soit, elle était ravissante. Ce n'était pas son type, mais son œil d'esthète repérait toujours la beauté, et Mlle Lawrence, archétype de la rose anglaise blonde et délicate, aurait attiré l'attention de n'importe quel homme.

Elle n'avait cependant rien d'une séductrice. Elle s'habillait dans un style très strict, dépourvu de coquetterie, sans aucun chic. Pour sa part, Nick avouait se parer comme un paon. Depuis toujours, ses frères se moquaient de son penchant pour les couleurs vives et les belles matières. Il n'était pas près de se conformer aux diktats vestimentaires de Beau Brummel, qui, depuis des décennies, régissaient la mode londonienne et déguisaient les gentlemen en tristes pingouins. Nick avait un faible pour les gilets cramoisis et les pantalons pied-de-poule. Et alors ? C'était son droit, non ?

Son matériel rangé, il descendit dans la salle de bains faire un brin de toilette afin de se débarrasser de toute cette peinture. Cette pièce était la seule qu'il ait décorée à son goût depuis son arrivée. Il avait couvert les murs de ses photographies. Et il aurait aimé être une petite souris dans un coin au moment où Mlle Lawrence les découvrirait...

Le corps humain n'avait rien de honteux. Nick veillait à rester en bonne forme physique. Dieu merci, la vieille reine Victoria n'était plus de ce monde et avait emporté dans la tombe ses mœurs pudibondes. Aller jusqu'à couvrir les pieds des pianos, franchement !

Depuis quelques jours, occupé par l'emménagement, il ne s'était pas donné la peine de se raser. Le malheur de Daniel avait fait son bonheur. Nick plaignait son ami d'avoir été contraint de se séparer d'une telle collection d'objets d'art, mais Preble avait dû s'enfuir en France pour échapper à ses créanciers, et Nick avait été heureux de pouvoir aider son vieux camarade, qu'il avait retrouvé à Paris.

En échange du rachat de sa maison de Lindsey Street à un prix raisonnable, il avait mis à la disposition de son ami la villa qu'il possédait en Toscane, contre un loyer modique. Mais Daniel avait été désespéré de ne pouvoir emporter tous ses trésors.

Nick avait vécu si longtemps sur le continent qu'il se demandait si ses vieux amis londoniens allaient le reconnaître. Déjà, avant que l'horrible première femme d'Alec ne le chasse de Raeburn Court, leur demeure familiale des Highlands, il passait son temps à voyager. C'était au cours de ses pérégrinations italiennes qu'il avait peut-être conçu Sunny. La lumière là-bas était incomparable – rien à voir avec l'atmosphère blafarde des hivers écossais. Et le lit de Barbara était chaud et accueillant.

Ensuite, il y avait eu tout un tas de signoras, de signorinas, de dames et de demoiselles, aussi exquises les unes que les autres.

Pourquoi était-il rentré ? Parfois, il se posait la question. Mais ses frères l'avaient harcelé de lettres, alors voilà, il était de retour. Il était temps, en effet, que Sunny fasse la connaissance de ses oncles, si pénibles soient-ils.

Nick ouvrit son nécessaire à rasage et s'apprêta à se raser. Pas de majordome, pas de valet pour s'acquitter de cette tâche. Évidemment, il aurait pu prendre rendez-vous chez Trumper, pour que le barbier effectue un rasage digne de ce nom, mais pour cela il aurait fallu fixer une date et un horaire. Or, Nick n'aimait pas planifier ses journées.

Pourquoi s'infliger toutes ces contraintes ? Pourquoi prévoir de se lever tôt le mardi matin, alors qu'il ne savait pas ce qu'il ferait le lundi soir ?

Il se doutait bien que sa vie ici, à Londres, serait beaucoup moins drôle que sur le continent. Ses anciens camarades de beuverie, même les plus déchaînés, s'étaient rangés, soumis aux lois domestiques, matés par leurs épouses, leur progéniture, leurs chiens et leurs hypothèques.

Bien que chargé de famille, Nick ne voyait pas pourquoi sa paternité aurait impliqué qu'il vive sous le joug de l'abstinence et de l'abnégation. Barbara savait pertinemment quel genre de vie il menait, et cela ne l'avait pas empêchée de lui faire confiance.

Il se concentra sur la lame du rasoir qui glissait sur ses joues, éliminant avec application les courts poils aux reflets cuivrés. La mode était aux barbes, ce qui était en soi une très bonne raison de rester glabre. Il n'avait pas envie de se retrouver avec des miettes ou des gouttelettes de peinture dans la moustache, et puis... les dames préféraient sentir des joues toutes douces contre la chair sensible de leurs cuisses.

À ce propos, il allait bientôt devoir se mettre en quête d'une maîtresse. En général, les modèles n'étaient pas farouches, mais mélanger travail et plaisir compliquait souvent les choses. C'était embêtant, voire dangereux, d'autant plus que les filles se jalousaient entre elles. Un jour, un couteau à peindre brandi d'une main rageuse lui avait laissé une belle entaille sur le sourcil gauche. Il avait eu de la chance de ne pas être éborgné.

Satisfait, il contempla son reflet dans le miroir. Bien, il avait perdu ses airs de pirate. Il se fit couler un bain et s'y plongea avec un soupir de bien-être, fermant les yeux pour ne pas se laisser inspirer par les photos de nus punaisées au mur. Il n'allait pas arriver en retard à sa propre réception. Et il aurait bien le temps de trouver une compagne complaisante pour la nuit plus tard, quand il aurait réglé son compte au petit ami de Maisie.

La tension entre ses omoplates commençait tout juste à s'estomper quand quelqu'un cogna d'un petit poing péremptoire à la porte.

— Papa, je peux entrer ?

— Non, tu ne peux pas, petite guenon. Je prends un bain.

— Mais Sue est malade dans les cabinets du bas et je n'ai pas mes chaussures.

Traduction : sa fille n'avait pas envie d'utiliser les tinettes installées au fond du jardin. Normal, le jardin était une vraie friche. Daniel avait peaufiné la décoration intérieure, mais il n'avait aucun penchant pour l'horticulture. Néanmoins, cet espace bucolique serait idéal pour pratiquer la photographie une fois le terrain nettoyé.

— Désolé, mon cœur. J'ai besoin d'intimité. Tu n'as qu'à demander à Mlle Truc de t'emmener dehors.

— Mais il fait froid !

— J'ai dit non, Sunny. Tu n'entres pas. Tu connais les trois raisons ?

— Parce que tu l'as dit, parce que tu l'as dit et parce que tu l'as dit.

— Exactement. Maintenant, file.

Il discerna dans la foulée le bruit de ses pieds nus qui s'éloignaient, puis la voix étouffée de Mlle Truc qui s'adressait à Sunny sur un ton de bienveillante sévérité.

Sue était donc malade ? Dans ce cas, l'arrivée de Mlle Truc était un cadeau de la Providence. Il n'y avait plus qu'à espérer que cette indisposition n'était pas contagieuse, sinon Sunny risquait fort d'y passer à son tour. Depuis une semaine, après avoir été confinée dans divers trains et bateaux, la gamine courait partout dans la maison sans lâcher la petite bonne d'une semelle.

Mme Quinn était capable de préparer le dîner toute seule. Les amis de Nick n'étaient pas exigeants, ils accepteraient d'être reçus à la bonne franquette. Du moment que le vin coulait à flots, la soirée serait un succès.

Nick se frictionna énergiquement, puis sortit du bain et s'enveloppa dans une grande serviette. Mais, pas de chance, alors qu'il quittait la salle de bains, il tomba nez à nez avec Mlle Lawrence.

Pour la deuxième fois depuis qu'ils avaient fait connaissance, elle le voyait presque nu.

Personnellement, cela ne le dérangeait pas, mais au vu de sa mine horrifiée…

Il savait que son tatouage pouvait en déranger certains, mais il adorait l'ouroboros, symbole d'éternité, et le trouvait réconfortant, même s'il avait eu un mal de chien au moment où le tatoueur avait officié. Platon prétendait que le serpent avait été la première créature à peupler l'univers. Renaissance, renouveau, âme du monde… Qu'y avait-il de mieux ?

— Aïe. Désolé, marmonna-t-il, agrippé à sa serviette.

Il n'aurait plus manqué qu'elle glisse. Mlle Lawrence aurait été scandalisée.

— Vous n'avez pas de robe de chambre ? Vous avez une fille en bas âge, elle n'a pas à voir ce genre de… de… Les mots me manquent !

— La nudité n'a rien de honteux, mademoiselle Lawrence. Si vous devez travailler ici, vous feriez bien de vous y habituer.

Elle pinça sa bouche en bouton de rose.

— La nudité ne m'intéresse pas. Ni la vôtre ni celle de personne. À l'âge de Domenica, on est impressionnable. Il ne faut pas qu'elle pense qu'il est normal de ne porter ni chaussures ni vêtements.

— Vraiment ? J'ai dû louper quelque chose au cours de mes nombreux voyages. Pour autant que je le sache, notre Créateur n'a pas jugé bon que les enfants viennent au monde en sarrau et culottes courtes. Vous n'allez quand même pas contester Sa suprême volonté ?

— Je ne conteste rien du tout, mais si je dois vivre ici, je ne veux pas vous croiser à tout bout de champ dans ce genre de tenue. Ce n'est pas correct. Non, pas du tout !

— Vous n'avez qu'à fermer les yeux.

Nick ne put s'empêcher de sourire. Il savait bien qu'il exagérait. Son impertinence lui vaudrait sans doute un beau sermon de la part de sa belle-sœur…

Il se rappela alors qu'Alec et Mary devaient se rendre à Southampton le lendemain. Quand ils rentreraient de New York, Mlle Lawrence serait partie depuis longtemps, et une autre gouvernante, moins à cheval sur les principes, aurait pris sa place auprès de Sunny.

À ce propos...

— Où est ma fille ?

— Dans la cuisine. Elle aide Mme Quinn à préparer le dîner. Enfin, je ne sais pas si l'on peut appeler ça de l'aide. Sue a dû s'aliter. Je suis montée déballer mes affaires, j'irai leur prêter main-forte dès que j'aurai terminé. Je n'ai qu'une petite valise, heureusement. Dès demain, je téléphonerai à l'agence pour savoir si Oliver Palmer avance dans son recrutement.

Voilà, elle déguerpirait bientôt, et bon débarras. Nick n'allait pas tolérer qu'une prude petite-bourgeoise lui inflige des sermons sous son propre toit. Un peu d'ouverture d'esprit et de modernité, que diable ! On était quand même au XXe siècle !

— Accepteriez-vous de dîner avec mes invités et moi-même ? proposa-t-il en riant sous cape.

À n'en pas douter, l'expérience se révélerait fort instructive pour cette pimbêche.

Il la vit s'empourprer. Ses joues prirent la couleur exacte des roses Duchesse de Brabant qui poussaient dans le jardin de Barbara et dont elle décorait toutes les pièces de sa villa. Avec une pointe de nostalgie, il se remémora le parfum capiteux qui imprégnait l'atmosphère de la maison de sa défunte maîtresse.

— Non, merci, répondit Mlle Lawrence. Ma place est auprès de Domenica. Enfin, de Sunny. Nous dînerons tôt dans la cuisine, puis je la mettrai au lit et je lui lirai une histoire.

— Nous tâcherons de ne pas faire trop de bruit.

Il n'avait que trois invités : Peter Northcott, son plus vieil ami, le lieutenant Marcus Stanley, et enfin sir Thomas Featherstone, dit Calamité.

Marcus avait réussi à ne pas se faire tuer en Afrique et peignait désormais des paysages incroyables, inspirés de ces terres sauvages à la beauté irréelle. Nick était un tantinet jaloux de son talent.

Peter, pour sa part, essayait tant bien que mal de remettre à flot le domaine familial après des années de gestion désastreuse par son père. Il serait ravi de se changer les idées avec un bon repas dans une ambiance conviviale.

Quant à Calamité, dont les finances étaient bien plus saines, il se prenait pour un imprésario et un mécène, soutenant romanciers, dramaturges, musiciens et artistes divers, tout en satisfaisant son penchant pour les muses et les modèles.

Nick comptait lui demander de l'accompagner ce soir chez la brute qui tenait lieu de petit ami à Maisie. Et les autres pourraient venir également s'ils le désiraient. Dommage que Daniel ne puisse être de la partie. Lui et Nick avaient formé une équipe formidable à la grande époque de leurs frasques communes.

— Je ne veux pas vous retenir, articula Mlle Lawrence.

Les joues toutes roses, elle regardait fixement le diamant qu'il portait à l'oreille. Nick aurait aimé la taquiner encore un peu, mais il commençait à avoir froid. Sur un hochement de tête, il réintégra sa chambre et referma la porte.

Un bon feu crépitait dans la cheminée. Il s'en approcha et laissa tomber sa serviette. Il n'avait pas l'habitude de ces climats rigoureux. Bon sang, on était seulement en octobre. Comment supporterait-il de passer l'hiver à Londres ?

3

Eliza avait vu le menu du soir. Cette pauvre Mme Quinn, seule aux fourneaux, avait paru au bord du suicide, jusqu'au moment où Eliza lui avait proposé de dresser la table pour le dîner des quatre gentlemen.

Enfin, si l'on pouvait appeler ainsi cette bande d'hurluberlus qui s'étaient empiffrés d'huîtres au citron, de consommé de bœuf, de sole meunière, d'aspics de crevettes, de tourte au poulet, de côtelettes d'agneau accompagnées de trois légumes différents, et pour finir d'une tarte aux fruits.

Ils avaient beuglé et ri à gorge déployée des heures durant, tels des collégiens en goguette qu'on aurait tout aussi bien pu nourrir de purée et de saucisses.

Réfugiée à l'étage, Eliza s'était mis un oreiller sur la tête. Mais, entre les ronflements de Sunny et le vacarme qui montait du rez-de-chaussée, elle n'avait pas réussi à fermer l'œil.

Depuis un moment, cependant, le silence était revenu.

Le lendemain, dès la première heure, elle appellerait Oliver. Même si Sunny était adorable – quand elle ne ronflait pas –, Eliza rêvait de retrouver sa machine à écrire et son téléphone, et surtout de passer une bonne nuit de sommeil dans l'appartement tranquille de sa mère.

À la mort brutale de son père, trois ans plus tôt, elles avaient dû quitter la maison qu'ils louaient dans un quartier résidentiel. L'associé de M. Lawrence n'avait pas été bien généreux en rachetant sa part du cabinet comptable – d'aucuns l'auraient traité de pingre. Mais qu'attendre d'autre d'un homme qui vivait par et pour les chiffres ?

Le cabinet avait bel et bien perdu des clients à la mort de M. Lawrence, et M. Yates n'avait guère d'espoir d'agrandir sa clientèle. Il n'était pas aussi avenant que le père d'Eliza.

M. Yates avait même proposé à la jeune fille de l'épouser. Cela aurait pu être une solution, mais elle n'avait rien de tentant. M. Yates avait le triple de son âge, et sa bedaine ne faisait pas vraiment rêver. Certes, le roi avait un physique similaire, mais… c'était le roi. M. Yates, lui, n'était qu'un comptable vieillissant à la barbiche grisonnante et aux doigts tachés d'encre.

À vingt et un ans, Eliza tournait peut-être à la vieille fille, mais elle n'arrivait pas à imaginer ces doigts-là posés sur elle. Elle avait donc poliment décliné l'offre et s'était inscrite à un cours de secrétariat.

Aujourd'hui, à vingt-quatre ans, elle partageait son temps entre son travail et sa mère, dont la santé avait toujours été fragile. Certes, Mme Lawrence s'était débrouillée seule pendant les onze mois et demi qu'Eliza avait passés chez maître Hurst, mais… non, décidément, il était hors de question qu'Eliza reste une journée de plus chez ce peintre débauché !

La chambre voisine était silencieuse. M. Raeburn ne ronflait pas. Un point pour lui. Avait-il d'autres qualités ? À part son physique plaisant, Eliza n'en voyait aucune.

Lord Raeburn, l'époux de Mary, qu'Eliza avait rencontré à plusieurs reprises, était également très séduisant, avec sa carrure de bûcheron et ses airs de highlander farouche. Le baron traînait parfois à l'agence quand sa femme venait y réaliser des miracles, comme le proclamait leur slogan publicitaire. Il y avait un air de famille indéniable entre les deux frères. Tous deux étaient très grands, mais enfin… le baron n'arborait ni boucle d'oreille ni tatouage – du moins pour ce qu'Eliza en savait, et bien sûr jamais elle n'oserait questionner Mary à ce sujet.

Nicholas Raeburn avait la tête couronnée d'une masse de boucles auburn en désordre. Le soleil italien lui avait doré le teint. Quant au reste de sa personne… Eliza en avait déjà vu bien plus qu'elle ne l'aurait voulu.

La vision de son torse dénudé restait gravée dans sa mémoire. Elle craignait même de ne pouvoir l'oublier quand elle retournerait à sa vie normale.

Et que dire de ces photos choquantes qui ornaient les murs de la salle de bains où, en toute innocence, elle était venue se laver les mains et se brosser les dents avant de se coucher ? C'était une chose de peindre des femmes nues. Nombre d'artistes célèbres en avaient fait autant. Mais les photographier… c'était d'une indécence rare !

Et ces filles paraissaient enchantées de se pavaner en tenue d'Ève devant l'objectif de Nicholas Raeburn, ce qui était encore plus révoltant.

Comment Sunny pouvait-elle vivre dans une maison pareille ? Pauvre enfant ! Elle avait déjà perdu sa mère et, depuis la mort de sa vieille nourrice, elle se retrouvait seule avec un père qui était le diable en personne.

Certes, à sa manière désinvolte, Nicholas Raeburn semblait sincèrement attaché à sa petite fille. Mais quel genre d'éducation allait-il lui donner ? Et, plus tard, quel homme respectable voudrait épouser une jeune fille élevée dans ces conditions ?

Eliza corrigea aussitôt sa pensée. Après tout, Sunny n'était pas obligée de se marier. Elle choisirait peut-être de prendre un emploi, comme l'avait fait Eliza.

Sinon, elle pourrait toujours compter sur la fortune familiale.

En ce qui la concernait, Eliza n'avait pas l'intention de convoler, à moins de rencontrer un homme extraordinaire. Le problème, c'était qu'elle n'avait pas le temps d'en chercher un, extraordinaire ou pas. Son métier et sa mère l'accaparaient entièrement.

Elle soupira. Ce n'était jamais bon de cogiter comme ça au milieu de la nuit. D'ici quelques heures, Sunny se réveillerait, et elle aurait besoin de toute son énergie. Mais elle avait beau changer de position, le sommeil s'obstinait à la fuir. Elle avait perdu la bataille des couvertures depuis un bon moment déjà, et Sunny, entortillée dans les draps, ressemblait à une petite momie.

Quand sa mère passait une mauvaise nuit, Eliza lui préparait une tasse de lait chaud avec du miel et de la cannelle. Elle allait faire de même pour elle ce soir, décida-t-elle. Maintenant qu'elle avait secondé Mme Quinn, elle connaissait la cuisine.

Elle se glissa hors du lit, le plus doucement possible pour ne pas réveiller la fillette, trouva sa robe de chambre à la lumière du réverbère, puis descendit l'escalier sur la pointe des pieds.

Des appliques aux lueurs tremblotantes éclairaient son chemin. C'était totalement irresponsable de la part de M. Raeburn de laisser des chandelles brûler ainsi toute la nuit. Et coûteux. Mais la fortune des Raeburn leur permettait ce genre d'extravagance, bien que les Écossais ne soient pas connus pour leur prodigalité.

Dans le couloir, elle s'immobilisa à la hauteur du salon double. Elle venait d'entendre du bruit à l'étage inférieur : le cliquetis d'une serrure, le son d'une canne qu'on jette dans le porte-parapluies, quelques notes fredonnées...

Malédiction. Nicholas Raeburn était au rez-de-chaussée !

Voilà pourquoi la maison avait été brusquement plongée dans le silence : une fois repus, ces messieurs étaient sortis faire la fête ailleurs. À présent, le maître des lieux était de retour, probablement soûl comme un cochon.

Et elle était pieds nus, en robe de chambre.

Faisant volte-face, elle repartit en direction de la chambre de Sunny, mais s'arrêta net en entendant soudain un bruit retentissant – quelque chose de lourd avait heurté le sol –, suivi d'un juron prononcé à mi-voix.

Elle hésita. Tant pis pour lui s'il était incapable de regagner son lit par ses propres moyens. Qu'il s'endorme donc sur le tapis du hall, cela ne la concernait pas. Mme Quinn l'y découvrirait au petit jour, ou bien cette pauvre Sue si elle était suffisamment rétablie. Les domestiques étaient payés pour ça.

Eliza ne savait même pas si M. Raeburn avait l'intention de la rétribuer de sa poche, même si elle faisait confiance à lady Raeburn pour la dédommager une fois sa mission remplie.

Quoi qu'il en soit, dès le lendemain, elle appellerait l'agence et prendrait ses dispositions pour qu'une remplaçante – compétente ou pas – vienne la délivrer de sa charge.

— Argggghh…

Eliza se mordit la lèvre en entendant le gémissement sourd qui lui parvenait par la cage d'escalier.

— Aïïïe…

Et zut. On aurait dit un animal pris dans un piège. C'était bien fait pour lui, non ?

— Oh, bon sang… à l'aide ! Quelqu'un… n'importe qui !

Le ton était désespéré.

Eliza avait l'âme charitable d'une bonne chrétienne. L'homme était ivre, peut-être blessé. Et s'il ne l'était pas, il aurait une gueule de bois épouvantable le lendemain matin. Enfin… aujourd'hui, puisqu'il était près de 2 heures.

Elle jeta un coup d'œil par-dessus la rampe.

— Mon Dieu… je Vous promets de me racheter… de faire des efforts… sur la tête de Sunny…

Nicholas Raeburn continuait à parler au plancher. Il s'était écroulé face contre les lattes et, dans la pénombre, Eliza distinguait à peine son manteau noir.

— Je sais bien que je Vous ai déjà dit ça… mais cette fois… je le pense vraiment.

Eliza ricana. Apparemment, ce débauché n'en était pas à son premier pacte avec le Seigneur. Qu'il devait trahir à la première occasion.

— Qui est là ?

Sa mère lui avait bien dit qu'une dame ne ricanait pas. Cela manquait d'élégance. Et maintenant, il l'avait repérée.

— C'est moi. Mlle Lawrence.

Nicholas Raeburn tenta de relever la tête, sans y parvenir.

— Qu'est-ce que vous fabriquez là-haut ?

— J'allais me préparer une tasse de lait chaud dans la cuisine. Et vous ? Que faites-vous en bas ? répliqua-t-elle.

— Je suis en train de me brûler le nez sur le tapis. Auriez-vous la bonté de m'aider ? Je ne sens plus mes jambes. Si vous pouviez juste m'apporter ma canne… Je crois que j'ai eu tort de la ranger.

Eliza jeta un regard en direction du meuble porte-manteau en bambou dressé dans l'entrée. Il y avait là, devant le miroir, toute une collection de cannes et de parapluies. Mais M. Raeburn ne semblait pas du style à se munir d'une canne à pommeau pour sortir en ville. Tous ces accessoires devaient appartenir à son ami artiste ruiné, ce M. Preble dont Mme Quinn lui avait parlé sans mâcher ses mots un peu plus tôt, tandis qu'elle s'activait à la préparation du dîner.

Si Mme Quinn préférait Nicholas Raeburn à son ancien employeur, Eliza n'osait imaginer à quoi ressemblait M. Preble !

— Bon, d'accord, dit-elle enfin.

Après s'être assurée que sa robe de chambre était correctement boutonnée, elle descendit les marches le plus dignement possible. Parmi les cannes, elle choisit celle qui avait une tête de chien en argent en guise de pommeau et la plaça près de la main de M. Raeburn, avec l'impression de tendre une branche à un homme aspiré par des sables mouvants.

Il tenta de saisir la canne, mais sa main gantée glissa sur le bois. À la lumière faiblarde des appliques, Eliza ne voyait pas grand-chose, toutefois on aurait dit que cette main était sale et mouillée... Pourtant, il ne pleuvait pas.

Était-il tombé dans le caniveau ?

Il fit une autre tentative, plaqua sa main droite sur sa main gauche pour assurer sa prise et, péniblement, parvint à se redresser sur les genoux.

Avec un cri d'effroi, Eliza fit un bond en arrière.

Il avait le visage en sang !

— Ne faites pas... cette tête-là, mademoiselle. Vous devriez voir... dans quel état est l'autre type !

De petits points lumineux se mirent à danser devant les yeux d'Eliza. Sa vision se brouilla, et puis... plus rien.

— C'est vous qui étiez censée m'aider, grogna M. Raeburn.

Eliza ouvrit les yeux et distingua son beau visage penché sur elle. Il était livide, mais avait essuyé le sang qui coulait de son front à l'aide de sa cravate en soie, qu'il tenait encore dans sa main tout enflée.

Elle referma les yeux. Mais elle était déjà allongée, elle n'allait pas s'évanouir de nouveau. Et, au fait, où était-elle ?

Elle entrouvrit les paupières.

Ils se trouvaient dans le petit salon du rez-de-chaussée, situé du côté est de la maison. Par la fenêtre, on voyait qu'il faisait toujours nuit noire dehors. M. Raeburn avait dû la transporter du hall jusque sur le canapé. C'était plus attentionné de sa part que de l'avoir jetée sur la table de la salle à manger.

Elle se redressa sur les coudes, envoyant quelques coussins par terre dans son mouvement.

— Que... que s'est-il passé ?

— Pour qui ? Moi ou vous ? marmonna-t-il en ramassant les coussins pour les caler de nouveau sous son dos. Je trouve que c'est vraiment égoïste de votre part d'être tombée dans les pommes pour me forcer à vous ramasser ! Je tiens à peine debout, alors si je dois en plus porter une fille bien nourrie...

Insinuait-il qu'elle avait de l'embonpoint ? Le mufle !

— Je ne vous ai rien demandé, que je sache !

— Non, vous avez préféré lâcher l'affaire. Une syncope en bonne et due forme, avec tous les symptômes requis, yeux révulsés, teint livide et tout le toutim. Tout ça pour un peu de sang... C'est un peu exagéré, quand même.

Un peu de sang ? Il plaisantait ! On aurait dit qu'il s'était baigné dans une rivière écarlate de... Elle stoppa là ces métaphores dégoûtantes. Elle n'était pas une petite nature, la vue d'une coupure ou d'une ecchymose ne la mettait pas dans un état pareil. Mais là... c'était un massacre !

Il avait encore des plaques de sang à demi coagulé sur les joues, remarqua-t-elle avec un petit frisson.

— Faut-il appeler un médecin ? demanda-t-elle lorsqu'elle eut un peu repris ses esprits.

— N'exagérons rien, ce n'est qu'un simple étourdissement...

— Pas pour moi, espèce d'id...

Elle se reprit, poursuivit d'un ton exaspéré :

— Je veux dire pour vous.

Il tenta de hausser les sourcils et grimaça aussitôt avec un gémissement de douleur. « Bien fait ! » pensa-t-elle.

— Pour moi ? Mais pour quoi faire ?

— Vous avez été rossé !

— Et poignardé. Mais on ne va pas chipoter. Un bon bain chaud et un grog, et il n'y paraîtra plus.

— Si je peux me permettre, il n'est peut-être pas raisonnable de boire davantage.

Il n'était pas question qu'elle le recouse. S'il aimait se balader dans Londres pour se faire larder de coups de couteau, c'était son problème.

— Êtes-vous en train de me traiter d'ivrogne, mademoiselle Lawrence ? s'enquit-il avec un sourire dépourvu de contrition.

— Je n'ai pas d'avis sur la question, monsieur, et je ne vais pas rester assez longtemps chez vous pour m'en faire un.

— Et Sunny ? Vous pensez à elle ?

— Je ne partirai pas avant que l'agence m'ait trouvé une remplaçante. Je ne vais pas faire faux bond à lady Raeburn.

— De toute façon, nous n'avons pas besoin de vous ni d'une autre bonne femme pour venir régenter nos vies.

Cette conversation devenait pénible.

Eliza se redressa en position assise. Un léger vertige la saisit. Elle avait dû se cogner la tête en tombant.

— Au contraire, vous auriez bien besoin qu'on mette de l'ordre dans vos vies. Votre pauvre fille ! Imaginez qu'elle soit descendue et qu'elle ait trouvé son père à moitié mort dans le hall !

— Eh bien, je parie qu'elle ne se serait pas évanouie, elle. Sunny a du cran. Et vous exagérez, une fois de plus. Je tiens debout.

— Mais vous êtes soûl.

— Arrêtez de dire ça ! Je suis sobre comme un chameau.

Eliza renifla. Il était vrai qu'à cette distance, elle ne percevait pas d'odeur d'alcool. Mais le dîner avait été particulièrement bruyant et agité.

— En tout cas, vous êtes allé traîner là où vous n'auriez pas dû, et vous en payez le prix. Songez à votre fille, monsieur Raeburn. Vous êtes responsable d'elle. Vous ne pouvez pas vous enivrer, vous bagarrer et... courir la gueuse tous les soirs.

— Vos sermons me fatiguent. Vous ne savez pas ce qui s'est passé. Enfin, regardez-vous !

— Quoi ? Qu'est-ce que j'ai ?

— Vous êtes si guindée, si collet monté. Une jolie donneuse de leçons.

Eliza entendit le terme « jolie », mais les autres mots avaient plus de poids.

— Je suis ce que je dois être, monsieur, une personne respectable. Ne me confondez pas avec vos... vos modèles ! Assurément, ce ne sont pas des filles frileuses.

Elle baissa vivement les yeux pour s'assurer que le col de sa robe de chambre ne bâillait pas.

Nicholas Raeburn ricana.

— Oh, ne vous inquiétez pas, vous ne risquez rien avec moi. Vous n'êtes pas mon genre.

Eliza releva fièrement la tête.

— Je ne veux pas vous ennuyer plus longtemps, monsieur Raeburn. Bonne nuit.

Elle se releva, un peu chancelante. Elle se trouvait déjà au milieu de l'escalier lorsqu'elle l'entendit éclater d'un rire tonitruant.

Ainsi il était bien soûl, finalement.

4

Nick aurait pu se justifier, mais il était trop orgueilleux pour cela. Et Mlle Lawrence avait l'air si réprobateur dans sa virginale chemise de nuit qui lui remontait jusqu'au cou sous cette horrible robe de chambre grise. Avec ses nattes d'écolière, elle s'était permis de lui faire des remontrances… et il n'avait pu s'empêcher de jouer les mauvais garçons.

Soit, il avait perdu son flegme. Il avait le sang chaud. À l'époque où il faisait les quatre cents coups, Alec et Evan avaient tenté en vain de le ramener dans le droit chemin. Mais, à vingt-huit ans, il avait passé l'âge des bagarres.

Sauf que Phil Cross avait besoin d'une bonne leçon. On ne pouvait pas laisser cette ordure cogner plus faible que lui en toute impunité. Nick n'avait pas prévu que l'amant de Maisie sortirait son couteau, mais sans doute fallait-il s'en féliciter, finalement, car l'homme était désormais sous les verrous.

Les autorités ne prenaient pas à la rigolade une tentative de meurtre sur le frère d'un pair du royaume.

Nick espérait juste que le pair en question aurait déjà pris la route de Southampton quand les journaux déballeraient toute l'histoire. Sinon, Alec lui ferait apprendre par cœur la loi antiémeute, et il y avait fort à parier que son petit bout de femme rousse ne serait pas loin derrière.

Pour l'heure, Nick avait un problème plus urgent : comment allait-il s'y prendre pour monter l'escalier ?

Il n'allait pas rappeler Mlle Lawrence pour s'appuyer sur son bras – elle préférerait sans doute se l'arracher pour le battre avec. Bon, ç'aurait été mérité, il fallait le reconnaître. Il s'était montré un peu cavalier, voire grossier avec elle, alors qu'elle avait accepté de le dépanner, avait même aidé Mme Quinn en cuisine, avant de distraire Sunny avec de drôles de petits jeux.

Nick avait refusé l'aide d'un médecin, preuve supplémentaire qu'il était idiot, comme l'avait souligné Mlle Lawrence. L'estafilade sur son front ne le gênait pas tant que ça, mais la coupure plus profonde dans la chair de sa cuisse lui faisait un mal de chien.

Si la lame s'était enfoncée quelques centimètres plus haut... Les intentions de Phil Cross étaient claires. Dieu merci, Calamité était arrivé avec un policier juste au moment où Cross échangeait son couteau contre un pistolet.

Nick s'était conduit de manière stupide ce soir, il devait l'admettre. Il avait cru pouvoir intimider ce malotru, peut-être le raisonner et lui graisser la patte pour qu'il laisse Maisie tranquille. En toute franchise, il n'avait pas été mécontent de lui casser la figure, mais il ne s'attendait pas à ce manque de fair-play. Phil Cross n'avait visiblement jamais entendu parler des règles de la boxe anglaise, édictées par le marquis de Queensberry. Ni d'aucun autre règlement, d'ailleurs.

Nick l'avait affronté à la régulière, et il avait eu de la chance de s'en sortir vivant. Et, durant toute la scène, Maisie n'avait cessé de lui crier dessus. Elle lui avait même jeté un pot de chambre au visage, d'où cette estafilade sur le front.

Eh bien, Maisie ne reviendrait plus dans l'atelier poser pour cet hommage à Raphaël, même si Nick lui avait déjà payé l'équivalent d'un an de loyer. Il s'était comporté comme un imbécile, ce n'était plus à démontrer.

La gouvernante coincée le prenait même pour un ivrogne. Et après ? Elle serait partie d'ici un jour ou deux, de toute façon. Vivement que Sunny et lui aient la paix.

Il voulut se lever, mais ses fesses demeurèrent collées au fauteuil jacobéen branlant de Daniel. Enfin, tous ces meubles et objets d'art splendides, fruits d'une quête artistique de vingt ans, étaient à lui, désormais. C'était tellement dommage que Daniel ait dû s'en séparer. Mais il récoltait ce qu'il avait semé – et Dieu sait qu'il avait semé à tous les vents !

Durant toutes ces années où Nick avait vagabondé en Europe, désireux de fuir l'Écosse, feu sa belle-sœur et ses frères, Daniel, de douze ans plus âgé que lui, avait été son mentor. Et lorsqu'il s'était retrouvé en difficulté financière, Nick avait été ravi de l'aider.

Sa générosité le perdrait, il l'avait prouvé une fois de plus ce soir.

Bon sang, il lui était arrivé de dormir assis, mais ce n'était pas sa position préférée. Il avait besoin d'un bain et d'un whisky, et deux volées et demie de marches le séparaient de ce qu'il désirait.

Miséricorde.

Il avait escaladé quelques sommets dans les Préalpes, et là, il ne s'agissait que de gravir un escalier, pas une aiguille de glace. Et il était en bonne forme physique, bien qu'il ait légèrement surestimé ses talents de boxeur ce soir…

Avec un grognement de douleur, il parvint à s'extraire du fauteuil et boitilla jusque dans le hall. Un liquide tiède lui dégoulina le long de la jambe. Il l'ignora et entreprit son ascension.

Il réussit à atteindre le premier étage sans encombre. La salle à manger, à présent plongée dans la pénombre, avait été débarrassée des vestiges du dîner. Ils avaient bu leur café et fumé des cigares dans la partie salon, après avoir ouvert la fenêtre en encorbellement qui donnait sur le jardin.

Un courant d'air lui gifla le visage, et il détecta une légère odeur de havanes de la meilleure qualité. La vue du canapé confortable le tenta, mais il ne voulait pas renoncer à sa première idée.

Peut-être sauterait-il l'étape du bain pour se laisser tomber tout habillé sur son lit, finalement...

Il changea d'avis en sentant un filet de sang lui couler dans l'œil. Il devait désinfecter et panser ses plaies, sinon Mme Quinn lui rendrait son tablier dès le lendemain, après avoir découvert la literie tachée de sang. La malheureuse était seule à gérer la maison. Sue n'était qu'une gamine sans expérience.

Évidemment, sa nouvelle belle-sœur dirigeait une agence de placement, et il aurait pu lui demander d'engager quelques domestiques pour assurer l'entretien des lieux. Oui, mais... Mary était sur le point de partir pour Southampton. Si sa mémoire était bonne, un jeune type répondant au nom d'Oliver avait pris le relais. Bien, il n'aurait qu'à en parler à Mlle Lawrence le lendemain... si elle daignait encore lui adresser la parole.

Enfin, il parvint devant sa chambre, dont la porte était restée ouverte. Aucun bruit ne sortait de la pièce voisine. Mlle Lawrence devait être étendue sur le lit, à côté de Sunny, telle une martyre à qui il ne manquait qu'une couronne d'épines.

Il se débarrassa de ses habits déchirés et tachés, puis enfila sa robe de chambre. Oui, il en avait une, en dépit des accusations portées par Mlle Lawrence, un très beau peignoir en soie rayée, cadeau de Barbara datant des débuts de leur liaison.

À cette époque, Nick n'était encore qu'un gamin, même s'il jouait les fiers-à-bras. Barbara lui avait beaucoup appris durant l'année qu'il avait passée à ses côtés. De retour en Angleterre, il s'était pris pour un amant d'exception, un don du ciel fait aux femmes. La première épouse d'Alec lui avait pourtant réservé un accueil glacial. Il n'avait jamais réussi à lui arracher un sourire. Alors, il avait de nouveau fui l'Écosse pour se réfugier dans les bras de Barbara.

Grâce à elle, il avait pris de l'assurance. Cela s'était reflété dans son travail artistique et, soudain, tout le monde avait voulu dans son salon un tableau signé Nicholas Raeburn.

Il devait tout à Barbara, et il lui était très reconnaissant de lui avoir confié l'éducation de leur fille. À l'avenir, il devrait se montrer plus prudent. Il avait risqué sa peau ce soir, en se mêlant somme toute de ce qui ne le regardait pas. Mais il ne pouvait supporter qu'un homme lève la main sur une femme, si exaspérante soit-elle.

Manifestement, Phil Cross n'était pas de cet avis. Et même Maisie lui avait crié d'aller au diable.

Il leva les yeux vers le miroir et frémit. Pas étonnant que Mlle Lawrence ait été bouleversée par son apparence ! La plaie sur son front s'était rouverte, le sang coulait, et les tissus meurtris viraient déjà au violet. Heureusement, son nez n'était pas cassé, et il avait encore toutes ses dents. Il ne fallait pas se plaindre.

Sa cuisse l'élançait violemment. Il l'examina de plus près. Les chairs étaient déchirées et la plaie assez profonde. Il allait faire de son mieux pour nettoyer tout ça et prier pour échapper à l'infection – Dieu sait où avait traîné le couteau de Cross !

Mais il était si fatigué…

La baignoire était toute proche, sur le petit palier supérieur. Il fallait juste gravir une volée de marches. Se cramponner à la rambarde. Ramper, peut-être, car ses jambes flageolaient. Bon sang, ce n'était pourtant qu'une simple entaille…

Après bien des efforts, il avançait la main vers la porte de la salle de bains quand celle-ci s'ouvrit sur la personne de Mlle Lawrence.

Déséquilibré, Nick dégringola dans l'escalier et se retrouva assis sur les fesses, dans une position peu glorieuse.

Elle demeura pétrifiée sur place, les yeux écarquillés, une main plaquée sur ses lèvres pulpeuses. Elle avait vraiment une très jolie bouche. Le problème, c'était qu'il n'en sortait que des paroles vexantes.

— Oh... Vous vous êtes fait mal ?

— ... me suis jamais... aussi bien porté...

Baissant les yeux, il se rendit compte que son peignoir s'était ouvert. Un peu tard, il en rabattit les pans sur son bas-ventre. Bon, maintenant, Mlle Lawrence n'ignorait plus rien de son anatomie virile.

— Je... je ne voulais pas vous surprendre, je... je vous croyais en bas, bredouilla-t-elle.

— J'y étais, mais je suis monté prendre un bain. Dans *ma* salle de bains.

Elle se raidit, déjà frémissante de colère. Un vrai petit hérisson.

— Je n'avais pas compris qu'elle vous était exclusivement réservée, monsieur Raeburn. Sunny l'utilise aussi, et à ce propos, je me vois dans l'obligation de vous dire que les portraits sur les murs risquent de choquer une enfant de cet âge. Ou toute autre personne, d'ailleurs.

— Oh, par pitié, plus de sermons ! Vous me donnez la nausée...

— Ce ne serait pas plutôt l'alcool ? répliqua-t-elle d'un ton acide. Il semble que vous ayez eu une nuit mouvementée.

— Oui, et on dirait bien qu'elle ne finira jamais !

Il eut un haut-le-cœur. Il avait été molesté, tailladé, mais apparemment les ennuis n'étaient pas terminés. La sensation de malaise s'accentuait. Cela lui rappelait son séjour en Égypte, en 1901. Il avait été barbouillé et fiévreux des semaines durant.

Par miracle, il réussit à se relever et gravit d'un pied hésitant les quelques marches qui les séparaient.

— Pardon, mademoiselle Lawrence. Vous devriez vous pousser... vite.

Il allait vomir, c'était certain.

— Bien sûr. Je vous laisse. Bon bain.

Nick se précipita dans la salle de bains, claqua la porte. Les murs semblaient onduler autour de lui et les photos se juxtaposer. Il ferma les yeux. Il voyait trop de visages, trop de bras, trop de jambes. Trop de seins aussi, même si c'était plutôt plaisant de les voir gigoter comme ça. Nick adorait les seins, gros ou petits. Chacun était un petit prodige de douceur moelleuse...

Il ouvrit les robinets de la baignoire, puis tomba à genoux devant la cuvette des toilettes et rendit l'intégralité de l'excellent dîner mitonné par Mme Quinn.

Voilà. Il allait se sentir mieux maintenant, non ? Cette migraine qui lui vrillait les tempes et ces horribles frissons allaient bien finir par s'apaiser...

Une idée lui traversa soudain l'esprit. Et si la lame du couteau avait été empoisonnée ? De telles techniques existaient, il en avait entendu parler. Certes, Phil Cross n'avait pas l'air d'un chimiste chevronné. Mais il ne fallait pas non plus être un génie pour acheter du poison et plonger un couteau dedans.

Par ailleurs, Cross avait caché l'arme dans sa botte, et on ne mettait rien de dangereux dans un tel endroit, à part un pied nauséabond.

Au prix d'un gros effort, il se releva. Un bain allait le remettre d'aplomb. Tous ces désagréments s'estomperaient quand il s'immergerait dans l'eau chaude.

Il tendit la main pour fermer les robinets...

... et ce fut sa dernière action avant de s'effondrer par terre.

5

— À mon avis, il a reçu un coup sur la tête, dit le docteur Samuelson. Parfois, les conséquences d'un traumatisme crânien ne se manifestent pas avant plusieurs heures. Mais il a aussi une infection intestinale, comme les domestiques et la petite fille. Vous n'allez pas chômer, mademoiselle Lawrence. Voulez-vous que je demande à une de mes infirmières de venir vous seconder ? Je vous le conseille fortement.

Eliza se tortura les méninges pour se rappeler si l'agence Evensong avait des infirmières à proposer. Mais, de toute façon, les bureaux n'ouvriraient pas avant des heures, et leurs besoins étaient plutôt urgents. Tôt ou tard, il faudrait nourrir ces gens, au moins leur faire avaler un peu de thé ou quelques cuillerées de bouillon clair.

Elle s'était réveillée dans la nuit quand la pauvre Sunny avait vomi. Quelques instants plus tard, elles avaient découvert dans la salle de bains Nicholas Raeburn évanoui sur le carrelage, au pied de la baignoire pleine d'eau tiède.

Sur le moment, Eliza n'avait pas su quoi faire, à part fermer les yeux et jeter une serviette sur son bas-ventre exposé, en priant pour viser juste.

Mais, même quand la pudeur la plus élémentaire avait été respectée, le reste de sa personne était encore trop visible. À force de le voir nu, elle n'ignorait plus rien de lui. Elle savait quelles parties de son corps étaient parsemées de taches de rousseur. Et elle savait aussi qu'il était intégralement bronzé.

Seigneur tout-puissant, elle était en train de suivre une formation accélérée en anatomie masculine !

Mais que faire d'un homme nu inconscient couvert de taches de son ?

Elle s'était mise en quête de Mme Quinn et avait appris que la cuisinière était également malade. Sue n'était pas en meilleure forme. Aussi, après avoir recouché Sunny avec une cuvette et un linge frais sur le front, avait-elle entrepris de traîner Nicholas Raeburn dans sa chambre, puis de le hisser sur son lit. Et, pendant tout ce temps, il n'avait eu que de brefs sursauts de lucidité.

Sa peau était rouge et chaude, et il marmonnait des mots sans suite.

Ensuite, elle avait téléphoné au médecin de sa mère, dont elle connaissait le numéro par cœur. Ce bon docteur Samuelson était arrivé dans la foulée – que Dieu le bénisse. Il avait désinfecté et recousu la vilaine plaie sur la cuisse de M. Raeburn, ainsi que l'estafilade sur son front. Puis, à la palpation, il avait repéré plusieurs bosses sur son crâne. Manifestement, cet idiot avait réussi à prendre d'autres coups encore plus vicieux.

— Oui, docteur, je vous en serais très reconnaissante, acquiesça-t-elle. Vous savez, je ne suis même pas censée travailler ici.

— En effet, je pensais que vous étiez secrétaire dans cette agence qui est supposée réaliser des miracles.

— Eh bien, je commence à croire que ma venue dans cette maison est providentielle, marmonna Eliza en jetant un regard à Nicholas Raeburn, affalé dans le lit.

Ce dernier serait sans doute trop malade dans les jours à venir pour s'entretenir avec les éventuelles candidates désireuses de la remplacer.

— Vous allez devoir engager une cuisinière et une bonne intérimaire, le temps que les domestiques se rétablissent. On ne peut pas tout attendre de mon infirmière. Ni de vous, au demeurant.

Encore une mission pour Oliver. Elle espérait juste qu'il parviendrait à convaincre des gens de venir travailler dans cette maison maudite.

Le docteur Samuelson estimait que l'infection intestinale n'était pas trop grave. Toutefois, Mme Quinn et Sue devraient demeurer alitées quelque temps. Mme Quinn trépignait déjà pour revenir en cuisine, mais le médecin le lui avait formellement interdit.

— Il va falloir forcer M. Raeburn à se lever et à marcher un peu. Et ne le laissez surtout pas s'endormir. Il y a un risque qu'il tombe dans le coma. Je n'aimerais pas être à votre place, ma chère petite, mais je sais que vous serez à la hauteur. Vous êtes un vrai petit soldat.

Ah, vraiment ? Le docteur Samuelson aurait sans doute été surpris de savoir qu'elle avait été prise de vertige en voyant Nicholas Raeburn dans toute sa glorieuse nudité. Le buisson de boucles au bas de son ventre était légèrement plus clair que ses cheveux, et son…

La voix du médecin l'arracha à ses souvenirs troublants.

— Nous allons installer la petite Sunny au sous-sol avec la bonne. Cela facilitera le travail de l'infirmière si nous regroupons ses patients. Dieu merci, cette demeure est moderne ; il y a deux cabinets de toilette, plus un à l'extérieur. Il ne vous reste plus qu'à gérer M. Raeburn. Je vous envoie quelqu'un d'ici une heure, et vous vous répartirez les tâches.

Gérer Nicholas Raeburn. Était-il seulement « gérable » par qui que ce soit ?

— Je ferai mon possible. Pouvez-vous appeler ma mère et lui expliquer que je ne rentrerai pas aujourd'hui ? Mais attendez un peu avant de lui téléphoner, je ne veux pas l'alarmer. Je m'inquiète de la savoir seule.

— Bien sûr. Mais tranquillisez-vous. Votre mère n'est pas aussi fragile que vous semblez le croire, vous savez. Et elle ne veut surtout pas être un fardeau pour vous.

— Merci, docteur. Elle est très têtue, et elle tient à son indépendance, j'en ai conscience.

— Les chiens ne font pas des chats, remarqua le médecin avec un petit clin d'œil bienveillant. Bien, je vais transporter la petite demoiselle en bas et veiller à ce qu'elle soit bien installée. De votre côté, assurez-vous que M. Raeburn boive beaucoup. Mais pas une goutte d'alcool, cela va de soi.

— Je vous garantis qu'il a déjà eu sa dose, marmonna Eliza en rapprochant une chaise du lit.

Quelques minutes plus tard, elle entendit le docteur Samuelson descendre Sunny dans l'escalier tout en lui murmurant des paroles rassurantes. Il avait promis à Eliza de rester jusqu'à l'arrivée de l'infirmière et avait proposé de préparer un en-cas si jamais quelqu'un manifestait le besoin de se sustenter.

Eliza se sentait vaguement nauséeuse, cependant elle ne pensait pas avoir résidé assez longtemps dans cette maison pour avoir été contaminée.

Elle jeta un coup d'œil à l'horloge. Misère ! Il était temps de secouer Nicholas Raeburn.

Elle posa une main sur son bras nu, là où le serpent tatoué tentait de se mordre la queue.

— Monsieur Raeburn, il faut vous réveiller un instant.

Pas de réponse. Elle le secoua légèrement.

— S'il vous plaît. C'est pour votre bien.

— Fichez le camp, marmonna-t-il.

— Non. Le docteur Samuelson vous a placé sous ma responsabilité. Une infirmière va venir, mais en attendant, c'est moi qui m'occupe de vous. Vous avez un traumatisme crânien, vous devez bouger un peu.

— ... pas envie...

— Monsieur Raeburn, chacun de nous est obligé de faire des choses déplaisantes. Moi, par exemple, je n'ai pas du tout envie de rester à votre chevet pour vous surveiller.

— Alors, partez.

— Je fais mon devoir de chrétienne. Vous avez été blessé, et en prime vous êtes malade.

Ses sourcils auburn se froncèrent au-dessus de son nez droit.

— Ne me parlez pas comme si j'étais un gamin... ou le dernier des crétins !

— Alors, comportez-vous en adulte. Le docteur Samuelson a peur que vous tombiez dans le coma si je ne vous stimule pas.

— Oh, balivernes !

— Je vois. Vous êtes également versé en médecine, en plus d'être un peintre, un boxeur et un bonimenteur.

— Vos sermons me donnent mal au crâne.

— Obéissez, et je me tairai. Tenez, mettez ça, ajouta-t-elle en attrapant le peignoir rayé qu'elle avait au préalable suspendu à la poignée de la porte.

M. Raeburn eut toutes les peines du monde à enfiler un bras musclé dans la manche de soie.

— ... suis aussi faible qu'un chaton... Pas la peine de me le dire, je suis au courant, grommela-t-il.

— Mes lèvres sont scellées. Laissez-moi vous aider.

Elle parvint tant bien que mal à lui enfiler l'autre bras et détourna pudiquement les yeux au moment de nouer la ceinture sur son abdomen.

— Appuyez-vous sur moi. Nous allons marcher jusqu'à la fenêtre. Je ne vais pas vous demander de réciter l'alphabet à l'envers, rassurez-vous.

— Tant mieux, parce que je ne sais même pas si je peux poser un pied devant l'autre.

Il trébucha tout en disant ces mots, et Eliza le retint à grand-peine.

— M'avez-vous dit que Sunny était malade aussi ? Je n'arrive pas à m'en souvenir.

Sunny avait eu très peur en voyant son père effondré sur le sol de la salle de bains. Elle s'était mise à pleurer. Mais, effectivement, elle ne s'était pas évanouie. C'était une petite fille solide. Nicholas Raeburn était peut-être un sauvage, mais il élevait bien son enfant.

— Sunny, Mme Quinn et Sue ont toutes contracté cette infection intestinale. Le docteur Samuelson dit qu'elles seront sur pied d'ici quelques jours. Il paraît que la moitié de la ville est frappée par l'épidémie.

— J'imagine que mes invités vont y succomber eux aussi, les pauvres. Bienvenue au bercail, Nick ! conclut-il d'un ton désabusé.

— Ce n'est pas une certitude. Si vous voulez, je peux leur écrire pour les mettre en garde.

— Ce serait fort urbain de votre part, merci, mademoiselle Lawrence.

Il se laissa tomber sur le lit et rampa sous les couvertures sans prendre la peine d'ôter son peignoir.

À présent, il devait avoir compris qu'elle l'avait mis au lit elle-même. Elle aurait dû lui trouver une chemise de nuit ou un pyjama, mais, dans l'émotion du moment, elle n'avait même pas pensé à fouiller dans ses tiroirs. De toute façon, Nicholas Raeburn n'était pas du genre à dormir habillé.

Elle était chez lui depuis moins de vingt-quatre heures, et pourtant elle avait l'impression de le connaître intimement. C'était déroutant.

— Attendez-vous la visite de vos… euh… modèles, aujourd'hui ? s'enquit-elle. Je devrais peut-être les prévenir aussi.

Il n'aurait plus manqué que des filles toutes nues circulent dans la maison !

Les traits de Nicholas Raeburn se contractèrent en une grimace douloureuse tandis qu'il réfléchissait.

— Non, je crois que... je leur ai donné rendez-vous la semaine prochaine. Oh, j'ai tellement envie de dormir ! Vous êtes sûre que je ne peux pas...

— Le docteur Samuelson a été formel. Je dois vous stimuler.

Il ouvrit un œil pour la considérer un instant, puis reporta son attention sur ses doigts aux phalanges gonflées et rougies. Comme c'était stupide de se bagarrer quand on gagnait sa vie avec ses mains ! songea Eliza.

— Eh bien, stimulez-moi. Si je dois rester éveillé, faites en sorte que ça en vaille la peine, au moins.

Eliza fut prise de court. Comment s'y prendre pour distraire un homme tel que lui ? Pour distraire un homme tout court ?

À l'époque où elle était sténographe, elle prenait ses ordres auprès de maître Hurst et de ses associés. Personne ne lui demandait son avis, ce qui valait mieux car elle n'était pas sûre que ses opinions personnelles auraient plu.

Puis, quand elle était entrée au service de maître Hurst en qualité de gouvernante, il ne s'était jamais intéressé à elle autrement que pour lui jeter un coup d'œil à la table du petit déjeuner. Là encore, elle s'était fort bien accommodée de cette indifférence. Même si elle avait eu un petit béguin pour son employeur, elle n'ambitionnait pas de le séduire. Elle n'avait aucune envie de soupirer après un patron inaccessible, telle Jane Eyre amourachée de son M. Rochester.

Certes, il était difficile d'imaginer maître Hurst dans le rôle de M. Rochester. Il ne montrait aucun intérêt pour la gent féminine. À la mort de sa femme, il s'était jeté à corps perdu dans le travail, ne s'en extirpant que lorsque le bien-être de ses enfants était en jeu. Sa fille, Pénélope, souffrait d'asthme sévère, et son fils Jonathan était un petit diablotin. Eliza avait eu bien assez à faire avec eux sans se compliquer la vie avec une idylle interdite. Elle était trop sensée pour cela.

Mais comment n'aurait-elle pas pu se sentir troublée par la proximité d'un homme si séduisant ? Maître Hurst avait beaucoup de prestance avec son large front intelligent, ses robustes épaules mises en valeur par ses costumes impeccables, sa courte barbe fort seyante – même si Eliza préférait les hommes glabres – et ses yeux d'un bleu perçant qui voyaient tout... sauf elle. Mais pourquoi un juriste qui avait ses entrées à la Cour aurait-il remarqué une simple secrétaire-gouvernante ? Un monde les séparait.

— Vous êtes toute rouge, mademoiselle Lawrence. J'espère que vous n'allez pas tomber malade, vous aussi.

À regret, Eliza s'arracha à sa rêverie. Ce n'était pas le moment de penser à maître Hurst.

— Je me sens tout à fait bien, rassurez-vous.

Elle promena son regard dans la chambre. Sur la tapisserie à fond crème étaient représentées de petites villas italiennes. De gros vases bleu et blanc encadraient la cheminée. L'atmosphère était sereine, propice au repos. Pas étonnant que M. Racburn ait envie de dormir.

Réprimant un bâillement, elle proposa :

— Voulez-vous que je vous fasse la lecture ?

— Je pense que nous n'avons pas les mêmes goûts littéraires. Et si je faisais votre portrait, plutôt ?

— Quoi... moi ? Mon... portrait ? bégaya-t-elle.

— Habillée, bien sûr. Quoique, si je peux me permettre, cette robe de chambre soit fort laide.

Eliza avait tellement couru de haut en bas dans la maison en attendant l'arrivée du docteur Samuelson qu'elle n'avait même pas songé à s'habiller.

Elle baissa les yeux sur la vieille robe de chambre en lainage gris qui avait appartenu à son père. Une fois l'ourlet et les poignets élimés recousus, celle-ci était encore tout à fait mettable.

Eliza se souvenait de son père emmitouflé dans ce vêtement lorsqu'il la prenait sur ses genoux pour lui lire une histoire ou pour lui donner une énigme mathématique à résoudre, avant de la mettre au lit.

Évidemment, ce n'était qu'une vieille nippe à côté du peignoir en soie raffiné de M. Raeburn. Eliza ne parvenait même pas à se représenter son père dans un habit aussi luxueux.

— Désolée si ma tenue n'est pas à votre goût. Je n'avais pas imaginé qu'à une heure pareille je ferais autre chose que dormir.

— Bien sûr, pauvre agneau. Ma belle-sœur vous a jetée dans la fosse aux lions. Il va falloir que je vous verse un petit bonus.

Ils n'avaient même pas parlé salaire dans le tumulte qui avait suivi son arrivée, mais ce n'était sans doute pas le bon moment pour évoquer le sujet. De toute façon, Eliza faisait confiance à lady Raeburn pour la rétribuer.

Elle savait que sa mère n'approuverait pas ce nouvel emploi, qui l'obligeait quand même à se retrouver dans la chambre d'un type étrange, alors que tous deux étaient en tenue de nuit. Leur chaperon se trouvait trois étages plus bas, occupé à soigner les malades. Si Eliza avait eu un semblant de présence d'esprit, elle aurait échangé sa place contre celle du docteur Samuelson.

Nicholas Raeburn aurait-il été tenté de dessiner la face ridée et les gros sourcils blancs du bon docteur ?

Sans doute pas.

Cette idée l'amusa, et elle se mordit la lèvre pour réprimer un sourire.

— Qu'y a-t-il de drôle ?

— Rien du tout. Où puis-je trouver votre bloc de dessin et un crayon ?

Il jeta un regard autour de lui. La chambre était plongée dans une semi-obscurité, le docteur Samuelson ayant insisté pour tamiser les lumières.

— Quelque part par là... Allez voir sur le bureau.

Eliza s'approcha du petit secrétaire marqueté aux pieds graciles. Effectivement, il y avait là un carnet de taille moyenne, ainsi que plusieurs fusains.

Elle feuilleta le carnet.

— Oh... vous êtes plutôt bon, non ? fit-elle, impressionnée par les détails des ébauches.

— Quel compliment. Vous connaissez mon travail ?

— Je ne suis pas experte dans le domaine de l'art.

Elle n'allait pas lui dire qu'elle n'avait jamais entendu parler de lui auparavant. D'ailleurs, elle ne connaissait aucun artiste, hormis les sacro-saints Léonard de Vinci et Michel-Ange, dont elle ne savait d'ailleurs pas grand-chose, à part qu'ils étaient morts depuis longtemps.

— J'attends la livraison de plusieurs caisses qui contiennent le reste de mes œuvres. Elles arriveront d'ici quelques jours. Si vous voulez, je vous les montrerai.

— En toute franchise, j'espère ne plus être ici à ce moment-là. Ne le prenez pas mal, mais j'adore mon travail à l'agence. Même si Sunny est charmante, je préfère le secrétariat à la garde d'enfants.

Elle lui tendit les fournitures, puis se rassit sur la chaise.

— Pourquoi Mary vous a-t-elle envoyée ici, alors ? s'étonna-t-il.

— J'ai été gouvernante chez un avocat de renom, juriste pour la Couronne. Je travaillais dans son étude et, à la mort de sa femme, il m'a demandé de l'aider. Il voulait une gouvernante « gentille » pour ses enfants. Apparemment, la précédente ne l'était guère.

Par la suite, les enfants Hurst lui avaient raconté d'horribles anecdotes concernant la fameuse Mlle Bemelman. Émue, Eliza n'avait pu se résoudre à abandonner les deux petits, de peur qu'ils ne retombent sous la coupe d'un autre dragon. Aimer son métier de secrétaire ne l'empêchait pas d'avoir le cœur tendre.

Depuis, lady Raeburn avait déniché une gouvernante parfaitement qualifiée pour la remplacer auprès des enfants. Celle-ci s'était parfaitement intégrée à la famille, et les petits s'étaient attachés à elle.

— Avez-vous soif ? Le docteur Samuelson a recommandé de vous faire boire beaucoup.

— Je présume qu'il m'interdit la cuvée spéciale Raeburn ?

— Il n'est pas question que vous buviez une goutte d'alcool. Et maintenant, faites votre dessin… avant que je m'endorme.

6

Cette fille était impertinente. Nick ne la voyait pas du tout s'adressant à un avocat de la Couronne avec la déférence requise.

Quand elle avait évoqué sa précédente expérience de gouvernante, une pointe de nostalgie dans sa voix avait attiré son attention. Elle ne lui racontait pas toute l'histoire. Avait-elle noué une idylle avec son ancien employeur ?

Il semblait difficile de croire que celui-ci ait pu s'intéresser à une fille si rigide, qui s'habillait de frusques informes.

Elle était certes très jolie, mais il fallait être aussi observateur que Nick pour s'en apercevoir. Un artiste avait l'œil. Il découvrait des miracles dans la moindre flaque d'eau, le moindre bourgeon.

Dans le cas de Mlle Lawrence, il fallait faire abstraction de sa robe de chambre hideuse et de sa chemise de nuit de rosière boutonnée jusqu'au menton. Il ne savait pas trop quel âge lui donner, mais il se doutait que même enfant elle était déjà sérieuse comme un pape.

Après lui avoir servi un verre d'eau, elle s'était rassise, et depuis, immobile, elle regardait fixement la cheminée. Il y avait là quelques vases chinois de belle facture qui captaient l'œil, en effet. En réalité, la maison tout entière était une grotte à trésors. Pourquoi

Daniel n'avait-il pas choisi de vendre quelques articles de sa collection ? Cela lui aurait permis de calmer ses créanciers un moment. Mais sans doute n'en avait-il pas eu le temps, et Nick ne pouvait que s'en féliciter. Lui-même n'aurait jamais pu réunir tant d'objets précieux, à moins d'y passer les deux prochaines décennies.

Pour l'heure, il ne savait même pas s'il survivrait jusqu'à midi. La migraine enserrait sa tête dans un étau, et il était en sueur. Le crayon glissait entre ses doigts. Et il s'inquiétait pour les autres, surtout pour Sunny. Il aurait été incapable de prendre soin de quelqu'un. Il n'aurait même pas pu nourrir un malade à la cuillère. Ses mains tremblaient trop.

Il devait une fière chandelle à Mlle Lawrence.

Nick était un bon portraitiste, bien que son style ne soit pas franchement conventionnel. Depuis quelque temps, il était fasciné par l'Art nouveau en général et Gustav Klimt en particulier. Les couleurs vives et les symboles utilisés par cet artiste d'avant-garde l'avaient libéré. Il voyait désormais dans les objets les plus ordinaires une foule de choses invisibles aux yeux des profanes.

Nick croyait fermement en la parole de Thoreau : « L'important n'est pas ce que l'on regarde, mais ce que l'on voit. » En conséquence, son travail déroutait, prêtait à controverse. Et lui rapportait une fortune.

C'était une époque bénie pour les artistes, qui, fatigués du classicisme rassis des grands maîtres, se jetaient corps et âme dans le XXe siècle, dans de grandes éclaboussures de peinture.

Cette débauche de couleurs heurterait certainement la sage Mlle Lawrence. Elle était plutôt du genre à ne pas dépasser le trait quand elle faisait du coloriage.

À long terme, ses méthodes éducatives ne fonctionneraient pas avec Sunny. Nick voulait que sa fille grandisse en liberté, avec la conscience que les règles étaient faites pour être enfreintes – et le plus souvent possible. Certes, il y avait un prix à payer, mais quand on ne prenait pas de risques, on ne vivait pas, on vivotait.

— Vous avez fini ? demanda-t-elle avec impatience.

Elle avait à peine bougé les lèvres, tel ce ventriloque que Nick avait vu dans un club parisien.

— J'ai à peine commencé. Vous n'êtes pas obligée de rester immobile, vous savez. Respirez normalement. Vous n'avez pas l'air à votre aise.

Ses joues rosirent. Il regretta de ne pas avoir ses pastels sous la main. Pour le teint, du rose, du pêche et de l'ivoire. Pour les yeux… du bleu de la couleur des œufs de rouge-gorge, avec une touche d'or pâle sur le bout des cils. En règle générale, il préférait les couleurs flamboyantes et prenait pour modèles ces Latines, françaises ou italiennes, au regard sombre, lourd de sensualité, aguicheur.

Mlle Lawrence ne devait même pas savoir flirter.

— Je ne vois pas comment je pourrais être à l'aise. Vous n'arrêtez pas de me regarder.

Il voulut sourire, mais… Aïe ! Cela tiraillait les points de suture sur son front.

— Comment pourrais-je vous dessiner si je ne vous regarde pas ? Si je ferme les yeux, vous n'allez pas aimer le résultat.

— Je ne l'aimerai probablement pas, de toute façon, marmonna-t-elle.

Nick jeta son crayon sur les couvertures.

— Oh, très bien ! Je ne vais pas donner de la confiture à un cochon.

Ce coup-ci, ses joues s'empourprèrent. Ah, c'était mieux. Même ses pupilles paraissaient plus sombres, comme cerclées de bleu marine.

— Me traitez-vous de… cochonne, monsieur Raeburn ?

— Bien sûr que non, répondit-il d'un ton innocent. Ou alors, c'est ce coup que j'ai pris sur la tête. Je n'ai peut-être pas toute ma raison.

Il but une gorgée d'eau. Si seulement il avait pu ouvrir en catimini le petit meuble de chevet placé près du lit... Il y avait là une bouteille de la cuvée spéciale Raeburn qui n'attendait que lui.

Mais le docteur l'avait interdit, et Mlle Lawrence le surveillait. À cause du traumatisme crânien.

Machinalement, il fit glisser sa main sur l'arrière de son crâne. Ses frères disaient toujours qu'il avait la tête dure, mais ils auraient été effarés à la vue de ces deux bosses grosses comme des œufs d'oie. Nick avait du mal à se rappeler comment cela s'était produit. Une rencontre inattendue avec le battant d'une porte, lui semblait-il. L'appartement de Phil Cross était aussi dangereux qu'un terrain miné.

En tout cas, c'était bien la dernière fois qu'il volait au secours d'une demoiselle en détresse. La galanterie, c'était bien joli, mais... cela faisait mal.

Il aurait aimé fermer les yeux, ne fût-ce qu'un instant. Une petite sieste de rien du tout n'allait quand même pas le plonger dans le coma ! Mlle Lawrence pourrait toujours le piquer avec la pointe du fusain si elle s'inquiétait.

Il sentit ses paupières se fermer toutes seules. Ah, quel bonheur...

— Monsieur Raeburn !

Pauvre de lui ! Elle lui avait glissé de force le crayon entre les doigts, et maintenant elle lui tapait sur le bras avec le carnet.

— Oui, ça va, ça va... Mais je vous préviens, j'ai beaucoup de mal à rester éveillé. Vous devriez peut-être descendre dans la cuisine pour me préparer du thé ou du café. Cela me redonnera des forces, et avec un peu de chance, cela apaisera mes nausées.

Et puis… pendant que vous serez partie, je pourrai aller aux toilettes.

— Vous allez réussir à monter l'escalier ?

— Mais oui, bien sûr.

Le docteur Samuelson l'avait mis en garde : il ne devait pas faire d'efforts, sinon les points de suture sur sa cuisse risquaient de lâcher. Il y avait bien un charmant pot de chambre décoré de petites fleurs bleues, sous le lit, mais puisque Mlle Lawrence rôdait autour de lui tel un vautour, il serait bien obligé de se déplacer jusqu'aux cabinets.

Il glissa un pied hors du lit. Aussitôt, la tête lui tourna.

Mlle Lawrence le considéra d'un air dubitatif en se mordant la lèvre. C'était un tic, décidément. Elle allait finir par abîmer sa jolie bouche.

— Bon, si vous le dites.

— Inutile de vous tracasser, ma chère. Allez plutôt voir ce qu'ils fabriquent tous en bas. Et embrassez Sunny de ma part. Je n'ai pas envie qu'elle me voie dans un si piètre état.

— Trop tard. Elle était avec moi quand je vous ai découvert étalé sur le carrelage de la salle de bains. Elle ne comprenait pas pourquoi vous aviez la face violette.

— Ce n'est qu'une égratignure. Allons, filez. Je vais me débrouiller.

Dès que l'odieuse robe de chambre grise eut disparu de sa vue, il plongea vers le meuble de chevet pour avaler une longue lampée de whisky. Le nectar des Highlands ! Un nom parfait. Il le soufflerait à Evan, au cas où ce dernier aurait l'intention de créer une nouvelle cuvée à la distillerie.

Une autre gorgée, et il se sentit prêt à affronter la courte volée de marches.

Un coup d'œil au miroir lui confirma que ce qu'il appelait une « égratignure » était en réalité une énorme entaille qui lui zébrait le front. Les fils chirurgicaux noirs lui donnaient une mine patibulaire.

Pourvu que Sunny n'ait pas peur de lui quand elle le reverrait, s'inquiéta-t-il soudain.

Mais non. Sa fille avait le cœur bien accroché. Lorsqu'ils seraient tous deux rétablis, il lui prêterait sa boîte à couleurs pour qu'elle tente de reproduire ce violet, ce jaune et ce pourpre sur la tête d'une de ses poupées.

Il fit ce qu'il avait à faire, puis se brossa les dents de peur que Mlle Lawrence ne détecte l'odeur d'alcool dans son haleine. Il se sentait revigoré par ces quelques goulées de whisky. Ne disait-on pas que boire un petit coup était le meilleur remède contre la gueule de bois ?

Le retour dans sa chambre se révéla plus ardu. Il avait l'impression que le papier peint ondoyait sous sa main et que le tapis se gondolait sur les marches. Cela lui rappela l'époque où il fumait des substances illicites.

Une sueur glacée lui coula dans le dos. Il frissonna. Pourquoi n'avait-il pas eu la présence d'esprit de prendre son écharpe en cachemire ?

Il avait froid. Vraiment froid. Pourtant, son front le brûlait…

Grelottant, il réintégra son lit. Les personnages sur les vases chinois paraissaient danser. Il ferma les yeux. Mais il ne pouvait pas dormir. Interdit. Mlle Coincée allait lui faire la guerre.

Où était-elle ? Jamais il n'aurait cru qu'elle puisse lui manquer.

Il attrapa son carnet, observa l'ébauche censée avoir capturé l'âme de Mlle Lawrence. En quelques traits grossiers, il l'avait représentée le regard fixe et lointain, sa bouche pulpeuse fermée, la mine vaguement déroutée, comme quelqu'un qui sent une odeur bizarre – ce qui était probablement la réalité, puisqu'il n'avait pas pu prendre ce fichu bain.

Non. Ça n'allait pas.

Il déchira la page, en fit une boule, la lança dans la corbeille qu'il manqua d'un bon mètre. Son bras était aussi solide qu'un spaghetti trop cuit. Néanmoins, il arrivait à tenir le crayon.

Il s'appliqua et parvint à tracer rapidement une ébauche bien meilleure. Ses cheveux blonds tombant sur ses épaules nues, les paupières mi-closes, les lèvres entrouvertes, elle avait l'air prête à le rejoindre dans son lit de douleur.

Ah ah ! Idée hautement improbable.

La porte restée entrebâillée se rouvrit soudain, et Mlle Lawrence apparut. Elle tenait un plateau sur lequel reposaient une théière, une tasse et un bol plein d'un liquide dont l'odeur retourna l'estomac de Nick.

Il referma le carnet dans un claquement et le glissa sous l'oreiller, tandis que Mlle Lawrence venait déposer le plateau sur la table de chevet et saisissait à deux mains le bol de bouillon.

— J'ai trouvé du consommé de bœuf…

Elle s'interrompit en le voyant lutter contre un haut-le-cœur.

— Vous n'en voulez pas ? Vous êtes bien vert, tout à coup… Bon, je vais le déposer dans le couloir.

Nick se contenta de hocher la tête. Il n'osait pas parler. Le couloir lui semblait encore trop proche, ou bien c'était lui qui avait un odorat surdéveloppé.

« Bon sang, reprends-toi, mon gars ! Quelle femme a envie de passer du temps avec une épave ? » se sermonna-t-il.

Elle revint après s'être débarrassée du bol de bouillon.

— Pensez-vous pouvoir avaler un peu de thé ? Le docteur Samuelson vient de partir. Il dit que l'infirmière est en chemin et que Sue, Mme Quinn et Sunny dorment.

— Elles ont bien de la chance...

— Comment prenez-vous votre thé ?

— Sans lait. Ni sucre.

— Eh bien, quel ascète ! remarqua-t-elle en fronçant le nez – un joli nez, légèrement retroussé.

— Si vous voulez le savoir, quand je dois vraiment en boire, j'y mets un trait de whisky. Mais je doute que vous approuviez la recette.

— Et le médecin l'interdit, de toute façon.

Elle versa le liquide fumant dans une délicate tasse ornée de fleurs roses. Bizarre. Nick n'aurait jamais imaginé que Daniel possédât ce genre de porcelaine. Il n'avait pas encore répertorié tous les objets que contenait la maison. Bientôt, il devrait s'approprier tout ça en y mettant sa touche personnelle. D'ordinaire, il ne s'intéressait pas à la porcelaine, mais il y avait un début à tout.

Sous le regard attentif de Mlle Lawrence, il avala une gorgée de thé brûlant.

— Vous n'en prenez pas ?

— J'en ai bu une tasse avec le docteur Samuelson avant qu'il ne s'en aille. Je m'excuse de vous avoir abandonné si longtemps.

— J'ai survécu.

Il tâcha de sourire. Puis, après avoir pris une bonne inspiration, il ajouta :

— Je suis désolé que vous vous retrouviez dans ce chaos. Ce n'est sûrement pas ce à quoi vous vous attendiez en acceptant ce poste.

— C'est provisoire, lui rappela-t-elle.

— Oui, comme tout, soupira-t-il.

Elle se redressa sur sa chaise. Oh oh. Cela sentait le sermon.

— Non, pas tout. Certaines choses sont gravées dans le marbre, objecta-t-elle.

— Citez-m'en une.

— La fidélité conjugale, par exemple.

Nick ne put s'empêcher de ricaner. Mauvaise idée. Cela faisait très mal à la tête.

— De toute évidence, vous n'avez jamais été mariée. Et vous connaissez mal cette noble institution.

— Mes parents ont été mariés pendant presque vingt-cinq ans, et ils n'ont jamais été infidèles.

Cette fois, il parvint à bloquer le ricanement – il n'était pas dépourvu d'instinct de survie, en tout cas quand une galanterie mal placée ne le poussait pas à se bagarrer avec des colosses fous de rage.

— Vous ne pouvez pas en être sûre, répliqua-t-il.

Elle rougit violemment.

— Bien sûr que si ! Comment osez-vous insulter des gens que vous ne connaissez même pas ?

— Mes parents ont été mariés pendant des décennies, eux aussi. Et je peux vous assurer qu'ils ne pratiquaient pas la fidélité ! Au début, peut-être. Mais, à mon avis, plus les gens se côtoient, plus ils se méprisent.

— Quelle pensée horrible ! Vous êtes cynique, monsieur. Il y a des milliers... des millions de gens heureux en couple de par le monde. Regardez lord et lady Raeburn.

Son frère Alec était marié depuis seulement quatre mois. Qu'est-ce que cela donnerait dans quatre ans ? Cela dit, Nick ne se serait pas risqué à s'aliéner Mary, sa belle-sœur. Elle n'était pas bien grande, mais cela ne voulait rien dire. Les guêpes aussi étaient toutes petites, et leur piqûre pouvait se révéler mortelle.

— Croyez-vous qu'il soit naturel pour un homme de se contenter d'une seule femme durant toute sa vie ?

— Bien sûr, s'il y a de l'amour dans le couple.

— L'amour ? Qu'est-ce que l'amour, mademoiselle Lawrence ?

Diantre, cette conversation commençait à lui plaire. Il y prenait autant plaisir que lorsqu'il refaisait le monde avec ses amis. Sauf qu'alors le vin coulait à flots et rendait ces palabres philosophiques bien plus drôles.

— L'amour, c'est... du respect, bredouilla-t-elle.

— Je respecte le roi, pour autant je n'ai pas envie de l'épouser, argua-t-il avec une logique imparable.

— Eh bien, moi, je ne le respecte pas ! s'exclama-t-elle, les yeux étincelants. Il a trahi ses vœux de mariage.

— Bonté divine, mademoiselle Lawrence, j'héberge donc une traîtresse à la nation sous mon toit ? Vous avez une fort jolie tête, il serait dommage qu'elle tombe sous la hache du bourreau.

Par réflexe, elle porta la main au col blanc sans fioritures de sa chemise de nuit, qui montait jusqu'à son petit menton volontaire.

— Je ne vais tout de même pas me faire décapiter pour avoir exprimé mon opinion en privé.

— Vous me faites confiance pour ne pas vous dénoncer ? Vous avez tort. Je suis le diable, demandez autour de vous.

Certaines personnes en étaient convaincues, en tout cas. Et Nick cultivait cette image depuis l'époque où il courait en culottes courtes. Il fallait bien se distinguer quand on était le benjamin d'une fratrie de trois. Et puis, c'était assez jubilatoire de donner du grain à moudre à tous ces gens bien-pensants.

— Par exemple, à ce type que vous avez tabassé ce soir ? Il ne doit pas vous porter dans son cœur, en effet.

— Vous inversez les rôles. En l'occurrence, c'est lui, le méchant de l'histoire. Une vraie brute, et fourbe avec ça.

L'air hautain, elle lâcha :

— Vous, les hommes, il faut toujours que vous prouviez votre supériorité avec vos poings. C'est tellement puéril ! Jamais une femme ne songera à résoudre un conflit par la violence physique.

Cette fille était d'une naïveté confondante. Nick avait assisté à nombre d'empoignades entre des modèles ou des cocottes. Les filles se tiraient les cheveux, se donnaient des coups de pied et juraient comme des charretiers. Devait-il lui dire pour quelle raison il s'en était pris à Phil Cross ? Mais à quoi bon ? Il se moquait bien de ce que Mlle Lawrence pensait de lui, après tout.

Et il était clair qu'elle-même avait une piètre opinion de sa personne.

— Vous portez des jugements hâtifs. C'est très énervant. N'oubliez pas que je suis blessé. Vous êtes censée me chouchouter.

— C'est votre faute si vous êtes dans cet état. S'enivrer et se battre comme un chiffonnier est indigne d'un gentleman.

Ça commençait à bien faire, maintenant. Cette péronnelle lui aurait sûrement donné la migraine s'il n'avait déjà eu un mal de tête épouvantable. Elle lui débitait ses certitudes, confite dans son conformisme de bon aloi. Bon sang, il aurait aimé la secouer un peu, histoire de la dépeigner et de...

Une brusque nausée lui souleva le cœur. Sapristi, même le thé ne passait pas.

7

Eliza éprouva un immense soulagement à l'arrivée de Mme Daughtry.

Sans tarder, cette brave femme d'humeur joviale – un peu trop, même, étant donné l'heure matinale – changea les draps de M. Raeburn, pendant que celui-ci se dévêtait et faisait une rapide toilette.

Elle allait remplacer Eliza au chevet du malade, et c'était elle désormais qui devrait l'écouter raconter toutes ces sottises typiquement masculines.

Eliza se réfugia dans la cuisine pour préparer un bon thé chaud. Elle allait rester en bas et se rendre utile. Et puis, Sunny s'ennuyait ferme et ne tenait pas en place. Elle avait envie de jouer. Toutefois, le travail passait avant le plaisir. Cela ne lui ferait pas de mal de revoir quelques leçons au lit.

S'étant rendu compte que Sue ne savait pas lire, Eliza inventa un jeu avec des mots inscrits sur des cartes. Cela amusa Sunny et la petite bonne pendant un bon moment.

À mesure que la matinée passait, elle commença à sentir que ses paupières s'alourdissaient.

Agile comme une biche, Mme Daughtry dévalait et remontait l'escalier entre la chambre de M. Raeburn et le sous-sol. Ses allées et venues épuisaient Eliza. Finalement, après un déjeuner léger, Mme Daughtry lui ordonna de faire une longue sieste avec le reste de la maisonnée.

Ce ne fut qu'à ce moment qu'Eliza prit conscience qu'elle ne s'était toujours pas habillée. Elle traînait toujours dans la vieille robe de chambre grise de son père, avec ses nattes à moitié défaites. Une telle négligence ne lui ressemblait pas, mais avec tous ces événements, il n'était pas étonnant qu'elle ait dérogé à sa routine.

Comme elle gagnait l'étage, elle entendit Mme Daughtry qui parlait à voix basse à l'autre bout du couloir. L'infirmière faisait la lecture à son patient. Lui n'avait pas droit à la sieste. Il ne serait autorisé à laisser aller sa tête contre l'oreiller qu'au milieu de la nuit suivante. Le docteur Samuelson avait été formel : en cas de traumatisme crânien, le malade devait rester conscient pendant vingt-quatre heures.

Bien fait. Cela l'inciterait peut-être à se montrer plus prudent à l'avenir, à éviter l'abus d'alcool et les bagarres.

Les paupières d'Eliza papillotaient. Elle tombait de sommeil. Soudain, elle se rendit compte qu'elle avait oublié d'appeler Oliver pour lui demander d'embaucher des domestiques supplémentaires.

Elle le ferait, se promit-elle. Plus tard.

Une main pressante la secouait par l'épaule.

— Mademoiselle Lawrence... réveillez-vous, s'il vous plaît.

Eliza avait l'impression de flotter dans le brouillard. Elle faisait un rêve merveilleux où, assise devant un bureau bien ordonné, à côté d'une fenêtre qui laissait entrer à flots les rayons du soleil, elle était entourée de livres de comptes pleins de belles colonnes de chiffres... Tout était parfait dans cette lumière fraîche : le papier blanc, l'encre noire, le plateau bien lisse du bureau et l'odeur de la cire au citron...

— Pardon, mademoiselle, mais... il est temps que je rentre. Je devrais déjà être chez moi depuis longtemps.

Eliza s'assit sur le lit dans un sursaut. La chambre était plongée dans la pénombre, seulement éclairée par un rai de lumière en provenance de l'applique du couloir.

— Oh... C'est moi qui vous dois des excuses, madame Daughtry ! Combien de temps ai-je dormi ?

— Il est un peu plus de 19 heures. Je vous ai apporté une tasse de thé et des tartines beurrées. Vous serez contente d'apprendre que l'état de santé de nos malades s'est amélioré. Si vous avez faim tout à l'heure, Mme Quinn se chargera de vous préparer un en-cas. Elle est debout et se sent beaucoup mieux. De toute façon, rien n'aurait pu lui faire garder le lit. Par chance, elle a été moins touchée que Sue et la petite Domenica. Quelle charmante fillette, à ce propos ! Un brin insolente, mais j'aime les enfants qui ont de la personnalité.

Eliza songea que, dans ce cas, Mme Daughtry aurait apprécié le petit Jonathan Hurst.

— Tout le monde a dîné, en bas, et les filles sont sur le point de se rendormir. Mme Quinn s'occupera d'elles au cas où elles auraient besoin de quelque chose. Il ne vous reste plus qu'à vous charger de M. Raeburn. Vous pourrez l'autoriser à dormir aux alentours de minuit. Hum... c'est un bien curieux personnage, ce M. Raeburn, ajouta l'infirmière après une hésitation.

« Non, vraiment ? » songea Eliza en réprimant un ricanement.

— Il a fait de moi un portrait charmant, reprit l'infirmière. Je vais le rapporter à la maison et le faire encadrer pour M. Daughtry. Il le mettra dans son dressing.

Bonté divine ! M. Raeburn n'avait quand même pas fait un portrait de Mme Daughtry toute nue ?

De la part de cet homme, plus rien n'aurait étonné Eliza.

— J'ai vu l'ébauche de votre portrait, poursuivit l'infirmière. Il a vraiment du talent, pas vrai ?

M. Raeburn avait manifestement une conquête de plus à son actif, même si Mme Daughtry, toute dodue et maternelle, n'était sûrement pas son genre de femme.

— Vous trouvez ? Pour ma part, je n'ai vu que ses photographies, et elles sont assez choquantes.

Eliza se rendait compte qu'elle pouvait passer pour prude, mais... elle l'était bel et bien, non pas pour des motifs religieux, mais parce que c'était dans son caractère. Elle était une femme respectable et réfléchie, pudique et discrète, et elle entendait bien le rester.

Alors, qu'il aille au diable avec ses photos de nus !

— Ma chère, je vais vous laisser quelques minutes pour vous restaurer et vous habiller, mais ensuite, il faut vraiment que je m'en aille. M. Daughtry attend son souper.

Pauvre Mme Daughtry. Elle était arrivée à l'aube, avait trimé toute la journée, et il fallait encore qu'elle dépose un repas chaud dans l'assiette de son époux. Après une telle journée, elle aurait été en droit d'attendre qu'il lui mitonne un bon petit plat. C'était injuste. Mais le mariage l'était par essence, non ?

Cette pensée lui rappela la récente conversation qu'elle avait eue avec M. Raeburn sur le sujet. Personnellement, Eliza estimait que, puisqu'une épouse était censée satisfaire tous les caprices de son mari – ainsi que ses appétits sexuels –, il se devait bien en retour de lui être fidèle.

Dans le cas contraire, il méritait qu'on lui tape sur la tête avec une poêle à frire.

Cette idée la prit par surprise. D'ordinaire, elle n'était pas si agressive. Une seule journée en compagnie de cet homme à l'esprit de contradiction exaspérant avait suffi à la corrompre.

Elle avala son pain beurré et son thé brûlant aussi vite qu'elle le put, acheva de s'habiller, puis noua ses cheveux en un simple chignon serré. Elle se souciait peu de son apparence en règle générale, et elle n'avait aucune envie d'aguicher un dépravé comme Nicholas Raeburn. Il la prendrait telle qu'elle était, avec les plis du drap imprimés sur la joue, voilà tout.

Elle le trouva assis dans son lit, tenant d'une main contre son front un linge noué empli de glace pilée.

En dépit de ces ecchymoses que sa pâleur faisait ressortir, de cette barbe rousse qui lui mangeait le menton et de ces vilains points de suture, il parvenait encore à rester séduisant.

Mme Daughtry lui avait trouvé un pyjama, et pour une fois, Eliza le voyait habillé à peu près correctement.

— Ah, vous voilà. Vous vous êtes reposée toute la journée, je suppose ? Personnellement, je n'ai pas eu cette chance.

Il jeta un coup d'œil en direction de la porte et ajouta dans un chuchotement :

— Où est cet horrible dragon ? Elle est partie, j'espère ?

— Vous voulez parler de Mme Daughtry ? Je suis sûre que c'est une sainte, si elle vous a supporté toute la journée.

— Je vous jure, chaque fois que j'ai eu le malheur de fermer les yeux, elle m'a piqué avec une épingle ! Et elle m'a abruti de paroles, en me parlant comme si j'étais un demeuré : « Alors, comment nous sentons-nous maintenant ? » Que suis-je censé répondre à une question pareille ? Je sais comment *je* vais, pas comment *elle* va. Nous ne sommes pas dans la même peau, que je sache !

— Elle fait juste son travail. Vous devriez lui en être reconnaissant. Désirez-vous quelque chose avant que je m'installe ici ? demanda Eliza avant de s'asseoir.

— Si je bois encore une seule goutte de thé, je vais me noyer. Je ne veux plus de soupe, ni aucun liquide d'aucune sorte. À moins bien sûr que vous ne m'apportiez un petit verre de la cuvée Raeburn. Mais on m'a dit que c'était prématuré. Votre fichu médecin est revenu dans l'après-midi m'infliger un sermon. J'ai eu l'impression d'être de retour sur les bancs de l'école.

Eliza ressentit une pointe de culpabilité. D'ordinaire, elle ne faisait jamais la sieste dans la journée.

— Je suis navrée d'avoir raté la visite du docteur Samuelson. Que vous a-t-il dit ?

— Que je n'étais pas raisonnable pour ce qui était de l'alcool, mais que j'avais la tête dure et une chance de cocu. Allez dire ça à mes intestins !

Eliza leva les yeux au plafond. Elle n'avait pas envie de s'attarder sur le système digestif de Nicholas Raeburn. Si elle avait voulu devenir infirmière, elle n'aurait pas pris des cours de secrétariat.

Dans un monde juste, elle aurait hérité de la position de son père au cabinet comptable. Elle aurait aussi eu le droit de voter et n'aurait pas été obligée de se sangler dans un corset. Mais elle n'allait pas exprimer ces opinions révolutionnaires. Selon toute probabilité, M. Raeburn avait des idées encore plus avant-gardistes que les siennes, et cela l'énerverait encore plus.

Désœuvrée, elle lissa machinalement les plis de sa jupe. Elle aurait pu tricoter pour passer le temps, mais les rares fois où elle s'y était risquée, il n'était sorti de ses aiguilles qu'une masse laineuse informe qui se démaillait à la première occasion.

— Vous irez bientôt mieux, j'en suis sûre. En bas, les petites malades sont presque remises.

— Content de l'apprendre. Je m'inquiétais pour Sunny. Pour les autres aussi, mais la vie de ma fille a été bouleversée récemment, et tomber malade en plus... ce n'est pas drôle. Maria – c'était son ancienne nounou – aurait su comment la distraire.

Eliza hocha la tête en s'efforçant de ne pas s'offenser de ce qu'il venait de dire. Après tout, distraire des enfants à longueur de journée n'entrait pas dans ses compétences. Elle n'était *pas* gouvernante.

— Elle est morte brutalement, c'est cela ?

— Juste à côté de Sunny, dans le train. C'est incroyable, non ? murmura-t-il, la voix chargée d'émotion. Il y a eu assez de drames comme ça dans la vie de Sunny. À l'avenir, je voudrais lui éviter toute souffrance.

— C'est louable de votre part, toutefois nous souffrons tous d'une manière ou d'une autre. C'est la vie, monsieur Raeburn.

— Sans doute, mais la plupart des gens ne sont pas masochistes. Je ne veux pas élever Sunny en petite martyre, l'obliger à baisser la tête, à encaisser les coups et à garder ses opinions pour elle.

Seigneur, il avait vraiment l'âme d'un révolutionnaire.

— Je ne suis pas sûre que vous lui rendriez service. La société ne voit pas d'un très bon œil les demoiselles qui expriment des avis tranchés. Elles ont du mal à trouver un bon parti.

— Je vois. C'est pour ça que vous n'êtes pas mariée ? répliqua-t-il.

Elle sentit ses joues s'enflammer. Elle n'allait pas lui révéler que le seul homme à l'avoir jamais demandée en mariage avait l'âge d'être son grand-père.

— Mes projets dans ce domaine ne vous regardent pas, monsieur.

Elle avait mené la vie tranquille d'une petite-bourgeoise, s'était occupée de sa mère et avait tenu leur maison jusqu'à la mort de son père. Puis elle avait suivi une formation de sténodactylographe et avait travaillé.

Elle n'avait pas eu le temps de se faire des amis, avait perdu de vue les filles qu'elle avait rencontrées à l'école de secrétariat. La plupart s'étaient mariées après avoir obtenu leur diplôme, comme elles étaient censées le faire. Et, désormais, Eliza n'avait plus grand-chose en commun avec ces mères de famille.

Sentant qu'elle commençait à s'apitoyer sur son sort, elle refoula ces pensées stériles et reporta son attention sur les vases bleus posés sur le manteau de la cheminée. Il valait mieux qu'elle se concentre sur la porcelaine plutôt que sur l'insupportable gaillard étendu dans le lit.

— Vous êtes pourtant jolie, pour une Anglaise. Aucun homme ne s'en est rendu compte ?

— Je croyais que je n'étais pas votre type ?

Elle se mordit la langue. Maintenant, il savait que sa remarque désobligeante l'avait piquée au vif. Mais peu importait. Elle se moquait bien de ce qu'il pensait d'elle.

— C'est vrai, j'ai toujours eu un faible pour les brunes. Et, en peinture, les rousses sont à la mode. Elles pullulent parmi les modèles. Je ne me rappelle même pas la dernière blonde que j'ai…

— Ça ne m'intéresse pas du tout ! coupa-t-elle avec véhémence. Franchement, monsieur Raeburn, même si vous êtes souffrant, vous avez des conversations tout à fait déplacées en présence des dames. Je vois mal comment l'agence Evensong va trouver une gouvernante désireuse de travailler chez vous si vous persistez à parler de vos mœurs… dissolues.

— Dissolues ? répéta-t-il en haussant le sourcil qui n'était pas recousu.

— Vous savez bien ce que je veux dire.

— Non, je ne pense pas, mademoiselle. Veuillez être plus explicite.

Une étincelle narquoise pétillait dans ses yeux bruns.

— Vous évoquez sans cesse vos… conquêtes. C'est très gênant.

— Je parlais simplement de mes modèles, en peinture et en photographie.

Était-il possible que cette journée empire encore ?

— Oh. Je vois. Pardonnez-moi si je me suis méprise.

Il agita la main, et Eliza remarqua que ses ongles étaient encore tachés de pigments.

— Ce n'est rien. Vous voyez, je ne suis pas un mauvais bougre. Par exemple, je suis pour le vote des femmes. Eh oui. Pourquoi pas ? En dépit d'une fâcheuse propension à tirer des conclusions hâtives, j'ai l'impression que vous êtes relativement intelligente et que vous pouvez prendre des décisions au même titre qu'un homme.

Relativement intelligente. Quelle condescendance !

— Je ne tire pas de conclusions hâtives !

— Vraiment ? Dites-moi alors ce qui s'est passé hier soir, selon vous.

— C'est une évidence. Je vous ai trouvé effondré par terre, incapable de tenir sur vos jambes. Après avoir fait ce tapage infernal avec vos amis au dîner, vous avez prolongé la soirée par une nuit de beuverie en ville. Et ensuite, vous vous êtes battu.

Elle avait parlé avec aplomb, sans ciller. Mais, en le voyant afficher un sourire de triomphe, elle perdit contenance.

Il se redressa contre les oreillers et s'éclaircit la voix.

— Voilà la bonne version : j'ai invité trois camarades que je n'avais pas vus depuis fort longtemps, mais qui me vouent une amitié fidèle – eh oui, je peux susciter ce type de loyauté. Il n'y a pas eu de tapage, juste une conversation animée, car nous avions beaucoup à nous raconter. Je n'ai pas bu outre mesure, pas plus qu'eux en tout cas, et plutôt moins je pense, car j'avais le projet, une fois le repas terminé, d'aller flanquer une petite correction à quelqu'un.

— Vous... vous avez prémédité cette bagarre ?

Miséricorde, faisait-il partie d'un de ces clubs masculins régis par des règles secrètes, et dont les membres ne devaient sous aucun prétexte révéler en quoi consistaient leurs activités interlopes ?

— En quelque sorte, oui. Bêtement, j'ai voulu venir en aide à un de mes modèles qui s'était fait frapper par son amant. Cette fille avait passé un si mauvais quart d'heure qu'elle n'avait pas pu venir poser. Une grande brute qui use de ses poings contre une pauvre fille, ce n'est pas très sympathique, pas vrai ? Quoi qu'il en soit, figurez-vous qu'ils ont tous deux pris ombrage de mon intrusion chevaleresque dans leurs affaires domestiques. C'est moi qui ai été rossé – et poignardé, en sus ! Voilà ce que j'ai récolté pour ma peine, conclut-il en désignant les ecchymoses sur son visage.

Eliza n'osait plus respirer. Si M. Raeburn disait vrai, il s'était comporté de manière héroïque.

— Oh...

Elle n'avait rien trouvé de plus malin à dire.

— *Oh* ? Non, ce qu'il fallait répondre, c'est : « Mon Dieu, comme c'était courageux de votre part ! » Vous devriez faire preuve d'un peu plus de douceur et d'indulgence à mon égard. Je suis blessé et vulnérable, et ma cervelle débloque.

— Il me semble que votre cervelle fonctionne à merveille si vous êtes capable de mettre des mots dans ma bouche.

Elle n'avait pas l'intention de se montrer douce ou indulgente, ni ce soir ni les suivants. Elle voulait juste quitter cette maison, et le plus tôt serait le mieux.

8

Nick n'avait pas eu l'intention de se justifier à propos des événements de la veille, mais il avait craqué. Il en avait plus qu'assez des airs supérieurs de Mlle Lawrence.

Et maintenant, elle le regardait comme s'il avait des cornes et une queue fourchue. D'accord, ses cheveux hirsutes devaient se dresser sur sa tête, mais pour le reste, il ne pensait pas présenter de signes particulièrement diaboliques.

Elle se tenait là, la mine sévère, les mains croisées sur son giron telle une écolière, son petit nez relevé en l'air comme s'il empestait le bouc.

Eh bien, ce n'était pas vrai. Il s'était lavé deux fois aujourd'hui au gant de toilette – les bains lui étaient interdits à cause des points de suture –, et il s'était même parfumé au bois de santal.

Son pyjama était tout propre – et neuf, car il ne s'embarrassait pas d'ordinaire de ces machins-là pour dormir. Il ne savait pas d'où Mme Daughtry l'avait sorti. Peut-être Daniel l'avait-il oublié au fond d'un tiroir. En tout cas, elle l'avait obligé à le mettre, non sans émettre un claquement de langue réprobateur en remarquant l'ouroboros tatoué sur son bras.

Lorsqu'il lui avait expliqué le symbolisme du dessin, elle l'avait traité de païen. Cette femme n'avait pas un gramme de poésie en elle. Mais il était vrai qu'elle lui avait obligeamment tenu la tête quand, dans l'après-midi, il avait de nouveau vomi tripes et boyaux.

Mme Daughtry n'était sans doute pas une mauvaise personne, mais elle était ennuyeuse comme la pluie. Or, Nick n'avait pas l'habitude de côtoyer des femmes ennuyeuses. Il avait fui son enfance morose. Ses parents avaient beau ne pas être des gens conventionnels, comme nombre d'aristocrates, ils avaient laissé leurs trois fils à Raeburn Court aux mains d'une kyrielle de gouvernantes totalement dépassées par leurs facéties, pendant qu'eux-mêmes allaient se divertir ailleurs, loin des Highlands.

La mère de Nick était une roturière, fille d'un métayer du domaine. Devenue lady Raeburn, elle avait affiché un snobisme incompréhensible, accordant tout à coup une importance primordiale aux règles de la bienséance, sauf quand elle lançait des objets précieux à la face de son mari qui, la plupart du temps, l'avait bien mérité.

Nick en avait vite eu assez des assiettes qui volaient, des bagarres avec ses frères, des troupeaux de moutons et des montagnes aux sommets enneigés. Dès qu'il en avait eu l'occasion, il avait pris la poudre d'escampette.

Il commençait à regretter d'être rentré à Londres. Il fallait dire que son retour avait commencé sous les pires auspices. Tout d'abord, cette pauvre Maria avait passé l'arme à gauche. Puis il s'était fait molester et poignarder. Et maintenant, il avait la dysenterie.

Il ne croyait pas aux malédictions écossaises, mais parfois il se demandait ce qu'avaient bien pu faire les Raeburn pour déplaire autant aux dieux.

Il y avait peu de temps encore, son frère Alec était soupçonné d'avoir assassiné sa première femme – qui, de l'avis de Nick, l'aurait amplement mérité. Et son frère Evan semblait voué à s'activer jusqu'à l'épuisement dans la distillerie familiale, tel un bourdon asexué dans une ruche.

Nick, lui, avait pris goût à la liberté. Et du diable s'il permettait à une blondinette pudibonde de le condamner sans rien connaître de la vérité !

Mlle Lawrence le toisait sur sa chaise, les joues cramoisies. Non, ce n'était pas le bon mot. Ses pommettes étaient d'un fuchsia délicat, comme peintes d'un trait de pinçeau à l'aquarelle. En règle générale, Nick préférait la peinture à l'huile, mais il était impossible de dessiner Mlle Lawrence autrement qu'avec du pastel ou de l'aquarelle, qui permettaient d'ajuster les couleurs, de les estomper.

Elle était l'archétype de la rose anglaise. Et, le plus surprenant, c'était qu'il était indéniablement attiré par elle.

Du moment qu'elle n'ouvrait pas la bouche.

— Je suppose... que je vous dois des excuses, dit-elle.

— Je ne sais pas. Je ne voudrais pas mettre des mots dans votre bouche.

Bouche qu'elle avait ravissante. Charnue, de la couleur des pétales de rose, une nuance qui ne devait rien aux artifices. S'il l'embrassait, ses lèvres gonfleraient, prendraient une teinte cerise. Elle serait sans doute surprise. Reconnaissante. Une fille comme elle ne devait pas se faire embrasser souvent. Apparemment, elle ne côtoyait que des crétins aveugles, comme cet avocat qui l'avait engagée pour torcher ses mômes. Et maintenant, elle travaillait dans l'agence que dirigeait Mary. Une vraie petite bête de somme.

Elle méritait bien de s'amuser un peu, non ? Après tout, cela ne présentait pas grand risque. Bientôt, quelqu'un la remplacerait, et elle retournerait à sa petite vie besogneuse et tranquille, à répondre au téléphone et à classer des dossiers.

— J'ai une idée pour vous faire pardonner vos jugements à l'emporte-pièce, déclara-t-il en se penchant soudain en avant.

Était-ce un petit ver qui lui avait soufflé cette pensée en gigotant dans sa tête douloureuse ? En tout cas, il pourrait toujours mettre ça sur le compte de la fièvre.

Eliza Lawrence eut juste le temps d'écarquiller ses yeux bleus. En dépit de sa faiblesse, il fut plus rapide qu'elle. Mais elle était trop loin, posée sur sa chaise telle une statue de plâtre. Alors, il la fit basculer contre sa poitrine.

Il aurait préféré qu'ils soient peau contre peau, mais bon, on ne pouvait pas tout avoir. Déjà, il lui rendait service. Il allait dégeler la Reine des Neiges, lui apprendre une chose ou deux sur la vraie vie. Il avait dans le domaine de l'amour une véritable expérience, acquise lors de son périple européen. Les femmes l'adoraient et lui tombaient dans les bras avec bonheur. En retour, il savait les combler.

Enfin, « amour » n'était pas vraiment le bon terme, même s'il avait eu une réelle affection pour ses maîtresses. Bien qu'elles aient été nombreuses, il les avait choisies avec discernement, contrairement à son frère Alec qui, pendant une dizaine d'années, avait troussé toutes les bécasses qui passaient à sa portée.

Nick, lui, était lancé dans une quête artistique. Il était donc normal qu'il ait tissé des liens étroits avec des modèles ou certaines grandes dames qui l'avaient pris sous son aile. Toutes ces femmes partageaient sa vision du monde et comprenaient sa personnalité.

Mais pourquoi diable pensait-il à ses précédentes conquêtes alors qu'il tenait dans ses bras Mlle Lawrence, tout ahurie et prête à protester, la bouche ouverte ?

Parfait.

Il lui lécha la lèvre inférieure et la sentit se raidir aussitôt. Alors, il captura sa bouche. Elle avait un goût... de thé et... de beurre ? Nick était un sensuel, et ce genre de détail prosaïque avait du charme pour lui.

Elle sentait aussi le citron, sans doute parce qu'elle utilisait un savon parfumé. Il l'imaginait mal pressant un citron pour s'enduire le corps de jus... même si l'idée n'était pas déplaisante. Il pourrait boire sur sa peau les filets de liquide acide qui couleraient en méandres sinueux jusque dans les replis secrets de son sexe, dont il goûterait la saveur douce-amère...

Il inspira profondément, humant le parfum de cette *Eau d'Eliza* entêtante, puis glissa la langue dans sa bouche. À son petit hoquet stupéfait, il comprit qu'elle était encore plus innocente qu'il ne l'avait supposé. Était-ce donc la toute première fois qu'on l'embrassait ?

Décidément, ces Anglais étaient une belle bande de pisse-froid.

Il continua de l'embrasser avec douceur, pour l'apprivoiser, priant pour qu'elle n'ait pas l'idée de le mordre. Plus tard, peut-être, il lui apprendrait à mordiller. Ce pouvait être agréable, cela dépendait de...

Mais il s'emballait. Ce premier baiser ne déboucherait sans doute sur rien, même si son membre tressaillait d'espoir.

Il joua avec sa langue, la cajola, l'obligea à chercher la sienne et eut la surprise de sentir sa bouche frémir. Elle lui rendait son baiser, avec une maladresse attendrissante. Ses mains ne reposaient plus sur ses genoux mais sur le torse de Nick. Il aurait adoré qu'elle les fasse glisser plus bas, mais cela ne lui viendrait même pas à l'esprit.

Lui aussi avait les mains occupées, la droite enserrant sa nuque gracile, la gauche enfouie dans son chignon. Ainsi, tout en faisant tomber une à une ses épingles à cheveux, il percevait sous son pouce les pulsations affolées de sa carotide.

Lui-même sentit les battements de son cœur s'accélérer lorsque sa chevelure blonde croula sur ses épaules. Elle eut un petit gémissement qui l'incita à approfondir leur baiser, à libérer quelques démons qu'il avait muselés jusqu'à présent.

Leur baiser n'avait plus rien d'innocent, et Nick n'avait plus l'impression de l'initier à quoi que ce soit, car Mlle Lawrence se révélait une élève surdouée.

Fallait-il qu'il soit resté longtemps sans femme pour qu'une vierge sans expérience lui fasse cet effet-là !

Car elle était vierge, Nick n'avait aucun doute là-dessus. Et, d'ordinaire, il se tenait à distance prudente des vierges. Il avait quand même un brin de bon sens, même si certains pensaient le contraire.

Qu'est-ce qui lui prenait, bon sang ? Il devait mettre un terme à tout ça avant que les choses ne dérapent. Séduire la gouvernante ! On aurait dit le scénario d'un roman à quatre sous. Nick ne voulait pas du rôle du fripon transformé en héros par l'amour d'une femme méritante. L'amour n'existait pas, ou bien il s'agissait d'un sentiment fugace. Ses parents lui en avaient donné la meilleure preuve : leur mariage d'amour avait rapidement tourné au désastre.

Eliza tremblait contre lui, toute tiède et haletante. À regret, après une dernière caresse de la langue au coin de sa bouche, il s'écarta.

Elle lui donna un coup de poing dans l'estomac, de toutes ses forces, et il fut projeté contre la tête de lit. Bonté divine, quelle vigueur ! Si elle lui avait donné un coup de main la veille pour rosser Phil Cross, il s'en serait sans doute mieux sorti. Avec un peu d'entraînement, elle deviendrait une vraie guerrière.

Il inspira avec précaution pour s'assurer que ses poumons fonctionnaient toujours. Il n'aurait plus manqué qu'il vomisse une dernière fois, afin de clore en beauté cette affreuse journée !

— Eh… pourquoi me frappez-vous ?

— Comment osez-vous ?

Elle était retombée sur la chaise, les joues écarlates, ses cheveux dorés en désordre.

Il tâtonna autour des oreillers à la recherche de sa poche de glace pilée. Tout devait avoir fondu, maintenant.

— Ça avait pourtant l'air de vous plaire, objecta-t-il.

— Mais pas du tout !

— Oh si. Inutile de me mentir ou de vous mentir à vous-même. Je vous ai sentie vous épanouir comme une fleur dans la rosée du matin. Vous savez, ces roses blanches qui s'ouvrent et révèlent un cœur tout rose… Comment s'appellent-elles, déjà ? Je ne me souviens plus… Barbara, la mère de Sunny, en avait plein son jardin. Un vrai paradis… Pour un artiste, en tout cas.

C'était d'ailleurs dans ce lieu idyllique qu'il avait exécuté quelques-unes de ses meilleures œuvres.

— Ne me parlez pas d'horticulture… ni de votre maîtresse !

— Je n'ai pas envie de vous parler de quoi que ce soit. Je préfère de loin vous embrasser. C'est bien plus agréable.

— Vous êtes un… un débauché !

Il voulut hausser les épaules et entendit un craquement inquiétant dans son cou.

— Voyons, nous ne sommes pas dans un roman à l'eau de rose, et vous n'êtes pas la fragile héroïne victime d'un suborneur. Nous nous sommes juste embrassés, il n'y a pas de quoi en faire une maladie. Disons que c'était votre manière de vous racheter pour m'avoir condamné si vite. Et j'accepte vos excuses. Le chapitre est clos. Maintenant, filez. J'essaierai de ne pas m'endormir avant minuit, mais ensuite… je ne vous promets rien.

— En ce qui me concerne, vous pouvez bien tomber dans le coma, je m'en moque complètement !

Ses iris avaient pris la teinte exacte des eaux de la Méditerranée. Fascinant. Dans les mauvais romans, la couleur des yeux changeait tout le temps. C'était donc possible dans la réalité.

— Je sais bien que vous ne pensez pas une chose aussi méchante. C'était votre premier baiser ? Bon début. Mais la fin était trop abrupte.

Il sourit. Quand elle était en colère comme ça, il la trouvait bien plus intéressante que dans son état normal. Étrangement, Nick gardait un souvenir attendri des fureurs de sa mère. Il espérait quand même que Mlle Lawrence n'allait pas s'en prendre aux vases chinois. Il n'en était pas certain, mais ceux-ci devaient avoir une grande valeur. Et Mlle Lawrence… Enfin, il n'allait pas continuer à l'appeler comme ça, ils avaient dépassé ce stade. C'était « Eliza », maintenant. Et pourquoi pas « Lizzie », si elle lui permettait cette familiarité ?

Mais là, on entrait dans le domaine du fantasme.

— J'ai dit à Mme Daughtry que je ne quitterais pas mon poste. J'ai le sens des responsabilités, contrairement à vous. Lutiner vos employées… ce n'est vraiment pas correct !

— Soyez sûre que Sue et Mme Quinn ne risquent rien de ma part. Vous, en revanche, vous me plaisez, bien que je ne comprenne pas pourquoi. Vous n'êtes franchement pas mon t…

Le réveil décolla de la table de chevet et lui rasa l'oreille, avant de rebondir sur le lit.

Bouche bée, Eliza regarda sa main qui venait de lancer le projectile, comme si elle-même n'avait rien à voir dans cette agression.

Nick récupéra le réveil et le remit en place.

— Quel tempérament volcanique ! Qui l'eût cru ? J'aimerais faire votre portrait telle que vous êtes maintenant, avec vos cheveux en bataille. Vous êtes très appétissante.

Elle referma enfin la bouche. Ses lèvres enflées étaient toutes roses, et ses yeux bleus flamboyaient. Seigneur, elle était magnifique.

— Vous avez perdu votre langue ? Dommage, elle est fort douce. Bon, très bien, vous n'êtes pas obligée de me répondre, se hâta-t-il de préciser en la voyant froncer les sourcils d'un air belliqueux.

Elle n'aimait pas les compliments, de toute évidence.

Il attrapa son carnet à croquis, un crayon et, pendant le quart d'heure suivant, s'appliqua à la dessiner.

Eliza refusait de croiser son regard et fixait un angle de la pièce, ce qui lui donnait un air plutôt mystique. De toute façon, il n'avait pas besoin de sa collaboration. Il aurait pu travailler les yeux fermés. Il avait encore dans la bouche le goût du thé, du beurre et de sa colère.

Elle s'était efforcée de discipliner un peu ses boucles, mais les épingles s'étaient égarées dans les draps, et elle n'allait sûrement pas se rapprocher du lit pour les récupérer. Bien qu'elle eût natté sa chevelure en une tresse grossière qui pendait le long de son épaule, Nick l'avait représentée les cheveux dénoués. Il imaginait déjà une cascade blonde de la couleur des blés mûrs, avec quelques touches d'or sombre çà et là. Une couleur peu commune chez les adultes.

Ses sourcils aussi étaient blonds, ainsi que l'extrémité de ses cils, et pourtant, elle n'avait pas cette fadeur qu'on rencontrait fréquemment chez les blondes. Ses yeux étaient d'un bleu perçant, et elle cillait rarement. S'ils s'étaient affrontés au jeu du regard, il aurait sûrement perdu.

Après un regard à sa robe marronnasse, il avait décidé de l'éliminer du dessin. Il avait de l'imagination et l'œil acéré d'un artiste. Ses seins, bien que plutôt petits, étaient néanmoins assez ronds pour combler un homme de goût, ce qu'il se targuait d'être. Elle ne bombait pas la poitrine dans cette attitude hautaine qui, il ne savait pourquoi, était à la mode depuis quelque temps chez la gent féminine. Certaines femmes jugeaient bon de se rengorger comme un pigeon qui roucoule, c'était ridicule. Non, Eliza ne cherchait pas à séduire. Elle était fine, ni dodue ni maigrichonne. Juste parfaite.

Elle était sa Boucle d'Or, songea-t-il avec un petit sourire.

Alors qu'elle demeurait assise face à lui, immobile tel le sphinx, il décida que ses mamelons étaient de taille moyenne, pour aller avec le reste.

Quelques coups de crayon suffirent à dessiner ses petits seins délicieusement pointus. Il imagina sa propre bouche autour de ces framboises délicieuses, et son sexe réagit aussitôt sous les couvertures.

Allait-elle le remarquer ? Bah, elle ne le regardait même pas. On se demandait ce qui pouvait l'hypnotiser comme ça, dans ce coin là-bas, à droite de la cheminée.

Puis, comme il reportait son attention sur son visage, il vit une larme brillante couler le long de sa joue. Elle se mordait la lèvre, sans doute pour l'empêcher de trembler, son adorable menton pointé en avant.

Malheur !

— Vous ne pleurez pas, quand même ? Ce n'était qu'un baiser de rien du tout !

Elle tourna vers lui ses yeux embués.

— Pour vous, ce n'était peut-être que ça, mais comme vous l'avez deviné, c'était mon premier baiser. Et il a fallu que je le donne à un homme comme vous ! Quel gâchis ! Mon innocence est à jamais perdue.

— Bon sang, je n'ai pas pris votre sacro-sainte vertu, s'écria-t-il, agacé. Croyez-moi, si c'était le cas, vous vous en seriez rendu compte, et j'ose ajouter que vous auriez passé un très bon moment. Il se trouve que je suis à la hauteur de ma réputation dans ce domaine.

— Oh, je connais votre réputation ! s'exclama-t-elle, les poings serrés.

Nick eut un mouvement de recul et fourra vivement le carnet sous la couverture.

— Bonté divine, je ne suis pas le diable ! Et c'est moi qui ai arrêté de vous embrasser.

Il avait eu du mal, certes. Mais il n'était pas du genre à forcer une fille qui n'était pas consentante.

Sauf qu'elle était consentante.

— C'est encore pire ! Je… je ne sais pas ce qui m'a pris ! Je… je ne vous apprécie même pas ! lança-t-elle d'une voix haletante.

— Merci beaucoup.

Lui non plus ne l'appréciait guère, mais il n'aurait pas la goujaterie de le dire. Cependant, il aimait les jolies choses, et sa beauté le touchait de plus en plus, comme il avait commis l'erreur de le signaler un peu plus tôt.

Si seulement elle avait été un peu moins guindée ! Selon les critères de Nick, ce n'était pas une qualité.

S'efforçant de cacher son irritation, il conseilla :

— Considérez cela comme une expérience sans conséquences. Et, si cela vous console, dites-vous que je délirais, à cause de la fièvre. Voilà, mon cerveau malade a disjoncté, je ne savais pas ce que je faisais. Je vous ai confondue avec quelqu'un d'autre. Une de mes nombreuses maîtresses. Prise au dépourvu, vous êtes restée sidérée pendant un long moment – très long, si je puis me permettre. Mais vous vous êtes reprise et vous m'avez remis à ma place.

— Mais ce n'est pas vrai !

— Bien sûr que si. Le lit est la place que je préfère.

Il lui adressa un sourire coquin, en espérant qu'elle n'allait pas le frapper de nouveau.

— Vous n'êtes jamais sérieux ?

Il éprouva un soupçon de remords. Elle avait l'air si malheureuse ! Ce n'était qu'un simple baiser ! Nick embrassait des filles depuis qu'il était en culottes courtes. Il avait été initié aux choses de la vie par une femme de chambre qui s'était apparemment donné pour mission de déniaiser les trois fils Raeburn. Pas en même temps, bien sûr, et quand Nick avait été en âge de s'intéresser à la gaudriole, elle n'était déjà plus de la première fraîcheur. Après tout, Alec avait sept ans de plus que lui et Evan quatre.

Mais, à l'époque, Nick se moquait bien qu'elle fût plus âgée que lui et qu'il n'ait pas été le premier.

Il refoula ce souvenir dans les profondeurs de sa mémoire.

— Écoutez, c'est vraiment sans importance, pour vous comme pour moi. Inutile de courir vous acheter un cilice. D'ici un jour ou deux, vous serez partie. Nous ne nous reverrons plus, et vous pourrez retourner à votre ennuyeuse petite vie comme si de rien n'était.

De nouveau, le réveil vola dans les airs. Et, cette fois, il n'eut pas le temps de l'esquiver.

9

Seigneur, qu'est-ce qui lui arrivait ?

Il n'y avait aucune explication rationnelle à ce lancer de réveil, pas plus qu'à ce baiser qu'elle avait accepté... et rendu, hélas.

Eliza n'était pas de nature coléreuse. Elle n'élevait jamais la voix, n'avait jamais crié contre personne, pas même contre le petit Jonathan Hurst le jour où il lui avait renversé sa collection de papillons sur la tête pendant qu'elle dormait. Avec un calme olympien, elle avait secoué ses cheveux pleins de papillons morts, avant de lui ordonner de retourner se coucher. Jon avait été si déçu par son manque de réaction qu'il ne s'était jamais donné la peine de recommencer.

Il n'avait pas pour autant renoncé aux farces. Oh que non ! Mais, par la suite, il avait choisi d'autres victimes.

Elle plaça le pansement adhésif sur la joue meurtrie de M. Raeburn. Il avait bien besoin d'être rasé, mais vu la façon dont elle réagissait en ce moment, mieux valait qu'elle ne manie pas de rasoir en sa présence.

Il leva vers elle un regard malicieux.

— Vous êtes décidée à me défigurer, c'est ça ? Vous ne pouvez pas m'avoir, alors aucune autre femme ne m'aura, c'est ça, votre plan ?

— Restez tranquille. Ce n'est qu'une égratignure.

C'était un peu plus que cela, il fallait l'avouer. Par sa faute, il risquait de garder une cicatrice. C'était horrible.

— Je vais peut-être attraper le tétanos et rester la mâchoire bloquée. Et alors vous serez bien attrapée, car il n'y aura plus personne pour vous embrasser.

Il continuait à la taquiner. Il était insupportable.

— Allez-vous vous tenir tranquille ? Le pansement ne collera pas si vous remuez comme ça. Et il n'est pas question que je recommence à vous embrasser, je vous le garantis.

— Qui a dit que j'en avais envie ? Vous m'avez sauvagement agressé. J'aurai peut-être plus de chance avec la prochaine gouvernante. Espérons que ce sera une fille avenante et douce, qui ne lance pas des réveils à la tête des gens à la moindre vexation.

C'était vrai, il l'avait mise hors d'elle. Elle regrettait de n'avoir pas sous la main un désinfectant bien piquant qui lui aurait fait souffrir le martyre. Il était si... si...

Oh, elle n'arrivait plus à réfléchir. À cause de lui, elle n'était plus elle-même.

Minuit n'arriverait donc jamais ? Quelle heure pouvait-il être ? Elle n'en avait aucune idée : le réveil gisait en miettes par terre, là où il avait atterri après avoir heurté la joue de M. Raeburn. Si sa trajectoire avait été plus courte de quelques centimètres, il serait tombé sur le tapis oriental et serait sans doute encore intact. Le verre du cadran était entier, mais les petites pièces et ressorts s'étaient éparpillés un peu partout. Il fallait qu'elle ramasse les débris avant que M. Raeburn n'ait l'idée de se lever et ne s'entaille le pied. Elle ne voulait pas avoir cela en plus sur la conscience.

Elle se pencha, en espérant que M. Raeburn n'en profiterait pas pour regarder son postérieur. Mais ce devait être automatique chez cet individu.

Après avoir glissé les petites pièces métalliques dans sa poche, elle se rassit sur la chaise.

— Bien entendu, je remplacerai le réveil.

Songeur, il se gratta la barbe.

— Je ne sais pas si c'est possible. C'était une antiquité unique.

— Vous dites n'importe quoi. Ma mère a le même.

Elle mentait. Et si ce réveil était effectivement une pièce irremplaçable ? Elle avait quelques économies, mais sûrement pas assez pour payer « une antiquité unique ».

— Parlez-moi de votre mère.

Elle lui jeta un regard ahuri.

— Pourquoi ?

— Je ne sais pas, je pensais juste aux mères. La mienne était une vraie mégère. Elle nous aimait, mais elle avait un caractère imprévisible. Elle piquait des colères, comme vous.

— Je ne pique pas de colères !

Miséricorde, voilà qu'elle s'emportait de nouveau. Et lui haussait les sourcils d'un air entendu, évidemment.

— Je veux dire… d'habitude, ça ne m'arrive pas. Mais c'est vous, aussi. Vous faites ressortir ce qu'il y a de pire en moi.

— Je ne pense pas. Vous êtes charmante quand vous êtes en colère. Vous prenez des couleurs. Joues écarlates, yeux azur… J'ai très envie de vous peindre.

Eliza porta la main à sa joue brûlante. Elle devait avoir l'air d'une tomate plongée dans l'eau bouillante.

— Je ne suis pas modèle, monsieur Raeburn.

— Vous pourriez, j'en suis sûr, maintenant que je vois votre vraie personnalité. Hier, je me disais que vous ne conviendriez pas, mais je me trompais.

— Dois-je vous remercier d'avoir changé d'avis ?

— Disons que vous êtes pardonnée. Vous savez bien que vous êtes une très jolie fille.

Oui, et cela lui faisait une belle jambe. Eliza n'accordait pas d'importance particulière à son physique, mais elle avait conscience que ses yeux bleus avaient autant de pouvoir sur les autres que les prunelles sombres de M. Raeburn.

— Je n'aime pas la tournure que prend cette conversation, déclara-t-elle.

— Alors, parlez-moi de votre mère.

Il sourit. Sur sa joue, le bord du pansement se décolla, et elle se retint de le remettre en place.

— Ma mère est veuve et de santé fragile. Mon père est mort brutalement il y a trois ans, et depuis j'ai fait ce que j'ai pu pour subvenir à nos besoins.

— Que faisait-il dans la vie ?

— Il dirigeait son propre cabinet comptable. Son associé a racheté ses parts, mais pas à leur juste valeur. Nous nous sommes retrouvées dans la gêne. Alors, j'ai pris des cours de secrétariat, puis j'ai été engagée à l'étude Templeton & Hurst. Au bout d'un an, maître Hurst m'a demandé de m'occuper de ses enfants. J'ai dû emménager chez lui. Ma mère a réussi à se débrouiller seule, mais j'étais inquiète pour elle. Je le suis toujours aujourd'hui. Mon travail à l'agence Evensong me convient parfaitement, il me permet même de rentrer chez nous le midi pour déjeuner. Le docteur Samuelson assure que maman est plus forte que je ne le crois, mais je vois bien qu'elle a du mal. Elle a des rhumatismes, et le moindre mouvement la fait parfois horriblement souffrir. Il est hors de question qu'elle utilise l'escalier. Nous avons donc quitté notre maison pour prendre un appartement de plain-pied.

— Vous lui ressemblez ?

Eliza acquiesça d'un hochement de tête. Son père disait toujours qu'elle était presque aussi jolie que sa mère, ce qui ne l'offensait pas le moins du monde.

Ses parents s'aimaient profondément, ce qui, à en croire M. Raeburn, relevait de l'exception.

— Ainsi, vous vous êtes sacrifiée pour prendre soin d'elle ?

— On ne peut pas parler de sacrifice. Pas vraiment. Elle a veillé sur moi quand elle en était capable, et aujourd'hui, c'est mon tour.

— Admirable. Vous n'avez donc aucun projet personnel ?

Eliza sentit sa gorge se contracter.

— Que... que voulez-vous dire ?

— Eh bien, envisagez-vous de trimer pour mon industrieuse petite belle-sœur toute votre vie ou comptez-vous un jour fonder une famille, avoir un mari et des enfants ?

— Que vous importe ? Je croyais que vous trouviez toutes ces choses ennuyeuses.

Cette fois, quoi qu'il dise, elle se retiendrait de le bombarder avec le premier objet à lui tomber sous la main. Il pouvait la traiter de bonnet de nuit et de rosière toute la nuit si ça lui chantait, elle ne cillerait pas.

Enfin, peut-être pas toute la nuit. À minuit, telle Cendrillon, elle disparaîtrait dans sa chambre, la conscience tranquille. Elle avait obéi aux consignes du médecin, et si jamais Nicholas Raeburn ne se réveillait pas le lendemain matin... eh bien, cela ne lui ferait ni chaud ni froid.

— Mademoiselle Lawrence, je ne suis pas si différent des autres hommes. Vous êtes ici, dans ma maison, pour vous occuper de ma fille. Je suis peut-être un excentrique selon vos critères, mais j'aime mon confort et je veux vivre entouré de mes amis et des membres de ma famille.

— Mais vous avez une aversion pour le mariage.

— Je n'ai nul besoin d'une femme. Du moins pas maintenant. Quand je serai devenu un barbon arthritique, peut-être me déciderai-je à épouser une jeunesse qui adoucira mes vieux jours et mon passage dans le royaume d'Hadès. Nous verrons bien. Mais nous parlions de vous. Je croyais que toutes les jeunes femmes rêvaient de se marier. En tout cas, c'est ce que la société attend d'elles.

Eliza se mordit la lèvre et ne put s'empêcher de répliquer :

— Pour devenir la bonniche et la jument reproductrice d'un homme ? Merci bien.

M. Raeburn sursauta.

— Ma foi ! Vous ne visez pas assez haut, je pense. Il vous faut un homme capable de vous garantir un train de vie décent. Vous méritez d'avoir des domestiques, une gouvernante et une camériste pour le moins. Que s'est-il passé avec votre avocat ?

— Ce n'est pas *mon* avocat !

Elle eut conscience de s'empourprer une fois de plus. Avait-il deviné qu'elle s'était à moitié amourachée de son ancien employeur ? Pourtant, personne ne s'en était rendu compte, et surtout pas maître Hurst, qui était bien trop occupé par son travail pour s'intéresser à qui que ce soit.

Sauf à sa fille, bien sûr. L'asthme de Penny lui causait beaucoup de souci. Eliza espérait que la santé de l'enfant s'était améliorée depuis. Elle se souvenait encore des nuits pénibles où, assise à côté de Penny penchée sur un bol d'eau fumante, elle priait pour que sa petite protégée aille mieux.

Elle décida de changer de sujet.

— Sachez que j'éprouve une profonde admiration pour celle que vous appelez votre « industrieuse petite belle-sœur ». J'aimerais diriger ma propre entreprise un jour, moi aussi.

Elle eut la satisfaction de le surprendre. Il resta bouche bée un instant, avant de demander :

— Vraiment ? Mais quel genre d'entreprise ?

Eliza fut prise de court. Ses rêves ne l'avaient pas entraînée aussi loin.

— Une activité qui aurait un rapport… avec les chiffres, le calcul. Ou l'organisation. On m'a dit que j'avais l'esprit pratique.

M. Raeburn ferma les yeux quelques secondes, puis les rouvrit.

— J'aimerais vous présenter Calamité. Enfin, je veux dire sir Thomas Featherstone.

— Il cherche une secrétaire ? Dans ce cas, l'agence Evensong pourra certainement lui en trouver une.

— Pas une secrétaire ordinaire. Il s'est mis en tête de fonder une sorte de coopérative artistique qui regrouperait des peintres, mais aussi des auteurs de théâtre, des romanciers, des musiciens, des poètes. Il aimerait créer une galerie, fonder une agence pour les modèles, qui gérerait aussi les achats de fournitures, et trouver une scène pour les représentations et les séances de lecture, ainsi que des lieux où les auteurs pourraient écrire et chercher l'inspiration en paix et des ateliers chauffés où les peintres bénéficieraient de la meilleure lumière. Bref, une sorte d'association destinée à répondre aux besoins des artistes et de leurs mécènes. Cala a de l'argent à ne plus savoir qu'en faire, mais c'est un piètre homme d'affaires. Il apprécie les jolies femmes. Si vous le fréquentiez, je suppose que, sans trop d'efforts, vous pourriez vous faire épouser, devenir lady Featherstone et gérer sa fortune. Vous feriez d'une pierre deux coups.

Son petit discours avait éveillé l'intérêt d'Eliza, mais, choquée par sa dernière suggestion, elle s'écria :

— Monsieur Raeburn ! Je n'ai pas du tout l'intention d'épouser votre ami. Je ne cherche pas un mari.

— Votre mère irait habiter chez lui. Il a une maison immense ; on pourrait y abriter Blanche-Neige, les sept nains et le chasseur en prime ! À ce propos, c'est l'un des contes préférés de Sunny. Si vous restez ici quelque temps, il va vite vous sortir par les yeux.

Oh non... Elle n'avait toujours pas appelé Oliver pour savoir si les entretiens d'embauche avaient donné quelque chose. Et, le cas échéant, M. Raeburn serait-il en état de voir les candidates le lendemain ? Il n'allait quand même pas les recevoir au lit !

Elle le vit étouffer un bâillement. Ses yeux cernés étaient injectés de sang. Manifestement, il avait besoin de dormir.

Elle décida qu'il était temps de se retirer.

— Si vous n'avez plus besoin de rien, je vais vous laisser vous reposer.

— Enfin ! marmonna-t-il. Quoique... Vous ne devriez sans doute pas partir.

— Pourquoi ?

— Il ne doit pas être plus de 21 heures. Maintenant que vous avez massacré mon réveil, il ne vous reste plus qu'à vérifier sur ma montre de gousset. Elle est posée sur la coiffeuse.

La montre, en argent ciselé, était bien astiquée et brillait. C'était un très bel objet. Et Nicholas Raeburn avait hélas raison au sujet de l'heure. Il restait encore trois heures interminables à passer en sa compagnie...

Leur baiser aussi lui avait paru interminable, mais en réalité il n'avait pas dû durer plus de quelques secondes. Et voilà qu'il planifiait déjà tout son avenir ! Cet homme n'avait pas toute sa raison.

— Bon, qu'allons-nous faire ? s'enquit-elle en se rasseyant.

— Pas ce dont j'ai envie. Je n'en ai pas la force.

Il lui lança ce regard qu'elle commençait à connaître et qui la mettait au défi de répondre avec le même humour grivois.

Nicholas Raeburn ne pouvait pas s'empêcher de choquer. Mais Eliza n'allait pas tomber dans le piège. Elle ne se laisserait pas entraîner dans une conversation salace.

— Vous ne voulez pas savoir de quoi je parle ? insista-t-il.

— Pas spécialement, rétorqua-t-elle, les mains croisées sur son giron.

— Néanmoins, vous soupçonnez quelque activité sulfureuse, avouez-le.

— Je ne vous connais pas assez pour deviner ce que vous avez en tête, monsieur Raeburn. Je ne lis pas dans les pensées.

— Croyez-vous aux sciences occultes, mademoiselle Lawrence ?

— Quelle curieuse question !

— Vous n'avez jamais participé à une séance de spiritisme ? Non, évidemment. Une gentille petite-bourgeoise comme vous, fille de comptable, ne croit pas aux esprits.

— Ce sont des élucubrations ! Des sornettes que l'on donne à gober aux naïfs !

Il éclata de rire, mais son rire s'étrangla dans sa gorge et il esquissa une grimace de douleur.

— Aïe. Vous voulez bien m'apporter mes cachets et un verre d'eau ? J'ai une de ces migraines…

— Ce sont peut-être les esprits avec leurs marteaux et leurs enclumes, marmonna-t-elle en dépliant le papier de soie dans lequel étaient conservés les médicaments.

— Probablement. Bien qu'à ma connaissance personne ne soit mort dans cette maison. Elle appartenait à mon ami Daniel Preble. Il en a été le premier et le seul occupant. Que pensez-vous de sa collection d'objets d'art ?

Eliza fut tentée de répondre que, à l'instar de sir Thomas Featherstone, M. Preble devait avoir plus d'argent que de bon sens. Sans doute était-il incapable de passer devant la vitrine d'un antiquaire sans y entrer pour le dévaliser.

Mais, vu l'air enthousiaste qu'affichait M. Raeburn, lui était enchanté d'habiter au milieu de ce capharnaüm de reliques et de cochonneries diverses.

— Je ne suis pas experte en archéologie, ni versée dans le domaine des arts. Votre ami a-t-il peint tous les tableaux qu'on trouve ici ?

— Quelques-uns seulement. Les autres, il les a achetés pendant son Grand Tour d'Europe. Certains ont plusieurs siècles. Le reste provient de nos amis artistes. Un ou deux sont peut-être même signés de ma main, mais le gros de mon œuvre n'arrivera pas avant la semaine prochaine. Je vous l'ai déjà dit, non ?

— Oui.

Et si elle était encore chez lui à ce moment-là, elle se tirerait une balle dans la tête.

— Ce qui me rappelle… J'ai promis à Daniel de lui envoyer ses tableaux. Vous pourriez peut-être me donner un coup de main. Il faudra bien que quelqu'un m'aide si je suis confiné dans ma chambre pendant plusieurs jours.

— Confiné… dans votre chambre… pendant plusieurs jours ?

— D'après le docteur Samuelson, je suis censé rester alité, garder ma jambe au repos pour que la cicatrisation s'effectue correctement. Il m'a prévenu que, si je marchais, les points de suture risquaient de sauter.

Sa main, posée sur la couverture, était dangereusement proche de ses organes génitaux. Eliza détourna pudiquement les yeux vers le coin de la pièce, à droite de la cheminée.

Plusieurs jours.

Elle n'était pas près de partir. Même si Oliver dénichait la gouvernante idéale, aucune candidate n'accepterait de passer un entretien d'embauche dans la chambre à coucher de son futur patron.

— Il vous a interdit de vous lever ?

— Non, je suis autorisé à me déplacer de manière raisonnable, pour me laver et aller aux toilettes. Éventuellement pour fuir la maison en cas d'incendie, ajouta-t-il avec un sourire. Mais les escaliers me sont contre-indiqués, comme à votre pauvre mère. Enfin, ne vous inquiétez pas. Mme Daughtry sera de retour demain pour changer les draps, vider le pot de chambre et surveiller ma température. À ce propos... je me sens un peu fébrile.

Par réflexe, Eliza tendit la main pour la poser sur son front. Elle le trouva brûlant. La fièvre était-elle due à l'infection intestinale ou à sa blessure à la cuisse ? Elle n'avait pas de connaissances médicales, elle n'allait pas demander à M. Raeburn de retirer son pantalon de pyjama pour jeter un coup d'œil à sa jambe...

Et pourtant... elle aurait dû. Si la plaie devenait purulente, il fallait appeler le docteur Samuelson d'urgence.

Elle toussota, ferma les yeux et s'obligea à articuler cette requête choquante.

10

La petite rouée !

Quantité de femmes avaient tenté de séduire Nick avec diverses tactiques, mais aucune n'avait eu le front de lui demander tout de go d'enlever son pantalon.

De toute façon, il était bien incapable de répondre à ses attentes. Son crâne menaçait d'exploser, son estomac faisait des soubresauts, et il avait les aisselles humides de sueur.

— Désolé, mon chou. Vous avez l'air de très bien lire dans les pensées, finalement. Mais j'ai eu les yeux plus gros que le ventre, pour ainsi dire. Tout ça est un peu prématuré, même si d'ordinaire un peu de précipitation ne me gêne pas.

Eliza fronça les sourcils, la mine sévère, avec une expression qu'il connaissait bien pour l'avoir vue sur le visage de toutes les gouvernantes qu'il avait eues.

— Mais... qu'est-ce que vous racontez ? lâcha-t-elle.

— Je ne pense pas être en mesure de vous satisfaire. C'est trop tôt. Laissez-moi au moins un jour ou deux, et...

Elle s'étrangla.

— Je... je... Vous êtes vraiment... ridicule... odieux ! Je veux vérifier l'état de votre plaie, c'est tout ! Si elle s'est infectée, nous devons appeler le docteur Samuelson au plus vite.

Il avait donc mal interprété les signaux ? D'ordinaire, son instinct ne lui faisait pourtant pas défaut dans ce genre de situation. Sans doute péchait-il par excès d'optimisme. C'était dans sa nature.

— Pardonnez-moi. C'est la fièvre, je suppose... Je dois délirer. Je n'ai pas les idées claires.

Il émit un gémissement plaintif.

— Vous jouez vraiment mal la comédie, soupira-t-elle. Comment avez-vous pu croire que je voulais vous enlever votre pantalon pour... pour... vous savez bien.

Ses joues s'empourpraient de nouveau. Elle était adorable.

— Non, en ce moment je ne sais rien du tout. À cause de ma tête... de ces marteaux et de ces enclumes dont vous parliez.

Il ferma les yeux. Il ne plaisantait qu'à demi.

Eliza prit une profonde inspiration avant d'annoncer :

— Avec votre permission, je vais inspecter la blessure de votre cuisse. Si vous pouviez avoir la bonté de couvrir... de cacher vos... votre... vous savez.

Oui, cette fois, il avait compris. Il était même impératif qu'Eliza ne le voie pas dans cet état d'affaiblissement pathétique.

D'une main, il tâtonna sous les draps et s'assura que ses parties intimes étaient bien dissimulées à la vue.

— Si vous pouviez changer de position... Je ne vois pas grand-chose, reprit-elle.

Il obtempéra pour lui permettre de retrousser la couverture, sentit la fraîcheur de l'air sur sa cuisse. Un petit frisson le parcourut.

— Je vais soulever un peu le pansement, murmura Eliza, comme si elle s'encourageait à voix haute avant une épreuve particulièrement difficile.

Ses doigts lui frôlèrent la cuisse. De nouveau, il frissonna. Un moment, elle se battit avec le lien de gaze noué qui maintenait le pansement en place. Comme le silence se prolongeait, Nick se força à rouvrir les yeux. Voilà qu'elle se mordait encore la lèvre, la mine concentrée. Si elle restait à Lindsey Street, elle n'aurait bientôt plus de bouche.

Sauf qu'elle ne voulait pas rester et n'en faisait pas mystère. Il ne pouvait pas le lui reprocher. Son nouveau domicile était devenu un enfer, comme ces maisons frappées par la peste qu'on marquait d'un X à la craie autrefois. Eliza Lawrence s'était retrouvée projetée là, entre deux domestiques, le maître de maison et sa fille, tous malades comme des chiens. Des étrangers pour elle. Et, à présent, elle était obligée de rester à son chevet.

Pas étonnant que sa petite nature puritaine se révolte…

— J'ai l'impression que cela ne s'est pas aggravé, commenta-t-elle. Il y a du sang séché sur les bords, mais je ne vois pas de pus. Et ça ne sent pas mauvais non plus. Votre fièvre vient donc de l'infection intestinale, Dieu merci.

— Ce bon docteur Samuelson ne sera pas forcé de m'amputer, alors. Bonne nouvelle.

Elle s'appliqua à remettre le pansement en place.

— Ne plaisantez pas avec de tels sujets, monsieur Raeburn. Vous avez eu beaucoup de chance.

— Certes. Et vous ne vous êtes pas évanouie, cette fois. Je suis fier de vous.

— Si vous vous étiez vu hier soir… vous vous seriez évanoui aussi !

— Sûrement pas. Vous oubliez que j'ai deux frères. Nous étions de vrais pirates, et le sang a coulé plus d'une fois, je vous prie de le croire.

— Êtes-vous proche d'eux ?

Il haussa les épaules.

— Je suis resté longtemps à l'étranger. Mon frère aîné, Alec, pense toujours avoir raison sur tout, alors j'étais plutôt soulagé de m'éloigner. Et Evan est assez caractériel, même s'il fait des efforts. Du temps de notre jeunesse, il était plus spontané. À cause de lui, j'ai bien d'autres cicatrices. Avez-vous des frères et sœurs ?

— Non, et parfois, je le regrette. Mon fardeau serait moins dur à porter, même si je n'en veux pas du tout à ma mère, qui est la bonté incarnée. Elle ne réclame jamais rien. Mais, comme je vous l'ai déjà dit, je m'inquiète pour elle.

— Raison de plus pour épouser Calamité et mettre la main sur sa fortune. Il ne verra pas d'objection à héberger une belle-mère dans le grenier, il n'est presque jamais chez lui.

— Dans ce cas, il ne fera pas un très bon mari, objecta-t-elle d'un ton presque taquin.

— Que pensez-vous de son idée de coopérative ?

Lui-même estimait que ce projet recelait d'immenses possibilités. Il ne comptait pas déserter son atelier, mais quand on songeait à tous ces jeunes artistes qui crevaient de faim dans des chambres insalubres... Ils auraient eu bien besoin d'encouragements et de quelques repas chauds.

— Vous croyez que cela pourrait fonctionner ? Tous ces artistes égocentriques qui rivaliseraient d'excentricité pour mieux briller ? dit-elle d'un ton dubitatif.

— Vous mettez le doigt sur le souci majeur. Il nous faut quelqu'un de pragmatique, qui soit imperméable aux émotions fortes. Quelqu'un qui s'occupera de dresser des listes, de fixer des horaires, d'établir des plannings, toutes ces choses assom... enfin, tout ce travail administratif qui semble tant vous plaire.

— Certes, mais...

Elle replongea dans le silence et recommença à mordiller sa lèvre.

— Quoi ?

— Je suis une femme.

— Qui aime les lapalissades, apparemment. Oui, vous êtes une femme, en effet. Et après ?

— Soyez sûr que j'apprécie la confiance que vous placez en moi alors que nous nous connaissons à peine, toutefois... la plupart des gens ne prennent pas les femmes au sérieux. Nous avons une fonction décorative, et on préfère ne pas nous entendre.

— Ah, je croyais que c'étaient les enfants ! commenta-t-il dans un gloussement.

— Il n'y a pas grande différence. Les hommes de votre classe sociale infantilisent les femmes. Une vraie dame n'est pas censée utiliser son cerveau. Préparer un plan de table est la démarche intellectuelle la plus compliquée qu'on lui demandera. Une dame doit être démunie et se reposer sur un homme – son père, son frère, son mari – pour prendre toutes les décisions importantes, comme si elle était un être inférieur. C'est assez humiliant.

— Je suis bien d'accord avec vous.

— Vraiment ? s'exclama-t-elle, l'air surpris.

— Oui. Je ne vois pas en quoi une dizaine de centimètres de plus rendent quelqu'un supérieur.

— Exactement ! La stature n'a rien à voir là-dedans.

Il ne faisait pas référence à cela, mais jugea inutile d'expliciter son propos. C'était injuste en effet de gagner à la grande loterie de la vie parce qu'on avait la chance d'être un homme, pourvu de tout l'équipement idoine. On était à l'aube d'un siècle au cours duquel les choses allaient fatalement changer. Pas assez vite, hélas, pour Eliza Lawrence. Ni pour lui, d'ailleurs. Il espérait juste que, lorsque Sunny serait adulte, tous les chemins s'offriraient à elle.

— Quand je serai rétabli, je demanderai à Calamité de passer, et vous pourrez discuter de ce projet. Il a besoin de quelqu'un comme vous, qui ait la tête sur les épaules et ne craigne pas d'exprimer son avis. Il a tendance à s'emballer, mais il a vraiment bon cœur.

Nick sentit les prémices d'un bâillement et porta sa main sale à sa bouche. Il rêvait d'un bon bain, mais il faudrait encore patienter.

Ne serait-ce pas comique si Calamité tombait amoureux de sa gouvernante ?

Il y avait plus de chances pour qu'il se contente de la vouloir dans son lit. Ce pauvre Calamité n'était vraiment pas doué question organisation, il avait besoin d'une férule impitoyable. Nick imaginait déjà Eliza brandissant une cravache…

Mais il était peu probable qu'elle se prête à ce genre de jeu.

— Voulez-vous que nous écrivions ces lettres dont nous avons parlé hier ? proposa-t-elle.

Pendant une seconde, il ne comprit pas de quoi elle parlait, puis il se souvint qu'il devait prévenir ses amis qu'une maladie contagieuse sévissait chez lui.

Il acquiesça, et Eliza alla chercher du papier, de l'encre et un stylo-plume dans le petit secrétaire.

— Je pourrais les rédiger, mais votre écriture doit être plus jolie que la mienne, dit-il en s'adossant aux oreillers. Je vais dicter, un seul message pour les trois. Vous n'aurez qu'à le recopier en changeant le nom du destinataire. Vous trouverez les adresses dans le journal relié en cuir, au grenier, dans mon atelier. Cela ne vous dérange pas ?

— Je suis secrétaire, tout cela entre dans mes compétences.

Elle se rassit près du lit et choisit un livre au hasard sur la table de chevet pour lui servir de support. Nick espérait bien qu'elle n'aurait pas l'idée de l'ouvrir. Si un simple baiser l'avait bouleversée, il y avait fort à parier que les pages de ce roman érotique lui donneraient des vapeurs. Mais, avec un peu de chance, elle ne comprenait pas l'italien.

Il commença :

— « Cher Calamité »... Non, écrivez « Tom », et les autres lettres seront adressées à Peter et à Marcus. « J'espère que tu vas bien. Hélas, cela risque de ne pas durer. Tous les habitants de Lindsey Street sont au lit avec une sorte de grippe intestinale. Selon le médecin, ce n'est pas grave, mais c'est très contagieux... » Hé, vous n'allez pas tomber malade à votre tour !

Eliza releva la tête, l'air dérouté.

— Dois-je écrire cela ou est-ce à moi que vous parlez ?

— À vous, bien sûr. Il ne manquerait plus que vous soyez contaminée, vous aussi. Évidemment, nous trouverions quelqu'un pour vous soigner, ne vous inquiétez pas. Je vous en donne ma parole, même si vous êtes persuadée que je n'en ai pas. « Mieux vaudrait éviter la maison pendant un moment. Porte-toi bien. Nick. » En post-scriptum pour Calamité, remerciez-le d'être venu à mon aide hier soir. Et ajoutez que j'ai trouvé la réponse à ses prières.

— Monsieur Raeburn, je ne peux pas écrire ça !

— Modifiez la prose à votre convenance. Vous devriez au moins l'écouter détailler son projet. Si vous réussissez à dompter Calamité, rien ne vous résistera. Le monde sera votre coquille d'huître !

— Désolée, je n'aime pas les fruits de mer.

— Comment ? Alors, c'est que vous n'avez jamais savouré un homard sauce au beurre. Il faut savoir ouvrir ces bestioles. Je vous montrerai. Quand mes frères et moi étions petits, notre mère nous emmenait à Dunoon. Là-bas, nous avons appris à découper un homard sans sensiblerie, en bons petits gars affamés que nous étions. Dunoon est une cité balnéaire d'Écosse. À l'époque, il n'y avait presque personne. Maintenant, Dunoon est à la mode, et j'ai entendu dire que pour se pavaner sur la promenade avec son chapeau neuf, il fallait acheter un ticket.

— Payer pour se promener ? C'est stupide !

— Oui. Et si vous vouliez rivaliser avec les élégantes de là-bas, il vous faudrait changer de chapeau. Le vôtre est vraiment atroce.

— Qu'est-ce que vous racontez ? Il est très bien, mon chapeau.

— C'est une abomination. Aucune jolie fille ne devrait se cacher là-dessous.

— Je n'essaie pas d'attirer les regards. Comme je vous l'ai dit, dans le monde du travail, les hommes ne prennent pas les femmes au sérieux. Si je devais en plus me parer comme une perruche, personne ne m'engagerait.

— Mais vous avez déjà un emploi, non ? Alors, rien ne vous empêche de vous acheter un joli chapeau. À moins que je ne vous en offre un ? Je sais exactement ce qui vous…

— Il n'en est pas question.

Elle se lança dans une tirade visant à lui expliquer pourquoi il était inconvenant qu'une demoiselle accepte un cadeau de la part d'un homme qui n'était ni son fiancé, ni son mari, ni un membre de sa famille.

L'attention de Nick ne tarda pas à divaguer. Bon sang, qu'elle était ennuyeuse ! Sans doute n'avait-elle jamais enfreint aucune règle de toute sa vie. Mais, pour l'heure, il n'avait pas l'énergie de la pervertir. Ses paupières s'alourdissaient de minute en minute…

À l'étage inférieur, une horloge sonna. Nick hochait la tête, acquiesçant à tout ce qu'Eliza disait. Constatant qu'il n'insistait pas pour lui offrir un chapeau, elle recopia les lettres, puis s'en alla dans l'atelier chercher les adresses des destinataires.

À son retour, elle le tira de sa somnolence d'une petite secousse pour lui demander où il rangeait ses timbres et lui promettre de poster les missives dès le lendemain, à la première heure.

Il était plus simple de ne pas la contredire. Nick avait passé sa jeunesse à se disputer avec ses frères, puis à défendre ses idées novatrices au sein des cercles artistiques, mais, ce soir, Eliza Lawrence l'avait épuisé.

À moins qu'il ne faille incriminer cette fichue grippe, ou la fièvre, ou ses blessures. Quoi qu'il en soit, il se laissa happer par le sommeil sous son regard bleu vigilant. Il n'entendit même pas la porte se refermer doucement quelques instants plus tard.

Dans ses rêves, il escaladait les ruines du château de Dunoon qui surplombait les eaux du Firth of Clyde. Des vapeurs à roues à aube naviguaient au loin, laissant dans leur sillage un filet de fumée qui rejoignait les nuages. La vieille jetée s'avançait dans la mer. Une femme vêtue de blanc se tenait là. Nick ne distinguait pas ses traits, car elle portait un énorme chapeau boursouflé comme une meringue. Soudain, elle s'en saisit de sa main gantée de dentelle et le lança en l'air. Les rayons du soleil éclaboussèrent sa chevelure dorée et elle offrit son visage à leur caresse, au risque d'attraper des taches de rousseur.

Nick eut aussitôt envie de dessiner sa silhouette immaculée qui se détachait sur les flots gris-vert. Il fourra la main dans sa poche, mais ne trouva qu'une brindille cassée et un bout de ficelle sale.

Bon sang, ses frères lui avaient encore piqué ses affaires ! Comme toujours, étant le plus jeune, il était la victime de leurs mauvais tours. C'était injuste. Un jour, promis, il leur riverait leur…

11

Eliza ne comptait pas faire la grasse matinée. Elle se levait toujours tôt, même quand sa mère lui avait fait passer une nuit difficile.

Elle eut pourtant la surprise d'être réveillée par Sunny, qui était pieds nus et avait toujours mauvaise mine.

L'espace d'une seconde, Eliza, désorientée, se demanda qui était cette gamine adorable. Puis elle se redressa dans un sursaut. Quelle heure était-il ?

Par la fenêtre qui donnait sur le jardin, le soleil d'octobre entrait à flots dans la chambre.

— Venez, mademoiselle Lawrence. Sue pleure, et Mme Quinn m'a demandé de vous réveiller. Il y a des gens dehors.

— Des gens ? répéta Eliza, perplexe.

— Oui. Mme Quinn ne sait pas quoi faire d'eux, et papa dort toujours.

Eliza se pencha pour attraper la robe de chambre de son père.

— Que font-ils, ces gens ?

— Ils crient et ils cognent à toutes les portes.

Eliza avait dormi d'un sommeil si lourd qu'elle n'avait rien entendu.

— Mme Quinn a peur de leur ouvrir ?

— Au début, elle a ouvert la porte de service, et des messieurs ont essayé d'entrer de force. Alors,

Mme Quinn a claqué la porte sur le pied d'un bonhomme. Et puis un autre est monté sur le mur pour sauter dans le jardin. Il y est toujours ; on voit ses bottes quand on regarde par la fenêtre du sous-sol.

Ses grands yeux écarquillés, la pauvre Sunny avait l'air tout effrayée.

Eliza se précipita à la fenêtre. Effectivement, un homme se tenait en contrebas dans le jardin et fumait une cigarette. Comme il levait la tête dans sa direction, elle se rejeta vivement en arrière.

— Allons réveiller ton père.

Peut-être faudrait-il aussi appeler la police, mais elle ne voulait pas alarmer l'enfant davantage. Nicholas Raeburn saurait certainement pourquoi sa maison était assiégée par ces types qui, Eliza en aurait mis sa main au feu, étaient des journalistes.

Ils débarquaient chaque fois que lord et lady Raeburn revenaient d'Écosse, et se mettaient à rôder autour de l'agence. L'été précédent, il y avait eu un énorme scandale au *Forsyth Palace Hotel*, à propos d'un médecin qui escroquait ses patientes. La presse s'était évidemment emparée de l'histoire. Eliza savait seulement que lord Raeburn avait chassé les journalistes en les menaçant d'un procès. Bien sûr, être bâti comme une montagne écossaise aidait à se débarrasser de ces gens-là.

Néanmoins, cette affaire appartenait au passé. Aujourd'hui, le baron et sa femme profitaient paisiblement de leur bonheur conjugal. Ce qui était assommant, à en croire Nicholas Raeburn.

Elle prit Sunny par la main.

— Tu es vraiment très courageuse.

— C'est ce que papa dit aussi. Il assure que je n'ai peur de rien. Avant, je criais chaque fois que je voyais une araignée, mais les araignées mangent les vilains insectes, vous savez ? Elles sont nos amies.

Eliza lui sourit.

— Je vais te dire un secret. L'autre soir, je suis rentrée tard du travail et j'ai trouvé une grosse araignée sur le plafond de ma chambre. Alors, j'ai dormi sur le canapé du salon.

— Oh ! C'était bête.

— Tu as raison. Comment te sens-tu ce matin, ma chérie ?

— Mon ventre gargouille. Cela fait rire Sue. Le reste du temps, elle pleure. Mme Quinn a dit que je n'avais plus de fièvre.

— Bien. Allons voir si ton papa va mieux lui aussi.

Eliza alla frapper à la porte de la chambre, mais ne reçut pas de réponse. Elle tourna donc la poignée et jeta un coup d'œil dans la pièce. La chambre était toujours plongée dans la pénombre, les rideaux tirés, les couvertures jetées en un tas informe sur le sol, au pied du lit sur lequel Nicholas Raeburn reposait, allongé sur le dos et nu comme un ver, une main en travers de la figure.

Son membre dur comme le marbre pointait vers le plafond.

Elle ne passerait donc pas une seule journée dans cette maison sans devoir subir la vue de cet homme dans le plus simple appareil !

Désormais, elle n'ignorait plus rien de l'anatomie masculine. Elle n'aurait plus besoin d'aller au musée pour assouvir sa curiosité déplacée.

Elle referma le battant et se tourna vers Sunny.

— Tu crois que tu es assez courageuse pour retourner en bas toute seule ? Ton papa est encore malade.

— Bon, mais je vais aller chercher des livres dans ma chambre. Il n'y a rien à faire en bas.

La pauvre Mme Quinn n'était sûrement pas de cet avis. Eliza se demandait comment la cuisinière parvenait à gérer la maison dans ces conditions.

Heureusement, Mme Daughtry ne tarderait pas à arriver, et le docteur Samuelson dans la foulée.

Elle attendit que Sunny se soit éloignée, quelques livres et un ours en peluche miteux dans les bras, avant d'entrebâiller de nouveau la porte.

Nicholas Raeburn était toujours dans la même position. Son visage et son corps paraissaient très pâles. Eliza s'approcha d'un pas et aperçut des gouttelettes de sueur sur sa tempe. Sans doute avait-il eu un accès de fièvre, ce qui expliquait qu'il se soit débarrassé des couvertures.

Prestement, elle ramassa le drap qui gisait par terre pour en recouvrir la partie inférieure de son corps.

— Monsieur Raeburn, s'il vous plaît... réveillez-vous. Nous avons un problème.

Au son de sa voix, ses sourcils roux frémirent, mais ses paupières demeurèrent closes.

— Nicholas !

Il ouvrit les yeux. Il avait vraiment de très longs cils sombres, aux reflets mordorés. Pff... Gandin jusqu'au bout des cils.

— Oui, quoi ? Que se passe-t-il ? demanda-t-il, comme s'il était normal pour lui de trouver une étrangère dans sa chambre à son réveil – et sans doute était-ce le cas, en effet.

— Il y a une meute de reporters dans la rue, et l'un d'eux a eu le culot d'escalader le mur pour pénétrer dans le jardin. Savez-vous... pour quelle raison ils sont là ?

La vraie question était : « Qu'avez-vous fait pour provoquer cette hystérie médiatique ? »

— Comment voulez-vous que je le sache ? grommela-t-il.

Il s'assit, chancela et faillit tomber du lit.

— Sapristi... je ne suis pas dans mon assiette.

— Désolée, mais votre maison est assiégée. Faut-il appeler la police, ou devons-nous craindre que vous ne soyez arrêté si les autorités se déplacent ?

— Quoi ? Eh bien, la confiance règne, à ce que je vois ! De quoi me soupçonnez-vous au juste, mademoiselle Lawrence ?

— Je ne sais pas, je vous crois capable de tout.

— Encore vos satanés préjugés ! Qu'ai-je donc fait pour que vous ayez une si piètre opinion de ma personne ? Et quel forfait voudriez-vous que j'aie commis alors que je suis alité depuis vingt-quatre heures ? Je n'ai pas mis un pied hors de cette chambre, sauf pour me rendre aux toilettes.

— Vous êtes rentré en Angleterre depuis une semaine, lui rappela-t-elle.

Elle prenait un certain plaisir à l'asticoter ainsi, elle devait l'admettre. Certes, ce n'était guère charitable. Il avait vraiment mauvaise mine. Elle n'aurait pas dû le provoquer de la sorte alors qu'il était malade.

— Je me demande... dit-il soudain, avant de s'interrompre, puis de reprendre : Donnez-moi une minute, il faut que... que je vérifie quelque chose.

Elle crut discerner une brusque rougeur sur ses pommettes. Venait-il de comprendre qu'elle l'avait vu tout nu ? Mais cela devenait une habitude.

— Voulez-vous de l'aide ?

— Non, passez-moi juste ma robe de chambre. Quoique, je ne dirai pas non à une tasse de café quand je reviendrai.

— Je passerai la consigne à Mme Quinn. J'espère qu'elle s'est remise de sa frayeur. Il semble que cette invasion l'ait toute chamboulée.

À ce stade, la cuisinière devait avoir révisé la bonne opinion qu'elle avait de son nouveau patron pour le mettre dans le même sac que Daniel Preble.

Eliza gagna les étages inférieurs. Au rez-de-chaussée, elle distingua des voix étouffées derrière la porte d'entrée. Mais on ne distinguait pas grand-chose à travers le verre cathédrale coloré.

Soudain, il y eut une clameur collective, puis des coups frénétiques résonnèrent contre le battant.

Eliza hésita. Fallait-il ouvrir ? Elle n'avait aucune envie de se faire piétiner par une horde de journalistes enragés. Mme Quinn, qui était bien plus corpulente qu'elle, avait déjà eu du mal à les empêcher d'entrer. Eliza n'aurait aucune chance de les repousser.

— Ouvrez, s'il vous plaît ! lança une voix féminine derrière la porte. C'est Mme Daughtry ! Et vous, jeune homme, je vous conseille de reculer, sinon je vous donne un coup de sac ! Je suis infirmière diplômée, je sais taper là où ça fait mal, n'en doutez pas une seconde.

Eliza fit glisser la targette de sécurité hors de son logement et entrebâilla le battant de quelques centimètres.

Un flash l'éblouit. Il provenait d'un appareil photographique posé sur son trépied. Puis une dizaine d'autres appareils de la célèbre marque Brownie se mirent à crépiter.

Mme Daughtry attendait sur le perron. L'air farouche, elle se précipita à l'intérieur et, sans hésiter, claqua la porte sur une main qui tentait de s'interposer. Un glapissement de douleur fusa, puis l'imprudent battit en retraite.

Eliza s'empressa de remettre la targette en place avant qu'un autre forcené plus costaud fasse une nouvelle tentative d'intrusion.

Son regard glissa vers le portemanteau. Il y avait là plusieurs cannes et parapluies qui pouvaient servir à dissuader les plus opiniâtres.

— Mon Dieu, mais que se passe-t-il ? s'exclama-t-elle.

— Ceci ! répondit Mme Daughtry en brandissant une pile de journaux. On dirait bien que notre M. Raeburn a fait des siennes. Voilà pourquoi tous ces gratte-papier s'acharnent sur lui.

Eliza saisit un journal et lut la manchette à voix haute :

— « Le frère d'un baron se bat pour une prostituée… »

Elle passa au journal suivant, qui titrait en une : « Un artiste fou manque de se faire assassiner pour les beaux yeux d'une fille : panique chez les modèles. »

Ô Seigneur ! Et cela continuait sur des pages et des pages, avec des accroches toutes plus racoleuses les unes que les autres.

Certains articles étaient illustrés de photos signées Nicholas Raeburn. L'une d'elles revenait souvent, celle d'une jeune femme nue dont le corps était barré d'épais traits noirs aux endroits stratégiques. « Le costume d'Ève, par Nicky, le Peintre Polisson ! » clamait la légende qu'Eliza, cette fois, n'osa pas lire à voix haute.

Là, cela commençait vraiment à sentir le soufre.

Après avoir rapidement feuilleté les autres journaux, elle se rendit compte que les journalistes étaient allés déterrer les anciens scandales qui avaient émaillé la vie du baron Raeburn. On trouvait des photographies de son premier mariage, et une autre qui le montrait au côté de Mary Evensong, le jour de leurs noces. Eliza avait vu ce même cliché sur le bureau de lady Raeburn, à l'agence Evensong.

— Mon Dieu, Mary va détester toute cette publicité !

Par chance, lady Raeburn et son époux se trouvaient à bord d'un vapeur, quelque part au milieu de l'Atlantique, très loin de tous ces ragots.

Mme Daughtry s'éclaircit la voix en toussotant.

— J'ai bien peur de ne pouvoir rester, déclara-t-elle. M. Daughtry ne sera jamais d'accord pour que je travaille dans une telle maison.

Que ce fichu M. Daughtry aille donc se faire pendre ! Celui-là, Eliza l'avait pris en grippe sans même le connaître.

— Vous avez vous-même soigné les blessures de M. Raeburn ! s'écria-t-elle. Vous savez bien que, dans cette affaire, il n'est qu'une innocente victime.

— Croyez-vous ? Ce n'est pas ce que sous-entendent ces articles.

Mme Daughtry jeta un rapide coup d'œil en direction de l'escalier et poursuivit à voix basse :

— La femme qui apparaît sur cette photo scandaleuse affirme que M. Raeburn a fait jeter en prison son compagnon pour des raisons totalement fallacieuses. Que le pauvre homme n'a fait que se défendre contre une attaque gratuite de la part de M. Raeburn. Que lui et son riche ami, sir… Calamité, je crois, ont forcé la porte de leur logis et qu'ils ont ensuite graissé la patte des policiers pour que ceux-ci forgent de toutes pièces des chefs d'accusation contre son ami.

— Ce sont des mensonges. Vous avez passé toute la journée d'hier au chevet de M. Raeburn. Vous est-il apparu comme un homme qui abuserait de son rang social ?

Comme, par exemple, en jetant la gouvernante de sa fille sur le lit pour l'embrasser jusqu'à lui faire perdre le souffle et voir des étoiles ?

— Comment voulez-vous que je le sache ? Il avait la fièvre, il délirait à moitié. J'ai essayé de joindre le docteur Samuelson, mais il n'était pas chez lui. Il doit rendre visite à des patients. Non, je m'en vais, ma décision est prise. Je voulais juste vous prévenir. Je vais examiner Mme Quinn, Sue et la petite Sunny, mais ensuite je quitte les lieux.

Eliza n'allait pas rester dans le hall à se disputer avec Mme Daughtry alors qu'un journaliste furetait peut-être derrière la porte pour tenter de surprendre leurs propos.

— Très bien, comme vous voudrez. Le docteur Samuelson n'aura qu'à nous envoyer une autre infirmière.

Mme Daughtry eut une mimique sceptique, avant de la suivre dans l'escalier qui descendait à la cuisine. M. Raeburn avait réclamé du café, il fallait lui en préparer une tasse. Il aurait grand besoin d'un remontant quand il aurait lu toutes les horreurs répandues par cette presse infâme.

Mme Quinn était assise près du poêle, la petite Sunny blottie sur ses genoux. Celle-ci suçait son pouce. Désastreuse habitude, songea Eliza. Malheureusement, elle ne resterait pas assez longtemps dans cette demeure pour la lui faire passer.

— Ne vous levez pas, je vous en prie, dit Eliza. Je vais juste préparer le petit déjeuner de M. Raeburn. Ensuite, il s'occupera des journalistes.

Elle versa le contenu du pot de café dans une tasse en veillant à tenir les journaux serrés contre sa poitrine – elle ne savait pas trop si Sunny était capable de comprendre la signification des gros titres, et la petite n'avait pas besoin de savoir ce que la presse racontait sur son père.

— Comment vont mes patientes aujourd'hui ? s'enquit l'infirmière d'une voix faussement enjouée.

— Mme Quinn pense que Sue fait semblant d'être encore malade et qu'elle tire des flans, annonça Sunny en gigotant dans le giron de la cuisinière.

— J'ai dit que c'était une tire-au-flanc, corrigea Mme Quinn. Mademoiselle Lawrence, le maître prend son café avec un sucre et un trait de lait. Je peux préparer quelques tartines grillées et des œufs mollets pour vous deux dès que j'aurai fini de raconter cette histoire à Sunny.

— Merci, madame Quinn. Vous êtes un vrai trésor.

Eliza jeta un regard éloquent à Mme Daughtry, qui préféra l'ignorer pour ouvrir sa sacoche et se mettre en quête d'un thermomètre. La jeune femme l'abandonna pour gravir de nouveau l'escalier avec les journaux et la tasse pleine de café brûlant. Elle-même se serait damnée pour un peu de thé, mais il lui faudrait attendre encore un moment.

Nicholas Raeburn était au lit, adossé aux oreillers. Dieu merci, il avait enfilé une chemise de nuit. Ses mollets étaient vraiment… vraiment musclés et bien dessinés.

Elle jeta les journaux sur le lit.

— Vous êtes célèbre, monsieur. Ou devrais-je dire « tristement célèbre » ? Qu'avez-vous l'intention de faire, maintenant ?

12

Il n'y aurait jamais assez d'aspirine dans le monde pour soigner le mal de tête de Nick.

« Une famille abonnée aux scandales », titrait l'un des journaux, qui comptait parmi les plus modérés.

— Ils ont mis juste ce qu'il fallait de vrai là-dedans, n'est-ce pas ?

Assez pour qu'il soit difficile de faire un procès aux maisons d'édition, même avec l'aide d'un bon avocat. Mais peut-être maître Hurst, l'ancien patron d'Eliza, pourrait-il les conseiller de manière avisée.

Dieu merci, Alec était en lune de miel. Ce n'était vraiment pas le moment qu'il lise les propos diffamatoires de ces torchons qui insinuaient encore qu'il avait une part de responsabilité dans la mort de sa première épouse.

Alec avait enfin une chance d'être heureux avec cette Mary-de-quoi-je-me-mêle, qui avait réussi à dompter cette grande brute.

On avait raconté à Nick l'incident qui avait eu lieu dans leur propriété écossaise au mois de juin. La minuscule Mary avait réussi à neutraliser l'odieux docteur Josef Bauer et, en prime, à sauver la vie d'Alec. Les détails les plus scabreux avaient été passés sous silence, mais le *London Ledger* avait laissé entendre que feu le docteur Bauer – que personne ne regrettait – était en grande partie responsable de la mort de lady Edith Raeburn, l'année précédente.

La vérité, c'était que la première femme d'Alec s'était suicidée. Mais, loyal jusqu'au bout, le frère de Nick se refusait à divulguer cette information, qui l'aurait pourtant lavé de tout soupçon.

Ainsi, même avec la preuve des agissements louches de Bauer envers ses patientes, des rumeurs persistaient à propos du clan Raeburn, et il était à craindre que la réputation de la famille ne soit jamais totalement blanchie.

— Qu'allez-vous faire ? répéta Eliza. Nous n'allons pas rester claquemurés dans cette maison. Et puis, personne ne va vouloir venir travailler ici. Mme Daughtry a apporté les journaux, puis elle s'est empressée de déguerpir.

— Tant mieux, je n'ai pas besoin de cette vieille chouette.

Son état s'améliorait-il ? Difficile à dire. Ses pulsations cardiaques résonnaient encore dans son crâne, et parfois il se demandait si son cerveau n'était pas sur le point d'exploser. Son estomac n'allait guère mieux.

— J'appellerai l'agence dès l'ouverture du bureau, murmura Eliza.

Elle semblait soucieuse. Bien sûr, elle ne s'inquiétait pas pour la réputation de Nick. Elle voulait juste qu'on lui trouve une remplaçante. Et aucune femme respectable n'accepterait de travailler pour le Peintre Polisson, même si sa petite fille était un adorable bout de chou.

— Vous n'êtes pas obligée de rester. Sunny est avec Mme Quinn, n'est-ce pas ? Et nous nous en sortions bien avant votre arrivée. Il n'y a pas de raison pour que cela ne continue pas.

Il n'avait pu réprimer l'aigreur dans sa voix. Cela lui demandait trop d'effort. Et, d'ailleurs, il avait confiance : ils s'en tireraient, effectivement. Nick avait passé plusieurs semaines à s'occuper seul de sa fille. Sunny était futée, à peu près propre quand il parvenait à la convaincre de se laver derrière les oreilles, et elle était d'une bonne nature, gentille et gaie.

— Vous n'y pensez pas ! s'écria Eliza. J'ai promis à Mary de rester jusqu'à ce que l'agence embauche quelqu'un de compétent. Mais, même si vous vous sentez d'attaque pour recevoir les éventuelles candidates, je vous garantis que ce tintamarre dehors les dissuadera toutes de franchir le seuil de la maison.

— Les journalistes vont bien finir par se lasser. Bientôt, il se passera un autre événement bien plus intéressant, et nous serons débarrassés d'eux.

Eliza lui adressa ce regard sévère qui, qu'elle le veuille ou non, était le propre des gouvernantes. Elle se considérait peut-être comme une secrétaire, mais un tel regard aurait suffi à mater le pire des vauriens.

— Il est écrit dans la presse que ce type, ce Cross, a été arrêté pour tentative de meurtre.

— Eh bien, il a sorti son pistolet, non ? Le policier ramené par Calamité l'a vu de ses propres yeux. Voilà pourquoi il l'a jeté derrière les barreaux. Personnellement, je n'avais pas l'intention de porter plainte. Je voulais juste lui arracher la promesse de ne plus jamais lever la main sur Maisie.

— Mais pourquoi affirme-t-elle que vous avez graissé la patte des policiers, si vous tentiez de la défendre ?

Nick poussa un soupir excédé.

— Les femmes ! Qui peut comprendre ce qui leur passe par la tête ? J'imagine que la presse ne dit pas non plus que je lui ai donné assez d'argent pour garantir son indépendance pendant toute une année. Phil Cross est peut-être déjà sorti de prison à l'heure où nous parlons. Son avocat va sans doute obtenir qu'il soit seulement inculpé d'agression. De toute façon, je ne tiens pas à avoir sa condamnation sur la conscience. J'ai été stupide de me mêler de tout ça, et par ma faute le scandale a rejailli sur mes frères. Je n'aurais pas dû revenir à Londres.

Il y avait peu de risques que sa réputation d'artiste pâtisse de cet esclandre. Les gens le prenaient pour un original et s'attendaient qu'il mène une existence débridée. Mais Alec ne méritait pas ce tapage médiatique maintenant qu'il était heureux avec sa Mary. Et Evan portait sa part du fardeau, lui qui tenait seul les rênes de la distillerie familiale, cloîtré dans les Highlands.

Nick repoussa les couvertures.

— Par Jupiter, je vais chasser ces chacals avant que les voisins n'exigent que je sois expulsé du quartier.

— Mais… comment ?

— Mes frères affirment que je suis un beau parleur capable de mettre n'importe qui dans sa poche.

Et capable de séduire n'importe qui. Mais il n'allait pas faire état de ses bonnes fortunes sexuelles devant Eliza, qui semblait de toute façon immunisée contre son charme, en dépit de ce baiser spectaculaire qu'ils avaient échangé la veille.

Il posa un pied par terre… et bascula sur le tapis.

En jurant, il se releva tant bien que mal.

— Miséricorde…

— Oh, pour l'amour de Dieu, remettez-vous au lit !

Il devait faire une rechute. Un peu plus tôt, il avait pourtant réussi à grimper dans la salle de bains sans avoir trop le vertige.

Eliza était en train de le border comme un nourrisson quand Mme Quinn toussota sur le pas de la porte.

— Je vous apporte le petit déjeuner.

— Oh, merci beaucoup. M. Raeburn vient d'avoir une faiblesse. Manger un peu lui redonnera des forces.

— Oui, merci d'être montée jusqu'ici, acquiesça-t-il, bien que son estomac fasse des nœuds à la pensée d'ingurgiter quoi que ce soit. Comment allez-vous, madame Quinn ? Êtes-vous remise ? Et Sunny ?

— Je me sens beaucoup mieux, monsieur, merci. Il en faut plus pour m'abattre, vous savez. J'ai de la chance, j'ai une constitution robuste. Quant à votre petite fille, elle commence à faire des caprices, ce qui est sûrement le signe qu'elle va mieux.

— Mme Daughtry est partie ? s'enquit Eliza.

— Oh oui ! fit Mme Quinn avec une expression de dégoût. Elle s'est faufilée par la porte de service. Je lui ai dit qu'un de ces journalistes s'était introduit dans le jardin, mais elle n'a pas voulu attendre, et il lui a sauté dessus dès qu'elle a franchi le seuil. Bien fait pour elle.

Eliza prit une tartine beurrée et en découpa un morceau avant d'annoncer :

— Je vais m'habiller et sortir pour leur dire ma façon de penser.

— Oh non, ne faites pas ça ! supplia Mme Quinn, dans tous ses états.

Nick était d'accord avec la cuisinière et le fit savoir. Parler aux journalistes n'était pas une bonne idée, cela ne ferait qu'aggraver les choses. Ils ne manqueraient pas de déformer ses propos et de gonfler le moindre détail dans des proportions grotesques. Mieux valait les ignorer, tels les vermisseaux qu'ils étaient.

— Il faut leur parler, insista Eliza. Sinon, ils ne nous laisseront jamais en paix. Je vais leur dire d'aller voir votre ami sir Thomas, s'ils souhaitent obtenir des informations sur le déroulement de la soirée.

Nick haussa les sourcils.

— Calamité n'y verra sans doute pas d'objection. Il adore la publicité sous toutes ses formes, déclara-t-il. D'ailleurs, il s'arrange toujours pour attirer l'attention sur ses différents projets.

Et quand Nick était dans les parages, il soutenait toujours son ami sans faillir.

Mme Quinn se retira. Eliza continua de déchiqueter sa tartine pour la déguster à petites bouchées tranquilles, sans cesser de tenir tête à Nick alors qu'il tentait encore de la dissuader d'intervenir. Puis elle partit également.

Resté seul, Nick considéra son œuf mollet tiède posé dans un ramequin et décida finalement qu'il était au-dessus de ses forces d'en avaler une bouchée. Il but le café, qui était exactement comme il l'aimait.

Cette Eliza était une vraie tête de mule, et il ne pouvait pas l'empêcher de s'adresser aux journalistes. Certes, elle ne se laissait pas marcher sur les pieds, mais elle n'avait jamais eu affaire à cette corporation, qui avait ses propres règles et sa propre logique.

Quoi qu'il en soit, un vrai gentleman ne pouvait la laisser affronter seule cette meute sournoise. Et tant pis s'il se cassait la figure dans l'escalier et se rompait la nuque pour avoir voulu lui prêter assistance. Cela ferait une anecdote croustillante pour la presse, ironisa-t-il en son for intérieur, tout en boutonnant sa chemise de ses doigts tremblants.

Il renonça à la cravate, qui lui aurait demandé trop d'énergie. Il se contenterait du gilet et de la veste.

Il mit un temps fou à s'habiller. Le simple fait de se pencher pour enfiler ses chaussettes lui fit souffrir le martyre et lui donna le vertige. Il se fit peur en regardant son reflet dans le miroir, au moment de se donner un coup de peigne. Son visage était bariolé d'une multitude de couleurs qu'il aurait eu bien du mal à reproduire sur sa palette, et les fils noirs qui suturaient sa plaie lui faisaient une tête épouvantable.

Tant pis, songea-t-il. Ou tant mieux. Que les journalistes affamés de scandale le voient dans cet état pathétique et qu'ils osent ensuite prétendre que Phil Cross était la victime dans cette affaire !

Il lui fallut encore un siècle pour descendre l'escalier, agrippé à la rampe de ses deux mains aux articulations blanchies.

Du palier, il entendit les cris en provenance du perron. Ces rustres ne laissaient même pas Eliza dire un mot. Au passage, Nick saisit une canne dans le meuble portemanteau, puis il ouvrit la porte… et faillit se heurter à Eliza.

Des cris fusèrent :

— C'est lui ! C'est le Peintre Polisson !

Un nuage de fumée s'échappa de l'appareil photo posé sur son trépied, et une poignée de journalistes surexcités s'élancèrent sur les marches.

— Arrière ! clama Eliza, d'une voix si farouche qu'Attila en personne y aurait sans doute réfléchi à deux fois.

Les journalistes se figèrent sur place.

— Je vous conseille de ne pas approcher, à moins que vous n'ayez envie de contracter la maladie de M. Raeburn. Il souffre d'une grippe intestinale, je vous l'ai dit.

— C'est aussi ce qu'a dit l'infirmière, beugla un type qui avait l'expression rusée d'un renard – ou peut-être d'une fouine. Mais c'est sûrement un bobard pour vous attirer dans sa chambre, ma belle !

Eliza devint pâle comme un linge. Même ses lèvres blanchirent.

— Je vous demande pardon ? articula-t-elle.

— Vous n'êtes pas vraiment gouvernante, hein ? Non, vous devez être une de ses catins. Vous vous prétendez modèle, mais nous autres, on sait bien ce que ça veut dire. Pas vrai, les gars ?

— Je vous avais dit de ne pas aller à leur rencontre, marmonna Nick.

Des ombres noirâtres obscurcissaient sa vision. Bon sang, il n'allait quand même pas tomber dans les pommes devant tous ces jean-foutre ? Cette pauvre Mlle Lawrence avait besoin de lui. Elle aussi avait l'air sur le point de s'évanouir.

— Messieurs, je vous salue, dit-il d'une voix curieusement éraillée. Même si je trouve votre comportement inqualifiable. Et je vous somme de présenter immédiatement vos excuses à Mlle Lawrence.

— Comment vous écrivez ça ? L-A-W ou L-O ?

— Si vous écrivez seulement ses initiales dans votre torchon, je vous jure que je vous traîne en justice. Cette dame - car c'en est une - n'a absolument rien à voir avec mon altercation avec M. Cross. Laissez-la en dehors de tout ça.

— C'est votre nouvelle maîtresse ?

Nick perçut le tremblement d'Eliza alors qu'il se tenait au moins à trente centimètres d'elle. Il ne devait la toucher sous aucun prétexte.

— Je vous répète qu'elle n'a rien à voir avec cette histoire. Elle est la gouvernante de ma fille, elle vient d'être engagée, et elle a gentiment accepté de s'entretenir avec vous parce qu'elle m'estimait trop malade pour le faire moi-même. Et pour la remercier de sa générosité, vous l'insultez ! Je ne le tolérerai pas, vous m'entendez ? Et vous savez ce qui arrive aux gens qui ont le malheur de me déplaire.

Son ton était devenu franchement menaçant. Il les ferait jeter en prison eux aussi, s'il fallait en venir à cette extrémité.

— Est-ce vrai que Phil Cross a essayé de vous tuer parce que vous aviez une liaison avec sa compagne, cette Maisie ? Pourquoi êtes-vous rentré en Angleterre ?

Une pluie de questions s'abattit sur lui. Nick ne répondit à aucune. À son côté, Eliza tremblait toujours comme une feuille, et il devait se retenir de lui passer un bras autour des épaules. Mais s'il osait la toucher, elle le précipiterait sans doute au bas des marches.

Il leva la main et réussit à ramener le silence parmi la meute.

— Désolé de vous décevoir tous, mais vous vous énervez pour rien. Voilà ce qui s'est passé : j'ai fait du zèle en voulant prendre la défense d'une femme en détresse. Maisie pose pour moi régulièrement, et elle a été molestée par son compagnon. Et il a fait la même chose avec moi, sauf que je n'ai pas besoin de mon visage pour gagner ma croûte. Je peux vous assurer que si c'était à refaire, je recommencerais, quelles que soient les conséquences. Aucun homme n'a le droit de s'en prendre physiquement à une femme, si exaspérante soit-elle.

Il lança un regard qui se voulait moqueur à Eliza, laquelle ne s'en rendit absolument pas compte. Apparemment, elle était absorbée par la contemplation d'un massif de fleurs.

— Alors, pourquoi Maisie vous accuse-t-elle de tentative de meurtre ? lança un journaliste. Elle dit que si vous n'étiez pas un rupin, c'est vous qui seriez en taule.

— C'est à elle qu'il faut poser la question. Et si vous désirez une confirmation de mes dires, allez voir sir Thomas Featherstone. Il a été témoin des événements, et c'est lui qui est allé prévenir la maréchaussée quand il a vu que ma vie était en danger.

— Oui, on sait bien que les riches se serrent les coudes ! marmonna l'homme à la tête de fouine.

Nick perdit patience. Ses forces le trahissaient, et la nausée revenait. S'il ne retournait pas dans sa chambre sur-le-champ, il déclinait toute responsabilité concernant la suite des...

Et pourquoi pas ? songea-t-il soudain.

Une sorte de jubilation naquit en lui, en même temps que son malaise physique s'intensifiait.

Alors, haussant les épaules d'un air d'excuse, il vomit sur les pieds du journaliste le plus proche. S'il s'était décidé à manger l'œuf mollet, les effluves auraient été encore plus dissuasifs, mais bon, on ne pouvait pas tout avoir.

Dans un désordre comique, les types battirent en retraite avec des cris écœurés.

— Oups. Navré. Mlle Lawrence vous a prévenus que j'étais malade. J'espère que ce ne sera pas bientôt votre tour.

Plus personne ne l'écoutait. La horde s'était égaillée sur le trottoir, et les moins courageux s'enfuyaient déjà sur Lindsey Street comme s'ils avaient le diable à leurs trousses.

Il ne restait plus que le photographe qui avait installé son appareil sur un trépied. Si Nick s'était senti plus en forme, il serait allé discuter avec lui. La photo était somme toute un art qu'il ne maîtrisait pas encore très bien.

L'homme prit encore une photo de Nick et d'Eliza côte à côte sur le perron, puis il ôta son chapeau en guise de salut et entreprit de démonter son équipement.

— Et voilà. Finalement, ça ne s'est pas trop mal passé, commenta Nick.

Eliza le considéra en secouant la tête d'un air incrédule.

— Vous l'avez fait exprès !

— Ne dites pas n'importe quoi. On ne peut pas vomir à volonté. Si c'était possible, le monde serait un endroit très dangereux. Non, je crains d'avoir l'estomac encore dérangé. J'avoue que je me sens un peu mieux maintenant, mais je crois que je vais avoir besoin de votre aide pour regagner ma chambre. Je n'ai plus de souffle.

— Et moi, je dirais que vous ne manquez pas d'air ! Vous avez même été assez disert. Toutes ces balivernes sur votre prétendu esprit chevaleresque…

— Comment ça, des balivernes ? s'exclama Nick, qui venait de verrouiller la porte derrière eux.

— Si vous aviez vraiment de l'estime pour les femmes, vous ne passeriez pas votre temps à les peindre nues dans des poses vulgaires.

— Vulgaires ? Apprenez que la vulgarité est dans l'œil de celui qui regarde. Je maintiens qu'il n'y a rien de dégradant dans la nudité du corps humain. Et je ne contrains aucun de mes modèles à prendre la pose. Ces filles gagnent leur vie, tout comme vous, Eliza. Elles ont besoin d'argent, et je suis un employeur plutôt généreux. Que devraient-elles faire, selon vous ? Arpenter les ruelles sombres de Shepherd Market ? Dépendre d'un sale type comme Phil Cross pour assurer leur subsistance ? Faire de la couture ? Quel métier trouve grâce à vos yeux pour des jeunes femmes d'origine modeste qui n'ont pu bénéficier d'aucune formation professionnelle ? J'aurais cru au contraire que vous applaudiriez quelqu'un qui leur offre une telle chance.

Cette nouvelle dispute épuisait ses ultimes forces. Il dut s'appuyer un instant contre la rampe d'escalier. Il en avait assez de l'intransigeance d'Eliza. Avec elle, il avait toujours tort.

— Vous ne vous sentez pas bien ?

— Non, pas bien du tout. Tout cela me fatigue. Si j'étais encore en Italie…

Il s'interrompit dans un soupir. Eliza, qui ne connaissait que la grisaille de l'Angleterre, n'avait que faire de la douceur de vivre italienne.

D'ailleurs, pourquoi pensait-il à l'Italie ? Ses jardins enclos de murs et noyés de soleil, son vin couleur rubis, ses citrons gorgés de jus qu'on cueillait à même la branche, tout cela n'avait pas suffi à le retenir quand ses frères l'avaient supplié de revenir en Angleterre. Il avait beau s'être éloigné de sa famille, il avait des devoirs envers les siens. S'il avait su à quel point Alec avait souffert à la mort d'Edith, il serait rentré aussitôt, sans se poser de questions.

En cet instant, Daniel Preble devait se prélasser dans sa charmante villa italienne, pour laquelle il était censé payer un loyer modique dont Nick ne verrait sans doute jamais la couleur.

Cela lui rappela qu'il devait empaqueter les tableaux de son ami. Autant en profiter tant qu'il était au rez-de-chaussée, car la perspective de gravir toutes ces marches ne le tentait guère. Il allait bien réussir à tenir debout un petit moment, quand même ?

— Si vous voulez bien arrêter de m'enguirlander une petite demi-heure, je vais faire l'inventaire des tableaux. Ensuite, vous pourrez contacter une compagnie de livraison qui se chargera de les expédier.

— Vous êtes censé garder le lit, lui rappela Eliza.

— Je ne peux pas le *garder* puisque je n'y suis plus. Mais je vous promets d'être un gentil garçon et de retourner dans ma chambre dès que j'aurai fini.

— Je suppose qu'il s'agit encore de femmes nues ? soupira-t-elle.

Nick ouvrait la bouche pour répondre quand il assista soudain à un miracle.

L'une des paupières d'Eliza Lawrence se ferma, puis se rouvrit, tandis que le coin de sa bouche se retroussait.

Bonté divine, elle venait de lui faire un clin d'œil !

Et, en prime, elle avait souri.

Il allait décidément de prodige en prodige.

13

Eliza commençait à revoir son jugement sur Nicholas Raeburn. Il s'était montré très éloquent – voire héroïque – à l'instant, juste avant de vomir. Et il lui avait fait honte, avec raison, lorsqu'elle avait dénigré ses modèles.

Oui, tout le monde avait droit à un emploi décent, même les femmes qui choisissaient de dévoiler les secrets de leur peau nue au monde. Eliza s'était montrée méprisante envers ces filles moins favorisées qu'elle, et elle s'en voulait.

Tout le monde n'avait pas la chance d'être doué pour le calcul. Ou pour l'organisation. Si Eliza adorait son travail administratif, elle pouvait comprendre que certaines personnes s'ennuient à mourir en classant des dossiers. Et elle-même n'aurait jamais accepté de se dévêtir devant un homme qui n'aurait pas été son mari, mais elle n'avait pas à juger autrui.

Ce mea culpa lui fit l'effet d'une révélation. Elle avait l'impression de s'ouvrir peu à peu, et c'était une sensation agréable. Nicholas Raeburn n'était pas un artiste dévoyé, il avait juste une vision du monde différente de la sienne.

— Êtes-vous sûr d'être assez en forme pour faire cet inventaire ? s'enquit-elle, dubitative.

À y regarder de plus près, il avait le teint cireux et le front moite de transpiration.

— Ça va. Si j'en crois Daniel, il n'y a pas énormément de tableaux.

— Par où devons-nous commencer ?

— Par ici, dans le salon. Tenez, celui-ci est de Daniel. C'est un impressionniste, vous savez.

Eliza eut la vision d'œuvres faites de taches pastel, mais le tableau accroché près de la porte que Nick lui désignait n'avait rien de pâlichon ni de flou. Il lui fit penser à un paysage marin qui aurait été éclaboussé d'orange et de rouille d'une violence agressive.

La mer était plutôt bleu-vert, non ?

Comme elle saisissait le cadre d'une main délicate, une enveloppe glissée entre le tableau et le mur glissa par terre.

Eliza prit l'initiative de la ramasser en se disant que, de toute façon, Nicholas risquait de tomber sur la tête s'il s'y risquait.

Il lui sourit.

— Daniel avait l'habitude de glisser ses factures derrière ce tableau, hors de sa vue et de ses pensées. C'est sans doute à cause de cette philosophie un peu particulière qu'il s'est retrouvé à crouler sous les dettes. Voyons de quoi il s'agit...

Mais son sourire s'évanouit lorsqu'il reconnut l'écriture sur l'enveloppe.

— Barbara... murmura-t-il.

C'était le nom de la mère de Sunny. Sa maîtresse. Pourquoi donc cette femme avait-elle écrit à Daniel Preble ?

— Voulez-vous l'ouvrir ?

Il secoua la tête.

— Il ne vaut mieux pas. À quoi bon ? Barbara est morte il y a deux ans, et regardez, la date qui figure là est bien antérieure. Je vais l'envoyer à Daniel avec le tableau, en souvenir du bon vieux temps.

Il fourra la lettre dans sa poche.

Mais, alors qu'ils passaient de pièce en pièce, il parut préoccupé, distrait. Ils sélectionnèrent encore trois tableaux qui, aux yeux d'Eliza, étaient tous incompréhensibles. Ces images brouillonnes, ces couleurs sales…

— Est-ce que votre peinture ressemble à ça ? demanda-t-elle.

Elle espérait bien que non. Elle n'avait jamais été très douée pour mentir, et si les œuvres de Nicholas faisaient penser au barbouillage d'un enfant de trois ans, elle aurait du mal à se montrer enthousiaste.

Nicholas, livide, prit appui sur une console.

— Non. Ce tableau-ci, c'est moi qui l'ai peint. Vous voyez la différence ?

Eliza s'approcha de la toile de taille modeste. Les couleurs étaient vives et parsemées de pointes d'or. Une femme – dénudée, évidemment – était représentée. Son corps aux courbes voluptueuses étincelait, comme irradié de soleil. Et bien que personne, à la connaissance d'Eliza, n'ait jamais eu les cheveux bleus, il fallait admettre que l'œuvre était superbe.

— Oh.

— Vous n'aimez pas, soupira-t-il d'un ton résigné.

— Mais si ! Et je suis surprise. Comme je vous l'ai dit, je ne connais rien à l'art, mais ce tableau a quelque chose de… fascinant. Tout cet or, cet éclat, c'est… Je n'ai jamais rien vu de semblable.

Elle avait du mal à traduire en mots ce qu'elle ressentait.

— C'était un exercice de style. Pas le meilleur que j'aie produit, c'est pourquoi je l'ai donné à Daniel. C'est une pâle imitation de Gustav. Klimt, veux-je dire. Ce n'est pas très inspiré.

— Mais c'est beau !

Nicholas haussa les sourcils.

— Même si c'est un nu ?

— Justement parce que c'est un n... nu, bredouilla-t-elle. Sa peau rutile comme si elle était illuminée de l'intérieur par les rayons du soleil.

— Exactement. Elle était pleine de lumière, de vie et de gaieté. Elle captait tous les regards. On ne pouvait détourner les yeux d'elle. Plus exactement, on n'en avait pas envie.

Eliza n'avait pas besoin de poser la question pour savoir qu'il parlait de Barbara. Comme il avait dû aimer cette femme !

Dans la vie, celle-ci avait dû être aussi brune que Sunny. Il y avait dans ses yeux sombres de la sagacité mais aussi une sorte d'amusement attendri, comme si elle regardait son jeune amant au travail. Ses lèvres généreuses, rouge sombre, étaient légèrement entrouvertes, comme si elle s'apprêtait à dire quelque chose d'intime.

Eliza, toute béotienne qu'elle fût, se rendait compte que ce portrait était extraordinaire. Il vibrait de la passion pour cette femme et pour l'art en soi. Nicholas Raeburn possédait un talent inouï dans un domaine qu'Eliza ne serait jamais à même de comprendre.

À moins que... Serait-elle capable d'apprendre, au contact des artistes que sir Thomas Featherstone comptait aider au sein de sa future coopérative ?

Mais si elle acceptait ce poste, elle devrait renoncer au confort que lui procurait son emploi à l'agence Evensong. Elle y travaillait depuis trop peu de temps pour s'être vraiment ancrée là-bas, néanmoins elle s'y sentait bien. Oliver était un collègue agréable, drôle et charmant. Et Eliza s'était même attachée à la vieille Mme Evensong.

Elle se tourna vers Nicholas et s'aperçut qu'il se retenait à la console comme un naufragé à sa bouée.

— Retournez vous coucher. Je vais me charger d'étiqueter les tableaux. Le style de M. Preble est caractéristique, et de toute façon, il a signé toutes ses œuvres. Son nom est même inscrit sur les plaques en cuivre fixées au cadre.

— Décidément, rien ne vous échappe, murmura-t-il avec un faible sourire.

— Je vous l'ai dit, je suis efficace dans ma partie. Je vais appeler Oliver et lui demander de nous envoyer des ouvriers pour emballer les peintures et les mettre dans des caisses. Je les ferai expédier par le premier bateau en partance pour l'Italie.

— Il n'est pas exclu que Daniel soit toujours à Paris, chez des amis communs. C'est là-bas que nous avons échangé nos clés. Je ne pense pas qu'il avait l'intention de résider chez moi à plein temps avant le nouvel an. Il y a bien trop de distractions dans la Ville lumière.

— Donnez-moi l'adresse de ces amis. Et la lettre.

À contrecœur, Nicholas glissa la main dans sa poche. Avait-il eu l'intention de la lire, en dépit de ce qu'il lui avait dit ? Eliza elle-même était tentée d'ouvrir l'enveloppe à la vapeur, mais il était hors de question qu'elle succombe à la jalousie qui était en train de lui mordre le cœur.

Elle était ridicule. Oui, elle avait embrassé Nicholas Raeburn. Mais cela ne devait pas se reproduire.

Même s'il en manifestait le désir.

Même si elle en avait envie.

De toute façon, s'il tombait amoureux de femmes comme cette Barbara, il n'y avait pas la moindre chance pour qu'il s'intéresse à elle. Barbara était mystérieuse et sensuelle, toute d'or et de rubis parée, voluptueuse comme le chocolat le plus corsé. En comparaison, Eliza était aussi lisse et banale qu'un émail blanc. Ou de la vanille.

— Pourquoi ce soupir venu des profondeurs de la Terre ? J'avais l'impression que c'était moi qui étais à plaindre, remarqua Nicholas en se laissant tomber dans un fauteuil à pompons. Et si vous avez la gentillesse d'aller me chercher une canne, je vais pouvoir rejoindre ma chambre pour de bon.

Eliza sauta sur l'occasion de s'éloigner. Elle ne voulait pas prendre le risque de se trahir. À quoi cela rimait-il de rêvasser à des baisers interdits ? Jamais elle ne s'était conduite de manière aussi stupide chez Richard Hurst.

Bien sûr, ce dernier ne la regardait pas avec l'œil d'un artiste qui devait la déshabiller mentalement toutes les cinq minutes.

Elle prit une canne en bambou et envisagea un instant de s'en donner un coup sur la tête, histoire de se remettre les idées en place. Son trouble était sûrement dû à la promiscuité, ou bien à ce charivari médiatique. Il fallait admettre que le temps qu'elle avait passé à Lindsey Street, si court qu'il ait été, avait été éprouvant.

Si elle voulait enfin s'échapper d'ici, il était impératif d'appeler Oliver.

Tâchant d'étouffer les émotions imbéciles qui lui faisaient palpiter le cœur, elle apporta la canne à Nicholas.

— Voulez-vous que je vous aide ? proposa-t-elle.

— Merci, je vais me débrouiller. Vous avez assez cavalé dans l'escalier.

— Il faut aussi que j'aille voir comment va Sunny. J'ai l'impression de l'avoir un peu délaissée.

— Ne dites pas n'importe quoi, vous avez fait bien plus que ne l'exigeait votre poste de gouvernante. Je vous remercie d'avoir tenté de parlementer avec ces journalistes. Vous avez été admirable de sang-froid.

Il mentait, et Eliza le savait bien. Avant qu'il n'apparaisse sur le perron, elle était au bord des larmes, tentant vainement de se faire entendre au milieu de cette avalanche de questions. Sa détermination et son calme avaient volé en éclats face à cette meute de chiens enragés qui se moquaient bien des faits et cherchaient seulement à propager des ragots malveillants.

Elle se mordit la lèvre en le voyant clopiner en direction de l'escalier. Puis elle se hâta de gagner la cuisine pour s'assurer que tout allait bien.

Mme Quinn lui servit une tasse de thé qui lui offrit un petit répit. Sunny s'était rendormie. Sa fièvre était enfin tombée.

Eliza savait qu'elle ne mettrait pas beaucoup de temps à classer les tableaux. Mais, tout d'abord, elle devait téléphoner à Oliver.

Il décrocha à la troisième sonnerie.

— J'étais sur le point de vous appeler, lui dit-il. Sapristi, que se passe-t-il là-bas ?

— J'imagine que vous avez lu la presse.

— J'ai même découpé les articles les plus pertinents pour votre journal intime, annonça-t-il d'un ton guilleret.

— Je n'ai pas de journal intime.

— Maintenant, si. Je vous en ai acheté un en cuir repoussé rouge. Mary vous a jetée dans la fosse aux lions, on dirait. Elle sera furieuse quand elle apprendra tout ça.

— Vous n'allez pas le lui raconter ? Cela gâcherait sa lune de miel !

— Vous me prenez pour un idiot ? Bien sûr que non. Et tante Mim... je veux dire Mme Evensong, ne vendra pas la mèche non plus. Mary nous a déjà envoyé un télégramme du bateau. Elle ne sait pas se détendre, la pauvre, même quand elle a un Highlander sublime sous la main. Oh, ces cuisses musclées qu'il a !

Eliza ne releva pas la ferveur admirative dont Oliver faisait preuve envers lord Raeburn.

— Elle doit s'inquiéter pour sa tante, je suppose.

— Oh, Mme Evensong se porte comme un charme. Maintenant que l'ascenseur a été installé dans l'immeuble, plus rien ne l'arrête.

Eliza avait bien failli ne pas survivre aux travaux qui s'étaient étalés sur de longues semaines. La sciure la faisait éternuer toutes les trois minutes.

— Bien, où en êtes-vous dans le recrutement d'une gouvernante ?

— Nous ne devrions pas en discuter au téléphone. Si vous voulez, je peux faire un saut à Lindsey Street cet après-midi.

— Hum... je ne sais pas, Oliver. M. Raeburn a une grippe intestinale. Et un traumatisme crânien, par-dessus le marché, à cause de cet horrible bonhomme qui l'a agressé.

— Ce n'est pas à lui que je veux parler, ma chère. Quoique... J'aimerais assez pouvoir le comparer à son frère aîné. Est-il aussi bien charpenté que lord Raeburn ?

— Comment voulez-vous que je le sache ? Je ne regarde pas ces choses-là.

— Allons, soyez franche ! Vous ne pouvez pas n'avoir rien remarqué. J'ai aussi fait la connaissance du troisième frère, lors de mon séjour en Écosse. Comment s'appelle-t-il, déjà ? Ian ? Ewan ? Non, Evan. Ah, quelle famille !

Oliver poussa un soupir d'extase. Parfois, il manquait vraiment de discrétion.

— Oliver, quelqu'un pourrait vous entendre.

— Oui, vous avez raison, comme toujours. Mais depuis que Mac est parti avec lord Raeburn, je suis un peu déboussolé.

Il faisait allusion au valet du baron, avec qui il avait noué une tendre idylle.

— Faites chauffer l'eau, je viendrai prendre le thé vers 16 heures, ajouta-t-il.

— Amenez quelques hommes costauds avec vous.

— Ah ah, je vous y prends, petite coquine !

— J'ai besoin de bras pour empaqueter des tableaux et les transporter dans des caisses jusqu'au port. Il faut les expédier à Paris. Les tableaux, pas les gars costauds. Avez-vous entendu parler d'un certain Daniel Preble ?

Il y eut un silence à l'autre bout du fil. Oliver était toujours bien renseigné et savait tout ce qu'il y avait à savoir sur la haute société londonienne.

— Je ne vous conseille pas de fricoter avec ce type-là, dit-il enfin.

— C'est à lui qu'il faut envoyer les caisses, et je ne compte pas me cacher dans l'une d'elles. Pourquoi ? Que savez-vous sur lui ? C'est un ami de Nicholas… je veux dire de M. Raeburn.

— Vraiment ? Alors, posez la question à votre patron.

— Vous savez bien qu'il est malade.

— Bon, je vous raconterai les détails les plus croustillants quand nous prendrons le thé. À tout à l'heure, Eliza. Soyez prudente.

Il raccrocha, et Eliza se mit à fixer le combiné dans sa main.

Bien sûr qu'elle serait prudente. Ne l'était-elle pas toujours ?

Ce qui signifiait…

Plus de baisers.

14

— On se croirait un peu dans *Les Mille et Une Nuits*, non ? remarqua Oliver.

Il posa sa tasse de thé et promena un regard approbateur dans la pièce. Il avait pommadé ses boucles blondes, et Eliza ne put s'empêcher de se demander si Nicholas usait parfois de ce genre de produit pour dompter sa crinière rousse.

Les ouvriers qui étaient arrivés en compagnie d'Oliver avaient fait leur travail et étaient repartis avec une charrette, emportant une douzaine de tableaux, tous plus hideux les uns que les autres.

Un navire devait appareiller le soir même, et Oliver avait pris toutes les dispositions nécessaires pour l'expédition. M. Preble recevrait ses peintures et sa lettre le lendemain.

De l'avis d'Eliza, ce n'était pas avec ça qu'il se renflouerait financièrement. Il se débrouillerait ensuite pour les acheminer en Italie, mais, s'il avait le moindre bon sens, il y mettrait le feu, quitte à provoquer une nouvelle émeute dans les rues parisiennes.

Elle avait choisi de servir le thé dans le salon qui donnait sur le jardin à l'abandon. Il lui avait paru plus agréable que le grand salon double. C'était sans doute la pièce la plus sobre, néanmoins on y trouvait une profusion de styles et de couleurs chatoyantes.

— Vous aimez la décoration ?

— Beaucoup. Cela me change de la maison de mon père. Là-bas, il n'y avait que des illustrations bibliques sur les murs, ainsi qu'un tableau qui représentait un groupe de paysans en train de prier au-dessus d'une assiette de navets.

Eliza savait qu'Oliver ne voyait plus les membres de sa famille. Et, désormais, elle savait aussi pourquoi. Il avait fallu qu'elle fasse la connaissance du jeune homme pour apprendre que des relations prohibées se nouaient parfois entre deux messieurs.

Les penchants d'Oliver auraient dû la choquer terriblement, mais elle l'avait trouvé si sympathique, et il lui était d'une aide si précieuse à l'agence, qu'elle avait vite oublié ses réticences initiales. Bien qu'âgé d'un ou deux ans de moins qu'elle, il lui semblait parfois beaucoup plus mûr. Être exposé aux préjugés d'une société intraitable sur les bonnes mœurs faisait vieillir prématurément.

Elle lui tendit l'assiette de biscuits. Elle se doutait que ceux-ci avaient été achetés à l'épicerie du quartier, mais étant donné la situation de crise, elle ne pouvait pas vraiment en tenir rigueur à Mme Quinn.

— Tout va bien à l'agence ?

— Comme sur des roulettes. Je vous ai apporté une liste de noms, ajouta-t-il en tirant de sa poche une feuille de papier ministre pliée en deux. Toutes les candidatures ont été approuvées par Mme Evensong en personne, ou bien par votre serviteur. C'était bien sûr *avant* ce déchaînement médiatique. Maintenant, il risque d'y avoir un peu moins de postulantes.

— Oui, cela ne me surprendrait pas.

Eliza déplia le feuillet et constata à sa grande déception que seuls trois noms y figuraient.

— Comment... seulement trois ?

— Eh bien, le fait qu'il n'y ait pas de chambre privative a rebuté plusieurs candidates. D'autres n'ont pas très envie d'avoir un artiste peintre comme employeur. Il a bien fallu que je parle de l'atelier et des modèles nus, vous comprenez. Avant de partir, Mary a insisté sur la franchise dont je devais faire preuve, afin que personne ne perde son temps. Inutile de se voiler la face.

— C'est bien autre chose qu'il faudrait voiler dans cette maison ! marmonna Eliza en lui rendant la liste. Bien, occupez-vous d'organiser les entretiens. Nous pourrons commencer dès après-demain, je suppose. M. Raeburn sera remis. Dans le cas contraire, j'espère qu'il me fera confiance pour engager quelqu'un à sa place.

— Il vous laisse carte blanche ? Mazette, vous êtes une rapide !

Eliza sentit ses joues s'échauffer et tenta de se justifier :

— Depuis mon arrivée, nous allons de catastrophe en catastrophe.

— Comment va la petite fille ?

— Elle est toujours malade, mais son état s'améliore. C'est plutôt M. Raeburn qui m'inquiète. Le médecin est passé tout à l'heure, et le traumatisme crânien le tracasse. Apparemment, M. Raeburn voit double de temps en temps. S'il garde ce genre de séquelle, cela sera un handicap dans sa profession.

Et l'altercation avec les journalistes n'avait pas arrangé les choses. La fièvre était remontée, et le docteur Samuelson avait été fâché qu'Eliza ait laissé le patient quitter son lit pour sortir au grand air. Mais comment aurait-elle pu l'en empêcher ?

— Vous devriez lui demander de faire votre portrait avant de partir, remarqua Oliver. J'ai vu ses œuvres dans une galerie de Mayfair qui a organisé une exposition l'an passé. Lui était absent, sans doute occupé à profiter du soleil italien. Dites-moi, comment est-il ? Décrivez-le-moi. Est-il aussi beau que son frère ?

Eliza se sentit piquer un fard une fois de plus.

— Je ne sais que vous répondre, Oliver. Je ne l'ai jamais vu dans son état normal, vous comprenez. Et ses plaies ne le mettent pas vraiment en valeur. S'il est séduisant, je n'en sais rien.

Menteuse.

— Allez, cessez de vous morfondre. Avec un peu de chance, vous aurez retrouvé votre cher bureau en un rien de temps, répondit Oliver avant de prendre un biscuit au citron.

— Vous ne m'avez pas dit ce que vous savez de Daniel Preble.

Il leva l'index, le temps de mâcher et d'avaler son biscuit, puis, après s'être tamponné la bouche à l'aide d'une serviette, il répondit :

— Je sais que je suis content qu'il ait quitté l'Angleterre. Ce n'est pas quelqu'un de fréquentable.

— Pourquoi ?

— Oh, Eliza, vous êtes si naïve ! Daniel Preble est encore plus dépravé que moi.

— Voyons, je ne vous considère pas comme un dépravé.

Même si une telle déclaration allait à l'encontre de ce que disait la Bible, elle comprenait qu'Oliver était ainsi fait et qu'il n'était pas responsable de ses inclinations. De plus, il était son ami, et elle le soutiendrait coûte que coûte.

— Preble a beaucoup fait parler de lui il y a une dizaine d'années. Opium. Haschich. Relations charnelles avec quiconque respirait. Et, j'insiste, *quiconque*. Jeune. Vieux. Homme ou femme. À plusieurs, éventuellement. Par la contrainte et la menace parfois. Il ne s'embarrassait pas de délicatesse et organisait des parties fines légendaires.

— Il y a dix ans, vous étiez un gamin de douze ans ! Comment êtes-vous au courant de tout cela ?

— Vous n'avez pas besoin de le savoir, rétorqua-t-il. Preble a pris Nicholas Raeburn sous son aile et lui a servi de mentor, mais l'élève n'a pas tardé à dépasser le maître. Dans le domaine du stupre et dans celui de l'art également. Ses toiles se vendent à prix d'or, alors que Preble, même s'il avait un certain talent, a vite gâché le sien par ses excès. Cela n'a pas amoindri ses appétits. Il a dépensé sans compter et, aujourd'hui, il est pourchassé par ses créanciers. D'où sa fuite sur le continent.

Eliza se décida à poser la question qui lui brûlait les lèvres.

— Lui et Ni... et M. Raeburn n'étaient pas... partenaires, n'est-ce pas ?

— Pas au sens où vous l'entendez, mais il leur est souvent arrivé de partager leurs conquêtes.

— Oliver !

Il lui coula un regard sous ses longs cils, d'un ton plus sombre que ses cheveux.

— C'est vous qui avez posé la question, Eliza. Si la réponse vous choque, vous ne pouvez vous en prendre qu'à vous-même. Nicholas Raeburn a eu une jeunesse turbulente, mais depuis qu'il a hérité de la petite fille, il s'est assagi.

— Hérité ? répéta-t-elle sans comprendre.

— Eh bien, le bruit court que la petite... Domenica, c'est cela ? Bref, qu'elle ne serait pas vraiment de lui. Seule la mère peut en avoir la certitude, et elle est morte.

— Oui, Barbara, murmura Eliza, dont le regard dériva sur le portrait accroché au mur.

— La *contessa* Barbara Stefano. C'est elle qui est représentée sur ce tableau, non ? Elle a souvent servi de modèle à Raeburn. À Preble, aussi. Sur cette toile, elle est vraiment… très appétissante. Même pour moi.

Eliza eut l'impression que son cœur se durcissait dans sa poitrine.

— Tout cela m'a l'air bien sordide, toute comtesse qu'elle ait été.

— Oh, vous savez, les artistes ! fit Oliver avec un petit geste de la main. On ne peut pas vraiment leur demander de se conduire comme le commun des mortels. Et Barbara était juste une fille de la campagne qui avait réussi à séduire un vieux comte, lequel avait eu la bonne idée de mourir pendant leur nuit de noces, ou juste après. Il lui avait laissé une belle fortune, je crois.

Eliza était impressionnée, même si elle n'aimait guère ce qu'elle entendait. Où Oliver avait-il pêché tous ces détails ? Il conservait dans son bureau des dossiers détaillés dans lesquels il était toujours en train d'insérer des coupures de presse tirées des journaux qu'il lisait avec soin chaque jour. Il y passait tant de temps que c'était à se demander s'il lui en restait pour travailler. Mais, pour Mary et sa tante, les connaissances pointues d'Oliver sur la bonne société se révélaient précieuses.

Dans sa vie personnelle, le jeune homme avait une fâcheuse propension à rechercher l'affection des domestiques. Son histoire d'amour avec le chef cuisinier de son père avait conduit ce dernier à le déshériter.

Eliza réfléchissait aux révélations qu'il venait de lui faire. Était-il possible que Sunny ne soit pas réellement la fille de Nicholas Raeburn ? Mais quelle importance, en définitive ? Ces deux-là s'adoraient, de toute évidence. Et Nicholas était trop généreux pour songer à renier Sunny.

Néanmoins, la pauvre petite allait être victime de toutes sortes de rumeurs. Pour le moment, elle était trop jeune pour en comprendre la portée, mais cela finirait fatalement par l'affecter. Et elle aurait plus que jamais besoin de Nicholas.

Peut-être aussi d'une belle-mère aimante.

Eliza saisit le journal en cuir rouge qu'Oliver lui avait apporté – « Pour garder des souvenirs », lui avait-il dit, malicieux. Comme si elle risquait d'oublier son séjour à Lindsey Street, si bref soit-il !

Il avait déjà collé plusieurs articles à l'intérieur. Les manchettes révoltantes lui sautèrent aux yeux, et elle referma le journal dans un claquement. Mme Quinn avait brûlé toutes les gazettes dans le poêle le matin même, et pour un peu Eliza aurait été tentée d'y jeter également ce joli journal.

— Je vous trouve bien violente avec mon cadeau. En tout cas, vu ce que vous m'avez dit, il y aura certainement d'autres articles dans la presse demain matin, que cela vous plaise ou non.

Il se leva et effaça un pli imaginaire sur sa veste.

— Je vous enverrai les candidates après-demain à 10 heures, si l'heure vous convient. À présent, je retourne au turbin. La vieille tante Mim est une vraie négrière. Merci pour le thé, ma chère. Vous nous manquez beaucoup, à Mount Street.

Eliza savait bien que Mme Evensong attendait Oliver avec une carafe de cognac. Depuis que Mary s'était mariée, Oliver occupait son ancienne chambre dans l'appartement situé au-dessus de l'agence. La famille Evensong l'avait adopté, et sa présence sur les lieux sept jours sur sept soulageait beaucoup Mary, qui continuait à s'inquiéter pour sa tante.

Elle faillit lui parler du projet de coopérative artistique de sir Featherstone, mais se ravisa. Elle n'avait même pas rencontré l'ami de Nicholas. Inutile de vendre la peau de l'ours avant de l'avoir tué. Et puis, elle ne voulait pas paraître déloyale envers l'agence et ces gens merveilleux qui étaient devenus sa seconde famille.

Spontanément, elle se mit sur la pointe des pieds pour embrasser Oliver sur la joue.

— Merci de votre visite, Oliver. J'ai bien besoin d'un ami. Et sans doute aussi d'une femme de charge qui viendrait à la journée aider la cuisinière.

Elle ne lui demanda pas de chercher une infirmière. Le docteur Samuelson n'avait guère été encourageant à ce propos.

— Je peux vous trouver ça, acquiesça Oliver en souriant. Une femme de charge fera moins sa difficile qu'une gouvernante.

— Ô Seigneur... Vous croyez vraiment qu'il sera difficile de me trouver une remplaçante ?

Se rembrunissant, Oliver se rassit.

— Misère, j'avais presque réussi à m'esquiver sans vous plomber le moral. À dire vrai, Eliza, les postulantes avec lesquelles je me suis entretenu ne m'ont pas fait très bonne impression. Celles qui avaient les compétences requises étaient réticentes à venir travailler dans cette maison. Cela fait des années que les Raeburn sont poursuivis par un parfum de scandale, vous savez. Et les gouvernantes sont assez snobs, dans leur genre. Leur réputation dépend du statut social de la famille qui les emploie, et elles voient d'un très mauvais œil tout ce tapage médiatique.

Eliza, trop énervée pour tenir en place, se mit à arpenter le sol devant la cheminée.

— Ce n'est pas juste ! Quand on se donne la peine de connaître Nicholas, on voit bien qu'il n'est pas si excentrique. Et Sunny est adorable.

Elle saisit un petit cheval de bronze posé sur le manteau de la cheminée. Elle l'aurait bien lancé pour se calmer les nerfs, mais elle ne pouvait céder à de telles impulsions.

Oliver haussa ses sourcils dorés.

— Ce n'est pas la première fois que vous l'appelez par son prénom. Êtes-vous vraiment sûre de vouloir quitter Lindsey Street ?

— Ne soyez pas ridicule ! Bien sûr que je veux partir. Ici, je n'exerce pas mon vrai métier.

— C'est cependant une bonne expérience. Un jour, vous serez mère, vous aussi.

Eliza s'immobilisa.

— Non. Je ne me marierai pas.

— Comment pouvez-vous avoir ce genre de certitude ? Vous n'êtes pas totalement repoussante. Un pauvre type à moitié aveugle pourrait succomber à vos charmes. Qui sait ? Nous sommes au XXe siècle, rien n'est impossible !

Il la taquinait, évidemment. Elle savait bien qu'elle n'était pas un laideron.

— Cela n'entre pas dans mes projets, insista-t-elle.

— Je ne vais pas citer Robbie Burns[1] chez un Écossais, mais vous savez ce qu'il pense des projets les mieux conçus.

— Je ne comprends rien à ses écrits.

L'art et la poésie ne l'avaient jamais beaucoup touchée. Elle était bien plus à l'aise avec les chiffres.

Oliver se leva de nouveau, lissa le même pli imaginaire. Il était toujours tiré à quatre épingles.

— Vous êtes une barbare. Écoutez, je vais faire de mon mieux. Mme Evensong sortira peut-être un nom de son chapeau au dernier moment. Avec elle, rien n'est jamais perdu.

— Et comment va Harriet ?

Harriet avait été la secrétaire personnelle de Mary avant qu'Oliver ne la remplace à ce poste, quand elle avait été opérée d'une appendicite au mois de

1. « Les plans les mieux conçus des hommes et des souris avortent bien souvent », Robert Burns (1759-1796), poète écossais. (*N.d.T.*)

juin. Depuis, elle était toujours en convalescence et se remettait peu à peu.

— Elle est toujours très fatiguée. Sa santé nous inquiète un peu. Elle aurait dû se rétablir, depuis le temps, mais lorsqu'elle trouve la force de venir travailler un jour ou deux à l'agence, il lui faut garder le lit le lendemain. Nous l'aurions bien envoyée au *Forsyth Palace Hotel* se rétablir complètement, mais ils sont sur le point de fermer l'établissement. La saison est finie.

Les soins dispensés au spa de l'hôtel étaient réputés pour leur efficacité, encore plus maintenant que l'équipe médicale avait été triée sur le volet.

— Embrassez-la de ma part.

— Comptez sur moi, répondit Oliver.

Eliza le raccompagna jusqu'à la porte principale.

— Vous êtes venu en omnibus ?

— Non, en métro. Mais je vais peut-être prendre un taxi sur Kensington High Street pour rentrer. À cette heure-ci, le métro sera bondé. Prenez soin de vous, Eliza.

Voyant qu'il tendait déjà la main vers la poignée, elle s'interposa entre lui et la porte.

— Attendez...

Méfiante, elle entrebâilla le battant de quelques centimètres. Et, de fait, elle compta quatre journalistes qui arpentaient le trottoir. À son apparition, ils levèrent la tête, la mine dévorée de curiosité.

— Zut...

Oliver jeta un coup d'œil au-dehors.

— Ils ont dû recevoir l'ordre de camper devant la maison. Je me demande ce qu'ils vont raconter dans l'édition du soir.

— Je ne le saurai jamais, parce que je ne peux pas quitter cette demeure ! Vous ne devriez pas sortir par là, Oliver. Inutile que vous soyez mêlé à tout cela, dit-elle en claquant la porte.

— Que vais-je faire, alors ? Sortir par le conduit de cheminée, comme le Père Noël ?

— Soyez un peu sérieux. Non, il vaut mieux que vous passiez par le jardin. Si votre pantalon n'est pas trop serré, vous pourrez escalader le mur.

— Et me rompre le cou ? Vous êtes folle !

— C'est mieux que d'être traîné dans la boue. Si les journalistes découvrent votre identité, ils ne vous lâcheront plus. Et s'ils décident d'enquêter sur votre compte...

Eliza s'interrompit dans un toussotement gêné. Se renfrognant, Oliver hocha la tête. Il avait compris.

— Très bien, vous avez gagné. Mais cela se paiera. Quand vous reviendrez à l'agence, j'attends de vous une docilité exemplaire. Du thé chaud ou glacé à toute heure de la journée, des contrats impeccables, un bureau parfaitement rangé et épousseté.

— C'est déjà ce que je fais tous les jours, lui rappela-t-elle.

— Eh bien, il faudra vous appliquer davantage encore. Espérons que ce tintamarre se sera calmé quand je vous enverrai les candidates.

Eliza l'espérait aussi. Elle trouvait insupportable de vivre ainsi en état de quasi-siège, surtout quand on manquait furieusement de poix bouillante à déverser sur les assaillants.

15

Ménage à trois ou à quatre ?

Un mystérieux inconnu surpris en train de quitter le doux nid d'amour du Peintre Polisson par le portillon du jardin : micmac au paradis ?

Maisie : « Il venait pour nous tuer ! »

Raeburn plaide son cas et rend son déjeuner.

Gouvernante ou... fille de joie ?

Nick ferma les yeux. Pourquoi diable Mme Quinn, partie aux commissions ce matin, avait-elle eu l'idée saugrenue de ramener quatorze journaux en même temps qu'un poulet à rôtir ?

La nuée de journalistes avait disparu de Lindsey Street quand Calamité leur avait raconté sa version de l'histoire – tout en distribuant habilement quelques billets à droite et à gauche.

Toutefois, Nick avait le sentiment que les chacals ne tarderaient pas à revenir, à moins qu'un cataclysme quelconque ne s'abatte sur un autre quartier de Londres.

Dans la matinée, Phil Cross avait été traduit en justice sur la base du témoignage de Calamité, Nick étant dans l'incapacité de se déplacer.

Eliza Lawrence n'avait pas de chance. Fille de joie, franchement ! Pour l'heure, elle refusait de lui adresser la parole, sauf nécessité absolue. Elle était aussi glaciale que la Reine des Neiges. Et, bien sûr, Calamité, qui avait posé les pieds sur la courtepointe jonchée de journaux, était déjà amoureux.

— Bon sang, qu'elle est jolie ! Je suis sûr que tu as fricoté avec elle, vieux fripon !

— Cala, réfléchis un peu. Je suis à l'article de la mort. Je ne suis pas vraiment d'humeur à batifoler avec une gouvernante qui ne peut pas me sentir.

Il altérait légèrement la vérité. Toute la nuit, il avait rêvé qu'il peignait le portrait d'une Eliza consentante, dans le plus simple appareil, la peau échauffée par le désir.

Curieusement, dans son rêve, elle avait gardé son chapeau, un bibi frivole dont le rose faisait ressortir celui de ses joues et de ses mamelons. C'était *son* rêve, après tout, alors autant qu'il soit parfait.

Il serait très intéressant de vérifier si ses divagations correspondaient à la réalité...

Un claquement de doigts à quelques centimètres de son visage l'arracha à ses pensées vagabondes.

— Hé ! Tu m'écoutes ?

— Désolé. À l'article de la mort, te dis-je.

— Ce n'est pas du tout le diagnostic du toubib. Je te rappelle que j'étais là quand il est venu t'ausculter.

Certes, Nick se rétablissait, mais si lentement... Il perdait son temps au lit.

D'autant qu'Eliza n'y était pas avec lui.

Cette pensée le prit par surprise. D'où lui venait-elle ? Il ne connaissait cette fille que depuis trois jours !

En fait, il ne la connaissait pas du tout. Il savait juste qu'elle réagissait mal quand on la calomniait. Ou qu'on la diffamait ? Y avait-il une différence ? Il ne savait même plus.

— Peux-tu me rendre un service, Cala ?

— Je ne me dérobe jamais quand il s'agit d'aider un vieil ami. Surtout si tu m'offres Mlle Lawrence pour mener à bien mon projet. Tu accepterais de te séparer d'elle à mon bénéfice ? Je trouve une telle abnégation stupéfiante.

Comme si Nick avait le choix ! Eliza ne voudrait pas rester, de toute façon.

À moins qu'il ne la retienne avec des rubans, des écharpes de soie ? Il pourrait la ligoter aux piliers du lit. Un bâillon serait indispensable, bien sûr, pour faire taire ses inévitables protestations.

Le sexe de Nick frémit et se dressa de la manière la plus embarrassante qui soit.

— La décision lui revient. Elle occupe déjà un poste de réceptionniste à l'agence Evensong. Elle est très contente de son emploi et espère une promotion.

Calamité émit un sifflement.

— « Pour vous et depuis 1888, l'agence Evensong réalise l'impossible ! » Ce doit être une perle, pour qu'ils l'aient engagée. Mon père a utilisé leurs services pour se tirer de cette affaire épineuse avec Mme Roberts.

Calamité aurait été encore plus riche aujourd'hui sans les fredaines de son père avec une succession de maîtresses.

— Oui, elle semble très compétente, confirma Nick sans enthousiasme.

À bien y réfléchir, il ne savait plus trop s'il avait envie qu'Eliza travaille pour Calamité. Qui, au demeurant, n'avait rien d'une calamité. Il était même très séduisant, avec sa fine moustache soigneusement taillée. Il était mince, athlétique et – ce qui ne gâtait rien – riche comme Crésus.

Son surnom remontait à l'époque où tous deux fréquentaient le collège. À l'heure de la toilette des pensionnaires, ils avaient joué avec des bateaux en papier qui avaient fini par boucher l'évacuation d'eau d'une baignoire, provoquant l'inondation du dortoir.

Mais il était peut-être temps que Nick l'appelle par son vrai nom.

— Il me faut un chapeau, déclara-t-il.

— Un melon ? L'Électro numéro neuf est parfait. La saison est un peu avancée pour un canotier. À moins que tu n'aies prévu de dîner avec le roi ? Je peux te trouver un haut-de-forme John Bull extra.

— Non, non. Pas pour moi. Tu sais bien que je n'aime pas en porter, ils aplatissent mes boucles. Il me faut un chapeau pour dame, quelque chose de rose et de frivole, avec des fleurs, des rubans, une plume ou deux. De la meilleure qualité. Si ravissant qu'aucune femme n'aura le courage de le refuser.

— Ce n'est pas un cadeau de réconciliation pour cette Maisie, n'est-ce pas ? Car, dans ce cas, tu perdrais ton temps et ton argent. Elle t'a pris en grippe. Elle m'a même craché dessus au tribunal ! Par chance, elle vise mal.

Calamité frémit à ce souvenir déplaisant.

— Toute mauvaise action est punie. Et ne t'inquiète pas, je n'ai pas l'intention de rejouer les chevaliers blancs.

— Qui est donc la petite chanceuse à qui est destiné ce chapeau ?

— Peu importe. Achète-m'en un, je me fie à ton bon goût.

Calamité ôta ses pieds du lit.

— Dois-je filer sur-le-champ chez la modiste ?

— Oui, s'il te plaît. Tu trouveras un porte-monnaie dans le tiroir du secrétaire.

Calamité balaya l'air d'une main impatiente.

— Nous réglerons nos comptes plus tard. Tu as l'air exténué, tu devrais faire une sieste.

Nick ne demandait pas mieux. Mais il fallait qu'il passe un peu de temps avec Sunny. La maison retrouvait peu à peu une vie normale. Sa fille avait réintégré sa chambre avec ses livres et son ours en peluche et, en cet instant, il entendait Eliza lui parler à l'autre bout du couloir.

Toutes deux éclatèrent soudain de rire, et une émotion étrange serra le cœur de Nick.

— On dirait qu'elles s'entendent bien, remarqua Calamité, qui enfilait ses gants.

À son arrivée, après avoir échappé aux journalistes, il s'était déjà plaint de ce que personne n'était là pour le débarrasser de son manteau et de son chapeau. Et, comme on n'était pas venu lui ouvrir en dépit de ses coups de sonnette répétés, il avait dû se servir de la clé que Nick lui avait donnée.

Dans la maison, tout le monde se cachait de la presse, y compris Nick. Peut-être aurait-il dû se réfugier dans l'un de ces hôtels flambant neufs et commander un bon repas... Enfin, si son estomac le supportait.

Mais non. Cela aurait été faire preuve de lâcheté. D'ailleurs, des arômes alléchants de poulet rôti et de tarte aux pommes lui parvenaient par la cage d'escalier.

Pourquoi ne pas dîner dans la salle à manger avec sa fille et sa gouvernante ce soir, en dépit des consignes du médecin ? Cela constituerait un agréable retour à la normalité, en apparence du moins.

Dès que Calamité eut pris congé, Nick sortit du lit pour se peigner vaguement et ramener ses boucles derrière ses oreilles. Il avait bien besoin d'une bonne coupe. Se laisser pousser les cheveux et ne jamais porter de chapeau, cela passait en Italie (où il ne neigeait jamais), mais pas dans cette vieille Angleterre rigide (où il neigeait parfois).

Et il devait aussi se raser, s'il voulait avoir l'air un tant soit peu civilisé devant sa petite famille.

Sa famille.

Des années durant, il avait fui les Raeburn. Il aimait ses frères, mais ces derniers étaient trop envahissants. Ils se mêlaient toujours de ses affaires, lui disant quoi faire et comment, alors qu'eux-mêmes n'étaient pas plus malins pour gérer leur propre vie.

Il enfila son peignoir et se traîna dans le couloir. En passant devant la chambre de Sunny, il vit qu'Eliza et la petite jouaient avec un jeu de cartes écornées, assises en tailleur sur le lit.

— Êtes-vous en train de corrompre ma fille ?

— Papa !

L'instant d'après, Sunny dégringolait du lit pour se jeter dans ses bras, avec une telle fougue qu'elle faillit bien le faire tomber.

— Mlle Lawrence m'apprend à faire des additions. Tu sais que le sept de cœur plus le trois de pique, ça fait dix ? J'ai trouvé !

— Je parie que tu as compté sur tes doigts, petite tricheuse ! dit-il en lui ébouriffant les cheveux.

— Pas du tout, j'ai regardé les cœurs et les piques, et je les ai mélangés.

— Et ça a donné des *peurs* et des *kiques* ?

— Ah ah !

— J'aurais bien aimé apprendre à compter avec des cartes quand j'avais ton âge. Ça a l'air plutôt drôle.

— Oui, approuva Sunny. Nous nous amusons à faire des paires qui valent dix. Viens jouer avec nous !

Elle le tira par la main en direction du lit. Nick s'imagina grimpant dessus. Le matelas s'affaisserait sous son poids, et il n'était pas exclu qu'Eliza lui tombe dans les bras.

Cette dernière lui jeta un regard qui n'avait rien d'enamouré et semblait plutôt traduire de l'agacement.

À quoi bon fantasmer si cela ne débouchait sur rien de concret ?

— J'aimerais bien jouer, Sunny, mais si je veux dîner avec vous ce soir, il faut que j'aille me rafraîchir un peu dans la salle de bains. Et peut-être même mettre une cravate. Vous n'y voyez pas d'objection, mademoiselle Lawrence ?

Eliza baissa les yeux sur ses cartes et, d'une voix presque inaudible, répliqua :

— Monsieur Raeburn, la salle à manger est au niveau de la rue. Sous le nez des journalistes.

— Eh bien, nous tirerons les rideaux, voilà tout. Je ne vais pas laisser ces abrutis nous dicter notre conduite. Je suis chez moi, nom d'un chien ! Ils finiront bien par se fatiguer et s'en aller.

— Qui va s'en aller, papa ? Les messieurs qui sont dehors et qui ont parlé à oncle Calamité ?

— Oui, ma puce. Et ne t'avise pas d'aller regarder par la fenêtre ou de leur ouvrir la porte. Il faudrait peut-être que j'embauche un majordome… Mais je ne sais vraiment pas où je le logerais.

N'ayant pas les moyens d'en engager un, Daniel Preble avait utilisé les deux pièces du haut pour peindre et entreposer ses toiles. Nick faisait de même et n'entendait pas renoncer à cet espace bienvenu.

Peut-être que cette maison ne lui convenait pas, finalement… Elle était parfaite pour un artiste qui menait la vie de bohème, comme Daniel, mais à présent Nick était père d'une petite fille. Et Sunny ne pouvait pas non plus jouer dans le jardin, étant donné qu'il était en friche.

Ils auraient été tout aussi bien à Raeburn Court. Le manoir familial était si vaste qu'ils auraient pu s'installer dans une aile sans jamais croiser ni Alec ni Mary. Son frère l'avait invité à s'installer là-bas et, après tout, c'était sa maison, même si cela faisait des années qu'il n'y pensait plus comme à son foyer.

Misère ! Tout cela était compliqué et commençait à lui donner la migraine. Vendre la maison de Lindsey Street, déménager de nouveau alors qu'ils venaient à peine de déballer leurs affaires, convaincre Eliza de venir en Écosse… Elle s'entendait bien avec Mary, non ? Ces deux-là se tiendraient compagnie là-bas, durant les longues journées d'hiver.

Mais s'il imaginait un seul instant qu'Eliza accepterait d'aller s'enterrer en Écosse, il avait vraiment perdu l'esprit !

Elle ne daignerait même pas lever les yeux de son jeu de cartes s'il osait formuler cette proposition incongrue.

D'ailleurs, il n'était pas en mesure de prendre une décision, quelle qu'elle soit. La perspective de s'habiller suffisait à l'épuiser. Il devait se ressaisir, et vite. Calamité avait programmé une exposition de ses œuvres dans une de ses galeries, le mois suivant. Les tableaux seraient bientôt livrés – peut-être même croiseraient-ils les toiles qu'il venait d'expédier à Daniel –, et il voulait aussi sélectionner quelques photographies.

Ce n'était sans doute pas le bon moment pour se lancer dans un nouveau portrait. Sauf… s'il parvenait à convaincre Eliza de poser pour lui. Pour un sujet si désirable, il était prêt à veiller toute la nuit.

Mais, là encore, c'était fort peu probable. Elle lui rirait au nez. Elle piaffait à l'idée de quitter cette maison et de mettre la plus grande distance possible entre elle et lui.

Il mit trois fois plus de temps qu'à l'ordinaire à se préparer pour le dîner. Il se coupa en se rasant et dut s'y reprendre à deux fois pour boutonner sa veste.

Néanmoins, il se sentait ragaillardi. Il avait hâte de retrouver son atelier, malgré toutes ces marches qu'il lui faudrait monter. Pour l'heure, il devait seulement descendre dans la salle à manger, ce qui était bien plus facile.

Au passage, il nota que les rideaux du premier étage étaient tirés, comme si on avait craint qu'un reporter ne grimpe dans un arbre pour venir jeter un coup d'œil par la fenêtre.

Eliza et Sunny l'attendaient dans la salle à manger. Ici, les tentures de velours à franges masquaient également l'œil-de-bœuf à la vitre d'une propreté douteuse, si bien qu'on avait dû allumer le lustre électrique.

— Bonsoir, mesdemoiselles, les salua-t-il avant de prendre place à table.

Le couvert avait été dressé dans une débauche de cristal et d'argent. L'ambiance était plutôt solennelle pour un simple dîner familial en milieu de semaine.

— C'est moi qui ai mis la table ! annonça fièrement Sunny. Mlle Lawrence m'a aidée, mais seulement un tout petit peu.

— Je suis très impressionné, ma chérie. J'aurais dû mettre mes lunettes de soleil.

— La lumière électrique vous fait mal aux yeux ? s'inquiéta Eliza.

— Je plaisantais, mademoiselle Lawrence. L'argenterie et les verres en cristal étincellent de mille feux, vous ne trouvez pas ? C'est presque aveuglant.

— Oh...

Elle avait rougi. Évidemment, dans son milieu professionnel, on ne devait pas blaguer très souvent.

Sue allait maintenant assez bien pour aider Mme Quinn à servir le repas. La conversation à table ne fut pas aussi éblouissante que les couverts. Sunny monopolisait la parole, inconsciente de la tension qui régnait entre les deux adultes.

Lorsque la dernière part de tarte eut été débarrassée, Nick se leva.

— Mademoiselle Lawrence, j'aimerais m'entretenir avec vous dès que Sunny sera couchée. Et tu vas te mettre au lit sans rechigner, comme une petite fille bien sage, n'est-ce pas, ma puce ?

— De quoi souhaitez-vous me parler, monsieur ?

Monsieur. Elle était bien formelle pour quelqu'un qui l'avait déjà vu tant de fois en tenue d'Adam.

— Les entretiens auront lieu demain, et il va falloir établir une liste de questions.

— C'est quoi, un entretien, papa ?

Bon sang. Sunny ignorait qu'Eliza ne comptait pas rester. En quelques jours, sa fille s'était attachée à elle. Les plus grandes amitiés naissaient dans l'adversité, disait-on. Et, ces temps derniers, ils avaient eu leur lot d'épreuves.

— C'est une sorte de rendez-vous, chérie, pour que les grands puissent se parler. Tu resteras avec Sue et Mme Quinn pendant que Mlle Lawrence me donnera un coup de main.

Il n'aurait plus manqué que Sunny coure se cacher dans le vase chinois en pleine entrevue !

— Ce sont les messieurs qui attendent dehors qui vont venir ?

Il avait oublié les journalistes. Il n'y avait plus qu'à prier pour que ceux-ci ne campent pas sur le perron au moment où les gouvernantes arriveraient.

— Non, seulement des dames, précisa Eliza. Ne t'inquiète pas, ton papa a la situation bien en main.

« Ah, vraiment ? Première nouvelle », songea-t-il.

16

Sunny s'était couchée sans difficulté. Elle était encore fatiguée par la maladie, et le dîner d'apparat avait épuisé ses dernières forces.

Eliza embrassa le front de la fillette et, soulagée de le trouver frais, resta un instant à écouter le bruit régulier de sa respiration. Elle-même reviendrait bientôt se glisser dans le lit au côté de l'enfant endormie, en espérant qu'un petit pied ne lui taperait pas dans les tibias toute la nuit.

Il était décidément usant d'habiter sous ce toit. Et qui savait ce que Nicholas Raeburn lui réservait encore ? Quelle serait sa prochaine lubie ? Sauver les éléphants d'un cirque ? Relâcher les forcenés de l'asile de Bedlam ? Avec lui, tout était possible.

Elle fit une pause devant le miroir pour s'assurer que son chignon ne dégringolait pas. Le haut col de son chemisier l'étranglait à moitié – elle n'avait pas de toilette plus habillée pour dîner avec son patron. Sa robe en soie rose était restée chez elle, dans sa penderie. Bien que démodée, elle était tout à fait seyante. Quand l'avait-elle portée pour la dernière fois ? Eliza n'en avait aucun souvenir. Elle l'avait emportée lors de son séjour au *Forsyth Palace Hotel*, au cas où maître Hurst l'inviterait à dîner, mais là aussi la robe était restée dans le placard.

Nicholas lui avait demandé de le retrouver dans la grande salle du rez-de-chaussée qui faisait office de salle à manger et de salon. Jadis, elle avait été divisée en deux et, en son milieu, une arche érigée sur des colonnes sculptées soutenait le plafond.

L'endroit était si encombré de meubles et de bibelots qu'il était difficile d'y circuler. Nicholas était installé côté salon, dans un fauteuil placé devant la fenêtre. Entre les pans des rideaux, on apercevait un bout du jardin et les habitations voisines.

Il se leva à son entrée.

— Vous avez été rapide, remarqua-t-il. Pour ma part, je suis obligé de lire une dizaine d'histoires à Sunny avant qu'elle ne consente à s'assoupir. Parfois, c'est la même histoire qu'il faut lire dix fois. Venez, mettez-vous à l'aise. Voulez-vous un café turc ? Ou peut-être une goutte de cognac ?

Eliza nota qu'il n'y avait pas de verre sur le guéridon près de lui. Il suivait donc les consignes du docteur Samuelson. La vue de la carafe pleine d'un liquide ambré la tenta une seconde, mais il s'agissait d'une réunion de travail, aussi déclina-t-elle la proposition d'un signe de tête, avant de prendre place sur la chaise la plus éloignée de lui.

— Sunny est fatiguée, comme moi. J'espère que vous serez bref. Vous aussi, vous avez besoin de repos. Ce sont les ordres du médecin.

— Vous ne songez qu'au travail, mademoiselle Lawrence. J'espérais vous voir vous détendre un peu, pour une fois.

Il s'était débarrassé de sa cravate – ou plutôt de ce qui lui avait tenu lieu de cravate, un foulard en soie à motif cachemire. Encore une originalité d'artiste. Aucun gentleman ne portait ça à Londres. Mais Nicholas Raeburn n'était pas un gentleman, même si du sang bleu coulait dans ses veines.

De la poche de sa veste, il sortit un petit carnet et un crayon.

— Bien, vous avez été des deux côtés du bureau. Quelles questions poseriez-vous en premier à une gouvernante ?

— Je m'assurerais d'abord qu'elle est organisée. Ponctuelle. Les enfants doivent avoir une routine quotidienne. Il leur faut des repères et des règles. C'est mieux pour les petits comme pour les grands.

— Et si quelque chose vient chambouler cette routine ?

— Quelque chose… comme quoi ?

— Eh bien… vous savez. On se promène et on aperçoit un phénomène intéressant, par exemple un animal ou la naissance d'un bourgeon. On prend le temps d'observer ce phénomène, et du coup on arrive en retard au déjeuner.

— C'est impoli de faire attendre les domestiques qui se sont donné du mal pour préparer le repas. Un enfant doit témoigner du respect à ceux qui s'occupent de son bien-être. Il n'y a pas de phénomène qui tienne. Une bonne gouvernante ne déroge pas à la règle. Elle s'arrangera éventuellement pour prévoir une autre promenade afin d'étudier le… le phénomène en question, si tant est que celui-ci présente un intérêt avéré.

Nicholas prenait des notes, son crayon glissant furieusement sur le papier.

— Bon, je comprends, mais vous courez le risque que le phénomène ne soit plus là à votre retour.

— Peu importe. Les enfants oublient vite et passent à autre chose.

— Si vous dites cela, c'est que vous ne connaissez pas encore bien Sunny, objecta Nicholas en changeant de page.

— Évidemment ! Je ne suis ici que depuis quelques jours. Mais je maintiens qu'il ne faut pas céder aux caprices des enfants. Vous ne me remercieriez pas si, devenue jeune fille, Sunny s'amourachait d'un bon à rien.

— Certains diraient que je suis moi-même un bon à rien, mademoiselle Lawrence.

Eliza ne trouva rien à répondre. Cette conversation était décidément étrange.

Lassé d'attendre une réponse qui ne venait pas, il finit par soupirer :

— Très bien. Je note que la routine est primordiale pour le bon développement de l'enfant. Ensuite ?

— Une bonne gouvernante doit avoir des principes d'hygiène très stricts. Être soigneuse. Douce. Et maîtriser les savoirs élémentaires, bien entendu. Quand Sunny sera plus âgée, j'imagine que vous l'enverrez dans une école respectable. Il va donc falloir la préparer correctement à recevoir une éducation plus poussée.

— Respectable... correctement, marmonna Nicholas. Franchement, mademoiselle Lawrence, cette gouvernante parfaite me paraît bien ennuyeuse. Si elle ne prend pas le temps de s'arrêter cinq minutes devant une feuille qui a perdu sa chlorophylle, au risque d'être en retard de dix minutes au déjeuner, je ne vais pas l'engager. En revanche, la douceur m'apparaît comme une qualité essentielle, en effet.

— Cela va sans dire.

— Je n'en suis pas si sûr. Ne m'avez-vous pas dit que les enfants Hurst avaient été maltraités par leur première gouvernante, une horrible bonne femme ?

L'odieuse Mlle Bemelman. Eliza frémit au souvenir de cette sorcière que les enfants avaient eu bien du mal à oublier. Elle revenait même hanter leurs rêves.

— En effet, monsieur.

— Et pourtant je suppose qu'elle était compétente, organisée et propre ?

— C'est exact, monsieur, confirma encore Eliza, mal à l'aise.

— Arrêtez de me donner du « monsieur » à tout bout de champ ! Nous sommes trop intimes pour ça.

— Pardon ? Nous ne sommes pas du tout intimes ! s'écria-t-elle, les joues en feu.

— Tout Londres le pense depuis la parution de ces articles, alors pas la peine de faire des chichis.

— Au moins, ils n'ont pas imprimé mon nom, murmura Eliza, abattue.

Ce qui était un miracle en soi. Mais cela n'allait sûrement pas durer.

Nicholas – M. Raeburn – écrivait toujours dans son carnet.

— Que faites-vous ? Vous n'êtes pas en train de prendre notre entretien en sténo Pitman, n'est-ce pas ?

— Seigneur, non ! J'en serais bien incapable. Si vous voulez tout savoir, je vous dessine. Il me faut un portrait assez grand pour l'exposition que prépare Calamité, et vu le tintouin causé par Maisie, je doute que les modèles se pressent dans mon atelier. Cela ne vous dérange pas, j'espère ?

Eliza faillit suffoquer. Bien sûr que si, cela la dérangeait ! Il la dessinait sans lui en demander la permission, et par-dessus le marché, il projetait d'exposer son portrait en public !

— Je vous l'interdis.

— Damnation ! Je n'ai jamais vu gouvernante plus butée, je vous le jure. Sachez, chère mademoiselle Lawrence, que lorsqu'une idée germe dans l'esprit d'un artiste, elle doit se libérer de toute entrave.

— C'est bien joli, mais vous ne me demandez pas mon avis !

— Ne vous inquiétez pas, je ne représenterai pas votre visage. Bien que ce soit fort dommage. Vous êtes très jolie, vous devez le savoir. J'envisage plutôt une étude naturelle, avec un chapeau, cependant.

Eliza resta sans voix. *Une étude naturelle.* Voulait-il parler d'un nu ? Elle s'étrangla de nouveau.

— Il n'est pas question que je me déshabille devant vous !

— Oui, je sais, répondit-il d'un ton un peu agacé. Ce n'est pas la peine, c'est votre langage corporel qui m'intéresse, votre port de tête, votre maintien, votre rigidité qui formera un contraste avec la nudité. Cela révélera la dualité de votre nature profonde.

Eliza serra les poings dans son giron pour résister à l'envie d'attraper la statuette en bronze à l'effigie de Pan qui était posée sur la console, parmi tout un tas d'autres bibelots – autant de projectiles potentiels, mais les sabots pointus de Pan semblaient à même d'infliger la plus grande douleur possible.

— Ce n'est pas vraiment pour me poser des questions que vous m'avez convoquée ici, n'est-ce pas ? dit-elle avec colère.

Il lui jeta un regard innocent.

— Bien sûr que si. Et détrompez-vous, votre avis compte beaucoup à mes yeux. C'est juste que je ne suis pas d'accord avec vous. Je commence à penser que les contraintes sociales qu'on impose ici, à Londres, ne conviendront pas à Sunny. Elle a besoin de liberté pour décider quelle personne elle veut devenir. C'est drôle, voyez-vous… Plus jeune, j'avais hâte de quitter l'Écosse, pour être libre et échapper à ma famille, aux règles… Et maintenant, je me demande s'il ne vaudrait pas mieux élever Sunny à Raeburn Court. Là-bas, personne ne l'embêtera. Et je pourrai toujours faire des séjours à Londres, une à deux fois par an, afin d'exposer mes œuvres. Je vous inviterai à déjeuner, si vous voulez.

Eliza ouvrit la bouche pour refuser vertement, puis la referma. À quoi bon argumenter ? Nicholas

Raeburn était fou, tout simplement. Il n'était pas question qu'elle déjeune avec lui. Jamais.

— Oui, cette expression, c'est exactement ça ! Dommage que je ne puisse dessiner vos traits... C'était parfait.

Parfait... pour quoi ? Montrer à quoi ressemblait une meurtrière sur le point de perpétrer son crime ?

Eliza se leva.

— Les candidates arriveront demain matin à 10 heures. Voilà. Pour ma part, j'ai eu une longue journée. Alors, si vous voulez bien m'excuser...

Une *horrible* journée, pleine d'articles calomnieux que sa mère avait lus. Eliza avait bien tenté de s'expliquer avec elle au téléphone, mais la ligne était mauvaise. Par précaution, elle avait demandé au docteur Samuelson de passer chez elle s'assurer que sa mère n'était pas dans tous ses états.

— Bonne nuit, monsieur, ajouta-t-elle en accentuant à dessein le dernier mot, pour bien faire entendre son indignation.

— Vous ne voulez pas rester encore un peu, juste quelques minutes ? Ces croquis me seront très utiles par la suite.

Eliza n'avait aucune envie de lui rendre ce service. Elle s'était efforcée de lui donner des conseils *utiles*, salutaires, et il s'était moqué d'elle.

— Non. Monsieur.

Loin de s'offusquer, il éclata de rire.

— Franchement, Eliza ! Vous êtes si... intransigeante. Je ne sais pas si le rôle de gouvernante vous convient, en effet.

— Que je travaille dans un bureau ou auprès d'enfants, je reste une femme honorable.

Nicholas glousa de nouveau.

— Personne ne va vous déflorer, du moins pas dans l'immédiat. Je ne dirais pas non à un autre baiser, remarquez. Mais ce qui m'intéresse pour le moment, c'est de capturer la ligne de vos épaules. Accordez-moi encore quelques minutes.

La déflorer... l'embrasser... Il avait un de ces toupets ! On aurait dit qu'il parlait de la pluie et du beau temps.

— Vous... vous...

Elle bégayait.

— Je... je... Quoi ?

Elle aurait dû le planter là, mais pour une raison inconnue ses pieds semblaient collés au parquet.

— Je crois que je vais vous peindre défendant votre chasteté, une épée à la main. Les allégories font fureur auprès de certains collectionneurs. Ce n'est pas trop mon style, mais cela peut être un exercice amusant. Pouvez-vous lever le bras droit ? À moins que vous ne soyez gauchère ?

— Non !

Décidée à lui tenir tête, elle plaqua ses bras raides le long de son corps.

— Oh, c'est encore mieux ! Vous avez l'air féroce d'une fanatique. Magnifique ! C'est tellement dommage que vous ne vouliez pas devenir mon modèle officiel.

Les pages du carnet voletaient, tandis qu'il dessinait à toute allure avec son petit crayon. Si elle parvenait à se glisser dans sa chambre un peu plus tard, elle lui déroberait ce maudit carnet. Il serait bien attrapé !

Elle se figea. Sapristi, d'où lui venait cette idée ? Des pensées de meurtre et de vol naissaient dans son cerveau. Cela ne lui arrivait jamais, d'ordinaire. Quelques jours passés en compagnie de Nicholas Raeburn, et voilà qu'elle était prête à rejoindre un gang de truands !

— Je vais me coucher, annonça-t-elle.

Nicholas se leva d'un bond et glissa le carnet à l'intérieur de sa veste.

— Bien, je crois que j'ai ce qu'il me faut. Je me sens vraiment mieux, vous savez. J'espère avoir la force de monter dans l'atelier demain.

— N'oubliez pas les entretiens d'embauche.

— Non, mais ils ne commenceront pas avant 10 heures. J'aurai tout le temps avant de bénéficier de la lumière matinale. Ne vous inquiétez pas, je serai à l'heure.

— Pensez à prendre votre médicament. Le docteur Samuelson a dit que cela ne craignait plus rien, désormais.

Elle faisait allusion à l'antalgique prescrit par le médecin. Maintenant que Nicholas se déplaçait davantage, il souffrait de la plaie sur sa cuisse. Il la frictionnait machinalement à tout bout de champ, mais l'avait oubliée durant tout le temps qu'il avait dessiné.

D'ailleurs… s'il prenait cette drogue, il sombrerait vite dans un lourd sommeil. Il serait aisé alors de s'introduire dans sa chambre pour voler le carnet, ainsi que l'autre, plus grand, qu'il avait utilisé la première fois qu'il l'avait dessinée.

Privé de ses ébauches, il ne pourrait pas peindre son portrait. Eliza n'ambitionnait pas d'être immortalisée comme la *contessa* Barbara Machin.

— Vous avez raison, j'ai un peu tiré sur la corde aujourd'hui. Permettez-moi de vous escorter à l'étage.

Il lui offrit son bras. Il aurait été grossier de le repousser. Eliza l'accepta, tout en se demandant qui soutenait l'autre en définitive. Alors qu'ils gravissaient les marches, elle eut toutes les peines du monde à conserver son équilibre.

Enfin, ils atteignirent le palier, faiblement éclairé par les appliques placées entre les deux chambres.

Eliza avait hâte de se coucher, mais elle allait devoir prendre garde à ne pas réveiller Sunny. Il était inhabituel qu'une gouvernante partage le lit de l'enfant dont elle avait la charge. Sa remplaçante risquait d'être rebutée par ce détail. Il vaudrait mieux prévoir d'installer une couchette pour Sunny, cela arrondirait les angles.

Mais cela n'avait pas d'importance si Nicholas avait de toute façon l'intention de partir s'installer en Écosse.

Eliza avait vu des photographies de Raeburn Court. Le manoir était si vaste que Sunny serait sans doute obligée de semer des miettes de pain derrière elle pour retrouver son chemin jusqu'à la cuisine. Et le paysage environnant était magnifique. La fillette et sa nouvelle gouvernante auraient tout l'espace voulu pour se promener.

Mais Nicholas Raeburn venait à peine d'arriver. Comment pouvait-il envisager de déménager dans la foulée ? Les ragots finiraient bien par s'apaiser. Et un homme comme lui, un artiste, un mondain, s'ennuierait à mourir à la campagne.

Il dégagea son bras du sien.

— Bonne nuit, mademoiselle Lawrence. Merci de m'avoir aidé à monter l'escalier.

— Mais… de rien.

Au lieu de s'éloigner, il demeura planté face à elle. Son regard chercha le sien.

Dans la seconde, elle devina ses intentions, mais ne parvint pas à esquisser le moindre geste pour l'arrêter.

Il posa la main sur sa joue, l'effleura aussi légèrement que l'aurait fait l'aile d'un ange. Sa pommette était encore enflée, à cause du réveil qu'elle lui avait lancé. Des plaques bleuâtres marbraient le contour de son œil, et son front était barré de points de suture noirs. Bizarrement, tout cela ne le rendait pas moins séduisant.

Elle lui toucha le menton. Sa barbe drue avait disparu. Immobiles, silencieux, ils se dévisageaient, et d'étranges vibrations faisaient frémir l'air autour d'eux.

— Je vais vous embrasser pour vous souhaiter bonne nuit. Avec votre permission, bien sûr.

Eliza aurait préféré qu'il ne la lui demande pas. Ou plutôt qu'il ne dise rien du tout. S'il s'était contenté d'agir, elle n'aurait pas été complice, elle aurait pu s'endurcir le cœur.

Mais non... Ce muscle sournois palpitait dans sa poitrine, et son visage se tendait vers le sien.

— Dois-je prendre cela pour un « oui » ? chuchota-t-il.

Elle ferma les yeux. Il allait lui voler un baiser. Mais pourquoi pas ? Idiote qu'elle était ! Sous peu, elle partirait, et tout cela ne serait plus qu'une suite de souvenirs lointains. Elle ne commettait pas un crime ! Ce n'était qu'un baiser, et le premier avait été très agréable – jusqu'au moment où la honte l'avait submergée.

Et puis, c'était ridicule, pour une jeune femme de vingt-quatre ans, de n'avoir été embrassée qu'une fois dans sa vie – les bisous baveux de Jonathan Hurst ne comptaient pas.

Eliza se considérait comme une femme moderne. Pas au point de trahir ses grands principes, mais enfin, un deuxième baiser n'allait pas la précipiter dans les flammes de l'enfer. Il ne fallait pas en prendre l'habitude, voilà tout.

Elle devait considérer cela comme une expérience instructive, une sorte d'initiation bien innocente.

Elle hocha la tête en guise d'assentiment.

Puis elle songea au carnet, glissé au fond de sa poche.

S'il lui volait un baiser, elle lui volerait autre chose. Il lui suffirait de glisser la main sous sa veste, contre sa large poitrine... Oui, comme ça.

Elle introduisit ses doigts entre sa chemise et la doublure en soie de la veste, tâtonna... Sous sa paume, elle perçut les battements précipités du cœur de Nicholas. Elle n'était donc pas la seule à être troublée, même s'il avait déjà embrassé des centaines – voire des milliers – de femmes...

Il se pencha vers elle, et sa bouche effleura la sienne avec une infinie douceur. Ce n'était pas un baiser exigeant ou dominateur, mais plutôt hésitant, délicat, comme s'il craignait qu'elle ne change d'avis au dernier moment ou qu'elle ne lui donne encore un coup de poing dans le ventre.

Mais, cette fois, il ne la prenait pas par surprise. Elle ne se sentait pas dégradée par ses propres réactions. Non, cette fois, elle s'autorisait à vivre cette parenthèse hors du temps. Ensuite, elle en rangerait sagement le souvenir dans une niche de son cœur, comme Oliver rangeait ses précieux dossiers dans son classeur.

Car elle avait bel et bien un cœur, même si les contraintes et les responsabilités l'étouffaient la plupart du temps. Et, à dire vrai, elle en avait assez d'être toujours raisonnable.

Est-ce que Nicholas Raeburn faisait le moindre effort pour être raisonnable, lui ? Il n'y avait pas une once de prudence sous sa chemise. Pas plus que sous son pantalon à rayures. Mais elle ne devait pas penser à ce qui se cachait là-dessous, même si elle l'avait vu de ses propres yeux.

Seigneur, elle devait fuir avant qu'il ne soit trop tard ! Nicholas Raeburn lui mettait les nerfs à vif, la plongeait dans les tourments et la confusion. En sa présence, elle perdait toute maîtrise de soi. Où étaient la logique élémentaire des bilans comptables et l'ordre immuable des touches d'ivoire de sa machine à écrire ?

Celles-ci avaient à peu près la même taille que les boutons de la veste de Nicholas, mais la sensation était complètement différente. Les boutons en argent repoussé étaient froids et lui chatouillaient les doigts, lui donnaient envie de les sortir de leurs boutonnières...

Nicholas devait avoir le même genre de pensée, car sa main avait quitté la joue d'Eliza pour jouer avec les agrafes minuscules de son col.

La tâche serait plus ardue pour lui.

C'était très excitant de faire tant de choses en même temps, l'embrasser, enlacer sa langue à la sienne, explorer son torse d'une main hésitante, se souvenir qu'il fallait respirer pour vivre...

Tenir debout relevait déjà de la gageure. Elle avait peur de s'effondrer dans ses bras – une perspective tentante, d'ailleurs.

Nicholas lui butinait la lèvre inférieure. Elle la mordillait tout le temps, mais là encore, la sensation était complètement différente. Sa mère lui faisait la guerre pour qu'elle perde cette mauvaise habitude. Enfin... mieux valait ne pas penser à sa mère en un tel instant.

Celle-ci n'aurait pas vu d'un bon œil ce col qui s'ouvrait peu à peu sur sa gorge, pas plus que les doigts de Nicholas qui glissaient sur sa chair dévoilée...

Une vague de chaleur lui embrasa le corps, et elle frissonna en même temps. Cela n'avait aucun sens.

— Eliza... soupira-t-il contre sa bouche.

Elle n'avait jamais autant aimé son prénom.

Mine de rien, elle n'était pas restée inactive, elle non plus. Comme par miracle, ses mains étaient maintenant en contact direct avec sa peau, laquelle était brûlante – mais la fièvre n'était pas en cause, cette fois. Sous ses doigts, les courts poils roux étaient tout doux...

Ô Seigneur !

Elle avait ouvert sa chemise et était en train de lui caresser les pectoraux !

Pour la première fois de sa vie, elle avait déshabillé un individu mâle qui n'était pas un petit garçon bâillant de sommeil.

Nicholas Raeburn s'était immobilisé – à l'exception de sa langue, qui s'activait toujours dans sa bouche. Même ses mains s'étaient figées quand elle avait eu l'audace de déboutonner sa chemise.

Avait-elle perdu l'esprit ?

« Ce n'est pas si grave, chuchota une petite voix dans sa tête. Demain, ou après-demain, tu ne seras plus là. »

17

Par Jupiter, il embrassait Eliza Lawrence !

Enfin, ce n'était pas tout à fait exact. C'était plutôt elle qui l'embrassait. Et qui lui tripotait la poitrine de ses petits doigts agiles qui avaient su déboutonner sa chemise sans difficulté, alors que lui-même se débattait maladroitement avec les agrafes de son chemisier. Celles-ci descendaient dans son cou et une deuxième fermeture suivait la courbe de l'épaule, et pour le moment il n'avait réussi qu'à faire sauter les petits boutons du col en dentelle. Sans doute fallait-il faire passer le vêtement par-dessus sa tête, mais il était peu probable qu'elle l'y autorise au milieu du couloir.

D'ailleurs, elle aurait dû l'arrêter dès le début.

Nick connaissait bien les femmes, et il était à peu près sûr qu'Eliza Lawrence ne le tenait pas en haute estime. Quelques minutes plus tôt, elle était furieuse contre lui, et il doutait fort qu'elle soit tombée amoureuse de lui en grimpant quelques marches.

Pourquoi réagissait-elle ainsi ?

Mais peu importait, finalement. Le lendemain, elle serait partie.

Il leur restait cette nuit, et si la virginité d'Eliza commençait à lui peser, Nick était tout prêt à lui apporter sa contribution pour résoudre le problème.

Mais non… il ne pouvait pas aller jusque-là. Au matin, elle le haïrait. Alors… ils pouvaient se contenter de jouer un peu, pour s'offrir un peu de plaisir.

Il découvrirait enfin ces petits seins pressés contre son torse en cet instant même, alors qu'elle lui caressait la base de la gorge – avec un peu de chance, ce n'était pas pour l'étrangler.

Elle avait affirmé qu'elle ne se déshabillerait pas pour lui. Avait-elle changé d'avis ? Il saurait se contenter de l'aperçu d'une cuisse, d'un mollet ou d'une cheville ; tout cela au nom de l'art, bien sûr. Déjà, dans sa tête, son futur portrait prenait forme. Ce qu'il entrevoyait de peau lisse et nacrée galvanisait son génie créatif.

Oui, ce moment extraordinaire était un exercice de style. Une sorte d'étude. Comme une bonne gouvernante, il irait sur le terrain, retournerait chaque pierre, examinerait chaque feuille tendre, explorerait tous les chemins de ce territoire sensuel…

Jusqu'où le laisserait-elle aller avant de lui flanquer un coup sur la tête ?

Il n'y avait qu'une façon de le découvrir.

En dépit de ses jambes un brin flageolantes, il parvint à pivoter pour la placer dos contre le chambranle. Les moulures tarabiscotées allaient la gêner, elle se rendrait compte qu'ils se trouvaient devant la porte de la chambre, et si elle faisait un pas en arrière pour franchir le seuil, cela répondrait à sa question.

Il ne voulait pas l'effrayer. Il voulait juste l'embrasser. Encore et encore.

Partout.

Du moins, partout où elle le lui permettrait. Savait-elle seulement où se nichait la partie la plus délicieuse de son être, et quels plaisirs ils en retireraient tous les deux si elle l'autorisait à en goûter la saveur ?

Elle se hissa sur la pointe des pieds pour lui butiner la commissure des lèvres, et il en perdit le souffle.

Ouvrant les yeux, il vit ses longs cils papillonner sur sa joue. Une petite ride en V creusait son front entre ses sourcils, comme si elle était déstabilisée par ses propres réactions.

Tant mieux.

Nick naviguait au jugé, lui aussi. Ce n'était pas son genre de culbuter les employées… hormis cette bonne qui l'avait déniaisé des années plus tôt et, à dire vrai, c'était plutôt elle qui l'avait culbuté.

Eliza se blottissait contre lui, sa main se promenant près de son cœur aux battements irréguliers. Les plis de sa jupe bleu marine frottaient contre son début d'érection. Il aurait aimé la prendre ici, debout, contre la porte, mais… ce n'était pas envisageable.

D'ailleurs, il n'avait pas l'intention de la déflorer, juste d'être son professeur l'espace d'une nuit et de retirer lui-même de précieux enseignements de cette petite leçon de choses.

En premier lieu, il devait trouver le moyen de l'attirer dans sa chambre.

Il l'embrassa plus passionnément et sentit la veine dans son cou palpiter. Sa main glissa de son épaule jusqu'au creux de sa taille et perçut sous plusieurs couches de tissu les baleines de son corset, ce carcan qui la maintenait droite alors qu'il la voulait souple, alanguie.

Il tremblait tant qu'il craignait de ne pouvoir dénouer tous ces fichus lacets et rubans le moment venu. Car le moment viendrait, il en était sûr.

Ce baiser n'était pas anodin, à moins qu'il n'ait déserté la compagnie des femmes depuis trop longtemps et que son intuition ne lui fasse défaut.

Nick n'avait pas l'âme romantique, et pourtant ce baiser lui tournait la tête, le dépouillait de sa raison. Et il semblait avoir le même effet sur Mlle Lawrence, en dépit de ses beaux principes vertueux.

Il n'allait pas s'interroger sur les raisons de ce brusque revirement. Était-ce un coup de cœur ? Une erreur de jugement ? Cela lui importait peu. Il savait juste que c'était fort agréable.

Pour la première fois depuis des jours, il se sentait presque humain. Son corps vibrait, en éveil. Chaque soupir, chaque infime souffle qui s'échappait des lèvres d'Eliza chantait à ses oreilles comme une musique enivrante. Le contact de sa peau l'électrisait, son goût l'enchantait.

Mais il leur fallait s'interrompre, quelques secondes au moins.

Il s'écarta.

Les lèvres roses et humides, elle leva vers lui des yeux embrumés de désir.

— Venez dans ma chambre, Eliza, chuchota-t-il.

— Je… Il ne faut pas, répondit-elle sans grande conviction.

— Je vous jure de ne vous forcer à rien.

Pourvu qu'il puisse tenir cette promesse ! Ce ne serait pas chose facile, mais il savait déjà que lorsque l'ancienne Mlle Lawrence ressusciterait, elle lui tiendrait rigueur de tout ce qu'il aurait osé faire.

— Juste un moment, reprit-il en lui caressant la joue de son pouce. Je veux vous donner un vrai baiser, pas vous embrasser à la va-vite contre un mur. Ce n'est pas très confortable. Vous devez avoir mal au dos. Et, pour tout dire… je ne suis pas sûr de pouvoir rester très longtemps debout sur mes deux jambes.

— Seulement… un baiser ? Mais…

Il la réduisit au silence d'un doigt posé sur sa bouche.

— Ne vous inquiétez pas, je n'ai pas l'intention de vous déshonorer. Je ne dis pas que je n'en ai pas envie, mais... je tiens à la vie et vous me terrifiez un peu. Je vous imagine toujours brandissant cette épée, vous comprenez. Je me limiterai à un baiser. Et demain matin, vous serez aussi chaste qu'en cette minute.

— Vous le promettez ?

— Oui. Que la foudre m'aveugle et me rende incapable de manier un pinceau si je mens.

Il espérait que les dieux étaient occupés par ailleurs et ne l'écoutaient pas. S'il trahissait son serment, il serait plongé dans les ténèbres le reste de sa vie ! Pour l'heure, il voulait seulement rejoindre celles de sa chambre. Il allumerait juste la petite veilleuse, du moins si Eliza y consentait. Il voulait voir son visage et sa gorge empourprés de désir, voulait la voir frémir sous la caresse de ses mains et de sa bouche...

— Je n'enlèverai pas mes habits.

— Je n'y songeais même pas, prétendit-il.

Si les choses tournaient comme il l'espérait, c'était elle qui lui demanderait de la déshabiller. Ou bien il se débrouillerait autrement. Il en avait assez vu pour que sa beauté s'imprime dans son esprit, et il avait hâte que l'aube arrive pour pouvoir la peindre.

Mais chaque chose en son temps.

Il prit sa main, la pressa doucement, puis l'entraîna dans la chambre plongée dans l'obscurité.

— Fermez la porte, s'il vous plaît, chuchota Eliza.

Nick donna en prime un tour de clé. Il n'aurait pas fallu que Sunny débarque dans la chambre au milieu de leurs ébats. Il crut entendre Eliza retenir son souffle au moment où la clé tournait dans la serrure. Pivotant, il lui ouvrit les bras.

Elle eut un élan vers lui, mais trébucha sur une de ses pantoufles. Il la rattrapa et réussit de justesse à garder son équilibre.

— Je crois que je ne suis pas le seul à avoir des problèmes à tenir debout. Vous ne voulez pas vous étendre sur le lit ?

— Le lit ?

— Vous savez, ce grand truc blanc, là-bas, confortable et chaud.

Il la sentit se raidir à travers ses couches de vêtements.

— Je risque de trébucher encore, objecta-t-elle. Il y a un tel désordre ici !

Nick n'avait pas fait beaucoup d'efforts pour ranger sa chambre quand il s'était habillé un peu plus tôt. Il ne s'attendait pas non plus qu'Eliza lui fasse l'honneur de sa compagnie ce soir.

— Euh… attendez. Je vais allumer la lumière.

— Ah. Le faut-il vraiment ?

— Je ne veux pas que vous tombiez ou que vous vous blessiez, ma chérie. Il pourrait y avoir des cols durs très douloureux pour vos pieds, ou des pièges mortels comme des cravates ou des gilets. Je me suis un peu dépêché pour descendre dîner.

Laissant Eliza près de la porte, il alla allumer la lampe de chevet. L'épais abat-jour à franges tamisait la lumière, si bien qu'on ne voyait pas grand-chose.

— Voilà. C'est parfait, juste ce qu'il faut pour que nous puissions voir où nous mettons les pieds. Attention à la chaussette.

Eliza se pencha pour récupérer ladite chaussette abandonnée sur le parquet.

— Il faut la repriser. Il y a un énorme trou dedans.

Ils n'allaient quand même pas discuter couture en un moment pareil ? Nick lui confisqua la chaussette.

— Oui, c'est pour ça que je l'ai jetée par terre tout à l'heure.

Elle lui échappait. La fille alanguie qu'il tenait dans ses bras une minute plus tôt était en train de disparaître. C'est *ça* qu'il fallait réparer.

— Venez, ma beauté. Nous n'avons pas toute la nuit, juste quelques précieuses heures pour nous offrir du plaisir.

Eliza se rembrunit aussitôt.

— Attendez... Personne n'a parlé de plaisir.

— Inutile de parler quand on peut ressentir. Vous avez aimé mes baisers, n'est-ce pas ?

— C'est une question piège ? Si j'admets les avoir appréciés, vous allez faire la roue comme un paon, et je vous trouve déjà bien trop imbu de votre personne. Tout cela est de la routine, pour vous.

— Eliza, Eliza, vous me faites de la peine. Je n'ai jamais connu de baisers si étourdissants que les vôtres. Les précédents ne peuvent soutenir la comparaison, je vous assure.

Bon sang, il en faisait trop. Pourtant, il était sincère. Il aurait voulu qu'elle le regarde dans les yeux pour y lire la vérité. Elle l'avait subjugué. La preuve : dans son pantalon, son sexe était plus dur que le marbre. Mais il ne devait pas y penser. Il lui avait donné sa parole, et un Raeburn ne reniait jamais sa promesse.

L'honneur des Raeburn... Ce soir, il représentait un sérieux handicap. Nick ne faisait pas de promesse qu'il ne se sentait pas capable de tenir. Il n'avait jamais juré un amour éternel à aucune femme, même quand cela lui aurait ouvert toutes les portes, pas même à Barbara qui était pourtant une femme formidable. Il n'allait pas offrir son amour à Eliza. Elle lui rirait au nez, ou bien lui lancerait quelque chose à la figure, selon son habitude.

Et cependant, elle lui plaisait, en dépit de sa pruderie, et bien qu'elle ne ressemblât à aucune de ses conquêtes précédentes.

Nick avait le sentiment que personne ne pouvait conquérir Eliza Lawrence. Quoi qu'il en soit, il allait faire de son mieux.

Il la guida vers le lit et s'assit à côté d'elle. Tôt ou tard, ils bascuIeraient sur le matelas, mais pour le moment, il se contenterait de sa proximité. Son parfum évoquait celui des citronniers qui poussaient sur les collines d'Italie baignées de soleil.

Elle était toute raide. Il lui prit le menton pour l'obliger à le regarder.

— Détendez-vous, chuchota-t-il.

— Facile à dire. Vous avez l'habitude, vous !

— Et qu'y a-t-il de mal à cela ? J'aime les baisers. C'est très agréable, je ne chercherai pas à le nier. À quoi bon ? Demain, nous serons peut-être tous morts.

— Oui. *Carpe diem.* Une philosophie bien pratique…

Elle n'allait pas tarder à se mordiller la lèvre. Nick se remémora les longues heures paresseuses passées dans les salons parisiens ou les *penziones* italiennes, à discuter du sens de la vie et de la nature même de l'amour. Peut-être aurait-il dû offrir un peu de vin à Eliza, pour l'aider à se relaxer et lui faire voir les choses de son point de vue. Mais elle devait également être immunisée contre les charmes de Bacchus…

— Votre propre philosophie est-elle meilleure ? objecta-t-il. C'est criminel que personne ne vous ait embrassée plus tôt. Vos prétendants sont des imbéciles, je ne vois que cela comme explication.

— Je n'ai jamais eu de prétendant, je n'avais pas le temps, répliqua-t-elle d'un ton sec.

— Dans ce cas, je suis flatté que vous m'ayez choisi en dépit de mon état pitoyable. C'est un grand honneur.

Il caressa sa joue à la teinte parfaite, aussi duveteuse qu'une pêche.

— Pourquoi parlez-vous autant ? se plaignit-elle d'un air de martyre.

Nick faillit éclater de rire.

— Patience, ma douce. L'attente compte pour la moitié du plaisir, croyez-moi.

— Je ne suis pas là pour m'amuser. Finissons-en.

Bigre, elle parlait comme une patiente face au dentiste armé de sa roulette.

— Où est mon Eliza ? chuchota-t-il. La fille qui tremblait dans mes bras ?

— Je ne suis pas votre Eliza. Je ne vous appartiens pas.

— Nous appartenons tous deux à l'univers soumis aux fantaisies des dieux.

Il ôta de ses cheveux une épingle en écaille de tortue. Elle la lui reprit et la fourra d'un geste brusque dans la poche de sa jupe.

— Rendez-moi ça. J'en ai déjà perdu beaucoup par votre faute la dernière fois. J'imagine que vous ne les avez pas mises de côté ?

— Si, elles sont dans le tiroir de la table de chevet.

Il avait passé une nuit terrible, avant de se rendre compte que ces maudites épingles étaient éparpillées un peu partout sur le matelas et le piquaient aux endroits les plus sensibles.

Se penchant, il tendit la main vers la table de chevet et, au passage, lui frôla les seins de son bras.

— Je n'en ai pas besoin maintenant ! protesta-t-elle.

— Bon. Tout à l'heure, alors. Mais rappelez-le-moi. Avec vous, je risque d'oublier jusqu'à mon propre nom.

— Pff, n'importe quoi.

Il haussa les sourcils, et ses points de suture lui tiraillèrent la peau.

— Voyons, vous vous sous-estimez, ma chère. Vous êtes jeune, superbe, et vous avez le sang chaud. Vous êtes une passionnée. Songez au nombre de fois où vous avez voulu m'étriper, alors que nous nous connaissons à peine. Et, en cet instant même, vous serrez les poings et vos jolies dents. Vous êtes tendue comme un ressort. Une vraie tigresse. Ou une lionne ? Je ne suis pas certain que mes pauvres baisers puissent vous satisfaire.

— Je n'ai jamais eu de conversation plus idiote de toute ma vie. À vous entendre, je suis une vraie folle. Je puis vous assurer qu'avant de faire votre connaissance, j'étais aussi ennuyeuse que vous le pensiez il y a peu encore.

— Vous, ennuyeuse ? Non, je n'ai pas pu être mufle au point de suggérer cela.

— Vous m'avez accusée d'avoir une vie besogneuse et assommante.

Sa bouche s'était plissée en une mimique boudeuse que Nick eut envie d'effacer d'un baiser.

— Eh bien, n'est-ce pas vrai ? Au moins un peu ? Vous êtes une fille exemplaire, une employée modèle, mais quand donc vous amusez-vous, Eliza ? N'en avez-vous pas assez d'être raisonnable ?

Elle lui décocha un regard qu'il ne sut comment interpréter. Puis, d'un air de défi, elle lança :

— Eh bien, je suis quand même dans votre chambre, non ?

— C'est vrai. Et je perds du temps à bavarder, comme vous venez très justement de me le faire remarquer. Enterrons la hache de guerre, voulez-vous, et soyons amis, à défaut d'être amants.

Il retira une autre épingle de sa chevelure et la lui tendit. Puis, avec délicatesse, il glissa ses doigts dans les soyeuses mèches blondes. Il savait bien qu'il n'irait pas plus loin, hélas. Il avait promis de ne pas lui enlever ses vêtements...

Bon, cela lui laissait le droit de les retrousser un peu, non ?

Les yeux baissés sur sa propre paume dans laquelle il déposait les épingles une à une, elle demeurait assise, immobile, ses cheveux répandus en cascade sur ses épaules. À quoi pensait-elle ?

Il préférait qu'elle ne pense à rien du tout.

— Superbe, murmura-t-il en ramenant une boucle derrière son oreille. On dirait du miel et de la soie.

— Ne vous croyez pas obligé de…

De nouveau, il posa un doigt sur ses lèvres.

— Chut. Je ne suis pas un bonimenteur. Tout ce que je dis, je le pense. Parole de Raeburn. Nous ne trichons que lorsque c'est une question de vie ou de mort, et nous n'en sommes pas là… même si je crois que je vais mourir à vos pieds si vous ne m'accordez pas un autre baiser.

Comme elle le dévisageait, il songea soudain qu'il devait avoir triste apparence. Heureusement, ses ecchymoses s'estompaient, et la luminosité était faible. Et, s'il se montrait habile, elle ne tarderait pas à fermer les yeux.

Il se pencha pour lui sucer le lobe de l'oreille.

Eliza tressaillit, sans chercher à s'écarter. Nick mordilla sa chair tendre, puis fit glisser ses lèvres dans son cou. Sa langue laissa un sillage humide jusqu'au col de dentelle froissé. Sa peau avait un goût sucré-salé. Elle était douce, crémeuse, dorée. Et Eliza était à sa merci.

Il continua de butiner ses trésors, la sentit frémir tandis qu'il se rapprochait de sa mâchoire. Puis il saisit son petit menton pointu pour tourner son visage vers le sien. Et alors… son jeu de séduction se brouilla. Il devint compliqué de savoir qui charmait qui, tandis que leurs langues se cherchaient, s'emmêlaient, se taquinaient tour à tour, avec lenteur et volupté.

L'impatience le gagna. Il avait envie de la dévorer, elle et ses citronniers, de la faire basculer sur la courtepointe et d'explorer les secrets de son corps.

Saurait-il la convaincre ?

Il pouvait toujours essayer.

18

Eliza était en train de perdre toute volonté. Les baisers de Nicholas la rendaient peu à peu folle de désir.

Sa peau semblait s'embraser sous la caresse de ses lèvres. Elle en oubliait de respirer, mais ses mains, comme animées d'une volonté propre, se posaient sur ses épaules robustes, glissaient sur le satin de sa veste, aussi lisse et brillant que le petit diamant qu'il portait à l'oreille.

Elle aurait pu l'embrasser juste à cet endroit, comme il l'avait fait avec elle, mais avec la chance qu'elle avait, elle risquait d'avaler le bijou et de passer le reste de la nuit à l'hôpital.

Il valait mieux se concentrer sur des baisers plus sages, sur la douceur de sa langue à l'intérieur de ses joues... Leurs dents se heurtaient parfois lorsque Nick se faisait plus ardent, plus exigeant, et pour une fois Eliza ne cherchait pas à échapper à sa loi. Elle se moquait bien d'avoir le dernier mot. Elle ne voulait pas parler, de toute façon.

Elle comprenait maintenant pourquoi certaines femmes jetaient leur respectabilité aux orties avec des hommes tels que Nicholas Raeburn. Il était si doué...

Lorsqu'il faisait pleuvoir des baisers sur sa gorge ou qu'il l'effleurait du bout des doigts, des frissons incoercibles la parcouraient, et ses orteils se recroquevillaient dans ses bottines.

Et qui aurait cru que son cuir chevelu était si sensible ? Elle se brossait les cheveux chaque soir et chaque matin, et jamais cela ne lui avait procuré des sensations pareilles.

Sur sa peau échauffée, son chemisier lui paraissait totalement superflu. À tel point qu'elle envisageait de l'arracher pour mieux s'offrir à la gourmandise de Nicholas.

Enfin, non... elle ne pouvait pas faire quelque chose d'aussi hardi, mais... miséricorde, qu'est-ce qu'elle en avait envie !

Tous ces baisers l'étourdissaient. Elle comprenait maintenant pourquoi on mettait les filles en garde contre les garçons entreprenants. Car, d'un baiser à l'autre, les choses pouvaient très facilement déraper.

Elle avait presque le vertige, et ce fut un soulagement quand Nicholas la renversa doucement sur le matelas de plume. Sa tête s'enfonça dans l'oreiller. Sans interrompre leur baiser, il s'étendit à côté d'elle, en prenant soin de ne pas l'écraser sous son poids. Pourtant, elle était presque sûre qu'elle aurait aimé cela.

Puis, avec des égards de gentleman, il se contenta de caresser son épaule nue, révélée par le chemisier qu'il avait finalement réussi à dégrafer. Lui portait encore sa chemise et son gilet sous sa veste. Il y avait décidément trop de vêtements entre eux, mais elle ne pouvait s'en prendre qu'à elle-même. C'était elle qui avait décrété qu'elle ne se déshabillerait pas.

En revanche, elle n'avait pas exigé qu'il conserve ses habits...

Si elle tirait sur ses manches, parviendrait-elle à lui ôter sa veste ? Dans la position où elle se trouvait, c'était peu probable. Pourtant, elle se sentait devenir extraordinairement vorace face à ce torse lisse et tiède et aux pointes intrigantes de ces seins qu'elle apercevait dans l'entrebâillement de la chemise.

Un baiser.

Un autre.

Et encore un.

Ou était-ce un seul baiser qui avait varié en intensité ?

Eliza en perdait ses chiffres. Ses seins gonflaient sous sa camisole. Elle aurait voulu que Nicholas s'occupe de ce problème, mais il concentrait son attention sur sa jupe en lainage, qu'il était en train de retrousser…

La raison lui revint d'un coup et, en dépit des regrets qui l'assaillaient, elle le repoussa.

— Non ! Vous avez promis…

— Je veux juste vous embrasser, Eliza.

— Vous n'avez quand même pas l'intention de m'embrasser… *là* ?

— Non ? fit-il avec ce sourire canaille qui lui donnait l'air d'un pirate.

Il releva sa jupe et son jupon, à gestes lents et précis, avant de se déplacer vers le pied du lit.

— Soulevez les hanches, Eliza.

Trop sidérée pour protester, elle obéit. Il dénoua le lacet qui maintenait sa culotte et la fit glisser sur ses jambes.

— Vous êtes ravissante.

Son haleine lui chatouilla le ventre, puis il l'embrassa *là*, exactement comme il l'avait promis.

Cela ne pouvait pas être correct. Ni décent.

Mais n'était-ce pas ce qu'elle souhaitait ? Une nuit d'indécence ? Le lendemain, elle serait…

Partie. Envolée. Ailleurs.

Eliza ne savait pas bien ce qu'elle faisait, mais une chose était sûre : elle n'avait jamais rien éprouvé de tel de toute sa vie.

La bouche de Nicholas, pressée sur la partie la plus intime de son être, était chaude, d'une audace décadente. Il la maintenait par les hanches, comme pour l'empêcher de s'échapper, mais rien n'était plus éloigné de ses pensées !

Il n'y avait plus aucun bruit dans la chambre, hormis le sifflement des braises dans la cheminée et les soupirs éperdus qu'il lui arrachait, tandis que, sous ses caresses, son corps tout entier prenait feu, en proie à une tension croissante. Ses seins se durcissaient, ses mollets se crispaient... même son nez la picotait. Tout cela était... insupportable !

La langueur qui s'était emparée d'elle au premier baiser s'était envolée. Elle se sentait à présent au bord de l'implosion. Les battements de son cœur résonnaient dans sa tête dans une cacophonie semblable à celle des vagues s'écrasant sur le rivage.

Ce n'était pas possible... Elle allait se dissoudre d'une minute à l'autre...

Elle poussa un gémissement et entendit le rire rauque de Nicholas, qui n'en continua pas moins à torturer de la langue le bouton sensible caché entre ses jambes. C'était un véritable supplice. Il devait s'arrêter. Sa curiosité était satisfaite, maintenant qu'elle savait à quelles délicieuses turpitudes un homme et une femme pouvaient se livrer dans le secret d'une chambre...

Il posa son pouce sur son pubis, puis le fit glisser sur le bouton de chair, qu'il caressa en de lents mouvements circulaires... et, tout à coup, l'urgence intolérable qui la tenaillait se volatilisa dans une explosion de plaisir qui la catapulta au septième ciel.

Elle retomba sur le matelas dans un sanglot comblé. Une lame de chaleur la parcourut, lui donnant envie d'arracher ses vêtements, et ceux de Nicholas aussi.

C'était donc cela qui faisait chuchoter les filles le soir, dans le dortoir du pensionnat ! Cet envol, cette extase indescriptible, cette euphorie charnelle qui électrisait le corps, fusait dans toutes les extrémités…

Elle se rendit compte qu'elle souriait, et qu'elle souriait de toutes ses dents, ce qui n'était sûrement pas correct pour une dame.

Mais peut-être n'était-elle pas une dame, en fin de compte…

Nicholas avait bien reconnu qu'il n'était pas un gentleman.

Et Dieu merci !

Mais Dieu n'avait rien à voir avec ce qui venait de se produire.

L'espace d'une seconde, elle tenta d'imaginer l'Honorable Richard Hurst dans une telle situation… Non, impossible. D'ailleurs, elle ne pouvait pas songer à un autre homme en un pareil moment. Cela aurait été déloyal envers Nicholas.

Pour l'heure, il n'y avait que lui. Et sans doute serait-il le seul. Bientôt, Eliza reprendrait sa vie de vieille fille. Elle retournerait à l'agence Evensong et oublierait cette histoire de coopérative artistique. Comment affronter le regard de sir Thomas, désormais ? Il ne tarderait pas à apprendre qu'Eliza était une dévergondée. Les hommes parlaient entre eux de leurs conquêtes féminines, non ?

Les porcs.

Son sourire s'évapora. Nicholas Raeburn l'avait déshonorée. Même si le travail n'était pas tout à fait terminé.

— Qu'y a-t-il ? s'inquiéta-t-il en remarquant son changement d'humeur.

Il revint à sa hauteur, les lèvres encore humides de son plaisir, l'air très content de lui. Eliza fut submergée de honte à la pensée de ce qu'elle l'avait laissé faire.

Comme elle était stupide ! Telle Pandore, elle avait récolté bien plus qu'elle n'espérait.

— Rien, répondit-elle, la gorge sèche.

Elle voulut remonter sa culotte, mais il l'en empêcha d'un geste.

— Non, s'il vous plaît. Je veux vous contempler.

Il avait pourtant eu tout le temps de l'observer quand il était à l'œuvre.

— Vous êtes très belle avec vos cuisses ivoire, vos boucles blondes, votre parfait petit abricot rosé… Et vous avez un goût divin.

Il semblait tout à fait sincère, mais Eliza était mortifiée.

— Taisez-vous ! s'écria-t-elle en s'asseyant brusquement.

— N'ayez surtout pas honte. Les femmes sont faites pour cela. *Vous* êtes faite pour cela ! Donner du plaisir à un homme et en prendre. Ne vous ai-je pas satisfaite ? J'aurais pourtant juré…

Satisfaite ? Le mot était faible. Elle avait le corps rompu, le cerveau embrumé, les nerfs en pelote. Attendait-il des remerciements ? Elle ne pouvait pas le féliciter, cela serait revenu à avouer qu'elle était une traînée. Sa complice. Et qu'elle n'avait qu'une envie : recommencer au plus vite.

Incapable d'affronter son regard brun alarmé, elle riva son regard sur sa boucle d'oreille en diamant qui semblait clignoter dans la pénombre. La pierre était aussi grosse que l'ongle de son petit doigt.

— Nous avons… commis une erreur, bredouilla-t-elle en rabattant ses jupes.

— Je ne suis pas d'accord !

Mais… que faisait-il à présent ? Voilà qu'il se débarrassait de sa veste et de son gilet, lesquels allèrent rejoindre les vêtements déjà éparpillés sur le sol.

Il apparut en chemise, et Eliza aperçut sa poitrine bronzée à travers les pans de coton blanc. Elle mourait d'envie de le toucher.

— Ne me fuyez pas, Eliza. Vous êtes superbe. Vivante. Ne niez pas votre féminité. Vous méritez qu'on vous embrasse. Partout. Ne dites pas le contraire.

Elle pouvait toujours essayer, mais sa voix risquait de sonner faux.

— Il faut que je m'en aille. Sunny risque d'avoir peur si elle se réveille et se retrouve toute seule…

— Non. Je connais ma fille. Elle a le sommeil profond. Songez qu'elle ne s'est même pas réveillée lorsque cette pauvre Maria a trépassé dans le train. Est-ce qu'elle donne toujours des coups de pied la nuit ? Quand elle est venue vivre avec moi il y a deux ans, j'ai eu les tibias bleus pendant des semaines.

— Vous dormiez avec elle ?

— Oh, ne montez pas sur vos grands chevaux. Elle était inconsolable d'avoir dû quitter sa mère. Même Maria n'arrivait pas à la dérider. Mais, à force de patience, j'y suis parvenu.

Bien sûr. Nicholas Raeburn était doué pour obtenir ce qu'il voulait des femmes, eussent-elles trois ans d'âge.

— Vous dites qu'elle a dû quitter sa mère ? Je croyais qu'elle l'avait perdue.

Un petit muscle se mit à tressauter dans la mâchoire de Nicholas.

— Barbara était mourante. Elle ne voulait pas que Sunny soit témoin de son agonie. Les derniers mois n'ont pas été… très gais. Alors, j'ai emmené Sunny pour qu'elle n'ait pas trop de chagrin. Maria voulait rester, mais Barbara a insisté pour qu'elle nous accompagne, dans l'intérêt de la petite. Ce fut une triste époque. Mais pourquoi parlons-nous de cela maintenant ?

Eliza n'en savait rien. Ils étaient passés de l'extase à la tragédie, et chaque mot prononcé par Nicholas le lui rendait plus aimable.

Il méritait sa réputation de débauché, mais elle était en train de découvrir des aspects de sa personnalité que la presse ne verrait jamais.

Toutefois, elle ne devait pas se laisser éblouir par son côté héroïque. Dès qu'une vraie gouvernante serait engagée, elle prendrait la poudre d'escampette. Et si sa remplaçante voulait soupirer après son patron, grand bien lui fasse.

De son côté, Eliza redeviendrait la femme sensée et pragmatique qu'elle était auparavant et qui n'avait rien à voir avec la créature qui s'était pâmée sous la langue diabolique de Nicholas Raeburn.

Maintenant, il lui restait juste à remettre sa culotte et à quitter la chambre le plus dignement possible.

— Hum. Vous devriez installer une couchette dans la chambre de Sunny. Votre future gouvernante doit pouvoir disposer de son propre lit, c'est le minimum.

— Je note votre remarque, acquiesça-t-il d'un air agacé.

— Et il vous faut également engager des domestiques pour seconder Mme Quinn en journée. Elle est débordée.

— J'y avais déjà réfléchi, mademoiselle Lawrence.

Mademoiselle Lawrence. Voilà qui était plus correct. Ils retournaient en territoire connu. Eliza allait reprendre ses esprits, même si, pour l'heure, le cœur encore battant, le corps réjoui, elle se faisait l'impression d'être une imbécile heureuse.

19

Qu'avait-il donc espéré ?

Eliza parlait déjà travail. Elle avait refermé ses cuisses ivoire et discutait maintenant des problèmes de domesticité.

Où était passée la fille qui se tordait sous lui en gémissant ? Envolée. Elle s'était rajustée, avait croisé les mains sur ses genoux et, si l'on faisait abstraction de ses longs cheveux blonds qui bouclaient librement sur ses épaules, elle semblait prête à prendre une lettre sous la dictée.

Nick ne savait même pas quand les choses avaient dérapé. Il n'avait pas espéré qu'elle lui propose de lui donner du plaisir à son tour, mais quand même… Elle aurait pu être plus douce, un peu égarée, reconnaissante qu'il lui ait fait connaître son premier orgasme. Il avait perçu de l'émerveillement dans ses cris et devinait qu'elle ne s'était jamais caressée elle-même. Mais, bizarrement, la conversation avait dévié sur Barbara, la mort, ses responsabilités de père, et l'atmosphère s'était aigrie d'un coup.

Il n'y avait aucun lien entre eux. D'ici quelques heures, elle s'en irait, et il oublierait qu'il avait tenté de dégeler la Reine des Neiges.

Irrité, il se débarrassa brusquement de sa chemise, qu'il lança par terre, au milieu des autres vêtements. Il attendrait pour ôter son pantalon qu'Eliza ait quitté la pièce. Son érection persistait, en dépit de la distance qu'elle avait rétablie entre eux.

— Que faites-vous ? demanda-t-elle.

— Je me prépare à me coucher. La journée a été longue, et ce n'est pas comme si vous ne m'aviez jamais vu nu.

Il contracta son biceps, et le tatouage en forme de serpent tressaillit. Auparavant, il faisait souvent cela en soirée, pour épater la galerie. Mais Eliza n'allait même pas le remarquer.

— Bon, alors… je vais vous laisser.

— À votre guise, rétorqua-t-il d'un ton sec.

Il n'espérait plus l'embrasser davantage, où que ce soit. Il ne connaissait toujours pas la taille ni la couleur de ses mamelons, mais après tout, cela laisserait le champ libre à son imagination lorsqu'il la peindrait.

Eliza voulut se lever. Nick ravala un rire. Sa culotte lui était tombée sur les chevilles. Avec une rapidité surprenante, elle dégagea ses pieds, puis ramassa le sous-vêtement, qu'elle plia sur son bras.

— Vous donnez beaucoup de travail à cette pauvre Mme Quinn, remarqua-t-elle en désignant les vêtements épars sur le sol. Vous devriez être plus…

— Je sais, je sais. Il me faut d'autres domestiques. Faites le nécessaire quand vous serez de retour à l'agence Evensong.

— Je n'y manquerai pas.

Elle prit encore le temps de récupérer les affaires de Nick, les plia avec soin sur la chaise. Il avait hâte qu'elle s'en aille. Il avait besoin de se masturber. À qui penserait-il en cherchant son plaisir ? Inutile de se poser la question. Il avait encore le goût d'Eliza dans la bouche et n'avait rien oublié de ses soupirs attendrissants.

— Bonne nuit, monsieur Raeburn, dit-elle du seuil de la porte.

— Bonne nuit, grogna-t-il, aussi aimable qu'un ours.

Dès qu'il entendit le cliquetis du pêne, il déboutonna son pantalon avec impatience et éteignit la lumière. Puis, empoignant son membre rigide d'une main fébrile, il ne tarda pas à atteindre la jouissance – même si le terme ne correspondait pas du tout à ce qu'il éprouvait.

Il aurait préféré s'enfouir dans les profondeurs secrètes et moites d'Eliza, la regarder jouir de nouveau… Mais personne ne lui demandait ses préférences, n'est-ce pas ?

Nick n'avait pas l'habitude que les femmes lui tiennent la dragée haute, et le rejet d'Eliza Lawrence le déstabilisait. Qu'elle continue donc à se voiler la face et à nier sa véritable nature ! Nick, lui, n'était pas dupe.

Dans un grondement, il abattit son poing sur l'oreiller, puis s'efforça de s'endormir. Le parfum des citrons lui chatouillait les narines. Il jeta l'oreiller par terre. Il le ramasserait au matin, pour ne pas donner encore plus de travail à cette pauvre Mme Quinn.

Les événements de ces derniers jours l'avaient éprouvé, et cependant le sommeil s'obstinait à le fuir. Au bout d'un moment, il renonça. Pourquoi ne pas commencer dès maintenant le portrait d'Eliza ?

Son atelier était équipé de lampes électriques. Il y avait aussi des chandelles et des lampes à huile là-haut.

Il se leva, récupéra sa veste et glissa la main dans la poche intérieure pour prendre son carnet à dessin.

La petite gredine.

Il comprenait à présent pourquoi elle s'était donné la peine de ranger ses affaires.

Bien, qu'elle garde ses croquis. Il avait une excellente mémoire, et l'image d'Eliza était désormais gravée dans son esprit.

Il enfila un pantalon large maculé de taches de peinture et gravit l'escalier dans le noir. Il n'avait plus de troubles de la vision, seulement un léger mal de tête tout à fait supportable. Il avait digéré son dîner, aussi pouvait-il se considérer en bonne voie de guérison. Et il se sentait plutôt… gaillard.

Un sourire lui plissa les lèvres. Les journalistes auraient été bien étonnés de voir ce qu'était devenu le Peintre Polisson : un pauvre diable tout faible, confiné entre les quatre murs de sa maison et assailli par les soucis domestiques, Eliza en tête. Dieu merci, l'odeur entêtante de la térébenthine masqua bientôt les effluves de citron. Sa frustration retomba, et il put se concentrer sur sa peinture.

Après avoir calé une grande toile sur le chevalet, il s'empara d'un crayon pastel à l'huile. En quelques traits fluides, il captura la rondeur des seins et des hanches, la représentant alanguie sur une méridienne, la tête inclinée dans une expression d'extase.

Ses petites dents entamaient la chair de sa lèvre inférieure renflée, ses cils jetaient une ombre sur ses joues… exactement dans l'attitude qu'elle avait eue une heure plus tôt dans ses bras.

Cette Eliza-là ne défendait pas sa vertu, mais réclamait la possession.

Il effacerait le visage plus tard, décida-t-il.

Il poursuivit le portrait, et un petit diablotin l'incita à la dessiner une main entre les cuisses.

Maintenant qu'elle avait, grâce à lui, quelques rudiments de technique, nul doute qu'elle s'essaierait à certaines expériences, de retour chez elle – enfin, chez sa vieille mère. Il faudrait qu'elle réprime ses cris de plaisir, mais une fille aussi disciplinée y parviendrait sans problème. Elle dissimulait sa sensualité derrière un rempart de dossiers et de classeurs. Pauvre fille. Et voleuse, avec ça.

Nick se sentait un peu désolé pour elle, qui restait cramponnée à ses tristes valeurs. La ponctualité. Le conformisme. Ce soir, elle avait libéré sa spontanéité pour la toute première fois. Et elle n'était sans doute pas près de recommencer.

Quel dommage !

Il pressa quelques tubes de gouache, chercha à reproduire les couleurs d'Eliza dans toute leur subtilité, mais finit par renoncer, déçu par le résultat.

Eliza avait une carnation très claire, mais pas d'un blanc marmoréen. Il y avait un soupçon de pivoine et de rose cuisse-de-nymphe sous sa peau translucide. Il ferait mieux d'attendre le lever du soleil pour mélanger ses couleurs. L'atelier serait alors inondé de lumière, du moins si le temps londonien le permettait.

Sinon, eh bien... tant pis. S'il se mettait à pleuvoir, les vautours de la presse rentreraient au chaud et laisseraient tranquilles les candidates au poste de gouvernante.

En vue des entretiens, il allait devoir s'habiller de manière plus formelle et se mettre dans la peau du père de famille sérieux et responsable. Et avec Eliza... il lui faudrait se comporter comme s'il ne s'était rien passé.

Cela ne s'annonçait pas simple.

Abandonnant l'espoir de trouver la nuance exacte de sa chair nacrée, il se concentra sur le fond : des tentures de velours d'un bleu vif, qui s'harmonisait avec celui de ses yeux ; une embrasse à franges d'or pour rappeler la blondeur des longues boucles qui lui descendaient jusqu'à la taille. Ensuite, afin d'apporter de la lumière, il posa des petits sequins miroitants sur le coussin, derrière son épaule. Enfin, il dessina l'ébauche du tapis oriental et de la tapisserie murale.

Cet environnement coloré servirait d'écrin à Eliza, qui serait le joyau de la toile. Même si, pour le moment, elle n'était guère plus qu'une vague silhouette.

Il recula, étudia son travail. Pas mal, pour un type qui était de nouveau en érection. Même quand elle n'était pas là, Eliza continuait à lui faire de l'effet.

Quelle réaction aurait-elle eue en le voyant dans cet état d'excitation patent ? Aurait-elle été amusée... ou dégoûtée ?

Il n'avait pas mis sa parole en doute quand elle lui avait avoué qu'il lui avait offert son tout premier baiser. Dire que cette ingénue avait attendu l'âge de vingt-quatre ans ! Nick n'était pas vraiment digne d'un tel honneur, mais il avait fait de son mieux pour l'initier.

Et comment l'avait-elle remercié ? En lui chipant son carnet ! Pourquoi ? Allait-elle le glisser dans son tiroir à sous-vêtements, en souvenir de son séjour à Lindsey Street ? Le brûler ? Seigneur, il espérait bien que non. En quelques lignes vite tracées, il avait su capter l'essence de... quelque chose.

Peut-être réussirait-il à le lui dérober à son tour avant qu'elle ait le temps de boucler sa valise... Il attendrait qu'elle soit descendue prendre son petit déjeuner avec Sunny. Cela lui ferait les pieds !

Il leva les yeux vers le ciel nocturne traversé de nuages qui masquaient les rares étoiles à transpercer de leur lumière le smog londonien. À Raeburn Court, il était impossible de les compter tant il y en avait. En Écosse, on passait ses soirées à regarder les étoiles, sans quoi l'on mourait d'ennui. Mais Sunny y serait bien. Elle vivrait entourée de sa famille, dans ces paysages d'une beauté sublime, à l'air frais et pur.

Évidemment, avec toute cette neige... ces routes impraticables l'hiver... Même le train ne passait pas. Comment trouverait-il des modèles ? Serait-il obligé de peindre des moutons ?

Sa jolie belle-sœur ne tenait pas en place, il n'arriverait jamais à la faire poser pour lui. Mary lui faisait parfois penser à un derviche tourneur. D'après Alec, elle avait le don de se fourrer dans des situations périlleuses.

Quant aux domestiques, dont Nick conservait un souvenir assez flou, c'étaient des gens bourrus, confits en dévotion et totalement réfractaires à toute notion de confort moderne. Alec avait fait rénover le manoir, mais Nick imaginait bien que la vieille demeure était restée… vieille.

Il avait un mois pour se décider. Alec et Mary ne rentreraient qu'à la mi-novembre. Ils avaient prévu de séjourner à New York chez une ancienne cliente de l'agence, puis de voyager à travers la Nouvelle-Angleterre pour admirer… le feuillage des arbres. Pourquoi pas, après tout ?

Un peu plus tôt, Eliza était restée de marbre quand il avait évoqué la beauté de la nature, mais elle aurait peut-être changé d'avis en voyant cette végétation foisonnante. Hélas, Eliza Lawrence n'irait nulle part ailleurs qu'à Mount Street. Elle reprendrait sa petite existence monotone et emprisonnerait à jamais l'Eliza secrète qui sommeillait en elle.

Nick jeta ses pinceaux dans un pot de térébenthine, puis s'essuya les mains avec un chiffon. En attendant mieux, il avait fait son possible, et il était trop fatigué pour attendre l'arrivée de l'aurore.

Pieds nus, il redescendit l'escalier, évitant la marche qui grinçait, celle qui se trouvait juste avant le palier. S'il restait dans cette maison, il demanderait qu'on la répare, sinon la nouvelle gouvernante risquait d'être dérangée dans son sommeil. Il passait souvent la nuit à peindre, même si, depuis son arrivée à Londres, il n'en avait guère eu l'occasion. Il avait été trop occupé par ailleurs, puis il était tombé malade. Quand les choses redeviendraient normales…

Mais, bon sang, qu'y avait-il de normal dans son monde ? Il ne le savait même plus. Eliza avait tout chamboulé. Lui permettrait-elle de lui faire la cour quand il ne serait plus son patron ?

Lui faire la cour… Ô Seigneur, il était vraiment épuisé. Nick Raeburn ne courtisait pas les femmes, c'étaient elles qui se jetaient à ses pieds comme des anges tombés du paradis. Et il n'avait pas l'intention de se couler dans le moule du soupirant parfait pour faire bonne impression à la vieille mère invalide d'une conquête.

Tout était silencieux. Il ne lui restait plus qu'à aller dormir, en s'interdisant de rêver d'une fille qui ne lui convenait pas du tout.

20

Une. *Une !*

Une seule femme se présenta pile à l'heure le matin, brandissant un parapluie pour se prémunir contre le crachin londonien et coiffée d'une capote marronnasse qui aurait été hideuse même si elle n'avait pas été trempée de pluie.

Le chapeau d'Eliza n'avait pas eu l'heur de plaire à Nicholas alors qu'il était parfaitement banal. Qu'allait-il penser de celui-ci ?

Eliza conduisit Mlle Scully dans le salon, où les attendait un plateau à thé préparé pour cinq ou six personnes au moins.

La candidate, âgée d'une quarantaine d'années, avait le teint livide des gens qui ne prennent jamais l'air et était affligée d'un affreux grain de beauté d'où jaillissait un poil roussâtre.

N'avait-elle donc pas de miroir ? Pas de pince à épiler ?

Nicholas ne lui jetterait qu'un regard, et l'affaire serait entendue.

En conclusion, ce n'était pas aujourd'hui qu'Eliza quitterait Lindsey Street.

La gorge nouée, elle ferma les paupières pour retenir les larmes de frustration qui lui picotaient les yeux. À quoi bon pleurer ? Mieux valait téléphoner à Oliver dès que l'entrevue serait terminée pour le supplier d'envoyer quelqu'un d'autre... n'importe qui.

Bien sûr, Mlle Scully lui réservait peut-être une bonne surprise.

Franchement... Eliza n'y croyait pas.

Elle remplit deux tasses de thé. La candidate lui jeta un regard empreint de méfiance, comme si elle était susceptible d'avoir glissé du poison à la place du sucre.

— Vous êtes la jeune personne dont on a parlé dans la presse, qui réside ici avec le maître de maison ?

— Non, mentit Eliza. Je suis ici pour représenter l'agence Evensong.

Le petit doigt en l'air, Mlle Scully but une gorgée de thé. Sa bouche se pinça.

— J'ai l'habitude de traiter directement avec Mme Evensong. M. Palmer est un peu jeune pour avoir tant de responsabilités. Tout comme vous, ma chère, si vous me permettez.

Eliza regrettait de ne pas avoir empoisonné le thé, finalement.

— Mme Evensong et sa nièce, lady Raeburn, ont toute confiance en nous. M. Palmer vous a-t-il expliqué qu'il s'agit d'une famille un peu particulière ? M. Raeburn est... un artiste de renommée mondiale, et Domenica est sa fille unique.

Elle jeta un coup d'œil vers la porte. Où était passé Nicholas ?

Elle avait glissé un mot sous la porte de sa chambre ce matin, pour lui rappeler qu'il avait rendez-vous. Puis elle était descendue avec Sunny pour confier la fillette aux bons soins de Mme Quinn.

Elle n'avait pas revu Nicholas depuis la... débâcle de la veille. Elle ne trouvait pas d'autre terme.

Elle ne pouvait même pas prétendre que le vin lui avait tourné la tête. Elle en avait bu fort peu au cours du dîner. Si quelques baisers suffisaient à lui faire perdre toute retenue, il était grand temps qu'elle quitte cette maison !

Mais, Seigneur… cela ne semblait pas près d'arriver.

Pleine d'espoir, elle avait elle-même accueilli Mlle Scully un peu plus tôt, notant avec soulagement l'absence des journalistes, que le temps maussade avait dû rebuter.

La vue de Mlle Scully avait d'emblée sapé son bel optimisme.

— Certes. Et ce que M. Palmer ne m'a pas dit, la presse à scandale m'en a donné tous les détails, répondit la gouvernante. Je ne me laisserai pas influencer par cette publicité outrancière – la plupart du temps, ces torchons ne rapportent que des mensonges. J'arrêterai ma décision après avoir rencontré M. Raeburn. Je me targue d'être bon juge de la nature humaine.

Eliza ne s'autorisa même pas à concevoir un semblant d'espoir. Mlle Scully était peut-être prête à se montrer magnanime, mais Nicholas n'aurait aucun atome crochu avec cette matrone sentencieuse.

Résignée, elle demanda :

— Aimez-vous les bourgeons, mademoiselle Scully ?

— Les… bourgeons ?

— Oui. Les feuilles naissantes, les arbres. Le cycle de la chlorophylle, ce genre de chose.

— L'enseignement des sciences naturelles, dans certaines limites, peut entrer dans l'éducation d'une jeune fille, certes. Une bonne maîtresse de maison doit avoir des notions de botanique si elle veut superviser le travail de son jardinier. Je suis moi-même spécialiste des compositions florales, comme je l'ai précisé dans mon curriculum vitae, que vous avez certainement lu. Y a-t-il une serre dans le jardin ? Il peut être plaisant de montrer à l'enfant comment on plante des graines, et de suivre ensuite leur évolution en prenant des notes dans un journal.

— Pourquoi dites-vous « dans certaines limites » ?

— On n'enseigne pas les mêmes matières aux filles et aux garçons, vous devez le savoir. Les jeunes filles sont délicates, comme des fleurs, justement. Elles n'ont pas besoin de s'encombrer l'esprit avec d'autres sciences, comme la politique, par exemple. La place des femmes est au foyer, à élever les futures générations de décideurs.

— Mais comment ces femmes pourraient-elles éduquer correctement leurs fils si elles ne connaissent rien à l'actualité politique ?

— Le collège est là pour ça, mademoiselle. Il prend le relais à partir du moment où nos élèves nous dépassent. Seigneur, vous n'êtes pas une de ces suffragettes, j'espère ? Mme Evensong est-elle au courant de vos théories modernistes ?

— Je crois même qu'elle les partage. Après tout, elle dirige une affaire florissante. Pourquoi se mettrait-elle en retrait derrière un homme ?

Mlle Scully émit un reniflement dédaigneux.

— Mme Evensong est l'exception qui confirme la règle. Et puis, on peut passer quelques excentricités à une femme de cet âge.

À ce stade, la conversation n'aurait pu empirer, sauf si Mlle Scully lui avait avoué vouer un culte à Satan – ce qui n'aurait d'ailleurs peut-être pas déplu à Nicholas.

Eliza avala le reste de son thé, persuadée qu'elle était encore coincée à Lindsey Street pour de longs jours durant lesquels il lui faudrait veiller à ce que l'« expérience » de la veille ne se reproduise pas.

C'était beaucoup trop dangereux.

Elle ferma les yeux, imagina la tête auburn de Nicholas nichée entre ses cuisses et se mit à gigoter sur son siège.

D'ici une semaine ou deux, elle serait de retour au bureau, à dactylographier des lettres, distraite de temps à autre dans son travail par le souvenir de sa main sur sa joue. Un geste innocent, et pourtant tellement chargé d'émotions...

Mais il n'y avait rien d'innocent chez Nicholas Raeburn. Chacune de ses actions était destinée à séduire. À fasciner. À envoûter. Eliza n'était qu'un agneau qu'il avait conduit à l'abattoir...

Bon, l'image était un peu sévère si l'on songeait à la jouissance qu'elle en avait retirée.

Mlle Scully toussota.

— Vous vous sentez bien, mademoiselle Lawrence ? Vous n'avez pas l'air dans votre assiette. On m'a dit que le maître de céans était malade, lui aussi.

— Je vais très bien, merci.

Et cela irait encore mieux quand elle parviendrait à chasser ces pensées lascives de son esprit.

Il était vrai qu'elle avait miraculeusement échappé à la grippe intestinale. Par chance, elle avait une santé de fer. Mais peut-être pouvait-elle simuler, faire semblant de tomber malade et garder la chambre, en attendant qu'une autre gouvernante soit engagée.

« Lâche. Lâche. Lâche ! » chuchota une petite voix dans sa tête.

Mlle Scully jeta un regard appuyé à sa montre.

— Je vais aller voir ce qui retient M. Raeburn, veuillez m'excuser, dit Eliza.

Laissant Mlle Scully déguster un biscuit glacé au sucre, elle gravit prestement les deux volées de marches.

Nicholas n'était pas dans sa chambre, et le message qu'elle avait à demi glissé sous sa porte un peu plus tôt était toujours par terre.

Eliza leva les yeux vers le grenier et tendit l'oreille. Elle n'était montée qu'une fois dans l'atelier, quand Nicholas lui avait demandé de récupérer le journal contenant les adresses de ses amis.

Avec un soupir, elle gravit le dernier escalier.

La porte de l'atelier était fermée. Eliza tourna la poignée sans prendre la peine de frapper au préalable.

Une lumière grisâtre tombait de la verrière. Quelques lampes étaient allumées, ainsi qu'une rangée de chandelles. Nicholas, affalé sur le canapé, dormait à poings fermés, seulement vêtu de son pantalon plein de taches de peinture.

Seigneur, il allait mettre le feu à la maison avec toutes ces bougies !

— Monsieur Raeburn, réveillez-vous ! Mlle Scully est arrivée.

Il ne frémit même pas. Eliza attrapa un pinceau et lui en enfonça le manche dans les côtes.

Nicholas battit des paupières et ouvrit des yeux ronds, tel un bébé chouette émergeant du sommeil.

— Vous avez changé d'avis ? Vous voulez recommencer ? demanda-t-il d'une voix enrouée.

— Non ! Plus jamais. Je suis venue vous chercher. Une candidate vous attend en bas...

Elle faillit ajouter « espèce d'idiot » et se retint de justesse.

— Bon sang... quelle heure est-il ? s'exclama-t-il en s'asseyant.

— Presque 10 h 30. Vous avez passé une nuit blanche ?

— Non, mais je n'arrivais pas à dormir, alors je suis monté ici, un peu avant l'aube.

— Qu'aviez-vous à faire de si important ?

— Rien.

Il baissa les yeux, refusant de soutenir son regard.

Eliza tressaillit et se tourna vers le chevalet sur lequel reposait une immense toile.

Lentement, elle s'approcha et fit pivoter le support de bois. Un cri indigné lui échappa.

— Ce n'est pas ce que vous pensez ! dit précipitamment Nicholas.

— Pardon ? J'ai une excellente vue, figurez-vous. Et je vois bien que c'est moi là-dessus !

— Non, enfin, pas vraiment. C'est votre visage et vos jambes, mais… j'effacerai cela avant d'exposer le tableau. Je ne suis pas sûr d'avoir réussi vos seins. Nous ne sommes pas allés aussi loin, hier soir.

Eliza en perdit l'usage de la parole. Le portrait était énorme, ses seins gigantesques. Nicholas serait très déçu s'il voyait les vrais. Mais cela ne risquait pas d'arriver.

— Vous ne comptez pas exposer ça dans une galerie ?

— Pas dans cet état. Le portrait n'est pas terminé, loin s'en faut. Ce n'est qu'une ébauche. Mais je pense avoir enfin saisi votre couleur de peau. Il faut encore un peu hachurer, mais…

— Je… je ne me caresse pas !

Eliza avait crié. Elle tremblait, de rage sans doute, et la fureur était en train de lui faire perdre toute retenue.

Elle venait de repérer le couteau à peindre sur l'établi quand Nicholas s'en saisit d'un geste vif.

— Un artiste a le droit d'imaginer ce qu'il veut, argua-t-il. Et puis, rien ne dit que vous n'apprécierez pas l'onanisme à l'avenir, même si vous n'avez jamais…

— Non, je n'ai *jamais*. Et il n'est pas question que je commence !

Il lui était arrivé de se sentir seule et frétillante dans son lit, mais faire ce genre de chose… non, jamais !

— Il ne faut jamais dire : « Fontaine, je ne boirai pas de ton eau. » Vous risquez de vous rendre compte que vous avez menti. Vous feriez mieux de descendre et de dire à Mlle Bidule que j'arrive tout de suite.

Trop tard.

Eliza venait d'entendre le craquement d'une marche. Sa vision s'obscurcit.

Cette fois, il n'y avait pas de sang – du moins, pas encore –, mais c'était le moment ou jamais de s'évanouir.

21

Nicholas bondit et rattrapa Eliza avant qu'elle ne s'effondre sur le chevalet. La peinture n'était même pas sèche, bon sang !

Il venait de l'étendre sur le canapé quand Mlle Bidule apparut sur le seuil, son parapluie pressé contre sa triste poitrine.

— J'ai entendu crier, dit-elle dans un souffle, ses yeux écarquillés fixés sur le torse nu de Nicholas.

Il se sentit carrément indécent. Malheur ! Cette femme devait avoir l'ouïe d'une chauve-souris pour les avoir entendus du salon.

— Je vous présente toutes mes excuses, madame. Mlle Lawrence s'est trouvée mal à cause des odeurs de peinture et de solvants, vous comprenez. C'est tout à votre honneur de vous porter à son secours, mais comme vous le voyez, tout va bien. Vous devriez redescendre, nous allons vous rejoindre d'ici un instant.

Nick lui adressa un sourire engageant, mais nota que la gouvernante resserrait son étreinte sur le manche de son parapluie.

— Vous l'avez assassinée ? glapit-elle.

Nick sursauta.

— Ne soyez pas ridicule. Elle a juste eu un petit malaise.

Il était vrai qu'en cet instant Eliza ressemblait à un gisant, avec ses mains croisées sur sa poitrine.

Mais ce n'était qu'une impression, accentuée par la lumière blafarde du matin.

— Tout cela ne me dit rien qui vaille, monsieur Raeburn. Je ne vous cache pas que vous avez une réputation détestable, et ce que je vois n'est pas fait pour me donner une bonne opinion de vous.

Elle pointa son parapluie sur son torse dénudé. Nicholas faillit rougir. Face à Mlle Bidule, il avait l'impression d'être un garnement pris la main sous la jupe de la bonne.

— Je suis vraiment navré. J'ai perdu la notion du temps. Quand on est plongé dans le travail, vous comprenez…

Il s'interrompit brusquement.

Ô Seigneur ! Pourvu qu'elle ne se retourne pas…

Mlle Bidule pivota vers le tableau et poussa un cri presque aussi aigu que celui d'Eliza l'instant d'avant.

— Sainte mère de Dieu !

— Non, ce n'est pas la Vierge Marie. Je ne peins pas d'œuvres religieuses. Je suis plus intéressé par la mouvance…

— Blasphémateur !

Le regard de Mlle Bidule vola vers le canapé où Eliza, Dieu merci, n'était toujours pas revenue à elle.

— Mais… c'est elle ! C'est Mlle Lawrence que vous avez peinte sur cette toile ! Quand je pense qu'elle représente l'agence Evensong ! C'est un portrait… dégradant ! Voyons, on voit son… sa… Je ne trouve même pas de mot ! Dites-moi, Mme Evensong est-elle au courant de tout ça ?

— C'est une méprise, mademoiselle Bid… Pardon, j'ai oublié votre nom. Y a-t-il d'autres candidates en bas ? demanda-t-il soudain avec espoir.

Celle-ci ne ferait pas l'affaire, de toute façon. Une vraie grenouille de bénitier. Et cette robe… Qu'est-ce que c'était que cette couleur improbable ?

— Non, je suis la seule à avoir été assez sotte pour ne pas ajouter foi aux racontars, apparemment. J'ai une réputation à défendre, figurez-vous, et il n'est pas question que je la ternisse en travaillant dans ce genre de maison !

Nick voulut lui tapoter l'épaule dans un geste apaisant. Elle s'écarta d'un bond.

— Ne vous tracassez pas, je ne vous aurais pas engagée, de toute façon. Franchement, ne le prenez pas mal, mais vous n'avez pas l'air très rigolote. Et je veux que ma fille s'amuse. Juste par acquit de conscience... vous aimez les bourgeons ?

— Mais qu'est-ce que vous avez avec les bourgeons ? Vous êtes tous fous dans cette maison ! Je m'en vais de ce pas. Non, inutile de me raccompagner, je trouverai mon chemin toute seule. Et je me plaindrai à Mme Evensong de vos mœurs révoltantes. Soyez sûr que Mlle Lawrence ne sera pas en odeur de sainteté quand elle retournera à l'agence !

— Je ne vois pas pourquoi vous vous en prenez à elle. Elle n'a pas posé pour moi. Avez-vous entendu parler du pouvoir de *l'imagination*, mademoiselle Bidule ? Je suppose que non. Mlle Lawrence est aussi vertueuse que... qu'une licorne, acheva-t-il, faute de mieux, car c'était la seule métaphore qui lui venait à l'esprit.

— Les licornes n'existent pas plus que votre chemise. Je vous souhaite le bonjour, monsieur Raeburn. Et bonne chance pour trouver une gouvernante qui accepte de s'occuper de votre fille !

Nick entendit grincer la marche traîtresse sous le pied rageur de Mlle Bidule. Une fois sûr qu'elle était partie, il se laissa tomber sur une chaise.

L'entretien ne s'était pas vraiment bien déroulé.

Soudain, Eliza se redressa sur le canapé dans un sursaut, un peu comme un diable qui sort de sa boîte.

Bien. Ses métaphores s'amélioraient.

— Elle est partie ?

Contre toute attente, elle se mit à rire. Mais son rire vibrait de désespoir, et les larmes commencèrent à couler sur ses joues.

Nick lui tendit un chiffon à peine taché de peinture.

— Ma réputation… est ruinée ! hoqueta-t-elle quand ses larmes se furent enfin taries.

— Pas du tout, voyons. Je vous ai à peine touchée hier…

— Je ne vous parle pas de ça ! Je refuse d'y penser ! Cette femme va aller trouver Mme Evensong et lui dire qu'au lieu de veiller sur votre fille je passe mon temps à poser nue pour vous. Je vais être renvoyée. Comment pourrais-je travailler à l'agence si tous les clients qui en franchissent le seuil m'imaginent dans le plus simple appareil ?

— Je suppose qu'ils le font de toute façon. Du moins les hommes. Vous êtes ravissante, Eliza.

— Oh, taisez-vous ! Vous ne m'aidez pas. Seigneur… et si Mlle Scully allait raconter ce qu'elle a vu aux journalistes !

Elle se moucha dans le chiffon, se mit debout et alla ouvrir la fenêtre qui donnait sur la rue. Nick se pencha par-dessus son épaule pour jeter un coup d'œil en contrebas. Il n'y avait personne sur le trottoir mouillé, et la pluie s'était intensifiée.

— Là, vous voyez ? dit-il d'un ton apaisant. Ils ont déguerpi. Mlle… Scully, c'est ça ? Elle ne me semble pas du genre à courir après les journalistes. Que leur dirait-elle ? Que je peins des femmes nues ? Tout le monde est au courant. Tenez, je vais lui envoyer un gage de paix : un mois de salaire et un chapeau neuf. J'ai déjà chargé Calamité d'en acheter un. Je voulais vous l'offrir, mais je suppose que vous refuserez tout cadeau de ma part, n'est-ce pas ?

Eliza tourna la tête. Ses cils étaient encore mouillés de larmes.

— Un chapeau ?

— Oui. Rose et frivole. Je vous en prie, ne pleurez pas, chérie. Je vais appeler votre Oliver pour lui dire que Mlle Scully ne convient pas pour le poste. Pourrez-vous assumer vos fonctions ici quelques jours de plus ?

L'air désemparé, elle se mordit la lèvre.

— Vous m'en demandez beaucoup. J'ai… j'ai peur que vous m'importuniez de nouveau…

— Comment ça ? Je ne vous ai pas importunée ! C'est vous qui m'avez embrassé, rappelez-vous. Eliza, vous faites une montagne d'un rien.

Les larmes de la jeune femme se remirent à couler.

— Co… comment pouvez-vous dire… ça ?

— Il ne s'est presque rien passé.

— Oh si ! Ce n'était peut-être… rien… pour vous. Vous avez sûrement l'habitude de mettre votre nez dans toutes les… Oh, je ne trouve plus mes mots ! C'est affreux. Comment avez-vous pu me faire une chose pareille ?

Nick passa la main dans ses boucles en désordre. Eliza avait l'air si malheureuse ! Ses mines supérieures de Reine des Neiges s'étaient évaporées.

— Je parlerai à Mme Evensong, dit-il pour la rassurer. Je lui dirai que je suis entièrement responsable de cette méprise. Et puis, dans le pire des cas, vous pourrez toujours aller travailler pour Calamité.

Il vit que cette perspective la rassérénait un peu et ajouta :

— Et je vous promets de ne plus vous toucher.

Dans la foulée, il se fit mentir en essuyant une trace de larme sur sa joue pâle.

Il la sentit trembler sous son doigt et ne put s'empêcher de se pencher pour poser ses lèvres sur les siennes.

Elle ne se dégagea pas avec horreur, ne tenta pas de l'assommer avec la barre qui lui servait à tendre les toiles sur leur cadre de bois. Au contraire, elle parut fondre sous son baiser et se laissa aller contre lui. Le tissu amidonné de son chemisier lui griffa le torse.

Il savoura sur ses lèvres pulpeuses et sa langue timide le goût du thé et des larmes, son goût aussi, le goût d'Eliza.

Il n'eut aucun mal à l'entraîner vers le vieux canapé recouvert de brocart, dans une sorte de danse lente et silencieuse. Quelques secondes plus tard, ils basculèrent sur les coussins, et Eliza se retrouva sur ses genoux. Ses mains fraîches se posèrent sur ses épaules nues.

Percevait-elle la dureté de son sexe à travers leurs vêtements ? Quand il l'avait peinte cette nuit, il avait été en érection la plupart du temps. Et ce n'était pas près de finir : il devait encore travailler ses courbes, peaufiner l'ombre et la lumière. La vallée entre ses seins était trop claire, ses mamelons pas assez définis, et ce rose... non, ce n'était pas encore tout à fait ça. Il lui faudrait encore des jours pour obtenir la bonne couleur, et il n'allait pas lui demander de l'aider. Son œuvre était une version idéalisée d'Eliza, un exercice d'imagination, exactement comme il l'avait dit à Mlle Bidule.

La femme de chair qu'il tenait dans ses bras était bien trop convenable pour être son modèle. Jamais elle ne lui permettrait de la contempler nue. Et puis, de toute façon, elle n'allait pas rester.

Nick n'avait pas envie qu'elle parte. Il avait besoin d'elle. Mais elle, que voulait-elle et de quoi avait-elle besoin ? Elle était venue travailler chez lui à contrecœur et, à présent, elle risquait de perdre son emploi par sa faute.

Comment faire en sorte qu'ils soient tous deux satisfaits ?

La question était ardue, et il avait mieux à faire que de trouver une solution. Tant qu'Eliza lui permettait de l'embrasser, il devait profiter de sa bonne fortune.

Profiter. Le mot résonna dans sa tête. Peut-être était-elle trop bouleversée pour songer à le repousser. Il était responsable de sa détresse, et il lui incombait de la rassurer. Alors ? Devait-il mettre un terme à ce baiser enivrant ou le prolonger ?

Quel dilemme !

Au fond, il connaissait la réponse. Il savait parfaitement ce qu'il aurait dû faire pour la protéger. Pour se protéger aussi.

Il livra une brève bataille contre sa conscience et… gagna. Ou s'agissait-il d'une défaite pour lui, dans tous les cas de figure ? Cela dépendait de quel point de vue l'on se plaçait.

À présent, il avait chaud partout, son sang bouillonnait, et il avait le tournis, comme quand il était malade.

Encore cinq minutes, puis il cesserait de l'embrasser, promis, pour redevenir un gentleman, ou quelque chose d'approchant. Il prendrait ses distances, accrocherait une pancarte « Ne pas déranger » à la poignée de sa porte – pourquoi pas ?

Ensuite, il peindrait jusqu'à ce que la lumière faiblisse et que son estomac crie famine.

Eliza avait enfoui les doigts dans ses cheveux, et son cuir chevelu le picotait. Ce n'étaient pourtant que des doigts. La plupart des gens en avaient dix. Pourquoi ressentait-il ces sensations étranges dès qu'elle le touchait ?

Un frisson descendit le long de sa colonne vertébrale. Tous ses sens étaient en alerte. Eliza sentait bon le savon et le citron – peut-être le savon au citron ?

Sur ses genoux, elle pesait aussi peu qu'un petit nuage. Il ne sentait même pas les points de suture sur sa cuisse le tirailler. Son chemisier empesé était si raide… Le tissu devait irriter sa peau délicate. Cette fois, le col s'ouvrait par-devant. C'était plus commode.

D'ordinaire, Nick était habile pour déshabiller les dames, mais il dut interrompre leur baiser pour mieux se concentrer sur les diaboliques petits boutons.

D'une main tremblante, Eliza lui prêta assistance. Il tira sur les pans du chemisier pour les dégager de la ceinture de la jupe, les retroussa, et elle apparut en corset et camisole.

Son tableau ne lui rendait décidément pas justice. Même par cette journée pluvieuse qui manquait de luminosité, il voyait bien qu'il allait devoir reprendre ses pinceaux pour modifier la couleur de sa chair.

Ses mains parcoururent la douceur satinée de ses bras nus, qu'il aurait été bien incapable de retranscrire avec sa gouache et ses pastels. La peau d'Eliza semblait quémander ses caresses. Il aurait aimé qu'elle le touche à son tour, mais ses poignets étaient emprisonnés dans les manches gigots de son chemisier. Il l'aida à s'en libérer.

Quand elle leva vers lui son regard bleu limpide, il comprit que cinq minutes ne lui suffiraient pas.

— Que voulez-vous, Eliza ? demanda-t-il dans un souffle.

— Je ne sais pas.

— Désirez-vous que je vous embrasse comme hier soir ?

Elle baissa les yeux.

— Ce n'est pas juste.

— Que voulez-vous dire ?

— Je ne sais pas. Je dis n'importe quoi quand je suis avec vous. Je n'arrive pas à réfléchir. De toute façon, ma réputation est déjà ruinée.

Il n'avait pas cherché à la déshonorer. Au début, il avait pris tout cela comme un jeu, puis les choses avaient évolué sans qu'il en ait conscience, et maintenant…

Il ramena une boucle de cheveux derrière l'oreille de la jeune femme.

— Ne dites pas de bêtises. Ce ne sont que des baisers.

— L'avez-vous donc fait tant de fois qu'une de plus ou de moins ne signifie rien à vos yeux ?

Non, non. Ce n'était pas du tout ce qu'il éprouvait. Comme elle, il semblait dans l'incapacité de réfléchir et de formuler correctement sa pensée.

— Il n'y en a pas eu tant que cela, protesta-t-il, tout en priant pour qu'elle ne lui demande pas un chiffre exact.

Elle ricana.

— Inutile de me mentir.

— Je ne mens pas. Je ne tiens pas de comptes, mais aucune femme n'a jamais…

« … touché mon âme comme vous le faites ? Capturé mon cœur palpitant ? » *Ne sois pas crétin, Nick. Jamais elle ne te croira.*

Il commençait à naviguer en eaux dangereuses. Il devait être plus prudent, sinon Eliza Lawrence lui tiendrait la tête sous l'eau pour le noyer.

Et il l'aurait bien mérité.

22

Et voilà qu'elle se retrouvait une fois de plus à moitié nue et en proie à une indescriptible folie sur les genoux de Nicholas, toute prête à…

À quoi, au juste ? Il lui avait posé la question, et elle était incapable de lui répondre.

Après l'épisode de la veille, elle s'était juré de ne pas réitérer l'expérience. Elle avait déjà appris bien plus qu'elle ne s'y attendait, et cela lui suffirait – sans doute pour le reste de ses jours, car il était bien peu probable qu'elle trouve un autre homme susceptible de lui refaire la même chose. Ces baisers… si particuliers… *là*… ça ne pouvait quand même pas être une pratique répandue. Si ?

Il lui faudrait se renseigner auprès d'Oliver.

Mais, sapristi, à quoi pensait-elle ? Elle n'allait quand même pas aborder un sujet aussi intime avec son jeune collègue ! Il n'aurait pas fini de la taquiner.

— À quoi pensez-vous ? Vous êtes toute froide, brusquement.

En réalité, oui, Eliza avait froid. Il n'y avait pas de cheminée dans le petit atelier, et la fenêtre était encore entrebâillée. Sans compter qu'elle était à moitié découverte…

— J'imagine que vous allez me dire que je pense trop ? Que je devrais juste retrousser mes jupes et vous laisser faire ? jeta-t-elle avec amertume.

— Eliza ! Je ne suis pas ce genre de mufle. Et je ne vous prendrais jamais contre votre gré. Je suis désolé que les choses ne se soient pas passées comme vous le souhaitiez ces jours derniers. Je vais me racheter, vous allez voir…

Il avait l'air si sincère.

— Je ne vois pas comment, Nicholas. Regardez-moi ! Je suis assise sur vos genoux comme une débauchée, et le pire, c'est que je ne veux pas me lever. Mon corset me serre affreusement, j'ai envie de l'arracher. Ou, plutôt, j'ai envie que vous me l'arrachiez. Je voudrais vous embrasser jusqu'à ne plus pouvoir respirer. Je me moque qu'une centaine de Mlles Scully m'accusent d'indécence, parce que… j'ai envie d'être indécente ! Oh, je vous déteste, Nicholas Raeburn !

Eliza fût aussi surprise que lui par ce brusque éclat. Maintenant, il était tout déconfit, l'air désorienté… adorable. Et elle avait envie de frapper son nez aristocratique.

Ce n'était pourtant pas sa faute s'il la troublait autant. Et il avait reçu assez de coups comme ça.

— J'allais très bien avant de venir ici, reprit-elle. Ma vie me convenait parfaitement. Et maintenant… je ne sais pas quoi faire. Je ne m'étais jamais évanouie avant, vous savez. Pas une seule fois. Je crois qu'il vaudrait mieux que je tombe dans le coma pour toujours et que j'oublie que je vous ai rencontré !

— Eliza, Eliza…

Il essuyait les larmes qu'elle était incapable de réprimer. Dans quel état lamentable elle s'était mise ! Son regard dévia, tomba sur le portrait géant, et elle frémit.

Cela n'échappa pas à Nicholas.

— Je vais le détruire, assura-t-il. Je n'avais même pas l'intention de vous le montrer. Je l'aurais modifié avant l'exposition, vous savez, mais… une fois que j'ai eu commencé, je n'ai pas réussi à m'arrêter. Vous avez occulté tout le reste.

— Je n'ai jamais fait ça !

— Oh si. J'avais l'impression que vous étiez là, à côté de moi, que vous me pressiez de continuer, que vous murmuriez à mon oreille des choses... qui franchement ne vous ressemblent pas. C'est une de mes meilleures œuvres, bien qu'elle ne soit pas achevée, mais... je ne veux pas vous bouleverser davantage, Eliza. Je... je tiens à vous et je n'ai pas envie que vous ayez une mauvaise opinion de moi. Je ne suis pas le libertin qu'on décrit. Bon, d'accord, il m'est arrivé de...

— Oh, taisez-vous !

Elle plaqua ses lèvres sur les siennes pour l'empêcher de parler à tort et à travers. Ils avaient mieux à faire.

Sa réputation était en lambeaux, et son esprit hagard ne recelait plus une once de raison.

La bouche de Nicholas était délicieusement tiède, ses bras forts l'encerclaient. Ses seins gonflés menaçaient de jaillir hors de son corset. Nicholas aurait pu alors constater combien il s'était trompé à leur sujet. Mais peut-être les aurait-il caressés, embrassés, pour apaiser ces élancements douloureux, cette impatience... Des seins ne pouvaient pas être impatients, évidemment. C'était elle, Eliza, qui l'était. Peut-être pouvait-elle lui suggérer...

Elle plaça ses pouces sur les mamelons bruns de Nicholas, les agaça doucement. Elle devait s'y prendre de la bonne manière, car il émit une sorte de grondement plaintif, puis l'embrassa avec une ardeur décuplée, les hanches pressées contre les siennes.

Impossible de ne pas sentir son érection.

Eliza avait l'impression d'être un gâteau sur le point d'être dévoré jusqu'à la dernière miette. Dès qu'il la touchait quelque part, sa peau se mettait à la picoter. Qui aurait dit qu'une épaule pouvait être si sensible ?

Enfin, il glissa une main sous son corset. Elle ne put s'empêcher de gémir. S'enhardissant, il fit sauter quelques agrafes, et le carcan baleiné se relâcha autour de son torse. Nicholas la caressa à travers le fin tissu de la camisole. Eliza aurait préféré qu'il touche directement sa peau. Ses seins semblaient se tendre vers lui. Impatients, se rappela-t-elle avec un sourire, sans cesser de l'embrasser.

— Qu'y a-t-il de drôle ? demanda Nicholas contre sa bouche.

— Rien. C'est moi. Je suis bête.

— Nous sommes deux. Mon Dieu, Eliza, qu'est-ce que nous sommes en train de faire ?

Il pinça doucement la pointe de son sein, et elle crut qu'elle allait se remettre à pleurer.

— Je... je ne sais pas. Avons-nous vraiment besoin de le décrire ? Je ne crois pas avoir le vocabulaire nécessaire.

— Vous savez bien où tout ça va nous mener.

— Nous ne pouvons pas aller aussi loin, sans quoi je vais vous haïr, Nicholas.

Il soupira, la souleva et l'assit sur un coussin.

— Alors, il faut arrêter tout de suite. Sinon, je ne peux pas vous promettre de rester un gentleman.

— Oh. D'accord. Vous avez raison, je suppose, approuva-t-elle, terriblement déçue.

Baissant les yeux sur son corset ouvert, elle remarqua des marbrures rouges sur sa gorge.

— Je... je suis désolé.

Nicholas semblait aussi frustré qu'elle. Elle posa la main sur sa joue, sentit ses favoris auburn lui chatouiller la paume.

— Ce n'est pas votre faute. C'est la mienne. Une fois de plus, c'est moi qui vous ai embrassé. Vous avez vraiment une très mauvaise influence sur moi.

Elle espérait le faire sourire, mais sa mine resta sombre.

— C'est ma punition, j'imagine, pour toutes ces années de débauche inconséquente, marmonna-t-il.

— Je ne veux pas vous punir. Et puis, il faut bien que les jeunes gens jettent leur gourme.

Se remémorant ce qu'avait dit Oliver quelques jours plus tôt, elle ajouta :

— Et certains plus que d'autres. Vous êtes un homme d'honneur, Nicholas Raeburn, quoi qu'en disent les journaux et quoi qu'en pensent les commères.

Il agita la main en direction de la rue.

— Je me fiche bien de tout ça ! La seule personne dont je souhaite l'admiration, c'est Sunny. Et vous, peut-être un peu aussi.

— J'ai de l'estime pour vous. C'est bien le problème.

Il l'avait séduite sans même le vouloir, alors qu'elle s'était montrée désagréable avec lui, pleine de préjugés, sectaire. Il était même étrange qu'il ait eu envie de l'embrasser et de faire son portrait. Avec ses pinceaux, il l'avait rendue belle, si l'on oubliait qu'il l'avait représentée en train de se…

Il attacha les agrafes du corset, remonta les bretelles de sa camisole et dénicha son chemisier roulé en boule par terre. Eliza serait obligée de le repasser, elle n'allait pas demander à Mme Quinn de le faire.

— Si je veux garder votre estime, nous ne devons plus nous embrasser, mademoiselle Lawrence. Je ne suis pas assez vaillant pour vous résister. Même quand vous n'êtes pas présente physiquement, vous me poussez à faire des bêtises.

Il désigna la toile posée sur son chevalet, dans l'angle de la pièce.

— Ne le détruisez pas. Il doit bien y avoir un moyen de… d'effacer le visage.

Elle ne parla pas de ses doigts et de ce qu'ils étaient en train de faire.

Nicholas haussa les épaules.

— Sans doute, mais je n'aurai pas le cœur à le faire. Cette nuit, j'étais comme… possédé. Et maintenant, je suis dans un état lamentable. Dire que cette horrible femme m'a vu comme ça !

— Je parie qu'au fond elle était tout émoustillée. Mlle Scully n'a pas souvent l'occasion de voir un homme torse nu. Et avec votre tatouage et votre barbe naissante, vous êtes assez irrésistible.

Il se leva.

— Je dois aller faire ma toilette. Dès que je serai présentable, je me rendrai à l'agence Evensong pour dissiper le malentendu.

— Êtes-vous sûr que vous en aurez la force ? Voulez-vous que je vous accompagne ?

Elle le lui proposait tout en espérant qu'il refuserait. Elle craignait de se décomposer entièrement sous le regard de chouette de Mme Evensong, derrière ses lunettes aux verres fumés gris. La vieille dame ne s'en laissait pas conter.

— Non, inutile. Sunny vous aime bien, autant passer le peu de temps qu'il vous reste avec elle. N'ayez pas peur : je vous promets que vous ne perdrez pas votre emploi et que votre réputation sera sauve.

Le souhaitait-elle vraiment ? Elle n'en était même plus sûre.

Nicholas quitta l'atelier, laissant Eliza assise sur le canapé. Elle remarqua que la bourre d'un coussin s'échappait par un trou de l'ourlet et, distraitement, la renfonça à l'intérieur. La pluie continuait de marteler la verrière, d'où tombait une lumière grise. Eliza reporta son attention sur le portrait, étonnée que Nicholas ait pu abattre autant de travail en l'espace de quelques heures.

Se levant enfin, elle alla ramasser une bougie dégoulinante de cire et se rapprocha du chevalet. Il y avait là toute une collection de pinceaux. Un poil était resté collé au niveau du genou droit du sujet. Après une hésitation, Eliza le saisit entre le pouce et l'index, puis l'examina un instant, avant de le laisser tomber vers le sol dans une série de spirales aériennes.

Bien qu'inachevée, l'œuvre était saisissante. Se rappelant le portrait de taille plus modeste qui représentait la mère de Sunny, Eliza nota une similitude dans la technique. Pourtant, les deux œuvres étaient très différentes. Nicholas avait fait de son portrait un kaléidoscope de couleurs étourdissant.

Elle avait beau être une néophyte en peinture, elle était touchée par ce tableau.

Évidemment, elle était très gênée d'avoir été représentée dans une posture si embarrassante. Le plaisir de la fausse Eliza sautait aux yeux. Mais Nicholas avait du talent, c'était indiscutable.

Avec un soupir, elle redressa les coussins du canapé, mais se garda de toucher à quoi que ce soit d'autre dans l'atelier. Nicholas semblait avoir une organisation toute personnelle. Ses pinceaux, par exemple, étaient rangés par ordre de grandeur.

Elle moucha les chandelles, éteignit les lampes électriques, et la pièce se retrouva plongée dans une grisaille floue, un peu comme si elle avait été envahie d'eau.

Les gouttes de pluie se pourchassaient sur la verrière. Le temps empirait, et pourtant un petit rayon de soleil illuminait le cœur d'Eliza.

23

Nick ne put s'empêcher de frémir sous le regard reptilien de Mme Evensong. Pour la troisième fois de la journée, il avait le sentiment humiliant d'être un petit garçon morigéné par une femme.

Il croisa les mains sur ses genoux. Heureusement, il portait des gants, et la terrible Mme Evensong ne pouvait voir les taches de peinture sur ses doigts.

— Je vous garantis, madame, que Mlle Lawrence n'a pas posé pour moi. J'ai peint ce portrait en me servant uniquement de mon imagination.

Il renonça à saisir sa tasse de thé, de peur que sa main tremblante ne trahisse sa nervosité.

— Hum. Ce n'est pas l'histoire que m'a racontée Mlle Scully après avoir trouvé Mlle Lawrence allongée sur le canapé de votre atelier. Elle était dans tous ses états. Elle est venue me voir juste après avoir quitté votre domicile. Elle-même n'a guère d'imagination, néanmoins c'est une excellente gouvernante. Depuis que je la connais, je l'ai placée dans cinq maisons très respectables.

Nick regrettait presque d'avoir pris le temps de se laver et de se brosser les dents. Il aurait plutôt dû se précipiter à l'agence pour empêcher cette satanée bonne femme de nuire à Eliza. Mais alors… il n'aurait pas goûté aux baisers de cette dernière. Ni caressé son épaule d'albâtre. Ni entrevu les rondeurs de ses seins admirables. Ni senti leurs pointes durcir sous le frôlement de ses doigts.

La migraine recommençait à lui tenailler les tempes. Il avait peut-être préjugé de ses forces, finalement. Alors zut, après tout. Il allait faire appel à la compassion de Mme Evensong... si cette vieille chouette était capable d'éprouver un tel sentiment.

— J'ai été très malade, mon médecin vous le confirmera – le docteur Simpson... non, Samuelson. Un homme tout à fait respectable, lui aussi. C'est Mlle Lawrence qui a fait appel à lui le soir de mon agression. J'ai eu un traumatisme crânien, et j'avoue que cela m'a un peu dérangé l'esprit.

— Au point de dévêtir votre gouvernante ?

— Non, pas du tout ! Enfin... oui, c'est vrai, je l'ai déshabillée en pensée, mais je vous assure que dans la réalité elle a gardé tous ses vêtements.

Ce n'était pas tout à fait vrai, mais il pouvait se pardonner ce petit mensonge, si cela préservait la réputation d'Eliza.

— Nous apprécions vraiment Eliza, reprit Mme Evensong. Elle s'est très bien intégrée à l'équipe depuis que ma nièce l'a engagée. Nous songeons à lui offrir une promotion. Et je ne voudrais pas m'apercevoir que nous lui avons fait confiance à tort.

— Pas du tout ! s'écria Nick. C'est... une perle. La meilleure gouvernante que j'aie jamais eue. Ma fille l'adore. Mais je sais bien qu'Eli... que Mlle Lawrence n'ambitionne pas de rester gouvernante, qu'elle préfère les travaux administratifs. Il est donc urgent que vous lui dégotiez... je veux dire que vous lui trouviez une remplaçante. Je n'aime pas la voir malheureuse, et nous avons connu une période difficile à Lindsey Street.

Pitié, sortez-la de ma maison avant que je me jette sur elle ! J'ai fait une promesse, et un Raeburn tient toujours ses promesses.

— Oui. J'ai lu la presse. Et Oliver Palmer me tient informée de tout.

Par la porte vitrée, Nick aperçut Palmer qui se dirigeait vers son bureau. Ce jeune type avait vraiment une gueule d'ange. Un ange déchu, peut-être. Accepterait-il de poser pour lui ?

Ce n'était sans doute pas une bonne idée. Nick avait besoin de modèles chevronnés qui comprenaient sa vision artistique, ou au minimum qui acceptaient de garder la pose des heures durant parce qu'ils n'avaient pas d'autre moyen de gagner leur vie.

Dès la semaine prochaine, les journalistes iraient courir d'autres lièvres, et Nick pourrait reprendre une vie normale – du moins ce qui correspondait pour lui à une vie normale. Organiser de joyeux dîners avec ses amis, visiter des musées et des galeries d'art, peindre jusqu'à l'aube, lire des romans coquins en français.

Sauf qu'il était bien assez excité comme ça.

— J'espère que vous n'avez pas mis votre nièce et mon frère au courant de cette affaire. Cela risquerait de gâcher leur lune de miel.

Mme Evensong ôta ses lunettes grises pour lui lancer un regard sévère.

— Ce n'est pas en cédant à la panique au premier remous que j'ai pu diriger cette agence depuis 1888, monsieur Raeburn. Le bonheur de ma nièce est primordial à mes yeux. Je connais Mary. Sitôt arrivée à New York, elle sauterait dans le prochain vapeur en partance pour l'Angleterre si elle croyait pouvoir vous sauver de votre propre folie. Bien sûr que je ne leur ai rien dit.

Nick se ratatina sur son siège moelleux et déglutit avec peine.

— Folie… Il ne faut rien exagérer.

— C'était tout à votre honneur de voler au secours de ce modèle, mais cette histoire vous a explosé au nez. On ne peut prédire où les élans du cœur nous mèneront. Bien que ce M. Cross m'ait l'air d'un individu fort peu recommandable, il semble capable de susciter l'amour. Votre Maisie a donné une interview très touchante qui est parue dans la presse ce matin.

Oh, bonté divine.

— Comme disait ma mère, « chaque pot a son couvercle », se borna-t-il à commenter.

Il songeait à ses parents, qui avaient été si mal assortis. Combien de bibelots avait-il vus voler à travers le salon et terminer leur course en mille morceaux sur le parquet ?

— En effet, approuva Mme Evensong. L'agence Evensong ne s'occupe pas seulement de placer des domestiques, vous savez. Il nous arrive aussi de trouver l'âme sœur pour nos clients. En tant que professionnelle, je me dois de vous dire que, dans votre situation actuelle, vous aurez autant de mal à trouver une épouse qu'une gouvernante.

— Je ne cherche pas à me marier !

Il ne voulait même pas d'une maîtresse. Les choses étaient bien trop compliquées en ce moment.

Mme Evensong haussa les épaules.

— Si vous le dites. Pour ce qui est du recrutement d'une gouvernante, Oliver et moi-même avons procédé à des entretiens préalables, néanmoins très peu de personnes qualifiées se sont présentées. Vous aviez déjà une réputation douteuse avant les récents événements.

— Je vous en prie, cherchez encore. Quelqu'un finira bien par convenir.

Nick passa une main nerveuse dans ses cheveux. Bon sang, il n'aurait jamais dû quitter l'Italie.

— Nous ferons de notre mieux. Nous aussi, nous avons une réputation à préserver, comme vous le savez. Et puisque l'on peut vous considérer désormais comme mon neveu par alliance, tout cela est devenu une affaire de famille.

Si Mary ne lui avait pas envoyé Eliza, tous ces soucis auraient été évités. Nick ne connaissait pas bien sa nouvelle belle-sœur, qu'il avait à peine croisée autour d'un thé avant qu'elle ne parte en lune de miel, mais cette brève rencontre lui avait suffi à cerner le personnage. Elle était autoritaire et se mêlait de tout. Maintenant qu'il était face à son auguste tante, il se doutait de qui elle tenait ces traits de caractère.

Toutes ces femmes ne le laisseraient donc jamais en paix ?

La journée n'avait fait qu'empirer depuis le moment où Eliza, dressée devant le canapé telle une cariatide, l'avait arraché au sommeil. Quelles catastrophes se profilaient encore ? Il jeta un coup d'œil à sa montre. Encore onze heures avant minuit. Tout pouvait arriver.

— Êtes-vous sûr que votre maison est bien protégée ? demanda soudain Mme Evensong. Nous ne voudrions pas qu'il arrive quoi que ce soit de fâcheux à Eliza.

— Comment ? Que voulez-vous dire ?

— Si vous lisez cet article dont je viens de vous parler, vous apprendrez que M. Cross s'est évadé. À mon avis, il va filer se terrer quelque part. Je ne pense pas qu'il soit assez stupide pour revenir se venger, mais enfin, on ne sait jamais.

— Phil Cross s'est échappé de prison ?

Et Mme Quinn qui ne lui avait rien dit ! Mais peut-être avait-elle cessé d'acheter les journaux, comme il le lui avait conseillé.

— Puis-je lire cet article ?

— Bien sûr, acquiesça Mme Evensong.

Elle déplaça son fauteuil roulant vers le mur pour articuler dans une sorte de pavillon métallique :

— Oliver, mon cher, vous voulez bien m'apporter le *Morning Constitution* d'aujourd'hui ?

La voix du jeune assistant grésilla en réponse, et Nick attendit, bouillant d'impatience.

Mme Evensong remit ses lunettes sur son nez mutin. En dépit de son âge, elle était mince et avait dû être une vraie beauté du temps de sa jeunesse.

Y avait-il eu un M. Evensong ? s'interrogea Nick. Si oui, le pauvre homme avait dû être de bonne composition.

— Le journal a obtenu l'exclusivité de l'interview, expliqua-t-elle. Maisie y clame son amour pour son homme et le supplie par voie de presse de ne pas commettre d'acte insensé.

Maisie était-elle donc revenue à la raison ?

Sur ces entrefaites, Oliver tapota à la porte vitrée et entra dans la foulée. De près, le jeune assistant était encore plus beau. Ses traits fins et ses yeux de biche avaient dû lui valoir bien des quolibets dans la cour de récréation.

— Voilà, madame. J'ai encerclé l'article qui requiert l'attention de M. Raeburn.

Comme si la manchette racoleuse n'allait pas sauter aux yeux de Nick ! Il parcourut rapidement le texte, avec un dégoût croissant. Maisie essayait de tirer son épingle du jeu tant qu'elle le pouvait. À la croire, Phil Cross était un vrai enfant de chœur.

Nick regrettait bien que Daniel Preble lui ait recommandé cette fille. N'avait-il pas vu les ecchymoses sur son corps ? À moins qu'il n'en ait pas fait grand cas. Daniel ne détestait pas une certaine brutalité dans les rapports sexuels. Chacun ses goûts, mais Nick ne partageait pas ce genre de penchant.

— Est-ce qu'Eliza tient le coup ? s'enquit Oliver Palmer, les bras croisés sur sa poitrine.

Son ton comminatoire suggérait que si Nick ne remplissait pas son rôle de protecteur, le frêle Oliver n'hésiterait pas à lui en demander raison. Et Nick n'avait pas l'intention de servir de punching-ball une fois de plus.

Il se redressa sur son siège dans une attitude qui se voulait virile et responsable, alors qu'il avait l'impression d'être un insecte sur la lamelle d'un microscope.

— Elle est en forme, je pense.

— Quand je suis passé lui rendre visite l'autre jour, elle m'a paru anxieuse et troublée, insista Palmer. J'espère que vous ne lui causez pas de soucis.

Si quelqu'un avait des soucis, c'était Nick. Dès qu'Eliza se trouvait dans les parages, il était en érection. Mais ces deux-là qui le considéraient d'un œil torve allaient peut être le déprimer à vie.

— Ces quelques jours ont été éprouvants, reconnut-il. Dès que vous m'aurez déniché une bonne gouvernante, je vous renverrai Eliza.

Peut-être aurait-il dû la renvoyer, dans tous les cas de figure. Il s'était bien débrouillé tout seul avant. Sauf que… il n'avait pas envie qu'Eliza s'en aille. Pas tout de suite. Même s'il avait promis de ne plus la toucher, il pouvait la contempler à loisir tant qu'elle résidait chez lui.

Avant de quitter l'agence, Nick prit ses dispositions pour engager une femme de charge qui aiderait Mme Quinn pour le gros de l'entretien de la maison.

Il déclina la proposition ridicule d'Oliver qui voulait lui assurer les services d'un garde du corps. On n'en était quand même pas là, et il était bien capable de défendre ceux qui vivaient sous son toit.

Du moins le serait-il quand sa migraine lui laisserait un peu de répit.

Avant de rentrer, il passa chez son ami Calamité, qui, en dépit de l'heure tardive, traînait encore en robe de chambre et l'invita à partager son petit déjeuner.

Nick n'avait rien avalé de toute la journée, et il dévora tout ce que le valet leur apporta de comestible.

— Tu as lu la presse, je suppose ? demanda Calamité en désignant la pile de journaux posée près de son assiette.

— Moui, répondit Nick, la bouche pleine.

— Tu devrais peut-être filer en Écosse en attendant que Cross soit capturé.

— Sûrement pas. Je n'ai même pas encore eu le temps de m'installer. Et j'attends une livraison de tableaux. Tu n'as pas oublié ?

— Et l'art prime sur tout. Oui, je suis assez d'accord. Après toute cette publicité, nous allons réaliser d'énormes ventes. Toutes les matrones de Londres vont vouloir faire la connaissance du célèbre Nicholas Raeburn.

Nick réprima un grognement. Il détestait les mondanités, et en période d'exposition, pas moyen d'y échapper. Il était de nature sociable, mais il n'aimait pas faire des ronds de jambe devant les mécènes.

— Je pense que tu exagères, Cala.

— Pas du tout. J'ai déjà été approché par une duchesse. Elle meurt d'envie de voir… tes esquisses.

Nick reposa brusquement son verre de bière.

— Bon sang, pour qui me prends-tu ? Je ne vais pas coucher avec une épouse désœuvrée pour pouvoir piocher à ma guise dans le porte-monnaie de son mari ! Je veux vivre de mon travail, pas devenir gigolo.

— Bon, bon. Je me disais que tu voudrais peut-être te divertir un peu. Depuis que tu es de retour au pays, tu n'as pas une vie sociale trépidante. À moins que la sublime Mlle Lawrence n'ait accepté de te divertir… ajouta Calamité avec un sourire entendu.

— J'ai été bien trop malade pour songer à la gaudriole, objecta Nick d'un ton ferme qu'il espérait convaincant. Et il n'est pas question de toucher à Mlle Lawrence. Cela vaut pour moi… comme pour toi.

— S'est-elle prononcée sur mon offre d'emploi ? C'est toi qui m'as soufflé cette idée, Nick. Et je la trouve brillante.

— Nous n'avons pas vraiment eu l'occasion d'en discuter.

Et il n'avait plus l'intention d'aborder le sujet avec Eliza. Il tenait trop à elle pour l'exposer aux dangers du monde de l'art. Eliza retournerait travailler à l'agence. Il pensait avoir réussi à convaincre Mme Evensong que Mlle Scully s'était méprise sur la situation.

Mme Evensong, Oliver et Eliza se serraient les coudes. C'était réconfortant de sentir que d'autres veillaient sur vous. Même si Nick s'était battu avec ses frères au temps de sa jeunesse, il n'avait jamais douté de leur affection. Il avait hâte de les retrouver bientôt en Écosse, et ce serait un véritable plaisir de faire découvrir Raeburn Court à Sunny.

Néanmoins, il lui faudrait patienter un peu. Il ne pouvait pas quitter Londres pour l'instant.

Il n'était pas vraiment inquiet au sujet de Cross. Si ce type avait le moindre bon sens, il se trouvait déjà à bord d'un navire faisant voile vers l'Amérique. Nick avait donné beaucoup d'argent à Maisie, et il se doutait bien que celui-ci avait vite été transféré dans la poche de Cross.

— Tu rêves à ta tendre Mlle Lawrence ? demanda Calamité, narquois.

— Non, je pensais à Maisie. Elle posait pour Daniel, n'est-ce pas ?

— Oui. Même si on ne la reconnaît pas vraiment dans ses œuvres. Je crois que les Muses ont déserté notre ami. Il n'intéresse plus grand monde. Notre dernière exposition a été un fiasco. Pas une seule vente.

Nick en fut surpris. La dernière fois qu'il avait parlé à Daniel, à Paris, celui-ci lui avait affirmé avoir vendu assez de toiles pour calmer la plupart de ses créanciers.

— Le changement de climat l'aidera peut-être à retrouver l'inspiration.

Calamité secoua la tête.

— J'en doute, franchement. Daniel n'est plus de la première jeunesse, et il fatigue les gens avec ses crises de colère. C'est un cyclothymique. Il va bientôt mourir d'ennui dans ta campagne italienne. Tu ne verras sans doute jamais la couleur des loyers qu'il te doit. Et estime-toi heureux s'il te rend la maison en bon état.

Nick adorait sa jolie petite villa en pierre. L'espace d'un instant, il imagina Eliza devant le champ de citronniers, avec sa chevelure dorée de la couleur du soleil levant, son parfum si semblable à celui des fruits...

— Je fais confiance à Daniel, rétorqua-t-il en espérant ne pas se tromper. Enfin, nous verrons bien ce qu'il adviendra, pas vrai ? Bon, où est mon beau chapeau ?

24

Sunny faisait des biscuits au gingembre avec Mme Quinn, et Eliza ne se sentait pas vraiment utile en cuisine. Nicholas avait peut-être raison depuis le début : sa présence ici était superflue. Maintenant que tout le monde était sur pied, Sunny pouvait très bien apprendre à compter en dosant les ingrédients des pâtisseries.

Cela ne pourrait pas durer éternellement, mais la fillette n'avait pas encore cinq ans, et elle avait tout le temps d'étudier. Et il y avait bien une école maternelle dans le coin où son père pourrait l'envoyer, si jamais l'agence n'arrivait pas à lui trouver une gouvernante digne de ce nom.

Eliza sentait la honte l'envahir au souvenir des événements de la matinée.

Nicholas lui avait promis de sauver sa place au sein de l'agence Evensong, et il avait tenu parole. Oliver avait téléphoné à Eliza par la suite pour le lui confirmer. De ce côté-là, elle n'avait pas de souci à se faire.

Désireuse de se changer les idées, elle ouvrit la porte qui menait au jardin, sur l'arrière de la maison. Il était toujours impossible de sortir côté rue, car sitôt que la pluie avait cessé et que le soleil avait percé les nuages, les journalistes étaient revenus faire le pied de grue devant la maison.

L'air était plutôt tiède pour un mois d'octobre, et il faisait lourd. Eliza espérait bien que ces chacals suaient à grosses gouttes dans leurs costumes de laine.

Heureusement, aucun n'avait eu l'idée de se faufiler dans le jardin.

Elle s'aventura sur la pelouse miteuse, écartant les branches humides des buissons qui se prenaient dans ses jupes. Quel dommage que le jardin ait été si mal entretenu ! Il aurait pu être charmant.

Quelques chrysanthèmes hirsutes s'étaient risqués à pousser parmi l'enchevêtrement de mauvaises herbes. La petite allée de briques qui menait aux cabinets était à peine visible sous la mousse qui l'avait envahie. Sunny détestait ce cabanon sombre qui n'était guère utilisé par les habitants de la maison.

Si ce jardin avait été le sien, Eliza se serait attelée à lui rendre sa beauté d'antan. Petite, elle aidait sa mère à jardiner, jusqu'à ce qu'elles soient obligées de déménager dans un appartement. Sa mère avait une vision claire du résultat qu'elle voulait obtenir, et Eliza lui servait de main-d'œuvre.

En dépit de l'effort physique à fournir, cette occupation l'avait toujours délassée. On éprouvait une telle satisfaction à arracher les mauvaises herbes – autant qu'à aligner des chiffres en colonnes bien droites pour faire des additions. Chaque chose avait sa place, et la géométrie d'un parterre réussi charmait l'œil.

Ce jardin-là n'avait jamais été conçu de manière géométrique. Tout y poussait en liberté, dans un désordre qui aurait fait passer les jardins familiaux des modestes cottages ouvriers pour des parcs paysagers.

Eliza ne put s'empêcher de se pencher pour arracher une touffe d'herbe qui lui montait jusqu'à la taille.

En entendant le bruit de la porte qui s'ouvrait dans son dos, elle se redressa vivement, pour ne pas être surprise le postérieur en évidence.

— Je ne vous ai pas engagée pour désherber le jardin, remarqua Nicholas en descendant les marches du petit perron.

Il tenait un carton à chapeau à rayures bleues et blanches, qui provenait manifestement de la boutique d'une modiste de Bond Street, le genre de magasin qu'Eliza n'aurait jamais les moyens de fréquenter.

— Vous ne m'avez pas engagée du tout, si ma mémoire est bonne. Est-ce le chapeau neuf que vous comptez offrir à Mlle Scully ? Je ne suis pas certaine qu'un pot-de-vin lui fera tenir sa langue.

— Je ne vais pas offrir ce superbe chapeau à cette horrible bonne femme. J'ai eu toutes les peines du monde à franchir la meute. Ces chiens sont de retour.

Nul besoin de lui demander de qui il parlait.

Il souleva le couvercle du carton, dévoilant un nuage de papier de soie bleu pâle.

— Vous croyez que Mlle Scully leur a parlé ?

— Pas à ma connaissance. Mais il y a eu un rebondissement.

Eliza n'avait même pas envie de savoir de quoi il s'agissait. Cela risquait de ruiner définitivement sa journée.

Elle désigna le carton.

— Montrez-moi ce qu'il y a là-dedans.

Nicholas sourit.

— On dirait Sunny à Noël. Bon, souvenez-vous que c'est Calamité qui l'a choisi, pas moi.

Il glissa les mains à l'intérieur du carton et en retira un minuscule chapeau de velours plissé rose, agrémenté de soutaches vert sauge ainsi que d'une garniture de fleurs et de bourgeons en gaze et soie destinée à venir se placer sur la chevelure de l'heureuse propriétaire. Des rubans tressés vert sauge se nouaient sous le menton pour le maintenir en place.

— Il est adorable !

— Il est à vous. Enfin, si vous l'acceptez. Je le trouve plutôt sage, dans la mesure où c'est Calamité qui l'a choisi. Il vous a à peine croisée, mais il a deviné vos goûts. Je m'attendais à une extravagance digne des Folies Bergère, avec plumes, fruits et pompons. Essayez-le.

Eliza ne put résister à la tentation. Elle avait les joues en feu et se doutait que son visage avait à peu près la même couleur que le couvre-chef.

Nicholas l'aida à nouer les rubans sous son menton.

— Dans le cadre de ce jardin, c'est parfait, commenta-t-il. Vous en êtes la plus jolie fleur.

Elle voulut lui dire qu'il était inutile de lui débiter toutes ces âneries, mais sa langue semblait collée à son palais. Il était si proche qu'elle sentait son odeur de térébenthine et de bois de santal, mêlée à celles de la terre humide et des feuilles mortes. Ce n'était pas un arôme très séduisant, et pourtant cela lui plaisait.

— Embrassez-moi, murmura-t-elle.

Elle le regretterait sans doute plus tard, mais... pourquoi s'en soucier maintenant ?

— J'ai promis de ne plus le faire, objecta-t-il en fronçant les sourcils.

— Les promesses sont faites pour être rompues.

C'était totalement faux dans le monde d'Eliza, mais elle ne vivait plus dans cet univers bien rangé. Elle était au cœur d'une jungle miniature, sous un ciel bleu-gris, et elle portait le plus joli chapeau qu'elle eût jamais possédé. Tout était possible.

— Il faut d'abord que nous parlions, dit-il.

Parler ? Mais pourquoi diable ? Nicholas avait pourtant l'air très sérieux.

Il l'entraîna vers le fond du jardin, jusqu'à un banc en bois de cèdre qu'il prit soin d'essuyer à l'aide de son mouchoir. Personne ne pourrait les apercevoir de la fenêtre de la cuisine, même si, pour l'heure, Eliza se moquait bien qu'on les voie.

— Qu'est-ce que c'est que ces empreintes de pas ? demanda-t-il soudain, en regardant au pied du mur.

— Oliver. Il est reparti par là l'autre jour. Il a dû escalader le mur.

Et le spectacle avait été plutôt divertissant.

Elle arrangea les plis de sa jupe avant de s'asseoir. Nicholas ne l'imita pas. Les yeux baissés, il creusait un trou dans la terre du bout de sa botte.

— Votre Oliver… il ne m'apprécie pas. Pour quelle raison ?

— Il est comme un frère pour moi, il veut me protéger. Et je suis sûre que vous vous trompez…

— Je ne crois pas. Au fait, vous ne m'avez pas demandé comment s'est passée mon entrevue avec Mme Evensong à l'agence.

Eliza n'en avait nul besoin. Oliver l'avait appelée dès que Nicholas avait tourné les talons. Il n'était resté en ligne que quelques minutes, le temps de lui assurer qu'elle ne risquait pas de perdre son travail.

Elle aurait dû être aux anges. Alors, pourquoi n'était-ce pas le cas ?

— Je me suis entretenue avec Oliver tout à l'heure au téléphone, avoua-t-elle.

— Vous êtes libre de retourner là-bas quand vous voulez. Et vous devriez peut-être le faire aujourd'hui même.

— Au… aujourd'hui ? bredouilla-t-elle, interdite.

— Oui. Ce serait mieux pour tout le monde.

— Et… Sunny ?

— Vous n'êtes pas avec elle en ce moment, pas vrai ?

— Non, elle est dans la cuisine, mais…

— Elle y passait déjà tout son temps avant votre venue. Nous saurons nous débrouiller seuls.

Vraiment. Écoutez, Eliza, je... je ne peux pas me faire confiance si vous restez dans les parages. Je n'ai qu'à vous regarder coiffée de ce chapeau ravissant pour avoir envie de vous jeter dans l'herbe. Je ne vous ai que trop compromise.

— J'étais consentante, lui rappela-t-elle, irritée. À vous entendre, je ne suis qu'une marionnette dont vous tirez les ficelles !

— Vous allez me haïr, c'est vous qui l'avez dit.

Certes. Mais elle n'en pensait pas un mot.

— Je ne savais plus où j'en étais. Vous... vous me mettez en colère, c'est vrai, mais je ne vous déteste pas.

— Vous devriez. J'ai une très mauvaise influence sur vous. Ce sont encore vos propres mots.

Décidément, Eliza n'aimait pas ce Nicholas, tout repentant et penaud, rongé de culpabilité.

— Qu'est-ce qui vous prend ? Je croyais que vous alliez m'embrasser.

— Et que se passera-t-il ensuite ?

— Je... je ne comprends pas.

Il passa la main dans ses cheveux auburn. Une habitude chez lui. Pas étonnant qu'il ait toujours les cheveux en bataille.

— Mais si, vous comprenez parfaitement. Vous savez ce qui va finir par arriver si nous nous embrassons de nouveau. Vous étiez novice, et je pense avoir satisfait votre curiosité. Restons-en là.

Sa curiosité ? Était-ce ainsi que tout avait commencé ?

Eliza n'arrivait pas à remettre les événements dans l'ordre. Il était tombé malade, puis il l'avait embrassée, et elle l'avait embrassé à son tour... Finalement, c'était elle qui avait tiré les ficelles. Et maintenant, ils étaient empêtrés dans cet imbroglio.

— C'est la meilleure chose à faire, reprit-il après un silence. Votre place n'est pas ici.

Eliza ravala ses protestations. Il avait raison. Elle n'était même pas une vraie gouvernante, bien qu'elle sût s'y prendre avec les enfants difficiles. Avant que maître Hurst ne l'engage, le petit Jonathan en avait fait voir de toutes les couleurs à ses nurses. Eliza avait su canaliser son énergie, et nul doute que sa nouvelle gouvernante devait lui en être reconnaissante. Et, pas plus tard que la semaine précédente, elle avait reçu une lettre très chaleureuse de Pénélope, la grande sœur de Jonathan.

C'était juste avant qu'elle ne vienne à Lindsey Street et ne perde la tête.

— Êtes-vous... en train de me dire... que vous me chassez ? balbutia-t-elle.

— Je ne tyrannise pas les gens comme ça, je ne suis pas Alec. C'est un conseil. Plusieurs journaux ont publié votre nom. Et je ne fais pas confiance à Mlle Scully, même si Calamité s'efforce de la réduire au silence par tous les moyens nécessaires – je le lui ai demandé tout à l'heure. Après tout, il aime se rendre utile et ne sait pas quoi faire de son argent. Mais les choses peuvent se corser. Phil Cross s'est échappé de prison. Je ne pense pas qu'il viendra me chercher des noises, mais son intelligence n'est pas aussi affûtée que la lame de son couteau. Jeu dc mots. Ah ah.

Eliza baissa les yeux sur la cuisse de Nicholas. Le coup était passé tout près de sa virilité, qu'elle avait entrevue l'autre matin, quand il dormait nu...

Mais elle s'égarait.

— Êtes-vous en danger ? s'enquit-elle.

— La pire menace qui pèse sur moi... c'est vous ! Je vous suis très reconnaissant d'avoir tenu la maison lorsque nous étions tous malades, mais tout est rentré dans l'ordre maintenant. Vous allez nous manquer, évidemment, cependant il vaut mieux que vous retourniez à l'agence. Je vous donnerai une gratification conséquente pour votre peine, n'ayez crainte.

La pensée qu'il puisse lui donner de l'argent la hérissa. Pourtant, il fallait bien qu'elle gagne sa vie. Sa mère dépendait de son salaire.

Sa mère. Eliza ne l'avait pas revue depuis son arrivée à Lindsey Street. Elles n'avaient eu que de brèves conversations téléphoniques.

Soudain, Eliza eut très envie de rentrer chez elle.

Mais pas pour de bon. Elle ne comptait pas laisser Nicholas en plan, quoi qu'il dise.

— Je vais y réfléchir, acquiesça-t-elle. Et puisque vous me dites que je ne suis pas si indispensable, pouvez-vous m'accorder quelques heures ? Je m'inquiète pour ma mère, j'aimerais passer la voir.

— Bien sûr ! J'aurais dû vous le proposer. Mais pourquoi ne voulez-vous pas partir, tout simplement ?

— Je vais d'abord en discuter avec ma mère.

Elle entendait déjà les arguments de cette dernière : elle devait suivre son cœur, vivre l'instant présent sans se soucier d'elle. Jusqu'à maintenant, Eliza avait été bien incapable d'un tel égoïsme. Elle aimait sa mère et se sentait responsable d'elle. Elle avait le sens du devoir chevillé au corps, sinon elle aurait démissionné sur-le-champ quand le petit Jonathan lui avait renversé ces papillons morts sur la tête.

Eliza finissait toujours ce qu'elle avait entrepris. Elle aimait tenir des comptes, analyser des bilans et aller jusqu'au mot « fin » quand elle commençait un livre.

La vie n'était peut-être pas logique, mais on pouvait toujours essayer de la plier à sa volonté, pas vrai ?

Les sentiments qu'elle éprouvait pour Nicholas Raeburn n'avaient rien de logique. Il chamboulait ses raisonnements et ses principes comme personne auparavant, pas même maître Hurst pour qui elle avait eu le béguin. Eliza commençait à comprendre qu'elle avait mis le juriste sur un piédestal. Jamais elle n'avait rêvé de se retrouver nue dans ses bras…

Mais voilà que son esprit l'entraînait encore dans de dangereuses directions.

Sa mère était une femme intuitive. Elle allait lui jeter un regard et publier les bans. Mais Eliza ne souhaitait pas épouser Nicholas Raeburn. Il ferait un mari épouvantable. Imprévisible. Prêt à toutes les frasques.

Pourtant… Oh, se réveiller chaque matin blottie contre ce long corps tiède…

« Eliza, cesse de rêvasser », s'ordonna-t-elle.

Le trou dans la terre, au bout de la chaussure de Nicholas, était maintenant assez profond. S'il avait eu un valet, celui-ci l'aurait sûrement grondé. Un gentleman ne traitait pas ses bottes comme ça. Et ses habits étaient tout chiffonnés. L'humidité ambiante faisait frisotter ses cheveux, et sa cravate était de guingois. Sous ses gants, ses mains étaient tachées de peinture à l'huile ; ces longues mains habiles qui l'avaient caressée ce matin-là…

Elle soupira.

— Comment comptez-vous échapper aux vampires qui campent dans la rue ? demanda-t-il.

À contrecœur, Eliza enleva le joli chapeau.

— Attendez-moi. Je rentre chercher mon manteau, mon porte-monnaie et mon vieux chapeau, et je reviens. Vous m'aiderez à passer par-dessus le mur, d'accord ?

25

L'appartement sentait les pommes, ce qui était normal puisqu'une grande jatte bleue posée sur la table de la cuisine en était pleine et qu'une tarte cuisait dans le four.

Les joues toutes roses, Mme Lawrence s'agitait devant ses fourneaux – autant que le lui permettaient ses genoux arthritiques. Elle préparait du thé pour Eliza, mais elle-même n'en boirait pas.

— Je préfère attendre la visite du docteur Samuelson, dit-elle à sa fille.

Eliza s'alarma aussitôt.

— Il t'a demandé de garder le lit ? Je suis capable de me préparer une tasse de thé toute seule, tu sais.

La boulangerie au coin de la rue aurait aussi pu les livrer, si Mme Lawrence l'avait appelée.

— Non, non, ma chérie. Ce n'est pas une visite professionnelle.

La mère d'Eliza essuya ses mains enflées sur son tablier à carreaux, avant de s'asseoir péniblement sur une chaise au dossier ajouré, tel un ange blond qu'on aurait saupoudré de farine. En dépit de la maladie, c'était encore une jolie femme.

— Que veux-tu dire ?

— Exactement ce que tu penses, répondit sa mère avec un regard entendu. Autant te le dire maintenant, le docteur Samuelson et moi sommes devenus bons amis. De très bons amis, même. Il a pris l'habitude de passer me voir le soir, après ses visites. Il reste pour le thé, et parfois nous dînons ensemble.

Vraiment ? Pourtant, quand Eliza avait quitté la résidence Hurst pour revenir habiter ici, pas une fois elle n'avait trouvé le docteur Samuelson en tête à tête avec sa mère.

— Tu veux dire… qu'il te fait la cour ?

Même si le médecin portait beau pour son âge, il avait quand même une bonne vingtaine d'années de plus que sa mère. Et… il avait d'énormes sourcils broussailleux.

— Cela te chagrinerait-il ? Marcus est veuf. Son fils et ses petits-enfants sont partis vivre à Boston, de l'autre côté de l'Atlantique. Il se sent seul, comme moi. Quand tu es partie travailler chez cet avocat, il m'a tenu compagnie. À ton retour, nous avons jugé plus correct de rester discrets. Nous ne voulions pas te choquer.

Eliza se rendit compte qu'elle avait la bouche grande ouverte. Sa mère était en train de lui avouer qu'elle entretenait une relation amoureuse avec ce bon vieux docteur Samuelson ! Pas étonnant qu'il se soit montré si zélé auprès des patients de Lindsey Street. Il voulait faire bonne impression à Eliza.

Et dire qu'elle lui avait demandé de veiller sur sa mère. Il avait dû bien rire intérieurement !

— Maman !

Les joues de sa mère s'empourprèrent.

— Ne me juge pas, Eliza. Je sais que j'ai failli à mes devoirs de mère. Ces derniers temps, c'est toi qui as pris soin de moi et non l'inverse. Même du vivant de ton père, tu t'occupais de la maison – remarquablement bien, d'ailleurs. Bien mieux que je ne l'aurais fait si j'avais été plus vaillante. Personne ne sait tenir un budget comme toi. Mais si j'épouse Marcus, tu seras libre de mener ta propre vie. Ton horizon s'élargira. Tu pourras sortir, voyager un peu. Tu as apprécié l'Écosse l'été dernier, non ? Et nous pourrons te verser une petite pension. Tu ne seras plus obligée de travailler. Marcus a les moyens. Non pas grâce à sa pratique médicale, mais parce qu'il a fait des placements financiers judicieux.

Contrairement au père d'Eliza, donc. Mais, bien sûr, le malheureux n'avait pas prévu de mourir brusquement à l'âge de quarante-deux ans.

— J'adore mon travail, objecta Eliza, sans trop savoir de quel poste elle parlait.

— Je le sais bien, chérie. Tu es une jeune femme moderne. Mais si ton pauvre père était encore en vie, il serait peiné de voir que tu es obligée de gagner un salaire. Tu n'aimerais pas profiter un peu de la vie et t'en remettre à quelqu'un d'autre, pour une fois ?

Non, Eliza ne voulait dépendre de personne. Tôt ou tard, on était déçu par les gens à qui l'on faisait confiance.

L'esprit occupé par cette nouvelle inattendue, elle en oubliait de boire son thé.

— Le docteur Samuelson t'a vraiment demandé de l'épouser ?

— Oui, au printemps dernier. Je voulais rester fidèle à la mémoire de ton père, mais Marcus m'a rappelé qu'il avait connu un premier amour, lui aussi, et que chacun a un passé qu'il ne peut effacer. La semaine dernière, je lui ai annoncé que j'avais changé d'avis. À nos âges, ce serait ridicule d'atermoyer plus longtemps.

— Tu n'es pas si vieille !

— Non, sans doute. Mais Marcus n'est plus de la première jeunesse, lui. Il fait attention à sa santé – je ne pense pas qu'il mangera plus de quelques miettes de ma tarte –, mais il a atteint soixante ans. Il a l'intention de bientôt prendre sa retraite et il cherche à acheter une maison dans les Cotswolds.

Eliza imagina sa mère dans un petit manoir pimpant entouré d'un joli jardin et plein de domestiques diligents.

— Tu y auras ta chambre, bien sûr, poursuivit sa mère. Nous ne sommes pas des égoïstes ingrats. Tu comptes plus que tout à mes yeux.

— Ne dis pas de bêtises, maman. Je suis adulte, j'ai vingt-quatre ans. Je suis même en passe de devenir vieille fille. Je suis capable de vivre seule à Londres, ou bien je peux partager un logement avec une autre fille.

Cette perspective ne soulevait pourtant pas son enthousiasme. Elle imaginait déjà les bas de laine alignés sur le séchoir, les tasses et assiettes dépareillées, les tentures fanées, les boîtes de conserve. Un chat, peut-être ? Eliza n'avait rien contre les animaux de compagnie, elle avait même envisagé de prendre un chaton. Sunny adorerait voir une boule de poils se nicher contre son vieil ours en peluche. Il faudrait qu'elle souffle l'idée à Nicholas...

Mme Lawrence pinça les lèvres.

— Je préférerais que tu trouves un bon mari.

— Je ne veux pas d'un homme dans ma vie, mentit Eliza.

— Bon, si tu le dis. En tout cas, avons-nous ta bénédiction ? Marcus est un peu inquiet. À dire vrai, tu l'intimides.

Le docteur Samuelson avait peur d'elle ? Première nouvelle. Mais comment Eliza aurait-elle pu faire obstacle au bonheur de sa mère ?

— Bien sûr que vous avez ma bénédiction, maman.

Elle s'efforça de sourire. Elle était heureuse pour sa mère. Oui, vraiment, elle était heureuse.

Sa mère lui tapota le poignet.

— Quel soulagement ! Maintenant, parle-moi de ton employeur. Tu as un peu de temps devant toi, n'est-ce pas ? Je me suis rongé les sangs en lisant ces articles ignobles. Tu crois qu'il faut poursuivre ces gens en justice ? Ils t'ont traînée dans la boue.

— Tout cela sera vite oublié, affirma Eliza en croisant les doigts, comme quand elle était enfant, à l'époque où chaque problème avait une solution facile. Et Mme Evensong m'a assuré que je garderais mon emploi à l'agence.

— Mais ce forcené qui s'est échappé de prison ? Il vaudrait mieux que tu rentres à la maison, Eliza. Tu y serais plus en sécurité.

— Nicholas n'est pas inquiet.

— Nicholas ?

— Je veux dire... M. Raeburn. Il est plutôt... décontracté et m'a demandé de l'appeler par son prénom. Il adore sa fille, et pour le moment, nous n'avons trouvé personne pour me remplacer.

Et cela ne risquait pas d'arriver si Mlle Scully parlait aux journalistes. Or, elle en avait de belles à raconter. Ce portrait choquant... Eliza évanouie sur le canapé... Nicholas à moitié nu dans son atelier.

— Je fais confiance à ton jugement, Eliza. Tu as toujours eu la tête sur les épaules. Mais cet homme a si mauvaise réputation... La famille Raeburn va de scandale en scandale. On parle de morts inexpliquées, de cocottes et de modèles nus... Pendant des années, les journaux ont glosé sur la vie dissolue que menait le baron à Londres.

Lord Raeburn ne fréquentait plus les actrices. Cette époque de sa vie était révolue depuis qu'il était tombé fou amoureux de Mary.

— Ce ne sont que des ragots, maman. Les Raeburn sont des gens honorables. C'est lady Raeburn qui m'a engagée pour le compte de son beau-frère, et je lui dois beaucoup.

— Très bien, soupira sa mère. Comme tu l'as dit, tu es adulte. Je ne vais pas te dicter ta conduite.

En cet instant, Eliza ne souhaitait rien tant que se blottir sur les genoux de sa mère et lui demander justement quoi faire. Cette dernière ne lui aurait certainement pas conseillé de retourner à Lindsey Street, pour envoyer valser ses jupons et tomber dans les bras de son patron qui, dans la foulée, immortaliserait sa déchéance sur un tableau décadent.

Et lui briserait le cœur par la même occasion.

Quelques jours plus tôt, Eliza ignorait tout des affres de l'amour. Elle savait désormais que sa foucade pour maître Hurst n'avait pas vraiment touché son cœur. L'avocat s'était toujours montré distant et respectueux envers elle. Jamais il ne lui serait venu à l'idée de lui voler un baiser ou de déboutonner son chemisier.

Nicholas Raeburn, en revanche, déclenchait chez elle des réactions violentes. Il lui donnait des palpitations. Le vertige. Quand il l'embrassait, une brûlure lancinante s'éveillait dans son ventre. Elle avait envie de lui lancer un objet à la figure ou de le basculer sur le canapé, au choix.

Mais il lui avait demandé de quitter son domicile.

C'était extrêmement vexant. Elle aurait dû retourner sur-le-champ à sa machine à écrire et à son téléphone, se forcer à faire bonne figure devant les clients de l'agence et commencer à chercher un chat pour l'appartement qu'elle n'avait pas. Les tranquilles Cotswolds ne l'attiraient guère. Elle était une pure citadine.

Une citadine *célibataire*, qui n'était pas près de se marier. Un homme tel que Nicholas Raeburn, même s'il la trouvait momentanément séduisante, ne saurait se satisfaire d'une seule femme dans sa vie. Un seul modèle. Une seule muse. Il multiplierait les liaisons, comme celle qu'il avait entretenue avec la voluptueuse Barbara.

En comparaison, Eliza se sentait pâle, au propre comme au figuré. Elle n'était pas une brune mystérieuse et sophistiquée. Elle ne savait pas flirter et, avec son fameux bon sens, était ennuyeuse comme la pluie. Raisonnable. Sensée.

Sauf quand Nicholas la touchait.

La main de sa mère se posa sur la sienne.

— Qu'y a-t-il, chérie ? Tu es bien silencieuse, tout à coup. La nouvelle de mon prochain mariage te contrarie ?

— Oh non, maman ! Je suis heureuse pour toi, sincèrement. Le docteur Samuelson est quelqu'un de bien. Je l'ai toujours apprécié.

— Il n'essaiera pas de prendre la place de ton père, si c'est cela qui t'inquiète.

En cet instant, Eliza aurait eu bien besoin d'un père aimant et avisé, qui l'aurait sermonnée et lui aurait enjoint de garder les pieds sur terre.

Mais il était déjà trop tard.

La tarte fut sortie du four. Eliza s'attarda le temps qu'elle refroidisse et en mangea une bonne part, en dépit de son manque d'appétit. Puis il fut l'heure de rentrer. Mme Quinn allait avoir besoin qu'elle soit là pour Sunny, afin de pouvoir préparer le dîner sans avoir la fillette dans les jambes.

Elle regarda sa montre.

— Il faut que j'y aille, maman. Salue le docteur Samuelson de ma part.

— Je n'y manquerai pas. J'espère que tout va bientôt rentrer dans l'ordre. Préviens-moi quand tu seras prête à revenir à la maison.

Assurément, Eliza ne comptait pas revenir sans se faire annoncer. Elle n'avait aucune envie de tomber sur le docteur Samuelson et sa mère enlacés dans le salon… ou, pire, sur le canapé.

Elle n'en revenait toujours pas : sa mère s'était éprise d'un homme assez vieux pour être son père !

Elle aurait dû se réjouir de la savoir entre de bonnes mains, mais elle n'y parvenait pas. Trop d'émotions l'assaillaient, et elle avait l'estomac lourd après avoir mangé cette tarte dont elle n'avait pas vraiment envie.

Elle prit l'omnibus en se demandant ce qu'il allait advenir d'elle. Mais qui pouvait prévoir l'avenir, de toute façon ? L'omnibus allait peut-être se renverser, et alors elle regretterait de ne pas avoir mis son beau chapeau neuf pour rendre le dernier soupir.

Elle n'avait jamais rien possédé d'aussi charmant, ni d'aussi cher. C'était peut-être sir Thomas qui l'avait choisi, mais il s'était plié aux consignes de Nicholas. Il était trop joli pour rester dans son carton, mais elle n'avait pas voulu éveiller les soupçons de sa mère en le portant. Celle-ci lui aurait fatalement posé des questions, et elle n'aurait pas trouvé correct que sa fille ait accepté ce cadeau.

Et si elle avait su à quelles autres fredaines Eliza s'était livrée, elle aurait eu une attaque !

Eliza descendit de l'omnibus à Kensington High Street, pleine d'appréhension à l'idée de se retrouver confrontée aux reporters qui l'attendaient forcément quelques pâtés de maisons plus loin. Il n'y avait pourtant aucun moyen d'y échapper. Elle ne se sentait pas de taille à escalader le mur sans l'aide de Nicholas.

Lorsqu'elle avait été prête à partir, il lui avait encerclé la taille de ses mains fermes et l'avait soulevée comme si elle ne pesait pas plus lourd qu'une plume. Puis il lui avait adressé un clin d'œil alors qu'elle rabattait promptement ses jupes sur ses mollets. Et, tandis qu'elle s'éloignait dans la venelle qui communiquait avec la rue parallèle, elle avait entendu son rire mélancolique.

Encore une aventure.

Elle tourna dans Lindsey Street et se força à avancer, la tête haute en dépit des bourrasques de vent qui malmenaient son chapeau ordinaire.

Elle n'avait même pas songé à emporter une clé de la maison. Il lui faudrait cogner à la vitre de la cuisine comme un démarcheur impatient, en espérant que Mme Quinn la reconnaîtrait et viendrait lui ouvrir.

Levant les yeux, elle aperçut deux silhouettes masculines sous le réverbère, devant la maison. Sa gorge se noua. Elle remarqua également une Pegasus flambant neuve garée un peu avant. Encore des journalistes ? Deux, ce n'était pas beaucoup. Ils étaient au moins une vingtaine quand elle était sortie parlementer avec eux l'autre jour.

Comme elle avait été stupide de croire qu'elle pourrait les raisonner ! En réalité, elle n'avait fait qu'aggraver les choses. Cela ne lui ressemblait pas de commettre de telles erreurs de jugement. Mais, dernièrement, elle n'était plus elle-même.

Vivement que tout redevienne normal dans sa vie. En attendant...

Comme elle arrivait à la hauteur de la Pegasus, elle baissa la tête, rentrant le menton dans sa poitrine, dans l'espoir que son chapeau à large bord dissimulerait son visage.

À chaque pas, elle se sentait rétrécir, telle Alice après avoir bu une gorgée de potion. L'image comique de Sunny, les mains plaquées sur les yeux, lui revint en mémoire. Hélas, ce n'était pas parce qu'elle ne pouvait plus voir les journalistes qu'eux ne la verraient pas...

Elle sursauta quand une main d'acier se referma sur son bras.

Elle n'eut pas le temps de crier : une autre main – gantée – la bâillonna, et elle fut précipitée dans la Pegasus avant de pouvoir dire ouf.

Les deux journalistes qui faisaient les cent pas une vingtaine de mètres plus loin ne s'en rendirent même pas compte.

26

Il la poussa sur la banquette avant de s'aplatir sur elle.

Elle lui flanqua un grand coup de coude dans l'estomac. Dès qu'il eut repris à peu près son souffle, Nick ahana :

— Désolé de vous avoir fait peur. Tout va bien, ne vous inquiétez pas. Démarre, Cala. Et vous, Eliza, baissez la tête. Il ne faut pas qu'ils nous reconnaissent.

Il crut l'entendre crier : « Mais que se passe-t-il ? », mais comme elle avait le visage écrasé contre le coussin de cuir, il se trompait peut-être. Il avait beau s'excuser et tenter de la calmer, il avait l'impression de se battre avec un hérisson.

Eliza n'avait pas l'intention de se laisser faire et, à l'instant, avait bien failli l'émasculer. Si jamais elle changeait d'avis et quittait l'agence Evensong, elle avait de l'avenir en tant que contorsionniste.

— J'ai demandé à Mme Quinn d'emmener Sunny. Sa sœur habite Islington. Sue les a accompagnées. Personne n'ira les dénicher là-bas, elles seront en sécurité.

Mais elle n'avait pas l'air de vouloir écouter ses explications.

— La voie est libre ? demanda-t-il à Calamité.

— Bon sang, on dirait un espion, comme dans ces bouquins à suspense que tu lisais au pensionnat, répliqua son ami derrière le volant. On jurerait que tu as fait ça toute ta vie !

— Non, pas vraiment, grommela Nick, avant de demander : Pouvons-nous nous asseoir, maintenant ?

— Vous pouvez, mais il ne vaudrait mieux pas. L'un de ces types est en train de nous courir après. Avec cette maudite circulation… je ne suis pas sûr de réussir à le semer.

— Essaie, je t'en prie. Il ne manquerait plus que… Aïe !

Il venait de recevoir un autre coup de coude dans le ventre. Plus bas, cette fois.

— Lâchez-moi, espèce de brute ! cria le hérisson, d'une voix aussi aiguë que ses coudes.

Cette fois, il l'avait parfaitement comprise. À contrecœur, il roula sur le côté.

— Écoutez-moi, Eliza, j'ai une excellente raison pour vous avoir malmenée de la sorte…

Son chapeau était tombé dans la bagarre, et sa somptueuse chevelure blonde dégringolait sur ses épaules. Elle se débattit avec les plis de son manteau gris, s'assit, puis poussa un cri perçant.

Nick tourna la tête et découvrit le visage d'un inconnu pressé contre la vitre.

— Bon sang, Cala, fonce !

Calamité accéléra brusquement, et Eliza fut projetée en arrière. Le journaliste tapa contre la vitre au moment où la Pegasus se faufilait entre deux voitures de livraison à cheval, puis finit par renoncer.

Nick jeta un coup d'œil par la vitre arrière, sans parvenir à le repérer.

— Vous m'avez dit que Phil Cross ne représentait pas une menace ! s'exclama Eliza.

— Ce n'est pas Phil Cross qui m'inquiète, mais Daniel Preble. Vous vous rappelez ces caisses que vous avez expédiées à Paris ? Eh bien, il les a reçues. Et cette lettre, aussi. Pendant que vous étiez sortie, on m'a apporté un télégramme de sa part.

— Je n'y comprends rien. Veut-il reprendre sa maison ?

— Pire, même si j'imagine qu'il exigera sans doute que je la lui rende. Il veut Sunny. Enfin, pas elle, mais son argent.

Eliza le regarda avec des yeux ronds, comme s'il venait de lui pousser une deuxième tête. Une seule lui suffisait amplement pour l'instant – il avait une de ces migraines !

— Il pense que Sunny est sa fille, expliqua-t-il encore avec toute la patience possible. C'est ce que laisse entendre la lettre de Barbara. Mais je n'en crois pas un mot.

Comment aurait-il pu le croire ? Sunny était *sa* fille, même s'il n'avait pas la certitude d'être son géniteur. Il l'élevait depuis l'époque où elle portait des couches et faisait des cauchemars chaque nuit parce qu'elle venait de perdre sa mère.

Nick avait organisé toute sa vie autour de la petite fille. Enfin, presque. Il y avait bien eu quelques incartades depuis qu'il était père, mais rien à voir avec la vie débridée qu'il menait auparavant.

Alors, il n'était pas question que Daniel la récupère dans l'unique but de mettre la main sur son argent. Qu'il aille plutôt rôtir en enfer !

Un type comme Daniel ne serait jamais capable de s'occuper d'une petite fille. Il la confierait à ses domestiques et retournerait à sa peinture.

Ô Seigneur… N'était-ce pas exactement ce qu'il faisait lui-même ?

— Cala, nous devons aller à Islington.

— Quoi ? Nick, tu t'affoles pour rien. Mon valet est avec elles, et Jock est un sacré costaud. Je t'assure qu'il ne leur arrivera rien. Non, pas question. Nous allons chez moi, comme prévu, pour dresser un plan de bataille. Je vais demander à mon homme de loi de venir, il nous dira quoi faire.

Il fallait espérer que Calamité avait raison. Nick n'arrivait plus à réfléchir, avec cette maudite migraine. Il n'était pas impossible qu'un journaliste ait suivi Mme Quinn et Sue jusqu'à Islington. Sunny avait trouvé très drôle de se cacher dans le grand panier en osier que Jock avait ensuite transporté dans le véhicule prêté par Calamité. Mme Quinn et Sue avaient suivi, leurs bagages à la main. Elles avaient annoncé aux journalistes que la maison allait être fermée et qu'ils perdaient leur temps à camper devant. Mais quelques-uns, plus têtus que les autres, rôdaient encore dans le coin.

Nick s'était échappé en escaladant le mur du jardin et avait déchiré son pantalon dans l'affaire. Il avait ensuite retrouvé Calamité qui l'attendait dans la Pegasus quelques pâtés de maisons plus loin, puis ils avaient patienté jusqu'au retour d'Eliza.

Il n'avait pas eu d'autre choix que de la kidnapper pour l'empêcher de retourner dans la maison déserte. Les chacals les plus obstinés lui auraient sauté dessus.

Il lui jeta un coup d'œil. Elle était encore en train de se mordiller la lèvre.

— Est-ce possible ? Preble pourrait être le père de Sunny ? chuchota-t-elle, comme si elle craignait que Calamité ne l'entende, alors qu'il était déjà au courant de tout.

— Tout est possible.

Nick ferma les yeux en s'efforçant de se rappeler ce que Barbara lui avait dit.

Lui et Daniel se partageaient ses faveurs à l'époque, ce n'était un secret pour personne. Se sachant malade, Barbara avait désespérément cherché quelqu'un à qui confier l'enfant, et Nick avait été le premier à répondre.

Néanmoins, elle avait également écrit à Daniel, sans jamais recevoir de réponse.

C'était Nick qui avait appris l'anglais à Sunny, dont la langue maternelle était l'italien. C'était lui qui lui avait appris à compter jusqu'à cent et à dessiner un chat identifiable comme tel, quand elle avait commencé à maîtriser les cercles et les triangles. Il lui avait promis de passer Noël en Écosse, l'avait prévenue qu'ils risquaient de rester coincés là-bas jusqu'au printemps, quand la neige fondrait enfin.

La fillette avait applaudi en criant :

— Des bonshommes et des bonnes femmes de neige !

Elle n'avait jamais vu la neige.

Daniel Preble ne perdrait jamais son temps à distraire une petite fille de cinq ans.

Il ne saurait que la débaucher, éventuellement. Au fil des ans, Nick avait eu vent de certaines rumeurs, qu'il avait ignorées. Mais que savait-il vraiment de Daniel, sinon que celui-ci organisait des fêtes somptueuses et avait plus d'entregent que n'importe qui de sa connaissance ?

À l'époque où il n'était encore qu'un jeune Écossais mal dégrossi, Daniel l'avait pris sous son aile. Nick avait été ébloui. Il arrivait des Highlands et goûtait à la liberté depuis peu, ainsi qu'à bien d'autres choses qui lui avaient été jusqu'alors interdites.

— Maintenant que Barbara est morte, il n'y a aucun moyen de savoir, soupira-t-il. Et même à l'époque…

Eliza rougit. Eh oui, la belle Italienne aux mœurs libérées avait eu un grand nombre d'amants. Nick était bien placé pour le savoir. Mais ces temps de dissipation étaient révolus. Il avait mûri et se consacrait désormais à son art.

Et il était père d'une petite fille. Du moins l'espérait-il. Mais ce n'était pas le sang qui comptait le plus, n'est-ce pas ?

— J'ignore ce qu'elle disait à Daniel dans cette lettre. Vous n'avez pas voulu que je l'ouvre.

— Vous étiez malade. Les émotions fortes ne me semblaient pas indiquées. De plus, cette missive ne vous était pas adressée.

— Toujours vos beaux principes ! Je vous garantis que je l'aurais déchirée en mille morceaux, ou mangée peut-être, si cela avait pu nous éviter ces désagréments. Bien, maintenant, dites-nous où nous devons vous déposer.

— Me... déposer ? bredouilla-t-elle, les yeux écarquillés.

— Vous n'allez pas m'accompagner chez Calamité. Au domicile d'un célibataire.

— Hum. Pardonnez-moi, mais je vis chez vous depuis une semaine. Je suppose que vous n'avez pas pensé à prendre mes affaires... et mon chapeau neuf ?

En dépit de la situation, Nick ne put s'empêcher de sourire.

— Vous aimez ce chapeau, hein ? Non, vous avez raison, dans ma hâte, je n'y ai pas pensé. Mais dès que je pourrai rentrer à Lindsey Street, je vous le ferai parvenir.

— Je... je ne peux pas rentrer chez moi maintenant, objecta-t-elle d'un air têtu.

— Non ? Vous êtes-vous disputée avec votre mère ? Cela m'arrivait tout le temps avec la mienne, mais nous nous réconciliions tous les quarts d'heure.

La mère de Nick avait un tempérament volcanique, mais ses colères étaient tel un orage d'été : le soleil revenait dans la foulée, avec parfois un arc-en-ciel.

Eliza ramena ses cheveux en arrière et se mit en quête des épingles égarées dans ses boucles folles.

— Non, ce n'est pas cela. Ma mère et moi, nous ne nous disputons jamais. C'est juste qu'elle est très occupée en ce moment et que ma présence lui compliquerait la vie.

Elle remit son affreux chapeau, et Nick regretta doublement d'avoir oublié l'autre.

— Comment peut-elle être trop occupée pour se soucier de vous ? J'ai du mal à comprendre.

— C'est pourtant vrai. Par ailleurs, je suis en mesure de vous aider. Mon ancien patron, maître Richard Hurst, est un juriste hors pair.

Nick hésita, en proie à un dilemme. Il avait besoin de toute l'aide possible, en effet, mais après ce que lui avait confié Eliza, il se méfiait de Hurst. Il avait la nette impression que celui-ci avait été plus qu'un simple employeur pour elle.

— Nous verrons. Cala a raison, je m'affole peut-être pour rien. Il est possible que Daniel n'espère qu'une bonne somme d'argent en guise de consolation. Je ne l'imagine vraiment pas s'embarrassant d'une fillette de cinq ans qui le briderait dans ses plaisirs. C'est un type qui vit au jour le jour.

— Vous le décrivez comme… quelqu'un de bestial.

— Ce n'est pas très loin de la vérité, admit-il. Et je regrette d'avoir mis tant de temps à m'en apercevoir.

Prenant sa main gantée dans la sienne, il ajouta :

— Vous ne pouvez pas non plus rejoindre Mme Quinn à Islington, l'appartement de sa sœur est tout petit. Sachant que le valet de Cala est parti là-bas lui aussi, vous ne seriez pas vraiment à l'aise.

— Puis-je au moins rendre visite à Sunny ?

— Il ne vaut mieux pas. Quelqu'un pourrait vous suivre. Dès que les journalistes sauront que je me suis réfugié chez Calamité, Daniel ne sera pas long à apprendre la nouvelle. La vérité, c'est que je ne sais pas quoi faire de vous, Eliza.

C'est-à-dire, il avait plusieurs scénarios en tête, mais aucun qui soit réalisable sous le toit de son ami et auquel Eliza aurait accepté de participer.

— Ne m'avez-vous pas dit que votre ami habitait une demeure immense ?

— C'est exact, confirma Calamité. Il y a toute la place nécessaire. Vous pourrez vous installer dans la chambre de feu ma mère, si vous voulez.

— Bon sang, Cala, tu ne m'aides pas ! Et ta solution est un peu sinistre.

— Tranquillise-toi, la dépouille de ma mère ne repose pas là-bas. Elle est décédée depuis des années, et je n'ai encore jamais vu de fantôme ou de gobelin dans les parages.

— Contente-toi de conduire, s'il te plaît.

Nick voulait Eliza pour lui seul.

Cela se révéla impossible. Son camarade était trop bavard, et sa gouvernante trop polie pour ne pas lui répondre. Durant le reste du trajet, tous deux discutèrent amicalement. Calamité tournait la tête en souriant, bien trop souvent au goût de Nick. À cette heure, la circulation était dense, les Londoniens se pressaient de rentrer chez eux pour l'heure du thé, et il n'aurait plus manqué qu'ils aient un accident.

La presse ne tarderait pas à apprendre que Nick résidait désormais à Featherstone House. Calamité l'avait défendu au tribunal et devant les journalistes. Mais, au bout du compte, Nick serait bien obligé de rentrer chez lui et d'affronter Daniel.

Entre-temps, il devait élaborer une stratégie.

Il redoutait que le nom de Sunny ne soit mentionné dans les journaux. Sa fille était déjà considérée comme une bâtarde, puisque Nick ne s'était jamais marié. Il n'aurait pas fallu en plus que des doutes soient émis sur sa filiation. Cela risquait d'affecter l'avenir de cette petite fille encore trop jeune pour comprendre le sens du mot « illégitime ».

Pour la énième fois, il regretta d'avoir quitté sa jolie petite villa italienne. En cet instant, il aurait pu déambuler parmi les citronniers, s'installer dans le jardin pour peindre, boire un verre de vin nouveau. Là-bas, Sunny aurait été protégée des commérages.

Pourquoi diable avait-il accepté de rentrer en Angleterre ? C'était trop tard pour aider Alec, de toute façon. Et, désormais, il avait Mary pour veiller sur lui. Quant à Evan, Nick ne l'avait pas encore revu et ne s'attendait pas à le voir débarquer à Londres. Des trois frères, c'était lui le plus enraciné en Écosse.

Avec un peu de chance, il était trop occupé par la distillerie pour lire la presse anglaise. Car, à l'image de leur mère, Evan avait un caractère de cochon. S'il perdait son sang-froid, il serait le prochain Raeburn à voir son nom paraître à la une des journaux à scandale.

— Et voilà, *home sweet home*, chantonna Calamité, qui venait de se garer devant l'écurie, derrière l'imposante demeure de ses ancêtres.

Il possédait plusieurs attelages et automobiles et payait pour leur entretien une petite armée de palefreniers et de mécaniciens.

Dès qu'ils furent descendus, un employé vint prendre le volant de la voiture pour la garer dans son box.

— C'est le jour de congé du chauffeur, expliqua Calamité. Il a bien fallu que je conduise moi-même. Comment trouvez-vous que je m'en sois tiré, chère Eliza ?

— Euh... je n'ai pas vraiment de point de comparaison. C'était la première fois que je montais dans une automobile.

— Et dans des circonstances éprouvantes, pauvre de vous. Il faudra que je vous emmène faire une promenade à la campagne. Ce sera beaucoup plus agréable.

Nick lança un regard noir à son ami. Jamais de la vie ! Si Eliza allait à la campagne, ce serait avec lui.

Ce brusque accès de jalousie le prit au dépourvu. Bon sang, il lui avait demandé de partir. Lorsqu'ils s'étaient parlé dans le jardin, ils avaient convenu que c'était la meilleure solution. Mais voilà qu'elle lui annonçait qu'il lui était impossible de rentrer chez elle. Pourquoi ? Qu'est-ce que c'était que ces histoires ?

À présent, elle était là, avec pour seul bagage les vêtements qu'elle avait sur le dos. Peut-être restait-il quelques toilettes dans les armoires de la défunte mère de Calamité. Mais, dans le souvenir de Nick, lady Featherstone était bâtie comme une figure de proue…

Il rentrerait chez lui le lendemain attendre l'arrivée de Daniel, décida-t-il. Il n'allait pas se terrer comme un couard chez son ami. Et il se battrait. Pas question qu'on lui enlève sa fille chérie.

Il avait conservé toute la correspondance échangée avec Barbara et possédait également une lettre de son *avvocato* qui le désignait officiellement comme le tuteur de Sunny. Encore fallait-il remettre la main dessus. Tout cela se trouvait dans les malles qu'il n'avait pas encore pris la peine d'ouvrir.

Et puis, ses tableaux devaient arriver bientôt, et il faudrait bien que quelqu'un soit là pour ouvrir aux livreurs.

Du moment que Sunny était en sécurité, Nick se sentait capable d'affronter toutes les épreuves que le destin jetterait sur sa route.

27

Eliza essayait de ne pas rester bouche bée, mais ce n'était pas facile. Featherstone House était aussi vaste qu'un palais, et sir Thomas y vivait seul avec des douzaines de domestiques.

Dans les salles de réception, les meubles étaient dorés à l'or fin. On y trouvait des tableaux de la taille d'un terrain de cricket et des tas de chinoiseries.

Eliza avait peur de faire un faux pas et de briser un bibelot sans prix, démontrant une fois pour toutes qu'elle n'était absolument pas digne d'évoluer dans un environnement si raffiné.

Les Raeburn étaient riches mais, en comparaison, sir Thomas Featherstone était un vrai Crésus, même si son majordome était plus snob que lui. Un homme qui tolérait qu'on l'appelle « Calamité » ne pouvait être à cheval sur l'étiquette.

Il avait beaucoup de charme avec sa petite moustache sombre et ses cheveux coupés très court, et ses vêtements étaient d'une coupe et d'une qualité irréprochables, comme il seyait à un gentleman de son rang et de sa fortune. Oliver aurait été ébloui. Et fou de jalousie. Avait-il découpé des articles de presse concernant sir Thomas ? Oui, selon toute probabilité, puisque sir Thomas était un mécène renommé que l'on invitait à toutes les réceptions importantes.

Nicholas paraissait très à son aise au milieu de toute cette splendeur, et Eliza s'efforçait de l'imiter. Elle regretta une fois de plus de ne pas porter son chapeau neuf. Mais, étant donné qu'on l'avait pratiquement kidnappée en pleine rue, elle n'avait plus qu'à faire avec... ou plutôt sans.

Le majordome compassé ne s'était même pas permis un battement de cils en les voyant arriver. Aidé de deux valets et d'une bonne, il avait servi le thé sur un grand plateau dans la bibliothèque lambrissée de chêne. Les deux messieurs avaient préféré prendre un verre de whisky – la cuvée spéciale Raeburn, bien entendu.

Eliza grignota de petits sandwichs au beurre et au cresson pour tromper sa nervosité.

Ils attendaient la visite de l'homme de loi de sir Thomas. Après mûre réflexion, Nicholas et son ami avaient décidé de ne pas faire appel à maître Hurst. Une erreur, de l'avis d'Eliza. Mais au moins ne se retrouverait-elle pas face aux deux hommes qui avaient provoqué chez elle les réactions les plus stupides qui soient.

Nicholas faisait les cent pas d'un bout à l'autre de l'immense bibliothèque. Ses cheveux auburn se dressaient en tous sens, ce qui accentuait encore son charme canaille. De son côté, sir Thomas – jamais elle n'oserait l'appeler Calamité – s'était installé dans un fauteuil en cuir, ses longues jambes étendues devant lui.

— Assieds-toi, Nicky. Tu me fatigues, à piétiner comme ça, grogna-t-il.

Il adressa un clin d'œil à Eliza et déposa son verre de whisky par-dessus une pile de livres sur l'art entassés sur un guéridon.

Nicholas s'immobilisa.

— Désolé. Je me rends compte que j'ai cédé à la panique cet après-midi. Je te remercie vraiment pour ton aide, mon vieux.

— Bah, ce n'est rien. On est amis, pas vrai ? C'est bien à cela que servent les amis. Tout comme les valets et les cochers, maintenant que j'y pense. Il me semble t'avoir mis en garde il y a longtemps contre Preble.

— Et je ne t'ai pas écouté, à ma grande honte aujourd'hui. Je ne suis qu'un crétin !

Ni Eliza ni sir Thomas ne jugèrent bon de le détromper.

— Que disait le télégramme de M. Preble ? s'enquit Eliza.

Nicholas glissa la main dans sa veste pour y pêcher un papier froissé. Puis il lut d'une voix altérée :

— « Lettre Barbara m'a ouvert les yeux. Rentre à Londres sur-le-champ discuter avenir enfant. Mieux vaut éviter mauvaise publicité après récent scandale. Nouvelle déjà traversé Manche. Pauvre Nicky. Garde-moi lit au chaud. »

— Pas étonnant que ce type ait fait faillite, remarqua sir Thomas. Qui envoie ce genre de télégramme ? Cela a dû lui coûter une fortune !

— Lettre ou pas, il ne peut pas apporter la preuve formelle qu'il est le père de Sunny, déclara Eliza. À moins que la *contessa* n'ait été strictement monogame, et d'après ce que j'ai compris… ce n'était pas vraiment le cas.

Nicholas attrapa la carafe en cristal pour se resservir un verre de whisky.

— Sunny est le portrait de sa mère. Ce sont les traits de Barbara que je vois quand je la regarde. Pas les miens ni ceux de Daniel.

— Espérons qu'en grandissant, son nez ne deviendra pas crochu comme celui de Preble, commenta sir Thomas.

Cette tentative d'humour n'arracha pas un sourire à Nicholas.

— Je ne veux pas que les journaux aient vent de cette histoire. Les choses sont assez compliquées comme ça. Mais ça ne m'étonnerait pas que Daniel essaie de me faire chanter. Il n'y aurait que moi, je m'en ficherais pas mal, mais je ne veux pas que Sunny en souffre plus tard. Les gens ont la mémoire longue.

— Nous n'en viendrons pas là, affirma sir Thomas avec confiance. Si tu n'as pas assez de liquidités en ce moment, je graisserai la patte de ce bougre pour le faire taire. Tu es mon artiste-phare, je veux que tu sois dans les meilleures conditions pour peindre. L'exposition est prévue pour le mois prochain. Tu ne dois pas être distrait par ce genre d'affaire.

— Je ne vais pas t'emprunter de l'argent, Cala.

— Pourquoi ? Tu ne serais pas le seul. Je me fais toujours avoir, tu sais. Voilà pourquoi j'ai besoin de quelqu'un de rigoureux comme Mlle Lawrence afin de tenir les cordons de ma bourse. Elle m'a l'air d'une femme qui sait dire non et n'hésite pas à le faire souvent.

Ça, c'était ce qu'il croyait. Depuis qu'elle avait rencontré Nicholas Raeburn, elle n'avait fait que dire oui.

— Je suis très honorée que vous songiez à m'offrir ce poste, sir Thomas. Mais j'ai déjà un emploi à l'agence Evensong.

— Réfléchissez quand même. Vous changerez peut-être d'avis quand ce vacarme se sera apaisé – et ce jour arrivera forcément, croyez-moi. Je pourrais peut-être engager un tueur pour régler son compte à Preble dès qu'il posera le pied sur le quai, qu'en pensez-vous ?

— Sir Thomas !

— Oh, je crois que je l'ai choquée, Nicky. Vous savez, mademoiselle, ce type ne mérite pas votre pitié. En faisant cela, je rendrais service à l'humanité.

Eliza le croyait presque capable d'un tel forfait. Sir Thomas semblait désinvolte et oisif au premier abord, mais elle percevait chez lui des zones d'ombre plus menaçantes.

— C'est bon, Cala. Tu vas effrayer Eliza. J'ai fait beaucoup de choses stupides dans ma vie, mais jamais encore je n'ai commandité de meurtre. Mon âme est suffisamment menacée par les flammes de l'enfer.

— Oh, pour l'amour du ciel, cessez de vous flageller !

Eliza n'avait pas eu l'intention de prononcer ces mots à voix haute, mais apparemment, c'était ce qu'elle avait fait.

Le silence s'installa dans la pièce. Les deux hommes la fixaient d'un regard ébahi.

Elle toussota.

— Ce que je veux dire, Nicholas... enfin, monsieur Raeburn... c'est que vous avez sans doute commis nombre d'erreurs dans votre vie, mais que vous n'êtes pas pour autant prisonnier de votre passé. Vous honorez vos promesses, vous êtes un père dévoué et vous avez toujours fait de votre mieux. Sunny est une petite fille merveilleuse. Vous avez des amis fidèles comme sir Thomas, et vous aimez vos frères. Alors, je pense que vous devriez cesser de battre votre coulpe et de croire ce qu'on raconte sur vous dans les journaux.

Autre point en sa faveur : il n'avait pas pris sa virginité, alors qu'elle la lui offrait sur un plateau.

Sir Thomas éclata soudain de rire.

— Jeu, set et match, mon vieux Nicky ! Êtes-vous sûre de ne pas vouloir me rejoindre dans l'aventure de la coopérative artistique, mademoiselle Lawrence ?

J'aurais pourtant bien besoin de quelqu'un d'aussi sensé que vous.

— J'ai déjà un travail, vous dis-je.

Eliza se demanda si elle n'avait pas poussé le bouchon un peu loin. Nicholas était à fleur de peau, ce qui était normal vu la situation. Il aimait Sunny de tout son cœur, et peut-être était-il aussi un petit peu attaché à Eliza. Il la regardait maintenant comme s'il la voyait pour la première fois et, comme une idiote, elle regretta une fois de plus de ne pas porter son beau chapeau rose.

Avant qu'elle ait pu dire une autre bêtise, Hitchborn, le majordome, annonça l'arrivée de maître Coningford, l'homme de loi.

Eliza s'occupa les mains en lui servant une tasse de thé, pendant que Nicholas lui expliquait comment il était devenu le tuteur de Sunny et les circonstances de la naissance de celle-ci.

Maître Coningford était un vieux monsieur aux manières pondérées, qui semblait avoir déjà tout vu et tout entendu de la part d'une clientèle aussi huppée qu'excentrique. Sa présence apaisante suffit à restaurer le calme dans la bibliothèque.

Lorsque Nicholas eut fini, le juriste hocha la tête et déclara :

— D'après ce que j'ai compris, ce M. Preble a surtout des prétentions financières et ne s'intéresse pas vraiment à l'enfant.

— Peut-être exigera-t-il aussi de récupérer sa maison, ajouta Nicholas.

— Et si c'est une condition à son silence, êtes-vous prêt à accéder à une telle exigence ?

— Cette maison ne représente rien pour moi. Si je dois l'abandonner pour garder Sunny, je le ferai avec plaisir. De toute façon, je me rends compte qu'elle ne me convient pas vraiment.

Eliza lui jeta un regard surpris. Elle se rappelait leur rencontre, quelques jours plus tôt. À l'époque, Nicholas paraissait enchanté de vivre dans cette demeure à la décoration foisonnante.

— Si vous trouvez un autre domicile à votre convenance, je serai heureux de vous assister sur le plan juridique pour l'acte d'achat. Il semble improbable que ce litige au sujet de la garde de votre fille nous conduise au tribunal mais, le cas échéant, je vous recommanderai un juriste qui fait merveille à la chancellerie.

— Je ne veux pas que cette affaire soit ébruitée, dit Nicholas, la mine sombre.

— Je comprends, et je ferai tout ce qui est en mon pouvoir pour vous garantir la plus grande discrétion. Laissez-moi gérer la négociation avec M. Preble. S'il reprend contact avec vous, dirigez-le vers mon cabinet.

L'homme de loi ouvrit un petit étui en argent filigrané d'où il sortit plusieurs cartes de visite professionnelles.

— Ne lui adressez pas la parole, conseilla-t-il encore. Pas un mot. Il s'en servirait contre vous. Si vous avez vraiment besoin de communiquer avec lui, passez par l'intermédiaire de Mlle Lawrence ici présente.

— Je ne vais pas me cacher derrière les jupes d'une femme ! s'écria Nicholas dans un sursaut.

Le connaissant, il y avait plus de probabilités qu'il traîne la carcasse de Daniel Preble sur la longueur du hall avant que le malheureux ait le temps d'ouvrir la bouche.

Depuis qu'il avait reçu ce télégramme, il était tendu comme un ressort, prêt à se battre pour obtenir justice. S'il n'avait pas hésité à s'interposer entre Phil Cross et Maisie, Eliza n'osait imaginer ce qu'il ferait subir à l'homme qui tentait de lui enlever son enfant.

— Maître Coningford a raison, c'est une excellente idée, approuva-t-elle.

— Je ne vous paie pas pour connaître votre avis !

Puis, honteux de sa brusquerie, Nicholas rougit.

— Pardonnez-moi, Eliza. Je suis à bout. Je dis n'importe quoi.

Sans compter qu'il ne lui avait toujours pas versé le moindre centime.

— Elle est votre employée, reprit maître Coningford, la mine grave. Tout ce qu'elle aura à faire, c'est donner ma carte à M. Preble quand il se présentera. Rien de plus. Gardez votre sang-froid, jeune homme. Vous êtes dans un état de nervosité qui vous incite à commettre des actes déraisonnables. J'ai lu la presse, vous savez, comme tout le monde. M. Preble veut tirer profit de ce scandale. Si jamais vous aviez le malheur de proférer des menaces à son encontre, il s'en servirait pour ternir davantage votre réputation. Nous devons réussir à le convaincre qu'il n'a aucun intérêt à réclamer la tutelle de votre fille.

Penaud, Nicholas acquiesça d'un hochement de tête. Il redoutait plus que tout un procès retentissant.

— Avant tout, vous devez mettre votre fille à l'abri, reprit maître Coningford. Si nécessaire, envoyez-la dans votre famille en Écosse.

— Je pense qu'elle ne court aucun danger pour le moment. Et il serait logique que Daniel aille la chercher à Raeburn Court.

— Ce n'est pas la porte à côté, et Preble est le salopard le plus feignant que je connaisse, intervint sir Thomas. Veuillez excuser mon langage, mademoiselle Lawrence.

Il lui fit un nouveau clin d'œil qui lui valut un regard torve de Nicholas.

— Avez-vous réfléchi au montant de la somme que vous êtes prêt à offrir à M. Preble ? s'enquit maître Coningford.

— Tout ce qu'il voudra ! répondit Nicholas avec un geste impatient de la main.

— Vous voyez, vous n'êtes pas raisonnable. Il vaut mieux me laisser faire. Vous êtes trop impliqué sur le plan affectif.

— Évidemment ! éructa Nicholas. Sunny est toute ma vie ! Avez-vous des enfants, maître ?

— Sept. Et je ne suis pas sûr que je renoncerais à ma maison pour deux ou trois d'entre eux. Il faut établir vos limites financières de manière réaliste. Seriez-vous prêt à graisser la patte de M. Preble *ad vitam* ?

— Ça ne devrait pas être trop long. Quelqu'un ne tardera pas à lui trancher la gorge, à ce bâtard ! remarqua sir Thomas.

— Pas moi, dit Nicholas, avant de soupirer : Oui, vous n'avez pas tort. Je suppose que si je lui propose une somme d'argent modique, il va aller la dépenser et reviendra tendre la main dans la foulée.

— Il le fera dans tous les cas de figure. Les maîtres chanteurs ne sont pas des gens très honnêtes en général, vous vous en doutez. Vous n'arriverez plus à vous débarrasser de lui, aussi devons-nous bien réfléchir à notre prochain coup. Votre ultime proposition consistera à lui rendre sa maison et à lui verser une pension. Mais nous ne serons peut-être pas obligés d'aller jusque-là.

— Je suis également prêt à payer ses créanciers, mais pour cela il devra me signer un document par lequel il renonce définitivement à tous les droits qu'il pense avoir sur ma fille. Bon sang, j'aimerais tellement savoir ce qu'il y avait dans cette lettre !

Eliza se mordit la lèvre. Tout cela était sa faute.

— Gardez-vous une marge de manœuvre, monsieur Raeburn. N'allez pas trop vite. Et laissez-moi agir.

Maître Coningford se leva et tendit la main à Nicholas, qui la serra sans enthousiasme.

— Mademoiselle Lawrence, ce fut un plaisir de faire votre connaissance. J'espère pouvoir régler rapidement cette vilaine affaire et vous permettre de retourner au plus vite auprès de votre petite protégée.

— J'attends cela avec impatience, maître !

Eliza était sincère. Ce n'était pas seulement les intérêts de Nicholas qu'elle avait à cœur, mais Sunny. Elle s'était attachée à la fillette. Oh, elle aurait tant de raisons de regretter Lindsey Street...

Et si je ne partais pas, finalement ?

Elle avait beau clamer qu'elle n'était pas gouvernante, elle savait s'y prendre avec les enfants. Elle l'avait prouvé avec le petit Jonathan, et Sunny était bien plus facile. Plus brillante aussi. En grandissant auprès d'un père tel que Nicholas Raeburn, elle deviendrait une jeune fille remarquable... si toutefois il réussissait à la garder près de lui. Il le fallait, le contraire était... inconcevable. Eliza avait hâte de donner à Daniel Preble la carte de maître Coningford et de le crucifier sur place de son regard le plus méprisant. Elle s'entraînerait dès ce soir devant la glace, se promit-elle.

Ce soir. Seigneur, mais où allait-elle échouer ? Personne ne lui avait encore dit où elle dormirait. Elle n'avait même pas de chemise de nuit, et la perspective de porter celle de la défunte lady Featherstone ne l'emballait pas vraiment.

Devait-elle rentrer chez sa mère, en définitive ? Mais la perspective de croiser le docteur Samuelson était plutôt embarrassante, même si elle l'acceptait en tant que futur beau-père, et puis... elle n'allait pas abandonner Nicholas. Il avait besoin de son aide.

En cet instant, il regardait le feu de cheminée d'un œil morne, l'air découragé.

— Je vais vous raccompagner, maître, déclara sir Thomas en se levant à son tour.

Les deux hommes quittèrent la bibliothèque, laissant Eliza et Nicholas en tête à tête.

— Voulez-vous que je vous apporte quelque chose ? Un sandwich ? Une part de gâteau ? proposa-t-elle.

Avant l'arrivée de maître Coningford, ils avaient été trop soucieux pour songer à avaler quoi que ce soit.

— Je n'ai pas faim.

Il était tout pâle. Il n'allait quand même pas retomber malade, s'alarma-t-elle.

— Vous vous sentez mal ?

— Bien sûr que oui, je me sens mal ! s'exclama-t-il. Et je n'ai pas besoin de subir un autre de vos sermons. Vous pensez peut-être que je m'apitoie sur mon sort, mais je pense à Sunny. Elle ne mérite pas ce qui est en train de lui arriver. Elle ne méritait déjà pas de perdre sa mère. Je ne vois pas comment je vais réussir à la protéger. Je n'étais pas digne de la confiance de Barbara, finalement. D'ailleurs, je n'étais peut-être pas son premier choix.

— Ne dites pas de bêtises ! Daniel Preble est un odieux personnage. Mme Quinn le déteste, alors qu'elle vous adore.

— Ah bon ? C'est vrai ?

— Elle chante vos louanges à longueur de journée.

— Pourtant, elle ne me connaît pas depuis longtemps. Et, ces derniers temps, je suis resté confiné dans ma chambre.

— En tout cas, elle connaît bien Preble, et elle n'a rien d'élogieux à dire à son propos. Elle était ravie qu'il soit contraint de fuir le pays. Apparemment, la maison était le théâtre d'activités plutôt louches.

Mme Quinn n'avait pas été explicite sur ce qu'elle reprochait à son ancien employeur, mais dans la cuisine, quelques détails sordides lui avaient échappé, des détails qui donnaient le frisson.

— Ça ne change pas grand-chose. Je suis sans doute moins débauché que Daniel, mais aucun juge sensé ne me choisirait pour élever convenablement une petite fille. Je ne sais même pas si les formalités juridiques que j'ai remplies en Italie sont valables en Angleterre.

Nicholas saisit son verre vide et se mit à en fixer le fond.

— Boire n'arrangera rien, décréta Eliza.

Une fois de plus, elle lui faisait la morale, mais elle ne pouvait pas s'en empêcher. Nicholas n'avait vraiment pas l'air bien.

Il se rebella.

— Me revoilà dans le rôle de l'ivrogne ! Le whisky n'arrangera peut-être pas mes affaires, mais il soulagera ma migraine.

Il se dirigea vers le bar à alcools et saisit la carafe pour se resservir une généreuse rasade.

— Vous êtes patraque. Vous devriez manger un morceau.

— Oui, maman.

Eliza serra le poing, oubliant qu'elle tenait un biscuit.

— Ne soyez pas méchant, Nicholas. Cela ne vous ressemble pas.

— Qu'en savez-vous ? Vous êtes comme Mme Quinn, vous ne me connaissez pas !

Cette fois, c'en était trop. Eliza lui jeta son biscuit à la figure, juste au moment où sir Thomas revenait dans la pièce.

28

— Voyons, les enfants, je ne peux pas vous laisser cinq minutes sans qu'il se passe une catastrophe ! plaisanta Calamité. C'est contrariant, car j'ai ce soir plusieurs obligations auxquelles je ne peux me dérober. Pour mes bonnes œuvres, vous comprenez. J'imagine qu'aucun de vous ne voudra m'accompagner ?

— Je n'ai pas de vêtements, objecta Eliza avec un sourire timide.

Si seulement c'était vrai, songea Nick. Le manteau informe et le large chapeau gris qu'elle portait la faisaient ressembler à une sorte d'éléphant squelettique.

Il ferma les yeux. Il ne supportait pas de la voir sourire à Calamité. D'un trait, il vida le contenu de son verre.

— Et toi, Nicky ?

— Je ne suis pas d'humeur, Cala.

Il n'aurait peut-être plus jamais envie de mettre les pieds dans une réception.

— Bon, très bien. Alors, j'irai seul collecter l'argent de tous ces oisifs. Mais, auparavant, il faut que je prenne un bain. Que je me pomponne. Et que j'avale au moins la moitié d'une bouteille de whisky, si je veux trouver un tant soit peu d'intérêt à cette soirée. J'informerai Hitchborn que la cuisinière doit préparer le dîner pour deux. Et ne me dis pas que tu n'as pas d'appétit, Nick. Si tu tords le nez devant ton repas, ma cuisinière va nous faire bouillir tous les deux dans sa marmite. Ce qui ne manquera pas d'arriver de toute façon quand elle verra que nous avons à peine touché au plateau de thé.

Calamité avala un petit sandwich avant de préciser :

— 20 heures tapantes dans la salle à manger.

Ils avaient plusieurs heures devant eux. Nick se demanda s'il allait réussir à tenir éveillé jusque-là.

Eliza se mordillait la lèvre.

— Mais... commença-t-elle, avant de s'interrompre brusquement.

— Mais ?

— Ne pourrions-nous pas plutôt nous faire monter un plateau dans nos chambres ? La journée a été longue.

— Quelle hérésie, mademoiselle Lawrence ! Et ne vous souciez plus de problèmes vestimentaires. Il y a ici des malles entières de toilettes et de falbalas qui feraient le bonheur de n'importe quelle jeune personne. Pour les modèles, vous comprenez. Bien que je ne peigne pas moi-même, je mets parfois ma maison au service du talent des artistes que je parraine. La lumière du grenier est parfaite. Nick le sait bien, puisqu'il a utilisé les lieux plus d'une fois lors de ses précédents séjours à Londres. Hélas, mon fidèle Hitchborn désapprouve ces allées et venues de jeunes modèles aux mœurs légères, et vous savez que tous les aristocrates sont terrifiés par leur majordome. D'où cette idée de coopérative. Il me faut juste trouver le local idoine, maintenant.

L'idée de Calamité était vraiment révolutionnaire, et Nick espérait bien que ce projet allait voir le jour.

Mais, au fond, il ne voulait plus qu'Eliza y participe.

Il frémit. Qui était-il pour la condamner à travailler chez Mme Evensong ? L’agence de placement était peut-être la plus réputée de Londres, mais ce n’était quand même pas une vie de passer son temps à dénicher des gouvernantes et des épouses pour les membres de l’aristocratie.

Néanmoins, Eliza semblait s’y plaire et, s’il se fiait à l’entretien qu’il avait eu avec Mme Evensong, les collègues de la jeune femme tenaient à elle. Plus vite elle retournerait là-bas, mieux ce serait.

Pour parer à toute mesure de rétorsion de la part de la cuisinière, Calamité mangea encore trois petits sandwichs et une tartelette aux fruits, avant de quitter la bibliothèque.

Nick et Eliza se retrouvèrent de nouveau seuls. Il se baissa pour ramasser le biscuit qu’il avait failli recevoir en pleine figure et le déposa dans le plat à pâtisseries.

— Vous n’êtes pas obligée de rester pour me tenir compagnie, dit-il d'une voix bourrue.

— Vous essayez de vous débarrasser de moi ?

Exactement.

— Bien sûr que non. Je me disais juste que vous seriez plus tranquille dans votre chambre.

— Je ne sais même pas où c’est.

— Calamité est en train de faire le nécessaire, j’en suis sûr.

Du moins l’espérait-il. Lui-même prendrait sa chambre habituelle, sans doute. Il n’était pas revenu souvent en Angleterre au cours des années précédentes, mais lorsque cela s’était produit, il avait toujours résidé chez son ami.

— Pourquoi lui donnez-vous toujours ce surnom idiot ?

— Quand nous étions plus jeunes, Cala était assez doué de ses mains, et il se prenait plus ou moins pour un ingénieur en construction navale. Il fabriquait des bateaux en papier très élaborés qu'il faisait flotter dans la baignoire du pensionnat. Mais, un jour, sa flotte a coulé, et tout ce papier détrempé a bouché la canalisation et causé une inondation dans le dortoir. Son père a dû signer un gros chèque pour payer les réparations, et Cala a été condamné aux douches jusqu'à ce que son père vienne le chercher. Il s'est fait renvoyer de l'école.

Par la suite, Calamité avait abandonné son hobby nautique, ce qui, de l'avis de Nick, était fort dommage. Même si Cala prétendait le contraire, il y avait en lui une fibre artistique, et il en aurait sûrement remontré aux Japonais dans le domaine de l'origami.

— C'est une anecdote de jeunesse. Après toutes ces années, ne préférerait-il pas qu'on l'appelle Thomas ?

— Je pense que si, mais les vieilles habitudes ont la vie dure.

Nick n'avait-il pas eu un mal de chien à se débarrasser des siennes quand Sunny était venue vivre avec lui ?

Son ancienne existence lui manquait parfois. Il ne s'était rien interdit, ni les femmes, ni les drogues, ni l'alcool. Il avait brûlé la chandelle par les deux bouts, sans vergogne, heureux d'échapper aux convenances écossaises étriquées et hypocrites, des règles que sa propre famille avait instaurées sans se donner la peine de les observer.

Mais, en toute honnêteté, sa soif de débauche s'était étanchée avant que Sunny n'entre dans sa vie. Les plaisirs éphémères finissaient toujours par perdre leur charme à la lumière du jour. S'éveiller face à un visage inconnu – ou, pire, familier –, cela faisait partie de son passé, désormais.

Il récupéra le biscuit-projectile dans le plat et le coupa en deux.

— Écoutez, je pense que si vous priez la cuisinière de vous servir votre dîner dans votre chambre, elle n'y verra pas d'inconvénient. Vous avez raison, la journée a été longue et rude.

Les joues de la jeune femme s'empourprèrent.

— Vous préférez rester seul ? Je ne pense pas que ce soit une bonne idée.

— Pourquoi ? Vous estimez être mon seul rempart contre le désespoir ?

— Oui, acquiesça-t-elle simplement.

Il ricana.

— Vous vous flattez et vous me sous-estimez. Ne vous inquiétez pas, je ne vais pas me défenestrer. Pas chez Cala… enfin, Thomas. Ce litige autour de la tutelle de Sunny sera bientôt résolu, et ensuite je quitterai Londres.

— Vraiment ?

— Je n'avais guère envie d'y venir, en premier lieu, et depuis mon arrivée, les catastrophes s'enchaînent.

Hormis notre rencontre extraordinaire. Mais il n'allait pas lui dire ça. Il devait prendre du recul. La maintenir à distance.

Pourtant, il mourait d'envie de la serrer dans ses bras et de l'étouffer de baisers. D'arracher ses vêtements. Elle avait l'air si sérieuse, si préoccupée.

Elle était adorable, même dans son affreuse tenue de gouvernante.

— Où comptez-vous aller ?

Il coupa en deux sa moitié de biscuit. Ça lui faisait deux quarts. Les mathématiques aidaient à tuer le temps.

— J'ai promis à Sunny que nous passerions Noël en Écosse, avec ses oncles. Et ensuite… qui sait ? Il est temps de changer de vie.

Et, si tout se passait selon ses vœux, Sunny serait à ses côtés dans cette nouvelle existence.

— Noël est-il particulièrement célébré dans votre famille ?

— Je n'en sais rien. C'était le cas avant que mes parents se séparent. Non, ils n'ont pas divorcé, cela aurait été trop sensé, précisa-t-il en voyant l'expression horrifiée qui se peignait sur ses traits. Ils ont vécu chacun de leur côté, et ils sont morts à quelques jours d'intervalle. Ce fut très étrange.

La mère de Nick avait à peine plus de quarante ans lors de son décès. La diphtérie tuait à tout âge. Son père participait alors à une partie de campagne. Il s'était fait désarçonner par son cheval préféré trois jours plus tard et n'avait jamais su que son épouse l'avait précédé dans la tombe. Il menait une vie de patachon, et ses fils n'avaient pas su où le joindre pour lui annoncer la triste nouvelle.

Aujourd'hui, ses parents étaient enterrés dans le caveau familial, et nul doute que, six pieds sous terre, ils continuaient à se chamailler allègrement.

— Comme c'est triste, murmura Eliza.

— Depuis le temps, j'ai fait mon deuil. Tout cela s'est passé il y a plus de dix ans. Et quand Alec s'est mis en tête de remplacer et notre père et notre mère… j'ai pris la poudre d'escampette.

Nick comprenait maintenant cette volonté farouche de protéger les siens qu'avait éprouvée son frère. Il ressentait la même chose envers Sunny. Mais, à l'époque, il en avait par-dessus la tête d'être toujours considéré comme le petit dernier, alors qu'il était aussi grand que ses aînés et qu'il brûlait de mener sa vie à sa guise. Il avait donc voyagé et vécu comme il l'entendait, découvert un univers dont il ne soupçonnait pas l'existence. Et qu'en avait-il retiré ?

Il sentait bien qu'Eliza compatissait. Elle avait grandi dans une famille stable, auprès de parents qui s'aimaient. Elle aurait été épouvantée d'apprendre dans quelles profondeurs nauséabondes il avait sombré en quittant son foyer.

— Ma mère va se remarier, déclara-t-elle soudain, comme si les mots jaillissaient de sa gorge contre sa volonté.

— Vraiment ? Et qui est l'heureux élu ? Vous le connaissez ? Vous l'appréciez ?

— C'est... c'est le docteur Samuelson, avoua-t-elle en lissant les plis de son horrible jupe.

— Seigneur... ce vieux bonhomme ? Elle sera veuve pour la deuxième fois d'ici peu !

Il regretta ses paroles caustiques en voyant l'expression atterrée qui se peignait sur les traits d'Eliza. Il aurait pu contempler son visage des heures durant sans se lasser. Il était si expressif ! Toutes les émotions se lisaient à sa surface.

— Néanmoins, il m'a paru d'une santé de fer, s'empressa-t-il d'ajouter. Et c'est un excellent médecin. D'ailleurs, il faut que je l'appelle pour qu'il m'enlève ces points de suture. Ils commencent à me démanger sérieusement.

— Cela signifie que la cicatrisation est en bonne voie. Mais sa visite n'est pas prévue avant après-demain.

— Nous serons de retour à la maison d'ici là. Nous rentrerons demain, en fait. Daniel peut débarquer à n'importe quel moment. Vous lui donnerez la carte de maître Coningford et vous pourrez retourner chez vous.

— Faudra-t-il que je vous ligote dans votre chambre pour vous empêcher de vous battre avec lui ? Maître Coningford a été catégorique : vous devez l'éviter à tout prix, mais je sais ce que vous faites des consignes en règle générale.

Nick s'imagina écartelé sur le lit, les quatre membres attachés aux piliers par des foulards de soie. Nu et son sexe pointé vers le plafond, bien sûr. Eliza se penchait vers lui, les joues rosies, ses cheveux dénoués coulant dans son dos comme une rivière d'ambre et d'or liquide. Elle esquissait ce même petit sourire timide qu'elle avait adressé à Calamité un peu plus tôt, puis elle s'humectait les lèvres et commençait... Il ne pouvait pas bouger et n'en avait aucune envie...

Il écrasa les bouts de biscuit au creux de sa main.

— Oh, attention ! Vous mettez des miettes partout. Ne vous levez pas, je vais vous nettoyer.

Il n'aurait plus manqué qu'elle le fasse ! Elle allait lui toucher les cuisses, et elle ne pourrait faire autrement que de remarquer son érection naissante.

Bon sang, qu'est-ce qui clochait chez lui ? Sa vie était en lambeaux, et il ne pensait qu'au sexe.

Avec Eliza.

Sa peau nacrée, ses cheveux comme de la soie, son parfum de citron, ses cils en forme de croissant sombre, ses hanches qui se cambraient...

— Je vais le faire, décréta-t-il.

Il tira un mouchoir de sa poche et transféra les miettes dans son verre à whisky. Elles sombrèrent dans ce qui restait de liquide ambré. Lui qui avait espéré noyer son chagrin dans l'alcool...

Mais Eliza avait raison. Cela ne l'aiderait pas de s'abrutir de whisky. Ce soir, il se comporterait en gentleman, lui ferait la conversation dans l'immense salle à manger d'apparat et se forcerait à manger ce qui s'annonçait comme un véritable banquet.

Il lui devait bien cela, même s'il tombait de sommeil. Il aurait peut-être envie de se rouler en boule dans le canapé, mais la nuit arriverait bien assez tôt, et avec elle tous ses espoirs s'évanouiraient.

29

Le très digne – et terrifiant – Hitchborn ordonna à deux valets de monter les malles dans les appartements d'Eliza, qui, finalement, n'avait pas été logée dans l'ancienne suite de lady Featherstone, mais dans une charmante chambre tendue de toile rouge qui donnait sur le jardin et la roseraie. Bien que l'on fût déjà en octobre, quelques roses vaillantes fleurissaient encore les massifs. Le crépuscule tombait, et l'on avait allumé des lanternes pour illuminer l'allée de briques qui serpentait entre les parterres bien ordonnés. Leurs lueurs tremblotantes adoucissaient l'atmosphère vespérale pleine de fraîcheur. Ce ne devait pas être facile d'entretenir un tel parc en plein Mayfair, mais sir Thomas avait les moyens.

Eliza avait pris un bain, refusant l'aide de la toute jeune camériste. Elle n'avait besoin de personne pour se savonner, merci bien, et elle n'avait pas le temps de se laver et de se sécher les cheveux.

Sir Thomas avait fait descendre du grenier une malle dans laquelle étaient rangées des robes destinées aux modèles. Eliza était en train de les essayer, et elle avait beau choisir les plus sobres, elle avait quand même l'impression de se déguiser.

Elle écarta d'emblée les tenues les plus transparentes, charmantes mais totalement indécentes. Si elle avait voulu dîner costumée en Shéhérazade, ou en Cléopâtre, ou encore en courtisane du XVIe siècle, elle n'aurait eu que l'embarras du choix.

De toute évidence, ces robes étaient conçues pour révéler bien plus qu'elles ne cachaient : une dentelle piquetée de perles par-ci, un drapé de gaze par-là. La splendeur du corps féminin était célébrée par les peintres depuis des siècles. Nicholas n'était qu'un artiste de plus à la représenter avec dévotion.

Eliza songea à son portrait scandaleux que nul n'avait songé à recouvrir d'un drap avant de quitter la maison de Lindsey Street. Il n'y avait plus qu'à espérer que personne ne s'y introduise et ne tombe là-dessus…

À cette pensée, ses joues s'enflammèrent. Maudit Nicholas ! Comment avait-il osé lui jouer un tour pareil ? Mais sa colère fondit aussitôt. Le Peintre Polisson plein de malice avait disparu pour céder la place à un père meurtri. Sunny était toute sa vie, et quelqu'un menaçait de la lui prendre. Il aurait préféré perdre sa main droite, si on lui avait donné le choix ! Sa façade désinvolte cachait une personnalité bien plus complexe. Il tenait à ce que sa fille grandisse heureuse et, surtout, libre. Une philosophie remarquable. En général, les parents se cramponnaient à des règles rigides pour élever leur progéniture.

Ce soir, ils n'obéiraient à aucune règle.

Elle tressaillit. D'où lui venait cette pensée saugrenue ?

De son cœur inconstant.

Sa décision était prise : elle allait séduire Nicholas Raeburn.

Ils n'avaient que trop atermoyé. Il était grand temps qu'elle se débarrasse de sa virginité, et au diable les conséquences.

La chambre de Nicholas se trouvait au bout du couloir ; celle de sir Thomas à des kilomètres, dans une autre aile du bâtiment. Sunny était loin. Ils auraient toute l'intimité voulue.

Le lendemain, ils retourneraient à Lindsey Street, et Eliza accomplirait sa mission auprès de Preble. Pour la suite des événements... elle s'en remettait au ciel.

Puis elle partirait pour de bon.

Nicholas avait raison : elle ne pouvait pas rester avec lui dans cette maison déserte. Elle n'avait même plus de prétexte, Sunny étant en sécurité à Islington en compagnie de Mme Quinn, sous la protection du valet de sir Thomas.

Une nuit leur suffirait. Exiger plus... cela aurait été tenter le diable.

Avant de rencontrer Nicholas, Eliza n'avait jamais cherché les ennuis. Et maintenant, les ennuis surgissaient de partout. Mais elle n'avait pas envie d'être raisonnable. Sapristi, si sa propre mère cédait aux plaisirs de la chair, pourquoi pas elle ?

Une fois, juste une. Il faudrait qu'elle se montre très ferme sur ce point. Elle n'envisageait pas de devenir sa maîtresse, quoique... L'idée avait de quoi séduire. Et espérer mieux relevait de la sottise. Nicholas n'avait pas du tout l'intention de se marier, il n'en avait pas fait mystère. Et elle-même n'avait jamais poursuivi ce but, sauf peut-être lorsqu'elle fantasmait sur l'inaccessible maître Richard Hurst, pour qui elle était presque transparente.

Seigneur, quelle bécasse elle avait été ! Mais elle s'était reprise.

Elle tira une toilette de soie bleue de la pile de robes et la tint devant elle pour en étudier la coupe. Style Empire, à première vue, avec un décolleté très plongeant. Sa camisole dépasserait, et avec cette taille haute d'où s'évasaient les plis amples de la jupe, elle n'aurait pas besoin de corset. Elle pourrait manger autant qu'elle le voudrait, même si la nervosité risquait de lui couper l'appétit.

Une ganse de petites feuilles dorées scintillantes soulignait la ceinture, juste sous les seins, ainsi que l'ourlet des manches ballon. La robe fleurait bon la lavande. Elle était ravissante, même si elle avait sans doute appartenu à la grand-mère de sir Thomas.

Eliza s'assit à la coiffeuse et entreprit de défaire son chignon. Le style de la robe réclamait une coiffure plus sophistiquée, qu'elle parvint à réaliser seule en tressant une natte en couronne autour de sa tête. Elle ajouta la touche finale en y fichant l'épingle en or qui maintenait d'ordinaire le col de son chemisier.

Ce ne fut que lorsqu'elle entreprit d'enfiler la robe qu'elle regretta d'avoir renvoyé la caméristе. Une multitude d'agrafes en fermaient le dos. Enfin, sept, pour être tout à fait précise, mais c'était déjà beaucoup.

Elle fit de son mieux et réussit à en agrafer quatre. Puis, comme elle sortait dans le couloir, elle tomba nez à nez avec Nicholas.

Il avait emprunté un habit de soirée à sir Thomas, et il était... resplendissant. Ses boucles auburn, domptées à la brillantine, étaient lissées sur son crâne. Ainsi coiffé, il avait une allure folle. Le plus beau spécimen d'homme qu'elle eût jamais vu !

— Vous me guettiez ? demanda-t-elle dès qu'elle eut retrouvé sa voix.

— Oui. Vous avez l'habitude de jurer comme ça quand vous vous habillez ?

— Si vous m'avez entendue, vous auriez dû venir me prêter main-forte.

Elle tenta de remonter le bustier sur sa poitrine, en vain. Le but était précisément d'en montrer le plus possible, n'est-ce pas ?

— Je n'ai pas osé. Quand je pense qu'avant de me connaître, vous étiez une fille irréprochable... Ne bougez pas.

Il se glissa derrière elle et acheva d'agrafer le dos de la robe.

— C'est vrai, quelques jours seulement ont passé, mais j'ai l'impression d'avoir perdu toute notion de décence, répliqua-t-elle avec une audace qui la surprit elle-même.

— Vraiment ?

— Oh, il en reste si peu que ce n'est pas la peine d'en parler. J'espère que vous savez où est située la salle à manger. Je n'ai pas envie de me perdre dans ce dédale monstrueux.

Nicholas lui offrit son bras.

— Vous avez de la chance, je ne répéterai pas cela à Calamité. Il est très fier de sa demeure familiale.

— Elle est magnifique, il faut l'admettre. Mais un peu intimidante.

Eliza n'avait pas trouvé de gants dans les malles, aussi posa-t-elle ses doigts nus sur la manche de sa veste en fin lainage. Ils longèrent le couloir décoré de divers tableaux représentant des paysages classiques ou de nobles manoirs, mais aussi de quelques toiles colorées qui ne figuraient aucune réalité connue. La maison de sir Thomas ressemblait à un musée.

— Si vous trouvez cette demeure impressionnante, vous devriez voir Raeburn Court.

Certes. Le frère de Nicholas était baron. Et millionnaire, si les journaux disaient vrai. Désormais, Mary était vêtue à la dernière mode quand elle venait à l'agence.

Nicholas devait avoir l'habitude de ces vieilles maisons solennelles. Pourtant, il s'était empressé de quitter cet environnement fastueux, et la maison de Lindsey Street n'était pas tellement plus grande que celle dans laquelle Eliza avait grandi.

L'argent ne faisait pas le bonheur, toutefois il était utile. Eliza se sentait soulagée d'un grand poids depuis qu'elle savait que le docteur Samuelson paierait dorénavant pour les romans et les chapeaux qui plaisaient à sa mère. Eliza, elle, pourrait poursuivre sa petite existence bien organisée.

Dès le lendemain.

Car cette nuit… cette nuit était réservée au désordre.

— Vous êtes très beau, déclara-t-elle alors qu'ils descendaient le grand escalier.

Deux valets emperruqués étaient postés de chaque côté de la porte principale. Ils devaient périr d'ennui.

— Et vous ravissante, mademoiselle Lawrence, enchaîna-t-il d'un ton poli, au moment où ils passaient devant les deux domestiques.

Si Eliza avait espéré des compliments dithyrambiques sur sa robe, elle en était pour ses frais.

L'un des valets quitta son poste pour leur ouvrir toute une série de portes, comme s'ils étaient incapables de tourner une poignée eux-mêmes.

Ils traversèrent plusieurs pièces de réception, agrémentées d'autres tableaux et sculptures. Enfin, ils débouchèrent dans une salle à manger de dimensions pharaoniques, située sur l'arrière de la maison.

La pièce était illuminée par plusieurs lustres électriques. Au-delà des portes-fenêtres, les lanternes du jardin luisaient dans la nuit.

— Ah, *service à la française*[1], commenta Nicholas en apercevant la desserte chargée de dômes en argent. J'ai précisé à Calamité que nous préférions nous servir nous-mêmes. Je déteste que des domestiques tournent autour de moi quand je mange. Nous serons à peu près tranquilles.

1. En français dans le texte. (*N.d.T.*)

Eliza fut soulagée elle aussi de savoir qu'ils dîneraient dans une relative intimité. Elle connaissait à peu près les règles du savoir-vivre à table, mais dans cette robe élégante, elle avait un peu l'impression de jouer une mascarade. Il ne lui manquait plus qu'un loup en soie noire.

— Merci, George, dit Nicholas au jeune valet. Nous sonnerons pour le deuxième plat.

— Le deuxième ? s'étonna Eliza.

Il y avait assez de mets sur la desserte pour nourrir une douzaine de convives.

— Premier service : potage et poisson. Deuxième service : viandes grillées. Troisième service : dessert. C'est le déroulement ordinaire d'un dîner. Voulez-vous que je vous serve, Eliza ?

Nicholas souleva le couvercle d'une soupière peinte de fleurs délicates et versa un peu de soupe dans une assiette à liseré d'or.

— En fait… non. Je n'ai pas très faim, avoua-t-elle.

De petits papillons dansaient dans son estomac.

— Moi non plus, mais il faut penser à Calamité et lui éviter les foudres de la cuisinière. Cette femme est au service de la famille depuis le déluge, et Cala a bien trop peur d'elle pour engager un chef français à la mode.

— J'ai du mal à croire qu'un homme tel que sir Thomas puisse avoir peur de ses domestiques. À l'agence, nous avons des centaines… peut-être des milliers de dossiers de candidatures.

Ils s'installèrent à table.

— C'est son point faible, répondit Nicholas en saisissant sa cuillère. Calamité est attaché à toutes ces vieilles personnes. Ce sont elles qui l'ont élevé, pour ainsi dire. Son père était bien trop occupé à faire fortune et sa mère à dépenser l'argent qu'il gagnait pour avoir du temps à lui consacrer.

Seigneur, les aristocrates avaient vraiment de drôles de méthodes d'éducation ! Eliza n'était finalement pas mécontente d'appartenir à la classe moyenne.

La cuisinière trimait peut-être depuis des lustres dans la cuisine des Featherstone, mais elle n'avait pas perdu la main. Eliza fit finalement honneur à tous ses plats succulents.

La conversation qui suivit fut naturelle et décontractée. Nicholas ne paraissait pas se douter du plan qu'elle avait en tête. En tout cas, il n'en montrait aucun signe et la régalait d'anecdotes cocasses dont sir Thomas était le héros, au temps de leurs frasques au pensionnat.

D'un accord tacite, ils évitèrent d'évoquer le présent ou l'avenir. Le nom de Sunny ne fut pas prononcé une seule fois. Nicholas semblait déterminé à se conduire comme si tout était normal, et Eliza ne voyait pas pourquoi elle lui aurait gâché la soirée.

En dépit de sa nervosité, elle finit son entrée, puis mangea plusieurs fines tranches de bœuf, de poulet et d'agneau rôtis, servies avec un assortiment de légumes.

Il lui fut également impossible de résister au dessert. Par chance, la coupe confortable de sa robe lui permettait tous ces excès.

Elle quitta la table repue, un peu étourdie par toute cette nourriture.

— Je vais sauter l'étape du porto et du cigare, annonça Nicholas. Avez-vous envie de prendre l'air dans le jardin ?

Elle baissa les yeux sur son décolleté, que Nicholas n'avait pas regardé une seule fois au cours du repas, si affriolant soit-il.

— Je vais mourir de froid, objecta-t-elle.

— Mais non.

Il ôta sa veste et la drapa sur ses épaules. Sa chaleur et son parfum l'enveloppèrent.

— C'est vous qui allez prendre froid, remarqua-t-elle.

Il se frappa la poitrine du poing, comme ces grands singes qu'elle avait vus au zoo.

— Je ne suis pas une petite nature, Eliza. Je suis en manches longues et j'ai un gilet. Et, après avoir bu tout ce vin, je meurs de chaud.

Il en profita pour desserrer sa cravate.

Il était vrai qu'il avait rempli son verre à plusieurs reprises au cours du dîner. Il ne paraissait pas éméché, mais son teint avait rosi et ses yeux brillaient. Prendre l'air leur ferait du bien, effectivement. Pour que son projet secret réussisse, elle avait besoin qu'il soit en forme.

Il ouvrit la porte-fenêtre. Elle glissa son bras sous le sien, et ils foulèrent le gazon épais. Dans le ciel nocturne, quelques étoiles perçaient la couche nuageuse. L'atmosphère encore lourde sentait la pluie, ce qui laissait espérer que les journalistes ne les attendraient pas à Lindsey Street le lendemain.

Nicholas n'avait pas dit de quelle façon il comptait réintégrer la maison. Faudrait-il de nouveau escalader le mur ? Eliza préférait franchement passer par la porte d'entrée.

Mais pourquoi penser au lendemain ? Elle devait se concentrer sur la nuit à venir.

Nicholas glissa un bras autour de ses épaules, dans un geste amical qui n'avait rien d'ambigu. Il se préoccupait seulement de son confort. Elle frissonna de manière ostensible, et il resserra son étreinte.

— Il doit déjà neiger en Écosse, murmura-t-il, les yeux levés vers le ciel.

— Nous ne sommes qu'en octobre.

— Z'êtes pas de là-bas pour parler comme ça, mam'zelle ! dit-il en roulant les « r ».

— Tiens, maintenant que j'y pense, c'est vrai que vous n'avez pas beaucoup d'accent.

— Il me revient quand je me mets en colère, paraît-il. J'ai dû m'en débarrasser au pensionnat, je suppose. Et, ces dix dernières années, j'ai bourlingué dans toute l'Europe. Je pourrais vous roucouler des douceurs en français à l'oreille, si vous voulez.

Eliza frissonna de nouveau, mais la fraîcheur de l'air n'y était pour rien. Elle imagina Nicholas lui susurrant des bêtises qu'elle ne comprendrait sans doute pas, même si elle avait un peu étudié le français à l'école.

Prenant son courage à deux mains, elle le regarda en face.

— Je veux que vous me fassiez l'amour ce soir, Nicholas.

Il la repoussa gentiment.

— Non, Eliza. Vous n'en avez pas vraiment envie, vous avez juste pitié de moi.

— Ce n'est pas pour ça, je vous le jure. Vraiment. Je… j'y ai beaucoup réfléchi.

Elle repéra un banc en fer forgé sous un arbre aux branches dénudées et l'entraîna de ce côté. Dès qu'elle s'assit, la froideur du métal se propagea à son corps. Elle glissa les bras dans les manches de la veste.

C'était la deuxième fois aujourd'hui qu'elle s'asseyait sur un banc humide, mais cette fois Nicholas ne la rejoignit pas et demeura debout, à bonne distance.

Derrière lui, à travers les vitres de la porte-fenêtre, elle voyait George et les autres valets débarrasser la table, sous la supervision de Hitchborn. Elle se rendit compte qu'eux aussi pouvaient les voir, grâce aux lanternes en bronze disposées un peu partout dans le jardin, et elle se redressa dans une posture pleine de dignité.

— Eliza ! Il y a quelques jours encore, vous me preniez pour le pire des débauchés. Et, ce matin même, si ma mémoire est bonne, vous vous êtes évanouie d'horreur devant mon tableau.

Il arracha une malheureuse feuille à un buisson et se mit à la déchiqueter machinalement.

— Cette journée a été difficile, Nicholas.

Pour ne pas dire calamiteuse. Sa pauvre cervelle n'y avait pas résisté. Ou bien elle était possédée par un démon, un mauvais diable qui la poussait à se débarrasser de sa virginité.

— Vous vous moquez de moi ? Étant donné les circonstances, je n'apprécie pas vraiment, répliqua-t-il en jetant par terre la feuille dont il ne restait plus que les nervures.

Elle lui tendit la main.

— Non, je suis tout à fait sérieuse. Il s'est passé plein de choses. Trop de choses. Ce soir, nous avons l'occasion de ne penser qu'à nous. Bientôt, demain ou après-demain, je serai partie. Vous ne me reverrez jamais. Vous pourrez emmener Sunny en Écosse et retrouver les vôtres.

Les émotions défilaient sur le visage de Nicholas, comme des images saccadées sur une bobine de cinématographe. Il ne chercha pas à prendre sa main tendue. Se sentant un peu idiote, elle finit par laisser retomber son bras et croisa les mains dans son giron.

Il la rejetait.

D'ordinaire, c'était elle qui repoussait les avances des hommes, même si cela ne lui arrivait pas souvent. Elle avait eu raison de faire confiance à Nicholas. Il était trop intègre pour profiter de sa proposition sans se poser de questions. Il n'aurait pu être plus éloigné de sa réputation de débauché et semblait bel et bien décidé à s'amender.

Un jour, sans doute le remercierait-elle de ne pas avoir cédé à ses pulsions. Mais ce soir… la pilule était amère.

Il s'éclaircit la voix, puis marmonna quelques mots inintelligibles. Eliza se leva, enleva la veste et soupira :

— Tant pis. Je suis bête, n'est-ce pas ? Je vais monter me coucher.

Seule.

— Attendez...

En frissonnant, elle posa le vêtement contre la poitrine de Nicholas.

— Oui ?

— Vous me faites beaucoup d'honneur, Eliza. Si vous êtes sûre de vous... absolument certaine... alors d'accord, je viendrai vous rejoindre d'ici une demi-heure.

Une demi-heure !

Et pourquoi pas le lendemain ? En trente minutes, elle avait tout le temps de prendre peur et de changer d'avis.

Tout comme lui.

— Non, pas dans une demi-heure. Maintenant. Tout de suite.

Il eut un sourire fugace.

— Vous êtes bien impulsive.

— Oui, et cela ne m'arrive jamais. Alors, ne laissez pas passer l'occasion.

D'un pas, elle franchit la distance qui les séparait.

Ce n'était qu'un tout petit pas, mais elle eut l'impression de basculer d'un vertigineux piédestal.

30

Il était fou. Ou c'était elle, peut-être, qui était folle.

Ou les deux.

Nick avait eu beaucoup de mal à se montrer spirituel et détendu durant le dîner. Se remémorer ses incartades de jeunesse pour divertir Eliza avait ravivé ses doutes. Cela faisait trop longtemps qu'il s'ingéniait à échapper au carcan des règles. Il s'était montré égoïste. Inconséquent.

Il n'était pas sûr à cent pour cent que Sunny soit sa fille, et cela pouvait jouer contre lui. S'amuser à braver les convenances sur la toile ou sur la pellicule, c'était une chose. Mais mettre en danger une vie dont il était responsable… c'était bien différent.

Et voilà qu'Eliza lui demandait de se montrer léger et imprévoyant.

C'était ridicule. Il aurait dû refuser tout net… et il en était incapable. Or Eliza n'était pas Barbara, ni une de ces cocottes qui avaient l'expérience des hommes. Il allait la blesser, et il n'en avait pas envie.

— M… maintenant ? bégaya-t-il.

En guise de réponse, elle lui pressa la main de ses doigts glacés.

Il pouvait la raccompagner à l'étage, puis filer dans sa propre chambre et s'y enfermer à double tour.

Bon sang, quel lâche il était ! Mais il ne voulait pas abuser de sa naïveté. Le lendemain, elle reprendrait ses esprits, et comme elle était obligée de venir à Lindsey Street pour servir d'intermédiaire entre lui et Daniel, la situation serait des plus embarrassantes.

À moins qu'il n'affronte directement Daniel.

— C'est totalement déraisonnable, articula-t-il, alors même que ses pieds l'entraînaient vers la porte-fenêtre.

— Sans doute. Autant ne pas en parler, alors.

Elle lui décocha un sourire plus éblouissant encore que la lumière du lustre. Les domestiques marquèrent une pause dans leur travail pour s'incliner sur leur passage alors qu'ils traversaient la salle à manger.

Eliza semblait n'éprouver aucune crainte. Seigneur, d'où venait cette aventurière ?

Il s'immobilisa au pied de l'escalier.

— Au contraire, il faut en parler. Pourquoi vous offrez-vous à moi ? Par commisération ?

Il n'avait pas envie qu'une femme couche avec lui par pitié. Surtout une vierge inexpérimentée !

Le sourire d'Eliza vacilla, avant de s'estomper complètement.

— Cela m'apparaît juste comme… la conclusion naturelle des choses, dit-elle d'une petite voix.

Nick jeta un coup d'œil autour d'eux. Un valet aurait pu surprendre leurs propos. Il était stupide d'avoir entamé cette discussion dans le hall, mais… il voulait comprendre !

— Pensez-vous être tombée amoureuse de moi, Eliza ? Car, vous savez… il ne faut pas. Je n'en vaux pas la peine.

De pire en pire. Il parlait comme un désespéré. Bien sûr qu'il était digne d'amour. Chaque être sur terre en méritait bien quelques lambeaux, même ce fumier de Daniel. Sauf qu'il fallait pouvoir rendre cet amour et que Daniel en était bien incapable.

Eliza l'aimait-elle ? Et lui, qu'éprouvait-il en retour ? Ils se connaissaient depuis seulement quelques jours, durant lesquels ils étaient restés enfermés dans la maison assiégée. En se chamaillant la plupart du temps, se rappela-t-il, presque attendri au souvenir de leurs disputes.

— Personne n'a parlé d'amour, rétorqua-t-elle, les yeux fixés sur ses chaussures.

Elle portait toujours ses bottines hautes sous sa robe de style Empire.

— Ce serait une erreur, insista-t-il d'une voix ferme. Eliza, vous êtes une femme respectable, trop bien pour un homme comme moi. J'ai mené une vie… Bon, je n'entrerai pas dans les détails sordides. Et vous… vous devez vous préserver pour votre futur mari.

Elle releva vivement la tête, et il vit une lueur de colère s'allumer dans son regard. Il retrouvait *son* Eliza.

— Je ne veux pas d'un mari !

— Oui, vous l'avez déjà dit. Mais il ne faut jamais dire « jamais ».

— J'aime mon indépendance. Je suis capable de subvenir à mes propres besoins. Je n'ai pas besoin d'un homme.

— Vos parents étaient heureux en ménage, n'est-ce pas ? Vous devez avoir envie de connaître la même félicité conjugale.

Elle haussa les épaules, et ses seins se soulevèrent sous la gaze de son décolleté.

— La vie leur a souri. Vos parents n'ont pas eu cette chance, et je ne l'aurai peut-être pas non plus.

Certes, les parents de Nick avaient été très mal assortis. Autant qu'Eliza et lui. Mais, dans les premiers temps, il y avait eu de la passion et de la complicité entre eux.

Son père avait choisi d'épouser la fille d'un métayer, de faire d'elle sa baronne, et Nick était convaincu que sa mère ne l'avait pas épousé uniquement pour s'élever dans la hiérarchie sociale. Si elle n'avait pas été sincèrement éprise de son époux, elle ne serait pas entrée dans une rage folle chaque fois qu'il la trompait.

Se méprenant sans doute sur son silence, Eliza lui rendit sa veste et se détourna.

— Écoutez, oubliez ce que j'ai pu dire. Nous sommes tous deux épuisés nerveusement, et je ne vais quand même pas vous supplier de…

Nick ne rattrapa pas la veste, qui tomba par terre. Sans se soucier de la ramasser, il enlaça la jeune femme et l'empêcha de cracher son amertume en capturant sa bouche dans un baiser désespéré.

Oui, il était épuisé. Et fou de désir pour elle, pour sa peau ivoire et sa chevelure qui prenait des reflets mordorés dans la lumière des lampes.

Il en avait assez d'être raisonnable, assez de jouer les preux chevaliers. Elle avait envie de lui, du moins le disait-elle. Eh bien, lui aussi avait envie d'elle !

Eliza lui rendit son baiser avec une ferveur qu'il n'aurait osé espérer, son corps souple pressé contre le sien.

Seigneur, elle était si douce ! Elle avait un goût de paradis.

Nick aurait voulu la prendre ici, au pied des marches, ou bien contre le mur, ou même sur la table en marqueterie…

Néanmoins, il lui restait un semblant de bon sens.

Il interrompit leur baiser, lui prit la main… s'emmêla les pieds dans sa veste et faillit tomber. Eliza se rattrapa au plastron de sa chemise. Bon sang, il n'était pas si maladroit, d'ordinaire.

— Eliza, que vais-je faire de vous ? soupira-t-il en rajustant la gaze de son corsage d'une main tremblante.

— La procédure habituelle suffira. Enfin, habituelle pour vous, évidemment.

Elle se baissa pour ramasser sa veste, qu'elle plia avec soin sur son bras.

— Eliza…

Elle leva la main.

— Chut. Plus un mot. Plus de mises en garde, plus de fausses excuses. Nous allons faire ça bien, en savourant le moment présent.

Allait-elle s'offusquer s'il riait ? Elle parlait comme… comme une gouvernante !

— Très bien. À vos ordres.

Il la suivit docilement dans l'escalier, hypnotisé par le mouvement de ses hanches qui tanguaient sous les plis de sa jupe. Voilà. Si elle éprouvait des regrets le lendemain matin, ce ne serait pas sa faute. Il allait faire tout son possible pour lui laisser un souvenir ébloui de cette première nuit.

Une seule nuit. Saurait-il s'en contenter ? Son corps pulpeux l'obsédait, presque depuis l'instant où il l'avait découverte sur le perron de sa maison, toute guindée dans sa vilaine robe.

Parvenue sur le palier, elle se tourna vers lui, et il faillit la bousculer une fois de plus.

— Ma chambre ou la vôtre ?

Il avait renvoyé le valet prêté par Calamité avant de descendre dîner. Mais une petite bonne attendait peut-être Eliza dans sa chambre. La maison était un fief de virilité, en dépit du mobilier fragile et délicat, et personne ici n'avait l'habitude d'aider une dame à sa toilette.

— La mienne, répondit-il.

Il restait peut-être quelques chaussettes qui traînaient par terre, mais Nick en doutait. Le valet de Calamité connaissait son boulot.

Elle hocha la tête, mais marqua une hésitation devant les trois couloirs qui s'ouvraient devant eux.

— C'est stupide, je... je ne me souviens pas du chemin, dit-elle d'une voix tremblante qui trahissait sa vulnérabilité.

Ainsi, sous ses airs bravaches, elle n'était pas si sûre d'elle.

Nick la prit par la main. Celle-ci était encore froide, et pourtant il rêvait de la sentir se promener sur lui.

— Venez. Par ici.

Ils passèrent en silence devant les appliques qui illuminaient faiblement le couloir. La porte de la chambre de Nick était entrouverte. Quelqu'un avait repoussé les couvertures, et il n'y avait aucune chaussette en vue.

Un feu crépitait derrière la grille en fer forgé de l'âtre, dans la cheminée sculptée.

Il referma la porte et donna un tour de clé.

— Nous y voilà.

Quelle chose stupide à dire !

Eliza lui tourna le dos.

— Pouvez-vous dégrafer ma robe, s'il vous plaît ? Vous savez que ce n'est pas facile pour moi.

Il avait bien ri, un peu plus tôt, en l'entendant jurer derrière sa porte. Il avait bien failli entrer pour lui proposer son aide, mais les choses auraient dégénéré, et ils ne seraient jamais descendus dîner.

Nick vint rapidement à bout des agrafes, et la robe glissa sur la taille d'Eliza, puis sur le tapis. Elle ne portait rien en dessous. *Rien du tout.* S'il l'avait su avant, il aurait été incapable d'avaler une seule bouchée au cours du repas !

En cet instant, il avait beaucoup de mal à avaler sa salive. Les courbes douces de ses hanches et de son postérieur parfait rivalisaient de beauté avec n'importe quel tableau classique de sa connaissance.

Lorsqu'elle pivota face à lui, il eut le souffle coupé à la vue de ses petits seins ronds et haut placés, aux pointes roses dressées. Elle était bien plus menue que l'Eliza qu'il avait représentée sur la toile la nuit précédente.

Elle leva les bras pour retirer l'épingle qui maintenait en place sa couronne de cheveux tressés. Ce soir, elle ressemblait à une héroïne de Jane Austen prête à aller au bal.

La natte dorée glissa dans son dos. Nick la dénoua de ses doigts habiles, répandant sa crinière de boucles sur ses épaules. Il mourait d'envie de sucer le bout de ses seins ravissants, d'embrasser sa bouche charnue et de glisser la main entre ses cuisses fuselées. Cela faisait beaucoup trop d'envies, toutes aussi pressantes les unes que les autres.

— Et maintenant ?

— Maintenant ? répéta-t-il d'une voix rauque.

— Je ne sais pas. Faites-moi des compliments sur ma glorieuse nudité, ou alors déshabillez-vous. Je me sens idiote comme ça.

— Vous êtes... exquise. D'une beauté incomparable. Je regrette de ne pas avoir mon appareil photographique.

Eliza leva l'index.

— Ah non, pas de ça ! Plus d'images pour la postérité. Je ne veux pas qu'on punaise mon portrait dans la salle de bains !

— Mais qu'allez-vous imaginer ?

La pensée de l'exposer ainsi aux yeux de tous le révoltait. Eliza était à lui, à lui seul. Il ne voulait la partager avec personne.

Il s'efforça de déboutonner son gilet, en dépit de ses mains bizarrement engourdies.

— Laissez-moi faire. Au rythme où vous allez, je vais attraper un rhume.

— Diablesse.

Où était passée la jolie puritaine ? Disparue. Et bon débarras.

Nick demeura figé telle une statue de marbre tandis que les doigts prestes d'Eliza le débarrassaient de ses habits un à un, avec une rapidité confondante. Bonté divine, il était en train de se faire croquer par une vierge innocente !

Lorsqu'elle tomba à genoux, il eut un vertige et sentit ses jambes flageoler. Elle leva vers lui ses grands yeux bleus pleins de malice.

Il s'arracha à sa stupeur.

— Non ! Vous me rendez fou, mais cette nuit est la vôtre.

Il la força à se redresser, lui frôla les lèvres du bout des doigts. Écartant sa main, elle corrigea :

— C'est la nôtre.

— Croyez-moi, Eliza, personne ne sera lésé. Vous ne pouvez pas savoir à quel point je vous désire. Enfin, vous le savez sans doute maintenant. Je n'ai pas l'habitude de déambuler dans cet état d'excitation. Mais, pour la dernière fois, êtes-vous totalement sûre de vous ? Il est encore temps de changer d'avis. Réfléchissez bien.

— Je ne peux pas réfléchir quand je suis avec vous.

Nick l'enlaça, peau contre peau. Le sol parut onduler sous ses pieds, comme pendant un tremblement de terre. Il sentit ses cheveux se hérisser sur sa nuque. Il avait chaud et froid, il ne savait plus où il en était.

Un baiser pourrait lui éclaircir les idées. Qu'attendait-il donc ? Une invitation sur bristol ?

Eliza était nichée contre lui, ses cils lui chatouillant la poitrine. Il enfouit son nez dans sa chevelure, huma son parfum citronné. Les mains posées sur ses épaules, elle leva son visage vers le sien.

Il fut perdu.

Ce fut elle qui le guida vers le lit pour l'y étendre. Elle qui s'installa à califourchon sur lui pour l'embrasser.

Elle encore qui lui prit la main pour la poser sur son sein.

Eliza lui faisait oublier la vie qu'il avait menée pendant dix ans. Il n'avait plus aucune raison de penser à ces événements incohérents, mais toutes les raisons de glisser une main entre ses cuisses pour explorer son sexe humide, toutes les raisons de lui mordiller l'épaule et de lui murmurer des mots éperdus, quand il ne se noyait pas dans ses baisers.

Son corps souple paraissait flotter au-dessus du sien, léger, presque immatériel. Elle ressemblait à une fée dorée. Mais Nick avait besoin d'un lien plus charnel.

Il n'avait jamais défloré de fille jusque-là. À présent, conscient qu'Eliza lui faisait un don suprême, il se sentait empli d'humilité, presque effrayé. Il s'était promis de lui donner du plaisir, et il ne voulait pas lui faire mal.

Elle se redressa sur les genoux, et le sexe de Nick glissa dangereusement près de l'endroit stratégique.

S'il la laissait faire, elle pourrait s'empaler doucement sur lui, plus ou moins profondément, bouger à son rythme. Après tout, dans son métier, elle avait l'habitude de gérer les détails techniques, non ?

Sans cesser de l'embrasser, il sourit de la bêtise de ses pensées. Sacrebleu, il était si excité qu'il craignait de répandre sa semence avant même de la pénétrer.

Il empoigna son membre rigide pour le presser contre sa chair intime, satinée et moite. Eliza se figea. Même sa langue s'immobilisa dans sa bouche. Elle leva son beau visage, et Nick vit alors que des larmes coulaient sur ses joues.

— Oh, chérie, je ne supporte pas de vous voir pleurer ! Nous ne sommes pas obligés de continuer…

Elle lui donna une petite claque sur la poitrine.

— Non, idiot ! Je pleure parce que c'est tellement… extraordinaire ! Et je ne sais pas vraiment comment procéder. Que... que voulez-vous que je fasse ?

« Tout ! » songea-t-il.

— Pour commencer, détendez-vous.

Il savait qu'elle était prête à le recevoir, même si elle n'en avait pas conscience. Le nectar de son désir avait lubrifié les deux doigts qu'il avait introduits en elle.

Elle leva les yeux au plafond.

— Vous n'êtes vraiment pas exigeant !

— Je vais entrer en vous. Soulevez les hanches et laissez-vous glisser doucement sur moi, mais petit à petit, sans mouvement brusque.

— Ne vaudrait-il pas mieux que je me laisse tomber d'un coup ? Que ce soit fait une bonne fois pour toutes ? C'est un peu comme une piqûre, non ? Si on tarde trop, c'est pire.

Cette fois, Nick ne put réprimer son hilarité. Le rire gronda dans sa poitrine, enfla, et bientôt il eut les larmes aux yeux.

— Vous avez encore beaucoup à apprendre sur le sexe, mademoiselle Lawrence.

— Eh bien, dépêchez-vous de combler mes lacunes, monsieur Raeburn.

Alors, il obéit.

31

Quand Eliza avait imaginé un homme et une femme ensemble au lit – ce qui ne lui était pas arrivé souvent –, il ne lui était jamais venu à l'idée qu'ils puissent parler. Encore moins rire.

Non, elle s'était représenté une chambre silencieuse et plongée dans la pénombre, une étreinte rapide, mais pleine de douceur et de joie.

En l'occurrence, la lampe électrique brillait sur la table de chevet. C'était sa faute, elle aurait dû l'éteindre avant de se jeter sur Nicholas. Car elle s'était bel et bien jetée sur lui, avec une férocité dont elle avait été la première surprise.

Chaque centimètre de peau qui entrait en contact avec le corps de Nicholas la brûlait. Et quand il avait caressé son sein, elle avait bien cru s'embraser tout entière.

À la lueur de la lampe, les courts poils cuivrés de son torse luisaient doucement. Elle avait ébouriffé ses cheveux brillantinés, et maintenant, avec sa tête hirsute posée sur l'oreiller, il avait l'air d'un jeune garçon presque innocent. Mais il lui rendait ses baisers avec ardeur, ce qui était gratifiant.

Un instant, elle avait eu peur qu'il ne refuse de lui faire l'amour. Cela avait attisé son impatience… et sa témérité. Elle avait même eu l'audace de s'agenouiller devant lui, même si elle n'avait aucune idée de ce qu'elle aurait pu faire ensuite. Mais cette initiative avait paru gommer les ultimes réticences de Nicholas, aussi ne la regrettait-elle pas.

On ne perdait pas sa virginité tous les jours, et elle n'allait pas gâcher ce moment en se fustigeant. Elle en aurait tout le loisir plus tard, lorsque sa conscience reprendrait le dessus.

Il avait fait glisser ses mains sur ses épaules, ses seins, son ventre, avant de trouver le point sensible entre ses cuisses. Ses doigts l'avaient pénétrée sans difficulté. Il avait fallu qu'il place son sexe à l'orée de sa féminité pour que l'appréhension la saisisse enfin. À présent, elle se sentait terriblement vulnérable, et elle n'était pas du tout sûre de parvenir à se détendre.

Nicholas essuya les larmes sur ses joues. Puis il la souleva doucement pour l'étendre sur le dos.

— Première leçon : nous n'allons pas expédier l'affaire « une bonne fois pour toutes », comme vous dites. Il vaut mieux que nous restions conventionnels dans un premier temps. N'êtes-vous pas une personne de conventions ?

Appuyé sur un coude, il lui souriait.

— Pas... pas en ce moment, objecta-t-elle.

Pourquoi diable parlait-il au lieu d'agir ? Elle avait tellement envie qu'il glisse de nouveau sa main entre ses jambes !

Peut-être lisait-il dans les pensées, car après lui avoir embrassé le nez, il entreprit de tracer des cercles affolants autour du petit bourgeon de chair de son intimité, guettant ses réactions.

Eliza savait maintenant à quoi s'attendre. Les muscles de son dos se relâchèrent, et elle ferma les yeux pour ne pas subir le poids de son regard attentif.

Peu à peu, la tension délicieuse s'accrut, s'empara de son corps tout entier, jusqu'aux orteils. Elle aurait dû avoir honte de pousser de tels soupirs, mais Nicholas lui murmurait des mots d'encouragement qui dissipaient son embarras. Elle ne voyait plus d'objection à ce qu'il parle, bien que certaines de ses paroles fussent terriblement crues. Elle ne pouvait s'empêcher de gigoter – de se tordre, plus exactement –, et elle n'avait plus besoin qu'il l'incite à se détendre, car la passion était en train de l'emporter, vertigineuse, irrésistible.

Il suffit que Nicholas happe la pointe de son sein pour que l'ultime nœud se défasse. La vague la frappa, déferla. Il introduisit deux doigts en elle pour atteindre un point mystérieux et la catapulta plus haut encore vers les cimes de l'extase.

Puis il s'allongea sur elle et, sa bouche plaquée sur la sienne, il l'envahit.

Dans un premier temps, il ne la pénétra que de quelques centimètres, en se guidant d'une main. Puis, exerçant une pression douce mais inexorable, il s'ancra profondément en elle.

Eliza tressaillit et ravala un cri. Elle n'avait pas vraiment mal, mais la sensation était étrange, inhabituelle.

Nicholas se mit à bouger lentement en elle, comme s'il la berçait. Les spasmes de l'orgasme s'étaient apaisés depuis un moment, mais peu à peu le feu du désir se raviva dans son ventre.

Il releva la tête, et elle perçut la fraîcheur de l'air entre leurs peaux échauffées.

— Eliza, ouvrez les yeux.

Elle n'en avait pas envie. Elle ne voulait pas qu'il lise dans ses yeux tout ce qu'elle souhaitait lui cacher. Il la percerait à jour sur-le-champ. Elle n'était pas bonne comédienne et serait incapable de lui faire croire qu'elle se livrait juste à un plaisant interlude sexuel entre adultes consentants.

À contrecœur, elle cilla, puis soutint son regard. Les émotions peintes sur le visage de Nicholas reflétaient les siennes. Tension. Confusion. Passion.

Et peut-être un soupçon d'amour ?

Ses prunelles sombres brillaient. Il s'enfonça plus profondément encore – elle aurait cru cela impossible – et, d'une voix enrouée, articula :

— C'est notre... seule nuit. Il n'y en aura... pas d'autre. Je vous... adore.

À chaque mot, son membre la percutait. Elle ferma les yeux, mais il supplia :

— Non ! Regardez-moi. Je veux que vous me regardiez... pour voir... l'effet que vous me faites.

Son bras musclé reposait sur l'épaule d'Eliza. Le serpent d'encre la surveillait de son œil bleu-noir. De son autre main glissée entre eux, il la stimulait encore. Ses boucles auburn étaient humides de transpiration, les tendons de son cou bien visibles, tandis qu'il se maintenait au-dessus d'elle. Eliza aurait voulu effacer les marques de crispation autour de ses yeux et de sa bouche.

Les talons enfoncés dans le matelas, elle cambra les hanches. Nicholas émit un grondement, et ses yeux flamboyèrent.

— Oui... bougez avec moi... comme ça.

Son regard ne la quittait pas. Eliza avait l'impression de plonger dans un abîme sans fond, une sombre grotte d'où elle ne pourrait plus jamais ressortir. Ils tombaient ensemble, flottaient, tanguaient...

Après quelques tentatives maladroites, elle avait trouvé le bon rythme pour accompagner ses coups de boutoir. Il l'entraînait vers un deuxième orgasme, qui s'annonçait encore plus violent que le premier. Elle le savait car tous deux étaient en communion parfaite, unis vers ce même but.

Comment survivrait-elle à cela ?

Au premier spasme, il se retira d'un mouvement vif, tout en prenant sa bouche, comme pour compenser la sensation de vide en elle. Un liquide chaud jaillit sur sa cuisse. Eliza sourit. Cette fois, il avait atteint l'apogée de son plaisir lui aussi, et elle se sentit moins égoïste.

Ensuite, ils restèrent l'un contre l'autre, leurs cœurs battant à l'unisson. Eliza adorait la sensation de son poids sur elle. Elle se sentait protégée, apaisée, en dépit de tout.

Et pas vraiment indécente, à bien y réfléchir.

Nicholas reprit son souffle dans un son étranglé, avant de demander à voix basse :

— Est-ce que… ça va ?

Elle hocha la tête. Les mots ne venaient pas.

Il prit un bout du drap pour essuyer les traces de leur étreinte. Il avait veillé à ne pas jouir en elle, afin qu'il n'y ait pas de conséquences.

Comme il y en avait eu avec Barbara.

Elle aurait dû lui en être reconnaissante, et pourtant…

Eliza refoula la jalousie totalement infondée qui lui mordait le cœur.

Nicholas était tout pâle, alors qu'elle-même avait chaud partout, surtout au visage. Elle avait l'impression de sortir d'une fournaise.

— Et vous… ça va ? s'inquiéta-t-elle.

Avec un soupir, il roula sur le dos.

— Franchement, je n'en sais rien.

Alarmée, elle s'assit, se couvrit la poitrine à l'aide d'un oreiller – même s'il était un peu tard pour ce genre de réflexe, maintenant qu'il l'avait touchée et léchée partout.

— Êtes-vous en train de faire une rechute ?

— Non, ce n'est pas possible, je n'ai pas le temps d'être malade. Eliza… je vous prie de me pardonner, soupira-t-il.

— Vous pardonner quoi ?

— *Ça*, dit-il en tendant la main entre eux. Je commets toujours des erreurs. Tout le monde le sait. Ce n'était pas bien de ma part de...

Sa phrase resta en suspens.

Une flèche de colère la transperça. Elle n'allait pas se laisser aller aux regrets. Or, si quelqu'un avait le droit d'en éprouver, c'était elle.

— Êtes-vous en train de dire que vous avez commis une erreur en couchant avec moi ?

— Oui. Enfin, non... Je suis honoré par votre confiance, mais... nous n'aurions pas dû céder à la tentation. Oh, bon Dieu ! Je ne sais pas comment vous dire ça...

— Eh bien, il n'y a pas trente-six...

Elle se tut brusquement. Elle n'allait pas ruiner cet instant. Elle aurait aimé qu'il la prenne dans ses bras pour lui murmurer des mots doux ou des grivoiseries, comme il venait de le faire. Mais il s'était retranché dans le rôle du martyr terrassé par les remords.

— Peu importe, reprit-elle. Inutile de vous torturer. Cela ne se reproduira pas, de toute façon.

Il marmonna quelques mots sans suite, et elle eut envie de lui écraser l'oreiller sur la figure.

Un homme ne pouvait pas simuler à ce point. Il l'avait désirée, il avait pris du plaisir et lui en avait donné. Il lui avait dévoilé son âme.

Alors, à quoi rimait cette crise de conscience tardive ?

Elle n'était pas une poupée de porcelaine. Elle n'allait pas se briser en mille morceaux parce qu'il avait rompu son hymen. Elle n'avait même pas eu mal, avait juste éprouvé un vague pincement. Pourquoi faisait-on toute une histoire de cette première fois ? Elle avait été bien bête de la redouter, et maintenant, c'était Nicholas qui se comportait comme un imbécile.

Ce type était exaspérant.

Elle jeta les jambes sur le côté du lit. La tête lui tournait un peu. Elle n'avait pas beaucoup de chemin à faire ; elle n'avait qu'à traverser le couloir et à se laisser tomber sur son lit, où elle pourrait pleurer toutes les larmes de son corps. Sans faire de bruit, évidemment, sinon Nicholas en tirerait des conclusions hâtives et irait tout droit se pendre.

Seigneur, comme les hommes étaient stupides !

Enfin, *les* hommes... Qu'y connaissait-elle, après tout ? C'était juste cet homme en particulier qui menaçait de la rendre folle.

— Où allez-vous ?

— Dans ma chambre, bien sûr.

Elle glissa un pied dans la robe Empire abandonnée par terre. Il n'y avait plus qu'à espérer qu'aucun domestique ne la surprendrait en train de longer le couloir, le dos de sa robe bâillant sur ses épaules nues...

Nicholas se redressa, ses cheveux brillantinés hérissés en pics sur son crâne.

— Non ! Je vous en prie... ne partez pas.

— Je ne vais pas rester ici à écouter vos lamentations.

Elle fit remonter la robe sur sa poitrine, notant au passage que les pointes de ses seins étaient toujours aussi dures et pointues. Et, plus bas, des sensations suspectes brûlaient dans son ventre. Elle n'était pas certaine de réussir à tenir sur ses jambes.

Nicholas passa une main impatiente dans sa chevelure en bataille.

— Je ne me lamente pas !

Eliza enfila un bras dans une courte manche ballon, se griffant au passage aux petites feuilles métalliques qui ornaient la ganse.

— Eliza !

Il avait crié, une expression presque désespérée sur les traits. La seconde suivante, il jaillissait du lit et la saisissait par les coudes.

— Nicholas, lâchez-moi... Il faut que je parte...

— Non, pas comme ça ! Je suis un crétin. D'ordinaire, je ne suis pas aussi... aussi...

— « Crétin » est le mot que vous avez choisi, je crois.

Elle tenta de se dégager, mais il resserra son étreinte.

— Écoutez-moi. Vous me brouillez tellement l'esprit que je n'arrive pas à réfléchir correctement.

— Pourquoi devrais-je écouter vos sottises ? Et je ne vous ai rien fait. À vous entendre, on dirait que je vous ai jeté un sort !

Il plissa les paupières.

— C'est peut-être vrai. Vous êtes une sorcière, Eliza Lawrence.

Elle ne put pas protester : il avait repris ses lèvres et l'embrassait, la réduisant au silence d'un baiser sauvage, farouche, qu'elle aurait été incapable de lui refuser, du moins dans son état d'esprit actuel.

Elle se sentait aussi démunie que lui, en proie à des émotions confuses, en colère un instant plus tôt, et maintenant chavirée de désir, privée de tout bon sens.

C'était si bon de s'abandonner...

Elle avait eu l'intention de lui écraser le pied d'un coup de talon, mais à la place, elle fit glisser ses orteils sur son cou-de-pied dans une caresse légère. Nicholas frémit comme si elle venait de lui toucher le sexe. Son baiser devint plus fervent encore.

Eliza tremblait comme si elle grelottait au cœur de l'hiver, alors que son corps tout entier brûlait d'une flamme ravageuse.

Elle se rendit compte que Nicholas avait fait glisser les manches de sa robe sur ses bras quand les plis du vêtement s'affaissèrent sur ses jambes. Sans lui laisser le temps de protester, il la souleva pour l'extraire de l'amas de soie et la porta jusqu'au lit.

Elle n'était pas si légère, et Nicholas manquait encore de vigueur après toutes ces journées qu'il avait passées alité. Pourtant, ils réussirent à rejoindre le lit en un seul morceau et basculèrent sur le matelas.

Leurs peaux se soudèrent enfin.

Pourrait-elle supporter davantage de sensations ? Oui, apparemment. Les mains et la bouche de Nicholas se posaient partout sur son corps, et elle suivit ses instructions, le caressa timidement là où il le lui demandait, s'enhardissant peu à peu, désireuse de le marquer de son sceau, pour cette nuit au moins.

Cette fois encore, il l'avait placée au-dessus de lui, et à présent, elle savait quoi faire. Elle prit le pouvoir, contrôlant leur rythme tout en guettant ses réactions sur son visage crispé.

Émerveillée par sa propre audace, elle ne chercha pas à étouffer ses cris lorsqu'elle atteignit l'extase, au moment où il glissait la main entre ses cuisses pour titiller son clitoris.

Que les domestiques pensent ce qu'ils voulaient, elle s'en moquait. Elle était déjà bien au-delà des règles et limites qu'elle s'imposait d'ordinaire. Dans ce nouvel univers mystérieux, les frontières étaient abolies.

Elle revint sur terre quand Nicholas, dans un brusque sursaut, s'arc-bouta pour déloger son sexe de son fourreau intime.

Curieuse, elle baissa les yeux et vit sa semence jaillir. Ce membre viril n'était pas un organe particulièrement gracieux, mais il avait le pouvoir de donner la vie et de procurer un plaisir inouï.

Elle le toucha du bout du doigt, et Nicholas émit un gémissement.

— Vous voyez… haleta-t-il. Vous êtes… une sorcière !

32

Nick n'avait pas réussi à persuader Eliza de passer la nuit avec lui.

Vers minuit, elle s'était faufilée hors de sa chambre, tout empourprée, magnifique, ses cheveux répandus sur ses épaules.

Auparavant, ils avaient parlé d'anatomie masculine et de toutes sortes de choses, s'endormant à demi entre deux phrases, jusqu'à ce que, avec un dernier baiser sur la joue, elle ait le bon sens de le quitter.

Maintenant, l'esprit fourmillant de questions, Nick s'efforçait, sans succès, de mettre des mots sur ce qu'il avait éprouvé. Lui qui était censé être un homme d'expérience se révélait en définitive complètement perdu.

Comment expliquer que ses relations sexuelles – quelle expression sans âme ! – avec ses précédentes maîtresses n'aient jamais atteint cette plénitude, cette perfection ? De toute façon, il n'avait pas envie de comparer Eliza à qui que ce soit. Elle était… unique.

Il avait promis de ne plus la toucher si elle acceptait de rester dans son lit jusqu'au matin. Brute qu'il était, il l'avait possédée deux fois en l'espace d'une heure ! Il méritait d'être abattu sur place comme une bête immonde.

La véritable Eliza avait surpassé sans commune mesure l'Eliza fantasmatique qu'il s'était créée. Être auprès d'elle, c'était comme regarder un lever de soleil pour la première fois – en étant sobre – ou goûter une fraise tiède et gorgée de soleil après avoir attendu une année entière.

Eliza était fraîche, pleine de vitalité... et elle lui était interdite.

On ne changeait jamais vraiment... Nick ne pouvait pas imposer ses choix de vie à Eliza. Elle méritait d'épouser un homme honorable, comme ce maudit Hurst.

Frustré, il donna un coup de poing dans l'oreiller et tenta de se rendormir. Mais, sans Eliza dans ses bras, une sensation de vide intense le torturait.

Il finit par se lever et enfila une robe de chambre empruntée à Calamité. Un verre de cognac l'aiderait à trouver le sommeil.

Il y avait une carafe dans le bar de la bibliothèque.

La maison était silencieuse, bien que les couloirs fussent toujours illuminés. Il descendit l'escalier sans bruit, soucieux de ne pas attirer l'attention des domestiques.

Dans la bibliothèque, les lampes brûlaient aussi. Après un instant d'hésitation, Nick tourna la poignée... et découvrit Calamité en habit de soirée, la cravate de travers.

— Tu rentres tôt, remarqua Nick en se dirigeant vers la carafe posée sur le guéridon, à portée de main de son ami.

Il prit un verre sur le plateau, se servit une bonne rasade, puis vint s'installer dans le fauteuil face à son ami, devant la cheminée. La chaleur était la bienvenue, car il n'avait pas pris la peine de passer un pyjama sous sa robe de chambre.

— Ces réceptions sont assommantes. Mais tu le sais, puisque tu t'es enfui sur le continent toutes ces années. Les fêtes sont bien plus drôles là-bas, j'imagine.

Calamité but une gorgée de cognac, l'air pensif, les yeux fixés sur les braises rougeoyantes.

— Qu'y a-t-il ? s'enquit Nick. Tu n'as pas trouvé les fonds que tu cherchais ? Tu n'en as même pas besoin. Tu as les moyens de financer tout seul ton projet, à tes propres conditions.

— Mon comptable ne voit pas les choses de la même façon. Nous avons rendez-vous demain matin, et ce fichu gratte-papier va me passer un savon. Pourtant, c'est mon argent, hein ? Et ce n'est pas comme si j'avais une nichée de petits Featherstone à nourrir.

Nick sourit.

— Alors, mets-toi à l'œuvre. Trouve une malheureuse fille et épouse-la.

— Dans ce domaine, nous nous ressemblons. Pourquoi renoncer à la liberté ? Nous sommes trop jeunes pour nous marier et avoir des enfants.

Prenant conscience de sa bévue, Calamité se corrigea en rougissant :

— Enfin, je veux dire... nous pouvons avoir des enfants sans nous marier et continuer de mener notre vie à notre guise. Tu le fais bien, toi.

— Moi ? En fait, je me demande...

Nick s'interrompit. Il ne se tracassait pas pour sa relation avec Sunny. Il la considérait comme sa fille, quoi qu'il advienne. Mais en ce qui concernait le reste de sa vie... il était temps de faire une petite autocritique.

— Nicholas ! Tu fais des jaloux chez tous nos amis. Tu vas où bon te semble, tu peins, tu pourchasses des femmes nues... et en plus on te paie pour ça ! Tu es l'étoile montante du monde de l'art. Tu n'as plus grand-chose à prouver. Et quand bien même tu ne vendrais plus un seul tableau, feu ta vieille tante t'a légué une fortune. Tu n'es pas obligé de venir quémander ta pitance à tes frères, la queue entre les jambes.

Exact. Et Barbara avait doté Sunny d'une somme importante. Un type moins sourcilleux que lui n'aurait pas hésité à piocher dans son capital. Un type du genre de Daniel Preble.

Nick vida son verre d'une traite, s'en servit un deuxième et procéda de la même manière.

— Eh bien, à ce rythme, tu vas dégringoler dans l'escalier quand tu voudras remonter dans ta chambre, remarqua Calamité. Je préfère que toi et la belle Eliza repartiez intacts demain matin, s'il te plaît.

Intacts... Eliza ne l'était plus, à cause de l'égoïsme monstre dont il avait fait preuve. Certes, elle avait été l'instigatrice de sa propre ruine. Il n'avait pas su lui résister.

Mais comment parler de ruine, de déchéance ? Il n'était pas l'arbitre des bonnes mœurs, comme cette Mlle Scully confite dans ses principes sectaires. Du point de vue de Nick, l'innocence était une qualité très surfaite. Il n'allait pas jeter la pierre à quelqu'un qui avait simplement répondu à l'appel de la chair pour partager quelques instants de félicité.

Oui, félicité était le mot juste.

Se rendant compte que Calamité était toujours en train de lui parler, Nick posa son verre et hocha la tête, comme s'il avait parfaitement suivi le fil de son discours.

Calamité écarquilla les yeux. Hum. Apparemment, il ne s'attendait pas à cette réponse.

— Ce n'est pas ton genre de parler de tes conquêtes, Nicky. Mais maintenant que tu as commencé, finis. Alors, c'était aussi bien qu'elle est jolie ?

La colère et le cognac ne faisaient pas bon ménage.

Le pauvre Calamité fut percuté par le poing de Nick. Par chance, il avait eu un réflexe de recul juste à temps et avait pu interposer son bras, ce qui lui permit de garder toutes ses dents, ainsi que son sourire égrillard.

— Ma foi, tu es bien ingrat ! grommela-t-il en se frottant le coude. Dire que je t'ai passé tous tes caprices… J'ai arrosé d'argent cette horrible bonne femme, la Scully ; je suis venu te chercher à Lindsey Street en voiture ; j'ai kidnappé ta gouvernante ; j'ai fait mander mon homme de loi ; je t'ai accueilli, nourri, vêtu. Et, en guise de remerciement, tu me casses la figure. Ce n'est pas très fair-play. Non, pas du tout !

Consterné, Nick fixait son poing.

— Je… je suis désolé. Je ne suis plus moi-même.

— Qui es-tu, alors ? Je sais bien que tu as des soucis en ce moment, mais tout va s'arranger. Coningford est un type malin. Et si tu as réussi à convaincre Mlle Lawrence de venir réchauffer ton lit, tu as plus de chance que la plupart des hommes.

Nick serra les dents.

— Je te prie de tenir ta langue ! C'était une erreur, une aberration, et cela ne se reproduira pas. Eliza est trop bien pour moi. Elle partira dès demain, quand nous en aurons fini avec Daniel.

— Dommage. Je pourrais lui offrir ma protection, je suis entre deux maîtresses en ce moment. Mais… je suppose que ça ne te plairait pas ?

Nick s'apprêtait à se jeter sur lui une fois de plus quand il remarqua la flamme malicieuse qui brillait dans les yeux de son ami.

— Ce n'est pas drôle, Cala ! Pas drôle du tout !

D'un geste nerveux, Nick avala jusqu'à la dernière goutte de son cognac.

— Sans doute, concéda Calamité. Tu es vraiment accro, mon vieux. Je peux comprendre ça. Eliza est ravissante, et c'est une fille intelligente. Trop futée pour moi, probablement. Tu avais toujours de meilleures notes que moi au collège. Elle peut te faire passer de bons moments, jusqu'à ce que tu te décides à reprendre une vie sociale normale.

— Il n'en est pas question. Quand tout cela sera terminé, j'irai en Écosse. Et Eliza – « Mlle Lawrence », pour toi – retournera travailler à l'agence Evensong.

— Oui, oui, on sait ce qu'il advient des plans les plus minutieusement préparés, murmura Calamité, avant d'étouffer un bâillement. Bon, j'en ai ma claque, je monte me coucher.

Nick se pencha pour poser la main sur le bras de Calamité.

— Promets-moi de ne rien dire à Eliza… ni à quiconque… de mon indiscrétion. On a déjà assez glosé sur sa réputation, et… elle est irréprochable. Et ne va pas lui décocher ces petits regards entendus dont tu as le secret. Oublie que je t'ai dit quoi que ce soit.

— Techniquement, tu n'as rien dit. Tu t'es contenté de hocher la tête. Tu n'as confessé aucun péché. Je crois plutôt que tu ne m'écoutais pas. Enfin, rassure-toi, ton secret ne risque rien avec moi. Je serai muet comme une tombe, juré.

Calamité se leva et lui tendit la main.

Après son départ, Nick se rendit compte qu'il n'avait pas du tout envie de dormir. En dépit du mal de tête qui commençait à lui serrer les tempes, il se resservit deux doigts de cognac. Celui-ci était vraiment excellent. On pouvait compter sur Calamité pour n'acheter que la meilleure qualité.

Nick se retrouvait en territoire inconnu. Ses pensées s'enchaînaient, son cœur cognait dans sa poitrine, sa peau le démangeait au souvenir des caresses d'Eliza. Rien que d'y penser… son sexe soulevait sa robe de chambre comme le piquet d'une tente.

Comment réagirait-elle s'il se faufilait dans sa chambre ?

Sans doute tenterait-elle de le harponner avec une épingle à chapeau. Elle avait été très claire : ils ne devaient pas recommencer.

Dans ces conditions… il n'avait plus qu'une solution pour trouver un semblant d'apaisement.

Il gravit l'escalier quatre à quatre, traversa l'aile où étaient situées les chambres, puis rejoignit le grenier où Calamité avait fait installer l'atelier de peinture.

Nick avait passé assez de temps dans cet endroit lors de ses précédents séjours à Londres pour être capable de retrouver son chemin tout seul. Il avait même aidé Calamité à y ranger toutes les fournitures nécessaires au travail des artistes.

Cela faisait deux nuits de suite qu'Eliza l'inspirait. Il aurait dû être terrassé par la fatigue, mais on aurait dit que quelqu'un avait allumé une lampe électrique dans son cerveau.

La veille, il avait peint avec une sorte de frénésie. Ce soir, au contraire, il aborda son œuvre avec sérénité. Désormais, il connaissait son sujet, ses proportions délicates, le goût et l'éclat de sa peau, la couleur de sa toison intime.

Ce portrait serait destiné à lui seul. Il détruirait l'autre, ou bien il le modifierait tellement qu'aucun dragon à tête de Scully ne risquerait d'y reconnaître Eliza.

Cette fois, il ne la dessina pas en train de se caresser. Il la représenta lovée sur une méridienne, son corps tiède repu de plaisir, sa chevelure dorée répandue sur le coussin, les lèvres entrouvertes, comme sur le point de poser une question, ses yeux bleus luisant d'une sagacité toute neuve.

L'Éducation d'Eliza.

Sauf que c'était lui qui avait appris quelque chose.

Nick travailla longtemps dans la fraîcheur de la nuit.

Il demanderait à Calamité de ne pas monter dans l'atelier et ferait enlever le tableau dès que la situation serait revenue à la normale. Il avait entendu parler de chambres secrètes, accessibles par des portes dérobées, auxquelles seul le propriétaire des lieux avait accès. Des lieux où un artiste pouvait venir admirer son travail en toute quiétude. Mais, en l'occurrence, lui n'aurait qu'une œuvre à contempler.

Cela lui suffirait-il pour le reste de sa vie ?

Non.

Qu'avait donc dit Calamité ? Ah oui, qu'il était sérieusement « accro ».

Il n'y avait qu'une chose à faire, il commençait à le comprendre.

Mais Eliza serait-elle d'accord, s'il trouvait le courage de lui poser la question ?

33

Eliza envisagea de ne pas descendre prendre le petit déjeuner, mais elle aurait considéré cela comme une lâcheté. Et, en se terrant ainsi dans sa chambre, elle n'aurait fait que reculer ce moment d'embarras inévitable.

Elle et Nicholas s'étaient séparés dans une ambiance presque amicale. Trop, peut-être. Il l'avait laissée étudier son corps à loisir, avait répondu à ses questions candides avec une pudeur un peu hésitante. Il s'était montré attentionné, charmant.

Et pourtant, même après qu'ils avaient fait deux fois l'amour, une barrière subsistait entre eux.

Mais c'était aussi bien, non ? Nicholas la regardait aujourd'hui d'un air ébloui parce que leur histoire était toute récente, mais elle savait bien qu'un homme de cette nature ne pourrait se satisfaire d'une seule femme très longtemps.

Ses vêtements de la veille avaient été nettoyés et repassés par les domestiques de sir Thomas. Ils n'étaient pas devenus chics pour autant. Ce fut presque une punition de les enfiler après avoir porté la jolie robe Empire.

Elle s'observa dans la glace : chemisier blanc empesé, jupe en lainage gris banale, jaquette grise ajustée. La petite camériste l'avait certes coiffée avec distinction, mais cela ne l'empêchait pas d'avoir l'air de ce qu'elle était en réalité : une secrétaire-gouvernante qui n'avait pas sa place dans cette demeure élégante de Mayfair.

Eliza prit son chapeau et son sac en toile brodée, avant de rejoindre le rez-de-chaussée, où Hitchborn la conduisit dans la petite salle à manger où sir Thomas et Nicholas prenaient leur petit déjeuner.

À son entrée, les deux hommes se levèrent.

— Bonjour ! lança gaiement sir Thomas. C'est une belle matinée, pas vrai ?

Eliza tourna les yeux vers la fenêtre. Le ciel était gris, même s'il ne pleuvait pas encore, ce qui ne saurait tarder.

— Oui, très belle, répondit-elle, avant de s'asseoir sur la chaise que Hitchborn venait de tirer à son intention.

— Avez-vous bien dormi ? s'enquit encore son hôte.

— Très bien, merci.

Le corps comblé de plaisir, elle avait sombré dans un sommeil sans rêve.

— Puis-je vous servir, mademoiselle Lawrence ? s'enquit le majordome.

— Oui, merci, Hitchborn, acquiesça-t-elle, soulagée de ne pas avoir à marcher jusqu'à la desserte.

La présence de Nicholas l'intimidait, et elle avait les jambes en coton.

Elle jeta un regard dans sa direction, remarqua les cernes sombres sous ses yeux. Il semblait n'avoir pas fermé l'œil de la nuit. Elle-même s'était endormie la tête à peine posée sur l'oreiller. Elle n'avait pas eu le temps d'éprouver de regrets, et aucun cauchemar n'était venu perturber son sommeil, ce qui relevait du miracle.

Pourvu que Nicholas ne fasse pas une rechute… Car alors elle serait tentée de prolonger son séjour pour prendre soin de lui, et ses bonnes résolutions fondraient comme neige au soleil.

— Bonjour, Nicholas, se força-t-elle à articuler.

— Bonjour.

Il avait la voix tout enrouée, comme si c'étaient les premiers mots qu'il prononçait depuis son réveil.

— Mon chauffeur se tient à votre disposition pour vous ramener à Lindsey Street dès que vous serez prêts, annonça sir Thomas, avant de s'attaquer à son steak.

Eliza était prête. Elle avait hâte de partir et d'oublier tout cela.

Dans la pièce où le silence était retombé, on n'entendait plus que le cliquetis des couverts sur la porcelaine.

Eliza était toujours cramponnée à son sac et à son chapeau. Après avoir placé une assiette devant elle, Hitchborn vint l'en débarrasser pour les poser sur une chaise.

Le majordome avait eu la main lourde. L'assiette débordait de nourriture. Nicholas regardait fixement sa propre assiette, dans laquelle une unique saucisse baignait dans une petite mare de graisse. De sa main tachée de peinture, il tenait la fourchette dont il ne se servait pas.

Avait-il passé une nuit blanche ? Peut-être avait-il travaillé toute la nuit, comme la veille. Cela aurait expliqué son air hébété.

Ce silence devenait vraiment pesant.

— Croyez-vous qu'il va pleuvoir ? demanda-t-elle à la cantonade.

— Le ciel est bas, répondit sir Thomas avec un entrain forcé. Qu'en penses-tu, Nick ?

Nicholas posa sa fourchette.

— Je n'en ai aucune idée. Je crois, oui. Est-ce qu'il pleut tout le temps ici ?

— On en a parfois l'impression. Le printemps est une saison particulièrement humide à Londres, ne trouvez-vous pas, mademoiselle Lawrence ?

— Autant que l'automne.

Cette conversation, qu'elle avait eu la riche idée d'initier, devenait de plus en plus stupide. Mais, apparemment, sir Thomas n'en avait pas fini avec le bulletin météorologique.

— Et, en ville, l'été est suffocant. On aimerait bien un peu de fraîcheur. C'est d'ailleurs pour cela que tout le monde court se réfugier dans sa propriété de campagne. Oh… je vous demande pardon, mademoiselle Lawrence. J'ai parlé sans réfléchir, je ne voulais pas être désobligeant.

Eliza n'en voulait pas à sir Thomas. Il n'était pas snob, mais il était facile de commettre ce genre de petite maladresse quand on vivait dans une cage dorée comme Featherstone House.

— Ne vous excusez pas. Il se trouve que, l'été dernier, je suis allée en Écosse, où j'ai passé un séjour délicieux.

Du moins quand elle ne courait pas après ce garnement de Jonathan ou qu'elle ne soupirait pas après son inaccessible père.

Eliza coupa un muffin en quatre, puis en huit. La question était : pourrait-elle en avaler une seule miette ?

— Ah, l'Écosse en été, quelle merveille ! s'exclama sir Thomas.

Il profita de ce changement de sujet pour tenter d'entraîner Nicholas dans la conversation et lui faire parler des étés de son enfance. Nicholas répondit par de vagues grognements, tandis que sir Thomas pérorait sur la bruyère et les lochs. Eliza se concentra sur son muffin mutilé, puis se força à avaler quelques bouchées d'œuf poché.

Sir Thomas était trop poli, Nicholas trop taciturne. Cette ambiance n'aidait pas Eliza à se sentir moins nerveuse. Nicholas regrettait-il leur nuit d'amour ? Il n'avait pas eu l'air pétri de remords quand il lui avait donné un long baiser brûlant dans le noir, juste avant qu'elle ne se sauve...

Nick posa sa serviette sur la table, sans même avoir fait mine de toucher à sa saucisse.

— Nous devrions y aller, Eliza. Si Daniel a fait la traversée cette nuit à partir de Dieppe, il est possible qu'il débarque à Victoria Station à tout moment. Et j'imagine qu'il ira droit à Lindsey Street.

Elle inclina la tête.

— Je tiens à vous remercier pour votre hospitalité, sir Thomas.

— J'ai été ravi de recevoir la... euh... la gouvernante de Nick. Vous avez du courage de le supporter. Je veux dire... avec ces ragots et ces journalistes à l'affût. S'occuper d'un enfant est déjà exigeant, et il vous a fallu en plus soigner Nick. Pauvre petite ! Vous ne deviez pas vous attendre à cela en acceptant ce poste.

Sir Thomas perdait un peu plus contenance à chaque mot qu'il prononçait, mais bizarrement, cela ne l'empêchait pas de babiller. Il avait beau être l'un des premiers pairs du Royaume et l'héritier d'une immense fortune, cela ne l'empêchait pas d'être timide.

— Bon, Cala, ça suffit, jeta Nicholas.

Il était de toute évidence d'humeur exécrable. Voilà ce qui arrivait quand on restait debout toute la nuit à faire... Dieu savait quoi. Oh, si jamais il avait peint un autre nu d'elle...

Tâchant de compenser la grossièreté de Nicholas, elle répondit à sir Thomas :

— J'admets que j'ai été un peu déstabilisée par la tournure des événements. C'est gentil à vous de vous en inquiéter.

La semaine avait été mouvementée : du sang et du vomi, des journalistes, un criminel en fuite, la terrible Mlle Scully, la perte de sa virginité...

Et maintenant, ils s'apprêtaient à affronter le perfide Daniel Preble.

— Allons-y, décréta Nicholas.

Il se leva, saisit le coude d'Eliza au passage et l'entraîna vers la porte. Cette fois, il n'y avait aucune tendresse dans son attitude.

— Hé, attendez ! Mon chapeau... mon sac !

— Vous y tenez vraiment ? Je n'ai jamais vu un chapeau aussi moche.

Un valet se précipita pour apporter ses affaires à Eliza, qui récupéra le chapeau incriminé. Elle l'avait acheté sans se poser de questions, mais Nicholas avait raison, ce truc était d'une laideur peu commune.

Pas étonnant qu'il heurte son œil d'artiste épris de beauté. En tant qu'esthète, il devait prendre grand plaisir à acheter des toilettes ravissantes à ses maîtresses. Dans le but de les leur enlever ensuite, bien sûr.

— Hitchborn, veuillez prévenir le chauffeur, intervint sir Thomas. Nick, si je peux vous aider de quelque façon...

— Tu en as bien assez fait comme ça, grogna Nicholas.

Seigneur, ces deux-là s'étaient-ils disputés avant qu'elle ne les rejoigne pour le petit déjeuner ? Elle vit sir Thomas hausser les épaules d'un air résigné, et il ne se leva pas pour les raccompagner dans le grand hall. L'endroit était assez vaste pour y valser, même avec cette grande table posée au milieu. Un vase rempli de fleurs fraîchement coupées le décorait. Eliza se pencha pour humer le parfum d'une rose, mais Nicholas la tira par le bras.

— Il n'est pas question que vous échangiez un mot avec Daniel Preble.

— Il va bien falloir que je lui parle en lui ouvrant la porte.

— Non. Vous vous contenterez de lui donner la carte de Coningford.

Il glissa la main dans sa poche et lui tendit un bristol qu'il pinçait par le coin entre le pouce et l'index, comme s'il avait tenu une souris morte par la queue. Il voulait éviter tout contact physique avec elle. Bien. Tant mieux. Son coude la brûlait encore à l'endroit où il avait posé sa main l'instant d'avant.

Elle glissa la carte dans son sac.

— Je serai caché dans la salle à manger, je pourrai vous entendre crier si jamais cela tourne au vinaigre. Bon sang, j'ai l'impression d'être le pire des pleutres de vous laisser l'affronter seule comme ça ! Je devrais peut-être demander à Calamité de s'en charger. Mais non… j'avais oublié ! Il a un rendez-vous important.

Oubliant qu'ils devaient désormais garder leurs distances, Eliza lui posa la main sur le bras.

— Cela ne me dérange pas, vous savez. Ne vous inquiétez pas, ce sera réglé en un instant.

Hitchborn ouvrit la porte d'entrée qui donnait sur la rue. La Pegasus étincelante de sir Thomas les attendait. Ils prirent place sur la banquette arrière, puis le chauffeur démarra. Le trajet s'effectua en silence.

Eliza s'efforça de profiter de la promenade en automobile. Les rues étaient pleines d'attelages, et le chauffeur klaxonnait à tout bout de champ pour forcer le passage. Les cochers et charretiers levaient le poing et les insultaient. Cela gâchait un peu la balade.

À leur arrivée, comme de bien entendu, ils trouvèrent deux journalistes en faction devant la maison. Nicholas grommela un juron.

— Pourquoi sont-ils là ? La maison est vide, remarqua Eliza.

— Apparemment, cela ne les a pas découragés. Au moins, il n'y en a que deux. Ignorez-les. Ne les regardez même pas, quoi qu'ils vous disent.

La clé de la maison à la main, il poussa Eliza hors du véhicule.

Les journalistes se mirent à crier dès qu'ils les reconnurent. Les joues en feu, Eliza fit de son mieux pour ne pas les écouter.

— Baissez la tête, lui enjoignit Nicholas d'une voix sourde. Faites comme s'ils n'étaient pas là.

Sitôt le seuil franchi, il claqua la porte vert sauge. L'instant d'après, les journalistes bondissaient sur le perron pour tenter de voir à travers la vitre. La vision de leurs visages déformés par le verre cathédrale fit frissonner Eliza.

— Allons dans le petit salon. À moins que vous n'ayez besoin…

Elle secoua la tête. Ses jambes chancelantes menaçaient de se dérober sous elle. Plus tôt elle s'assiérait, mieux ce serait.

Elle se laissa tomber sur le canapé, et Nicholas se mit à arpenter rageusement le salon.

La maison déserte était plongée dans le silence.

— On ne peut même pas commander du thé ! grommela-t-il.

— Avez-vous des nouvelles de Sunny et des autres ?

— Oui, le valet de Calamité a envoyé un télégramme ce matin. Tout va bien à Islington.

— Eh bien, c'est déjà ça, soupira Eliza. Avec un peu de chance, Sunny voit tout cela comme une aventure amusante.

Elle ôta son chapeau et ses gants, puis les jeta sur une console jonchée de livres.

— Ces derniers jours ont été bien trop mouvementés. Je veux l'emmener à Raeburn Court.

— Ah, vous vous êtes décidé, finalement ?

Elle n'avait jamais mis les pieds là-bas, mais d'après ce que lui avait raconté Mary, l'endroit était encore plus majestueux que le *Forsyth Palace Hotel*.

Nicholas se passa la main dans les cheveux.

— Oui. Et il y a quelque chose que je veux vous demander. Mais pas maintenant. Quand nous en aurons fini avec Preble.

Eliza sentit sa gorge se nouer.

Elle ne pouvait pas l'accompagner, surtout après ce qui s'était passé la nuit précédente. Son travail de gouvernante ne lui pesait plus tant que cela, et Sunny était vraiment adorable, mais... son père ne lui apporterait que des ennuis.

Rien ne serait plus jamais pareil.

— Nicholas, il n'est pas question que nous prolongions ce... cette intimité, lui rappela-t-elle.

— Écoutez, j'ai bien réfléchi, Eliza, et...

À cet instant, la sonnette de la porte d'entrée tinta. Les mots que Nicholas s'apprêtait à prononcer moururent sur ses lèvres.

Eliza tira le bristol de son sac.

— J'y vais, dit-elle, avec l'impression de marcher vers la guillotine.

Nicholas lui emboîta le pas.

— Allez-vous-en ! chuchota-t-elle.

— Je vais dans la salle à manger. N'oubliez pas : vous ne devez pas piper mot.

Dès qu'ils atteignirent le hall, elle le poussa en direction du couloir.

— Ce n'est peut-être pas lui, de toute façon.

Elle ne pensait pas que les journalistes auraient le culot de sonner, mais enfin... on ne pouvait en être sûr.

Une succession d'émotions complexes défila sur les traits fatigués de Nicholas.

— Bon, allez-y. Mais, par Jupiter, si ce type s'en prend à vous, je vous jure que je le tue !

34

Nick se plaqua contre le mur, à l'entrée de la salle à manger. Il avait un mauvais pressentiment. Il regrettait d'avoir écouté Coningford. Il n'aurait pas dû envoyer Eliza affronter seule Daniel, mais traiter lui-même avec ce maître chanteur. Quoi qu'en pensât l'homme de loi, il était tout à fait capable de museler sa colère. Même si, en cet instant, il ne pouvait s'empêcher de serrer les poings.

L'horloge du couloir sonna. Nick sursauta. Puis, tendant l'oreille, il entendit la porte d'entrée pivoter sur ses charnières en laiton.

— Mademoiselle Lawrence, je présume ? fit la voix de Daniel.

Comment diable connaissait-il le nom d'Eliza ? Mais oui, bien sûr… ces maudits journaux.

— Vous avez perdu votre langue ? Je sais bien que vous n'êtes pas muette. J'ai lu dans la presse que vous aviez vaillamment harangué les reporters, l'autre jour. Que me donnez-vous là ? La carte d'un avocat ?

Nicholas entendit un bruit distinct de papier déchiré.

— Celui-ci n'est pas une pointure. Nicholas devrait mieux s'entourer. Alors, mademoiselle, allez-vous me laisser entrer, ou préférez-vous que ces chiens avides de ragots écoutent tout ce que je vais dire ?

Le cœur de Nick manqua un battement. Il savait depuis le début que tout cela était une mauvaise idée. La porte se referma dans un claquement.

— Où se cache-t-il ?

Nick sortit dans le couloir.

Eliza était blanche comme un linge, mais, Dieu merci, elle n'avait pas prononcé un mot.

— Qu'est-ce que tu veux, Daniel ?

Son ancien mentor avait une mine épouvantable. Il avait dû se lancer dans la traversée de la Manche comme s'il avait les chiens de l'enfer à ses trousses. Ses cheveux grisonnants étaient hérissés sous son feutre. Sa barbe était hirsute, sa veste et son gilet de couleur voyante tout chiffonnés. Il ne portait pas de cravate.

À une certaine époque, Daniel se pomponnait comme un dandy, mais personne n'aurait pu l'imaginer en le voyant aujourd'hui dans une tenue si négligée.

Il était vrai cependant que Nick lui-même était dans un piètre état, alors qu'il n'avait pas sauté du ferry au train durant les dernières vingt-quatre heures.

— Pardonnez ma mise, mais j'avais hâte de régler cette affaire, déclara Daniel, avant de demander d'un ton sec : Où est-elle ?

— De qui parles-tu ?

— Ne joue pas à ce petit jeu avec moi, Nick. Tu n'as jamais gagné contre ton maître, souviens-toi. La fillette.

Maître et disciple. On les surnommait le Feu et la Glace, à cause de la couleur de leurs cheveux, quand ils écumaient l'Europe ensemble. Nick sentit un jet de bile lui monter dans la gorge au souvenir de ces temps de débauche insouciante.

— Tu ne connais même pas son prénom, hein ?

— Domenica. Un peu exotique, mais bon, Barbara était italienne. Moi aussi, j'ai pris un avocat, tu sais. À Paris. Il m'a dit que j'étais dans mon bon droit.

— Barbara a écrit des lettres à une douzaine d'hommes avant de mourir. Elle était aux abois.

Nick improvisait, mais après tout, c'était peut-être vrai. Lui-même avait reçu une missive qui se trouvait toujours dans une malle, à l'étage, avec de la paperasse et des documents bancaires. Il devait absolument remettre la main sur ces papiers et les confier à Coningford, qui les rangerait en lieu sûr.

Daniel parut décontenancé, mais il se reprit rapidement et eut un sourire matois.

— Tu bluffes. Je sais bien quand tu racontes des sornettes, Nick. Tu as un tic : tu tires sur ta boucle d'oreille. Un bijou assez vulgaire, si tu veux mon avis. Vous ne trouvez pas, mademoiselle Lawrence ? Mais Nick est prêt à tout pour se faire remarquer. C'est une habitude chez les benjamins qui manquent de considération dans leur famille, je crois.

Nick n'allait pas mordre à l'hameçon. Il regrettait amèrement d'avoir fait tant de confidences à Daniel. Mais il était si jeune, à l'époque. Il cherchait à mûrir et avait brûlé les étapes en se livrant à toutes sortes de folies.

— Dommage que tu aies déchiré ce bristol. Ça ne fait rien, j'en ai d'autres, dit-il en pêchant une autre carte dans la poche de sa veste. Personnellement, je n'ai rien à te dire. Tu n'as qu'à voir mon avocat.

Daniel gloussa.

— Est-ce vraiment nécessaire ? Je suis sûr que nous pouvons trouver un terrain d'entente entre vieux amis. Entre gentlemen de bonne volonté.

— Tu t'égares. Je ne vois ici ni amis ni gentlemen. Et je te demande de partir.

Nick jeta un regard en direction d'Eliza. Toute raide, elle se tenait près de la console sur laquelle était posé le téléphone, dans un clair-obscur qui soulignait sa mince silhouette.

— Si tu t'obstines, je vais devoir employer les grands moyens, reprit Nick. Mademoiselle Lawrence, voulez-vous avoir l'obligeance d'appeler la police ?

Daniel bondit et ceintura Eliza.

— Ne nous précipitons pas, Nicky.

— Lâche-la tout de suite ! rugit Nick.

Il se figea en voyant Daniel sortir de sa poche un petit pistolet dont il dirigea le canon vers la tempe d'Eliza.

— Mon Dieu, mais qu'elle sent bon ! Un vrai champ de citronniers. Tu n'as pas encore eu le temps de l'habiller, apparemment. Mais je suppose qu'elle est encore mieux toute nue. Allons-nous vérifier ? À moins que tu ne connaisses déjà par cœur les charmes de sa ravissante personne ?

— Bas les pattes, articula Nick d'une voix sourde.

Il s'efforçait de garder son sang-froid. Il ne pouvait pas se permettre de céder à la panique. Eliza avait besoin de lui… et lui d'elle. S'il lui arrivait malheur, il ne se le pardonnerait jamais.

— Quel est votre prénom, très chère ? Les journaux n'en ont pas fait mention.

Les pupilles dilatées sous l'effet de la peur, Eliza pinça les lèvres sans répondre.

— Nicky ? Éclaire ma lanterne, veux-tu ?

— Et comment le saurais-je ? Je me moque bien de son prénom, Daniel. C'est ma gouvernante. Je ne m'intéresse pas du tout à elle. C'est une vieille fille ratatinée, bégueule et moralisatrice. Franchement, elle est ennuyeuse comme la pluie, mais ce n'est pas une raison pour t'en prendre à elle.

Nick se mordit l'intérieur de la joue. Il avait honte de parler d'Eliza comme ça, mais… elle comprendrait et le remercierait plus tard… s'ils s'en sortaient vivants.

Daniel ricana.

— Vraiment ? Elle ne m'a pas l'air ratatinée. Ni ennuyeuse. C'est même une sacrée beauté. Et elle a du tempérament. Pas vrai, mam'zelle Lawrence ?

Il pressa le canon du pistolet contre la tête d'Eliza, et Nick ravala un juron.

— M. Raeburn dit la vérité. Je suis sa gouvernante, et il me considère comme une rabat-joie parce que j'ai des principes. Mais si vous me laissez partir, je vous promets de ne rien dire aux autorités.

Sa voix était remarquablement limpide. Calme. Nick aurait bien aimé lui emprunter une once de courage.

— Hum. C'est bizarre, mais je ne vous crois pas. Si vous êtes tellement à cheval sur les principes, ça m'étonnerait beaucoup que vous fassiez preuve de magnanimité à mon égard. Non, je crois qu'il vaut mieux que je vous garde à l'œil. Vous ferez une parfaite monnaie d'échange.

— Elle n'a rien à voir avec tout ça. Elle est entrée à mon service il y a seulement quelques jours. Je la connais à peine, bon sang ! Pourquoi veux-tu qu'elle ait la moindre valeur à mes yeux ?

Seulement quelques jours, était-ce possible ? Désormais, Nick ne pouvait imaginer sa maison sans la présence d'Eliza.

— Tu sembles pourtant très inquiet pour elle, objecta Daniel. Mademoiselle Lawrence, dites-moi où est Domenica. Dans sa chambre, à l'étage ?

— J'ignore où elle est. M. Raeburn l'a envoyée ailleurs.

— Et pourquoi n'êtes-vous pas partie avec elle ?

— Je rendais visite à ma mère quand la décision a été prise. C'était ma demi-journée de congé.

La pauvre Eliza n'avait bénéficié d'aucun congé, et depuis son arrivée, elle était allée d'un problème à l'autre. Et la situation était en train de tourner au drame.

Subrepticement, Nick se rapprocha du meuble portemanteau. Il y avait là de nombreuses cannes à pommeau. Celle de Daniel devait encore être rangée là. S'il était assez rapide, il pourrait la saisir et...

— La canne à pommeau d'argent renferme un poignard, remarqua Daniel sur le ton de la conversation. N'y pense même pas, Nicky. Où sont Mme Quinn et cette idiote de bonniche ?

— Parties, elles aussi.

— Dommage. J'aurais bien présenté mes respects à cette vieille chouette. J'imagine que tu vas refuser de me dire où tu as caché Domenica ?

Nick hocha la tête.

— Tu finiras bien par parler, mais nous n'en sommes pas là. Ainsi, nous sommes seuls dans la maison. Cela convient tout à fait à mes plans. Nous devrions passer dans un endroit plus confortable. Ma chambre, peut-être ?

— Ce n'est plus la tienne, lui rappela Nick, qui était pourtant prêt à renoncer à la maison s'il le fallait.

— Elle m'a manqué, cette maison. Ta petite villa italienne est très bien, quoiqu'un peu isolée à mon goût. J'ai préféré séjourner chez des amis français. Mais c'est à Londres que je me sens chez moi.

— Que dirais-tu de Paris ?

— Serais-tu en train de m'offrir une petite garçonnière ? Il faut que j'y réfléchisse, cela pourrait entrer dans le cadre de nos négociations.

— Je ne t'offrirai rien tant que tu n'auras pas relâché Mlle Lawrence. Tu te comportes comme un forban, Daniel. Même toi, tu devrais avoir honte.

Daniel se rengorgea.

— Je dois dire que ça fait du bien de se lâcher, comme au bon vieux temps.

— À l'époque, tu n'avais pas recours aux armes à feu, rétorqua Nick avec mépris.

— Que veux-tu ? J'ai peur d'avoir perdu un peu de mon pouvoir de persuasion. Qu'en pensez-vous, mademoiselle Lawrence ? Êtes-vous sensible à mon charme ? Puis-je vous convaincre de m'aider ?

— Tu ne la convaincras de rien du tout, Daniel. Mlle Lawrence ne se laisse charmer par personne. Elle déteste les hommes.

— C'est sans doute qu'elle n'a pas encore rencontré le bon. Elle est très jolie. On a autant envie de la peindre que de la baiser.

Nick vit Eliza pâlir brusquement.

Si jamais Daniel tombait sur le portrait resté dans le grenier, il comprendrait qu'elle n'était pas qu'une gouvernante pour Nick. Son désir pour elle se lisait dans chaque coup de pinceau.

Le tableau qu'il avait commencé la veille était bien différent, et Nick voulait vivre assez longtemps pour le terminer. S'il fallait pour cela satisfaire toutes les exigences de Daniel, eh bien, qu'il en soit ainsi. De toute évidence, celui-ci était plus intéressé par l'argent et la maison que par Domenica.

Les pensées se bousculaient dans l'esprit de Nick. Il cherchait le moyen de désarmer Daniel sans mettre Eliza en danger. Peut-être valait-il mieux gagner l'étage, faire semblant de se détendre pour mieux prendre Daniel au dépourvu… Celui-ci n'avait pas la carrure d'un Phil Cross, et Nick était sûr de pouvoir le neutraliser si l'occasion lui en était donnée.

Et s'il devait pour cela lui tirer dessus, il n'hésiterait pas.

— J'ai une envie pressante, reprit Daniel. Ça ne vous dérange pas, j'espère ?

Du canon de son arme, il désigna le bout du couloir, où se trouvait le petit cabinet de toilette. Son bras encerclait toujours la taille d'Eliza.

— Je ne pense pas que nous tiendrons à trois là-dedans, Daniel.

— Il va falloir se serrer un peu. Jouer les sardines en boîte. Je ne peux pas te perdre des yeux, mon Nicky. Tu irais dégainer cette fichue canne, et je perdrais l'avantage. Si Mlle Lawrence déteste les hommes à ce point, j'imagine qu'elle n'a jamais vu une virilité dans toute sa splendeur. C'est votre jour de chance, ma chère.

Eliza leva les yeux au plafond. Daniel ne s'en aperçut pas. Nick aurait voulu embrasser la jeune femme. Elle était belle, vaillante, et si précieuse à son cœur.

— À toi l'honneur, Nicky.

Nick passa devant la salle à manger et le petit salon. Au moment où il arrivait en vue de la porte qui donnait sur le jardin, il crut distinguer un mouvement furtif derrière le verre cathédrale.

Sans doute un de ces maudits reporters. S'il criait… Daniel se vengerait sur Eliza.

Et puis, ce n'était peut-être qu'un oiseau. Néanmoins, il pouvait toujours tenter quelque chose.

— Je crois qu'il y a quelqu'un dehors.

— Balivernes. N'essaie pas de me doubler, Nick.

— Laisse-moi juste vérifier. Je te jure que je n'essaierai pas de m'enfuir.

Il s'approcha de la porte… et entendit Eliza pousser un cri étouffé. Au prix d'un immense effort de volonté, il s'interdit de se retourner et alla tourner la poignée pour entrouvrir le battant.

Il pivota. Eliza grimaçait de douleur. Daniel était en train de lui tordre le bras dans le dos, mais la jeune femme semblait plus furieuse que blessée.

— D'accord, d'accord. Mais tu sais que des journalistes rôdent autour de la maison. Ça n'arrangerait pas tes affaires si l'un d'eux découvrait ce que tu es en train de faire.

— Tu as plus à perdre que moi. Imagine… un autre scandale ? Le nom de la petite Domenica sera partout dans la presse. Je suis sûr que tu préféreras mettre la main au portefeuille pour me faire taire.

Daniel poussa Eliza en avant et jeta un coup d'œil par-dessus l'épaule de Nick.

— Nicky, Nicky, tu insultes mon intelligence. Ferme-moi cette porte et tire le verrou. Je ne veux pas que nous soyons dérangés.

Nick pesta contre lui-même. Il était malhabile, aux abois, et Daniel lisait dans son jeu. Maintenant, il allait le surveiller deux fois plus.

— Le verrou, Nick. Je n'ai rien entendu.

À contrecœur, Nick obtempéra. Il était peu probable de toute façon qu'un journaliste se soit glissé dans le jardin. Hormis le premier jour, les reporters n'avaient même pas sonné à la porte d'entrée.

Eliza avait-elle verrouillé la porte principale quand elle avait laissé entrer Daniel ? Nick espérait que non. Quelqu'un pouvait toujours pénétrer dans la maison. Ce médecin, par exemple.

Il se rendait bien compte qu'il se berçait d'illusions, mais pour le moment, il n'avait pas d'autre espoir.

Le cabinet de toilette n'était guère plus grand que la cabine téléphonique qui se dressait devant l'auberge voisine. Elle contenait un lavabo, une minuscule douche et une commode.

— Vous deux, entrez dans la douche. Et pas un bruit. Souvenez-vous que j'ai un pistolet. Je suis tout à fait capable de faire deux choses en même temps, et le doigt me démange. J'imagine que Mlle Lawrence voudra fermer les yeux. Toi, tu as déjà vu le spectacle plein de fois, hein, Nicky ?

Nick voyait surtout toutes ces années gâchées en compagnie de ce triste sire. Il avait honte. Quelle explication donner à Eliza ? Il la choquerait horriblement.

Quoi qu'il advienne, il était maudit.

35

Nicholas tenta de se placer entre Eliza et ce spectacle infamant, mais elle ne le laissa pas faire.

Ainsi, c'était lui, le fameux Daniel Preble, ce type aux cheveux grisonnants, au teint maladif, mal fagoté, qui semblait persuadé que son sexe exerçait une vraie fascination sur les femmes ?

Elle se garda bien de fermer les yeux. Elle devait rester en alerte, pour pouvoir profiter de la moindre occasion de renverser la situation.

Eliza avait déjà vu ces fontaines idiotes qui représentaient des angelots en train d'uriner, mais Preble n'avait rien d'un ange. Pourquoi avait-elle enlevé son chapeau, sapristi ? Sa longue épingle lui aurait été bien utile pour attaquer ce sale individu dans la partie la plus sensible de son anatomie, dont il tirait une si grande fierté.

Mais si elle avait gardé son chapeau, Nicholas et elle auraient été obligés de se contorsionner pour tenir dans la douche, alors que là, ils étaient agréablement serrés l'un contre l'autre.

Elle entendait son cœur cogner dans sa poitrine, et le regard angoissé qu'il baissa sur elle était plus éloquent que n'importe quelles paroles. *Ennuyeuse. Ratatinée.* Il n'en pensait pas un mot, bien sûr. Il essayait juste de la protéger.

Son sac aurait constitué une arme efficace si elle l'avait eu à portée de main. Il contenait toute une collection d'objets, une habitude qu'elle avait conservée de l'époque où elle s'occupait du petit Jonathan. Hélas, tout comme son chapeau, elle l'avait laissé dans le salon.

Elle ne pouvait compter que sur son intelligence. Nicholas, de son côté, devait réfléchir à un plan. Elle avait l'impression d'entendre les rouages de son cerveau cliqueter à toute allure, au rythme de ses battements cardiaques.

Pourvu qu'il ne fasse pas une tentative aussi héroïque que désespérée… Elle n'avait pas envie de le soigner pour une blessure par balle, cette fois !

Mais comment confisquer son arme à Preble ?

Que lui aurait conseillé la sagace Mme Evensong ?

Tout problème avait sa solution. La vieille dame avait pratiquement tout vu dans sa vie, et elle avait donné à sa nièce et aux collaborateurs de l'agence une sorte de formation accélérée sur la perception de la nature humaine.

— Sachez identifier les forces et les faiblesses de la personne que vous avez en face de vous, et adaptez votre attitude en conséquence. Parfois, les gens ont juste besoin d'un petit coup de pouce pour aller dans la bonne direction, et les pires imbroglios se dénouent d'eux-mêmes.

Eliza devait-elle faire semblant de tomber sous le charme de Preble pour endormir sa méfiance ?

Bien que révoltante, l'idée avait du bon. Si elle parvenait à l'attirer dans une chambre, il relâcherait sa vigilance. Et ce sale type n'avait pas caché qu'elle lui plaisait. Il se prenait pour un séducteur irrésistible, alors qu'il était d'une vulgarité inouïe.

Nicholas, lui, n'employait jamais de mots crus – sauf quand la passion l'emportait, comme la nuit précédente… Mais ce n'était pas le moment de penser à cela. Il ne fallait pas qu'elle se laisse distraire. Elle devait rester concentrée et trouver un moyen de les sauver.

Distraire Preble... le forcer à abandonner son arme... Ensuite, ce serait un jeu d'enfant. Nicholas se saisirait du pistolet, et Eliza n'aurait plus qu'à terrasser l'adversaire d'un coup de genou bien placé.

Bon, ce plan comportait quelques lacunes. Preble pouvait ligoter Nicholas, ou bien l'assommer, et alors elle se retrouverait seule, à la merci de cette brute.

Était-elle capable de jouer les séductrices de manière convaincante ? Mais Preble semblait excité par son côté ingénu. « Cernez la personne que vous avez en face de vous », conseillait Mme Evensong. Eliza tâcha de se rappeler ce que lui avait dit Oliver à propos de Preble. Il semblait se dégager de ce portrait un tempérament dominateur, voire cruel. Preble était du genre à se vanter d'avoir coupé l'herbe sous le pied de ses amis. S'il croyait pouvoir la séduire alors que Nicholas avait échoué...

Mais il pouvait également la ligoter, elle, et la prendre de force... Seigneur ! Dire qu'elle s'était levée ce matin pleine d'appréhension à l'idée de remettre un bristol à un étranger. Et maintenant, elle se creusait les méninges pour savoir quelle était la meilleure façon de l'entraîner dans un lit !

Preble s'était soulagé et se lavait les mains, sans cesser de les tenir en respect avec son pistolet, ce qui prenait un certain temps.

Elle sentit que Nicholas lui pressait la main pour tenter de la rassurer.

— Bien, où en étions-nous ? demanda enfin Preble d'un ton enjoué.

— Allons discuter dans le salon, proposa Nicholas avec un sourire qui se voulait engageant.

— Pourquoi pas ? acquiesça Preble. Le portrait de Barbara est toujours là-bas, j'imagine ? J'ai toujours aimé ce tableau. Mais je suppose qu'il doit choquer Mlle Lawrence et ses beaux principes ?

Le salon. Très bonne idée. Là-bas, Eliza pourrait fouiller dans son sac sous prétexte de prendre un mouchoir. Elle avait là-dedans un sifflet d'agent de police, ainsi que la sarbacane confisquée à Jonathan l'année précédente. Avec un peu de chance, elle réussirait à surprendre Preble en lui soufflant une bille dans l'œil.

— Pourquoi serait-elle choquée ?

— Les femmes n'aiment pas avoir de rivales, mon cher Nicky. Et Barbara savait y faire. Je n'ai jamais connu femme plus accueillante. Elle…

— Daniel, ça suffit ! Mlle Lawrence ne doit pas entendre des choses pareilles ! C'est encore une jeune fillc.

— Oh, alors je dois surveiller mon langage ! Je vais te dire ce que nous allons faire. J'accepte de renoncer à la tutelle de Domenica. En échange, tu vas m'abandonner son héritage, me rendre ma maison et m'acheter cette petite garçonnière parisienne dont tu parlais tout à l'heure. Tu peux récupérer ta villa italienne si tu veux. Finalement, elle ne me convient pas. Oh, et bien sûr… il y a cette charmante Mlle Lawrence. Il faut bien que quelqu'un se dévoue pour la débarrasser de son innocence.

Preble ne pouvait pas savoir que, depuis la veille, cette innocence n'était plus qu'un souvenir.

Nicholas haussa les épaules.

— Laisse-la tranquille, te dis-je. Pour le reste, j'accepte tes conditions. Je suis même d'accord pour consigner tout cela par écrit. Toutefois, le document n'aura aucune valeur si l'on découvre que je l'ai rédigé sous la contrainte. Mon avocat risque de tiquer, tu comprends. Alors, pose ce pistolet et sortons de ce maudit cabinet de toilette.

— Tu n'es pas en position de me donner des ordres. Après toi, mon cher Nicky… Bien. Maintenant, à votre tour, mademoiselle.

Consciente que le canon du pistolet était braqué dans son dos, Eliza suivit Nicholas dans le salon.

Il se dirigea vers le petit secrétaire.

— Stylo, papier… Tu vois, il y a là tout ce dont nous avons besoin. Je vais écrire une lettre à Coningford afin qu'il prenne toutes les dispositions nécessaires.

— Bien, alors assieds-toi et mets-toi au boulot. Mademoiselle Lawrence, ce voyage m'a fatigué. Je vais m'asseoir aussi. Venez donc me rejoindre, nous allons bavarder.

Il s'installa sur le canapé et tapota sa cuisse en un geste d'invite.

Eliza eut un frisson de dégoût.

Nicholas allait peut-être balancer l'encrier à la figure de Preble, ou la chaise…

— Allons, venez. Ne faites pas votre pimbêche.

Eliza était comme paralysée. Comment avait-elle pu croire une seule seconde qu'elle serait capable d'enjôler ce type répugnant ?

— Ça suffit ! rugit Nicholas. Laisse cette pauvre fille en paix, sinon je ne ferai même pas un pâté d'encre sur ce papier.

— Je n'aime pas me répéter, mais ce n'est pas toi qui fixes les règles, Nicky. Mademoiselle Lawrence, j'attends. Faisons plus ample connaissance, voulez-vous ? Nicky aurait intérêt à se dépêcher. Plus vite il écrira, plus tôt vous pourrez retourner à votre petite vie de vierge ennuyeuse.

— Il n'y a que vous d'ennuyeux ici, articula Eliza.

Les deux hommes tournèrent vers elle un regard aussi stupéfait qu'incrédule.

Elle poursuivit :

— Franchement, vous êtes ridicule. La petite comédie du méchant de roman à quatre sous, fourbe jusqu'au bout des ongles... Il ne manquerait plus que vous tortilliez votre moustache, monsieur Preble. D'ailleurs, à ce propos, il reste quelques miettes dedans. Si j'ai bien compris, vous vous êtes précipité ici toutes affaires cessantes. Je ne comprends pas pourquoi. M. Raeburn est un homme raisonnable. Vous n'avez nul besoin de brandir un pistolet pour obtenir satisfaction.

Eliza se surprenait elle-même. Et, apparemment, ce n'était pas fini.

— Vous vous fichez bien de Sunny, reprit-elle. Personne ne va croire que vous allez la kidnapper, même pour une demi-heure. Que feriez-vous d'une petite fille de quatre ans, je vous le demande ? Elle ne serait qu'une source d'embarras pour vous, elle ne s'intégrerait pas du tout à votre... mode de vie. Seul l'argent vous intéresse. Parfait. M. Raeburn en a plus qu'assez. Il vous a dit qu'il vous en donnerait, et il veut bien vous rendre votre maison de surcroît. Bon débarras, si je puis me permettre. Cet endroit ressemble à un musée des horreurs. Il faudrait toute une troupe de forts des halles pour enlever ces cochonneries par charretées entières. Bref, posez ce pistolet et comportez-vous comme une personne civilisée.

Preble plissa les paupières.

— Et vous dans tout ça, mademoiselle ?

— Moi ? Je suis gouvernante intérimaire, pas cocotte. Je n'ai pas grand chose à voir dans cette histoire. Il n'est pas question que je m'assoie sur vos genoux, ni que j'embrasse votre moustache dégoûtante, ni que je fornique avec vous sous la menace d'un pistolet. Il vous faudra d'abord m'abattre, et je ne sais pas si vous vous amuserez beaucoup avec un cadavre. Mais je peux me tromper. Vous êtes peut-être nécrophile...

Nicholas émit un bruit étranglé. Eliza n'osa lever les yeux dans sa direction pour voir s'il riait. La situation n'était pas particulièrement drôle.

— On dirait que vous ne me prenez pas vraiment au sérieux, mademoiselle Lawrence, articula Preble d'une voix sourde et menaçante.

— Ce serait difficile. Vous me faites penser à un personnage de Dickens. Un genre de Daniel Quilp[1]. Vous savez, ce nain bossu et grotesque ? Vous en faites trop. Ici, à Londres, tout le monde connaît vos mœurs dissolues. Ce n'est pas la peine d'en rajouter.

Les jambes d'Eliza flageolaient sous sa jupe et ne tarderaient pas à se dérober sous elle. Elle devait s'asseoir. Mais pas sur les genoux de Preble.

— Elle a raison, déclara Nicholas avec un calme surprenant. Pose ce pistolet, Daniel, et j'écrirai tout ce que tu veux sur ce papier.

— Désolé. Ce n'est pas que je n'ai pas confiance en vous, mais... les choses se feront à ma façon et pas autrement. Mademoiselle Lawrence, venez ici. Tout de suite, grinça Preble d'un ton comminatoire.

Nicholas posa le stylo-plume.

— Restez où vous êtes, mademoiselle Lawrence.

Eliza aurait été bien incapable de faire le moindre mouvement. Ses pieds semblaient vissés au parquet.

— Nous sommes dans une impasse, Daniel, remarqua Nicholas.

— Ah, vous commencez à me fatiguer ! rugit Preble.

Il arma le pistolet. Eliza eut l'impression que le déclic métallique du chien lui déchirait les tympans.

— Approchez ! ordonna encore Preble.

Cette fois, le canon de l'arme était pointé sur Nicholas.

---

1. Personnage du *Magasin d'antiquités*, de Charles Dickens. (*N.d.T.*)

— Si vous lui tirez dessus, il ne pourra pas rédiger ce document.

— Si je le tue, je n'en aurai pas besoin. J'ai la lettre de Barbara. Le tribunal m'accordera la tutelle de Domenica.

— Aucun juge ne confiera un enfant à un assassin.

— Mais c'est vous qui allez presser la détente, chère mademoiselle Lawrence. C'est du moins ce que je dirai aux autorités. Votre patron vous faisait des avances et, comme au bon vieux temps, il m'a invité à me joindre à ses turpitudes. Vous avez perdu la tête et, avant que j'aie pu intervenir, vous avez abattu ce pauvre Nicky. Sans verser la moindre larme ensuite. Non, vous avez bien trop de cran pour ça.

Pleurer… réclamer un mouchoir… récupérer un objet dans son sac, n'importe lequel… neutraliser Preble.

— Commencez donc par enlever cette horrible jaquette. Vous devez être un peu plus dévêtue pour jouer la scène. Les journalistes sont aux premières loges, c'est bien pratique.

Des larmes bien réelles se mirent à couler sur les joues d'Eliza. Elle entreprit de déboutonner sa veste de ses doigts engourdis.

Nicholas se leva.

— Tu ne vas pas me tirer dessus, Daniel.

— Ah non ? fit Preble en haussant ses sourcils grisonnants.

— Eliza, fuyez ! Il y a quelqu'un dans le jardin, allez demander de l'aide. Daniel ne peut pas nous abattre tous les deux en même temps.

Puis il s'élança, la poussant au passage en direction de la porte.

— Allez ! tonna-t-il.

Il n'était plus temps de discuter.

Eliza tira le verrou de la porte de derrière au moment où une déflagration retentissait dans le salon. Le battant s'ouvrit, et… elle heurta de plein fouet un homme gigantesque.

Le souffle coupé, elle leva vers lui un regard ahuri. La mine patibulaire, il avait une cicatrice à la lèvre. Elle ne l'avait jamais vu. Une chose était sûre, ce n'était pas un journaliste.

— S'il… vous plaît ! sanglota-t-elle. Nicholas… Preble…

Elle était terrifiée à l'idée de retourner dans la maison pour constater de ses yeux les conséquences du comportement stupide de Nicholas.

Un sourire cruel éclaira le visage du colosse.

— Preble, hein ? Ça tombe bien, j'ai deux mots à lui dire !

Sous le regard ébahi d'Eliza, il enfonça la main dans la poche de son pantalon à carreaux et en tira un pistolet.

La vision d'Eliza se brouilla. Elle savait désormais ce que cela signifiait. Pour la troisième fois, elle allait s'évanouir comme la pire des chochottes.

36

Il y avait du progrès.

Nick avait sauté sur Daniel, qui avait basculé à la renverse sur le canapé. De ses mains tachées de peinture, il enserrait la gorge de son ancien mentor.

Les coups de feu s'étaient perdus un peu partout dans le salon au moment où Nick était passé à l'attaque, zigzaguant entre les meubles tel l'ancien joueur de rugby qu'il était.

Quand il s'était jeté sur Daniel, l'arme avait pirouetté en l'air avant de retomber et de glisser sous le canapé, hors d'atteinte.

Eliza allait revenir d'un instant à l'autre avec un journaliste. Quelqu'un appellerait la police, et Preble deviendrait la deuxième personne en une semaine à se faire arrêter pour tentative de meurtre sur la personne de Nicholas Raeburn.

Pourquoi attirait-il autant les forcenés ? Il n'en avait aucune idée, mais il avait la ferme intention de changer de vie. Dorénavant, il lui faudrait du calme. De la sérénité. Si nécessaire, il peindrait des arbres plutôt que des femmes nues. Il se mettrait aux échecs. Aux dames, peut-être. Il avait passé plus d'une soirée, durant le froid hiver écossais, à essayer de battre ses frères à ces jeux de société. Et parfois même, il y avait réussi.

— *Eliza*… hein ? croassa Daniel.

— Ta gueule !

On tambourina à la porte d'entrée. Sans doute les journalistes qui avaient entendu les coups de feu. Mais Nick avait les mains prises.

— Eliza ! cria-t-il.

Que fabriquait-elle, bon sang ? Il aurait pourtant juré avoir entrevu une silhouette dans le jardin. C'était ce qui lui avait permis de garder un semblant d'espoir.

Eliza avait été magnifique, pleine de bravoure et de témérité. Elle n'avait pas hésité à braver Daniel. Mais toute l'éloquence du monde ne faisait pas le poids devant une arme à feu.

Daniel n'obtiendrait rien. Nick se moquait bien que cette crapule raconte tout aux journalistes quand on le jetterait dans le fourgon de la police. Nick saurait protéger Sunny des ragots. Lorsqu'elle serait en âge de comprendre, tout le monde aurait oublié cette sombre affaire, effacée par d'autres scandales et tragédies. Et s'il partageait son temps entre l'Écosse et l'Italie, elle n'entendrait jamais parler de Daniel Preble.

— Eliza !

Peut-être le croyait-elle mort ? Mais il était bien vivant, le sang courait dans ses veines, et son cœur débordait de projets.

— Fiche le camp. Tu ne peux pas me retenir indéfiniment, haleta Daniel.

— C'est ce que tu crois.

Comme il resserrait sa prise sur le col crasseux de Daniel, une voix grondante s'éleva du côté de la porte.

— Nous y voilà… Enfin !

Nick tourna la tête et écarquilla les yeux. Par Jupiter, il ne s'attendait pas à cela !

— Oh. Bonjour, Phil. Posez donc ce pistolet. Je suis vraiment navré de cette altercation qui nous a opposés l'autre soir. C'est un fâcheux malentendu. Je le dirai aux autorités, si vous voulez. J'en avais l'intention, malheureusement j'ai été victime d'une vilaine grippe intestinale et…

— Oh, fermez-la, Raeburn ! Vous ne pouvez pas parler comme tout le monde ? Qui c'est, ce gars ? Preble ?

Nick hocha la tête, la gorge serrée.

— Il a engagé ma Maisie en lui jurant qu'elle allait devenir célèbre. Elle est venue chez lui, et là… il l'a violée ! Vous autres, les peintres, vous vous enrichissez en peignant des filles à poil, et vous vous croyez tout permis avec elles. Vous pensez pouvoir vous en tirer comme ça ?

Daniel se débattit, mais Nick le tenait fermement.

— Phil, je n'ai jamais posé la main sur Maisie. Vous n'avez qu'à le lui demander, elle vous le confirmera.

— Vous, je ne sais pas… Mais ce type, là, votre copain… il l'a forcée.

— Vous avez l'impression que c'est mon ami ? Bon sang, je suis en train de l'étrangler ! Il vient de me tirer dessus.

Où était Eliza ? Si jamais Cross lui avait fait du mal…

— Si vous aviez vu dans quel état il l'a mise… Puis vous êtes arrivé et vous lui avez demandé de poser pour vous aussi. J'ai dit à Maisie de ne pas retourner dans cette maison, mais elle n'a rien voulu entendre parce que vous lui aviez donné beaucoup d'argent. Alors, je lui ai flanqué une raclée, pour son propre bien. Il n'était pas question que ça recommence.

— J'ai juste pris des photos d'elle, Phil. Et il y avait deux autres filles. Je ne ferais jamais de mal à mes modèles.

Daniel ricana. Dommage qu'il n'ait pas mis de cravate. Nick la lui aurait enfoncée dans la gorge pour le faire taire.

— Eh bien, tu es devenu très populaire, Nicky, railla Daniel. Cross, mon vieux, à votre place, je n'hésiterais pas. Butez-le ! Tirez, bon sang. J'espère que vous serez moins maladroit que moi.

— Je crois que je vais vous tuer tous les deux. De toute façon, ils vont me remettre en taule. Alors, autant que ça en vaille le coup. Raeburn, levez-vous.

— Phil, soyez raisonnable. Je peux vous disculper, ou au moins obtenir qu'on réduise votre peine. Je comprends maintenant pourquoi vous m'avez agressé, mais je vous jure que je ne suis pas comme Preble. Nous n'avons rien en commun.

Jadis, ils avaient été complices. Nick n'avait rien d'un sadique, mais il s'était comporté de manière totalement amorale, il l'admettait. Il méritait sans doute que Phil Cross lui tire dessus. Quitte à y passer, il préférait encore que ce soit de la main de Phil que de celle de Daniel.

Il laissa retomber ses bras et se releva, les mains en l'air.

— La fille qui vous a ouvert... est-ce qu'elle va bien ?

— Je n'en sais rien et je m'en fiche. Asseyez-vous là et laissez-moi réfléchir.

Cross essuya la sueur qui lui coulait sur le front. Il empestait. Sans doute n'avait-il pas eu la vie facile depuis qu'il avait échappé aux forces de l'ordre.

Nick se laissa tomber dans le fauteuil qu'il lui avait indiqué et se prépara à l'inévitable.

Puis il releva la tête. Non, il n'allait pas rester assis sans rien faire, à attendre qu'on l'abatte comme un chien.

— Phil, il y a des journalistes dehors. Vous devriez aller leur raconter votre histoire. Quand la presse l'aura publiée, Preble n'aura plus le pouvoir de nuire à personne.

— Bon sang, je n'ai jamais molesté cette Maisie dont vous me rebattez les oreilles, grogna Daniel. Si elle vous a dit cela, elle a menti. Je peux vous assurer qu'elle a aimé ça, la bougresse !

Cross tourna le canon de son pistolet vers Daniel.

— Fermez-la !

Daniel haussa les épaules et croisa les jambes, les mains posées sur un genou, comme s'il attendait qu'un domestique vienne lui servir le thé. Il avait toujours su bluffer.

Nick réfléchissait à toute allure. Cross ne pourrait pas les abattre tous les deux en même temps. Mais si Nick tentait de se ruer dans le couloir… il y avait de gros risques qu'il n'atteigne jamais la porte. Le chevalier servant de Maisie lui bloquait le passage, et il était d'une carrure peu commune.

Les coups de poing contre la porte d'entrée avaient cessé, mais Nick se doutait que les journalistes n'allaient pas renoncer si aisément. La fusillade qu'ils avaient entendue promettait une histoire bien juteuse à publier. Sans doute étaient-ils en train d'escalader le mur du jardin, ou bien de forcer la porte de l'entrée de service.

Et Eliza… pourvu qu'elle ne soit pas blessée !

Du temps de ses virées avec Daniel, Nick avait négligé la prudence la plus élémentaire. Plus d'une fois, il avait été surpris de s'éveiller en un seul morceau le lendemain. S'il avait été un chat, nul doute qu'il aurait épuisé une bonne partie de ses sept vies, et il n'était pas très étonnant finalement que tous deux se retrouvent ici, au bout du chemin.

S'ils mouraient en ce jour, côte à côte dans ce salon, ils l'auraient bien mérité.

Sunny était saine et sauve, cela seul importait. S'il disparaissait, elle conserverait de bons souvenirs de lui. Nick faisait confiance à ses frères pour l'élever. Et peut-être Eliza garderait-elle un lien avec la fillette...

Par Jupiter, il devenait bêtement sentimental. Il était vraiment, vraiment très fatigué, se dit-il en fermant les yeux.

Il ne vit donc pas Eliza brandir le vase chinois préféré de Sunny et se hisser sur la pointe des pieds pour le fracasser sur le dos de Phil Cross.

Ce dernier poussa un juron tonitruant qui arracha Nick à sa torpeur. Dans la foulée, une pétarade de coups de feu le fit sursauter dans son fauteuil. Il vit Daniel basculer et s'effondrer par terre, tandis que Cross, écumant de rage, brandissait son pistolet fumant au milieu des débris de porcelaine.

Eliza n'hésita pas. Hurlant de toute la force de ses poumons, elle se précipita vers la porte d'entrée. Doux Jésus, elle avait du coffre !

L'instant d'après, une meute de journalistes envahirent le salon, suivis du policier qu'ils avaient alerté après avoir entendu la première détonation. Mais il était trop tard. Toujours armé, Cross s'était enfui par la porte du jardin. Pour un homme de cette corpulence, il avait le pied leste. Parviendrait-il à passer par-dessus le mur et à s'échapper pour de bon ? Nick l'espérait presque.

Il aurait dû se lever, remercier Eliza, s'expliquer avec tous ces gens qui le bombardaient de questions. Mais le bourdonnement dans son crâne et la brûlure qui lui traversait l'épaule l'empêchaient de mettre de l'ordre dans ses idées.

Baissant les yeux, il vit qu'une large tache de sang était en train de fleurir sur sa veste.

Nom d'un chien, lui aussi avait reçu une balle ! Et dire qu'il avait failli plaindre Phil Cross...

Nick se laissa aller contre le dossier du fauteuil. Il était prêt à parier que d'autres cris n'allaient pas tarder à se faire entendre...

Ce ne fut pas long. La voix stridente d'Eliza lui vrilla les tympans. Puis elle se mit à aboyer des ordres.

Les journalistes, à présent retranchés dans le couloir, tendaient le cou pour tenter d'apercevoir Nick en train de se vider de son sang au milieu du salon.

Eliza s'activait tel un général sur le champ de bataille. Peut-être l'aimait-elle un tout petit peu, finalement. Elle lui avait en quelque sorte sauvé la vie en essayant d'assommer Phil Cross avec ce vase. Bon, elle ne pouvait pas prévoir qu'il prendrait une balle dans la bagarre. Elle avait fait de son mieux, avec son courage habituel. C'était vraiment une fille formidable. S'il parvenait à la prendre à part, il lui ferait part de sa profonde admiration…

Un visage familier apparut devant lui. Des sourcils blancs broussailleux. On n'oubliait pas ce genre de détail quand on était portraitiste. C'était ce bon vieux docteur Samuelson. Mais il avait un jour d'avance. C'était le lendemain qu'il devait lui enlever les points de suture, non ?

Mais peu importait, Nick était content de le voir. Son épaule lui faisait un mal de chien. Et à propos… Daniel grillait-il déjà en enfer ou feignait-il d'être mort ?

— Je me suis permis d'entrer, monsieur Raeburn. La porte était ouverte.

— Vous arrivez fort à propos, docteur. Pouvez-vous donner un calmant à Eliza ? Elle est sur les nerfs, la pauvre.

— Comment ? s'égosilla cette dernière. Évidemment que je suis sur les nerfs ! Vous avez failli vous faire tuer, espèce d'idiot !

Sans se soucier de tous ces journalistes qui les épiaient et risquaient d'apercevoir ses chevilles, elle se mit à arracher des bandes de son jupon.

— Eliza, très chère, c'est inutile, j'ai des bandes de gaze dans ma sacoche, intervint le docteur Samuelson, avant de demander : Qui est ce type avec une balle entre les deux yeux ?

Ah. Ainsi, Daniel ne simulait pas.

— Il s'appelle Daniel Preble. Il a essayé de nous tuer, Nicholas et moi.

Les reporters ne s'intéressaient plus aux chevilles d'Eliza. Ils prenaient frénétiquement des notes dans leurs carnets pour ne pas oublier un mot de ce qui était en train de se dire.

Manifestement nerveux, le policier faisait rouler sa matraque entre ses mains gantées.

— Attendez, je veux être sûr d'avoir tout compris… *Deux* hommes ont essayé de vous tuer, monsieur Raeburn ?

— Vous ne serez pas le prochain, n'est-ce pas, monsieur l'agent ?

Nick aurait voulu que tous ces importuns s'en aillent.

— Docteur Samuelson, vous feriez peut-être mieux de vous occuper d'abord de M. Preble. Il n'est peut-être pas tout à fait mort. Son pistolet est tombé sous le canapé, il ne faudrait pas qu'il le récupère. C'est un type plutôt rancunier, vous savez.

Le médecin et le policier reportèrent leur attention sur Daniel. Au bout d'une minute, le médecin secoua la tête. Le policier rangea sa matraque et enrôla un journaliste pour l'aider à transporter le cadavre hors de la pièce.

— Je vais appeler du renfort, annonça-t-il. L'autre criminel n'ira pas loin.

— Il y a un téléphone dans le hall, intervint Eliza. Le fugitif se nomme Phil Cross. Et je vous signale qu'il s'est échappé de prison au nez et à la barbe de vos collègues !

Son ton disait assez ce qu'elle pensait des compétences desdits collègues.

Nick changea de position, sans parvenir à atténuer la douleur. Ce fauteuil était décidément inconfortable. Il s'en débarrasserait au plus vite, comme de la plupart des meubles qui encombraient cette maudite maison, d'ailleurs.

— Il ne m'a pas blessé volontairement, parvint-il à articuler. Il ne me visait même pas. Il a pressé la détente par réflexe quand Mlle Lawrence lui a lancé ce vase. Et pour ce qui est de la première agression… en fin de compte, Cross avait ses raisons. Vous devriez lui accorder des circonstances atténuantes.

— Nicholas Raeburn ! s'exclama Eliza d'un air outré.

Il se recroquevilla sur son siège. Elle n'allait quand même pas le frapper dans l'état où il était ?

— Il m'a tout expliqué, Eliza. C'est une histoire plutôt triste. Il voulait seulement protéger Maisie.

— En lui cognant dessus ?

— Il pensait lui épargner un sort encore plus funeste. Maisie a aussi posé pour Daniel et… Je sais qu'on ne dit pas du mal des morts, mais je ne me sens pas très charitable envers Daniel. Selon Cross, il l'a violée, et je ne serais pas étonné qu'il lui ait infligé d'autres sévices. Je sais qu'il pouvait se montrer particulièrement imaginatif dans ce domaine. Cross a juste voulu empêcher Maisie de revenir dans cette maison quand je lui ai demandé d'être mon modèle.

— Vous n'êtes pas un violeur !

— Non, mais Cross n'en savait rien. Pour lui, les artistes sont la lie de la société. Il aime sa Maisie, il a perdu la tête. Voilà. Docteur Samuelson… pouvez-vous vous occuper de moi, maintenant ?

— Bavard comme vous êtes, je ne crains pas de vous voir succomber dans la minute. Eliza, vous voulez bien faire sortir tous ces journalistes ? À nous, monsieur Raeburn. Il va falloir enlever cette veste…

Avec l'aide du médecin, il ôta sa veste et son gilet. Il tremblait trop pour pouvoir s'occuper de sa cravate et de ses boutons de chemise, mais Eliza, de retour dans le salon, s'en chargea sans difficulté.

— Les chacals sont partis ? demanda-t-il en serrant les dents lorsqu'elle souleva doucement le tissu de la chemise au niveau de la plaie.

— Oui, ils sont de retour à leur place, dans le caniveau. Mais ils ont promis de s'en aller pour de bon quand je leur aurai fait une déclaration. J'ai juste obtenu que vous soyez soigné avant.

— Non, tout est ma faute, c'est à moi de leur parler.

Il ne précisa pas ce qu'il comptait leur dire. Eliza avait entendu assez de propos orduriers pour la journée.

— Vous avez de la chance, jeune homme. Cette balle n'a fait que vous effleurer. L'entaille est douloureuse et il faudra prévenir l'infection, mais Eliza pourra s'en charger.

La jeune femme pâlit.

— Non, je… je ne peux pas. Je dois m'en aller, balbutia-t-elle.

— Vraiment ? s'étonna le docteur Samuelson en haussant ses gros sourcils. Au temps pour moi. Mais ça ne va pas être facile pour M. Raeburn s'il se retrouve tout seul…

— Vous n'aurez qu'à faire venir une infirmière, intervint Nick, la mort dans l'âme.

Voilà. Eliza le quittait pour de bon, exactement comme prévu. Et il n'avait même pas eu l'occasion de lui dire ce qu'il brûlait de lui déclarer depuis ce matin.

37

Comment osait-il ?

Eliza eut envie de lancer le journal à l'autre bout de la pièce, mais elle ne voulait pas éveiller les soupçons de sa mère, qui était suffisamment intriguée comme ça.

Si elle avait eu Nicholas Raeburn sous la main, c'était lui qu'elle aurait projeté contre le mur !

— Je ne comprends pas, Eliza. Pourquoi ne m'en as-tu pas parlé l'autre jour ? Tu sais bien que je ne t'aurais pas critiquée.

Sa mère, un sourire entendu aux lèvres, rivait ses yeux bleus sur elle par-dessus ses petites lunettes de lecture.

Lui parler de quoi ? De quelque chose dont Eliza n'avait jamais eu vent ?

Quel genre d'homme annonçait son mariage par voie de presse, avant même d'avoir songé à demander la main de sa future épouse ?

Nicholas avait toute sa tête. Il avait été blessé à l'épaule, pas au cerveau. La veille, pendant que le docteur Samuelson recousait la plaie au nord après avoir ôté les points de suture au sud, Eliza était montée dans la chambre de Sunny. Elle avait fait sa valise, puis était redescendue en catimini et, ignorant les regards curieux des journalistes toujours massés devant la maison, s'en était allée prendre l'omnibus.

Peut-être aurait-elle dû patienter jusqu'au retour de Sunny, mais l'idée de dire au revoir à la fillette lui brisait le cœur.

Elle n'avait pas non plus dit au revoir à Nicholas, mais une fois chez elle, elle avait téléphoné à sir Thomas pour l'informer de ce qui se passait à Lindsey Street. Lui saurait quoi faire.

Ainsi, elle avait lâchement déserté la maison. Après toutes ces péripéties, elle avait besoin de temps et de solitude pour réfléchir, ce qu'elle était incapable de faire à proximité de Nicholas Raeburn. Dès qu'il était dans les parages, ses pensées et ses actions dérapaient, comme si elle devenait une tout autre personne.

Par exemple, elle avait frappé un colosse avec un vase chinois de grande valeur. Sans la moindre hésitation. Si elle y avait réfléchi à deux fois, elle aurait compris qu'elle était à peine capable de soulever cet énorme machin, et l'issue de la journée aurait été fort différente.

On ne pouvait nier qu'elle était responsable de la mort d'un homme. Certes, personne ne regretterait Daniel Preble, mais enfin, qui était-elle pour le juger ? Tout le monde commettait des péchés. C'était une évidence, et tout bon chrétien ne pouvait que l'admettre.

D'après les journaux, on avait retrouvé Cross caché dans un abri de jardin du voisinage. Nicholas avait pris sa défense avec virulence, et l'on pouvait espérer que Cross ne serait pas accusé de meurtre.

La veille, quand Nicholas s'était rendu compte qu'elle avait quitté la maison, il ne s'était pas précipité pour venir la chercher. Alors, pourquoi se couvrait-il de ridicule en donnant cette interview à la presse ?

Les photos de mauvaise qualité le montraient debout sur les marches du perron, dans sa chemise ensanglantée et son pantalon déchiré.

La mère d'Eliza avait envoyé la femme de charge acheter d'autres journaux, mais tous publiaient à peu près la même une, les mêmes clichés et les mêmes déclarations.

Eliza avait déjà un quart d'heure de retard à son travail. Lire tous ces articles lui avait pris du temps.

— Maman, il faut que j'y aille. Nous en parlerons ce soir, si tu veux bien.

— Pourquoi vas-tu travailler dans cette stupide agence si un homme riche veut t'épouser ? s'exclama sa mère en brandissant un journal.

— Ce n'est pas une stupide agence. Et, aux dernières nouvelles, Nicholas Raeburn ne souhaitait pas m'épouser. Il ne m'a jamais fait sa demande.

— Comment ça ? Mais…

Eliza se leva de table précipitamment – elle avait été à peine capable d'avaler une bouchée de son petit déjeuner. Elle embrassa sa mère sur la joue.

— Plus tard, maman. Je te donnerai toutes les explications voulues dès que quelqu'un aura daigné m'éclairer sur le sujet.

Elle mettait en général huit minutes à rejoindre l'agence Evensong à pied, mais elle était dans un tel état d'agitation qu'elle effectua le trajet en six minutes à peine.

À son arrivée, elle avait des auréoles humides sous les bras, et son chapeau pendouillait. Les dactylos se figèrent devant leurs machines, et un silence assourdissant retomba dans la grande salle du secrétariat.

Manifestement, tout le monde avait lu la presse.

Eliza fila tout droit dans le bureau d'Oliver et ferma la porte derrière elle.

— Je ne pensais pas vous voir ce matin, lui dit-il, sans lever les yeux de la facture qu'il était en train de consulter. Mais vous êtes là, et en retard.

— C'est tout ce que vous trouvez à dire ? Je m'attendais à : « Félicitations, Eliza ! » ou à : « Ma pauvre, il vous en est arrivé de belles ! »

— Très chère, je ne crois jamais ce que je lis dans la presse. J'attends la vérité de votre bouche.

— La vérité… si seulement je la connaissais !

Eliza se laissa tomber dans le fauteuil et demanda :

— Où est Mme Evensong ?

— Elle se sent un peu patraque avec ce temps humide, mais, bien sûr, elle voudra un rapport détaillé. J'ai promis de faire un saut à l'appartement pour lui apporter des nouvelles fraîches.

Avec un soupir, Eliza ôta ses gants.

— Je ne sais vraiment pas quoi dire. Un forcené m'a visée avec son pistolet, et j'en ai assommé un autre avec une technique plutôt hasardeuse, je le crains.

Et elle s'était évanouie comme une idiote.

— Fascinant. Mais qu'en est-il de cette histoire de mariage ? Vous et Mary allez devenir belles-sœurs ?

— Il n'est pas question que je me marie !

Eliza ôta l'épingle qui retenait son couvre-chef, ce chapeau gris que tout le monde trouvait si affreux. Elle eut un pincement au cœur. Elle avait oublié le rose à Lindsey Street.

Oliver écarta quelques papiers pour saisir un dossier.

— Si j'en crois mes coupures de presse, vous allez bel et bien vous marier.

— Vous avez déjà tout découpé et classé ?

— Les affaires tournent au ralenti. Les clients snobent l'agence, mais cela ne va pas durer. Nous sommes utiles à trop de gens.

— Les… clients… ne viennent plus ? À cause… de ces journaux qui ont mentionné mon nom ? bégaya-t-elle, atterrée.

— Ne vous inquiétez pas. Nous sommes la meilleure agence de placement de Londres, et nous n'engageons que des personnes de valeur. Vous en êtes la meilleure preuve. Il faut avoir un sacré courage pour affronter deux voyous, dont un dépravé connu pour son manque de scrupules. Vous allez devenir une véritable héroïne, Eliza. Attendez un peu que tout le monde ait lu les journaux de ce matin. Pas étonnant que Raeburn veuille vous épouser.

— Il ne veut pas m'épouser ! Il ne s'est même pas déclaré.

Nicholas avait peut-être des intentions la concernant, mais cela n'irait sans doute pas plus loin que de lui proposer de devenir sa maîtresse en titre.

Une perspective tentante, il fallait l'avouer.

— C'est juste un oubli, je suppose, rétorqua Oliver. La journée d'hier a été plutôt riche en événements, si j'ai bien compris. Mais il a téléphoné à l'agence ce matin, vous savez.

Son jeune collègue avait retrouvé son sourire canaille.

Eliza sentit son estomac se nouer. Sous l'effet de la faim, très certainement.

— Il voulait connaître votre adresse. Je me suis dit que je n'avais aucune raison de ne pas la lui communiquer. Après tout, c'est votre fiancé.

— Oh, Oliver… non. Je ne veux pas le voir !

Elle ne s'étonnait plus que Nicholas ne soit pas venu la veille. Il ne savait même pas où elle habitait !

— C'est fâcheux, parce que je l'aperçois en ce moment même devant la réception. Un grand type rouquin, plutôt bien… non, *très bien* de sa personne, c'est ça ? Et vous n'êtes même pas derrière votre bureau alors que c'est votre travail d'accueillir les gens.

Eliza se tassa dans le fauteuil.

— Dites-lui de ficher le camp.

— Trop tard. Il est en train de parler avec Betty, et elle lui montre mon bureau du doigt. Non, vous ne pouvez pas vous cacher dans le coffre. Vous allez suffoquer là-dedans.

Oliver se leva pour contourner le bureau.

— Je vais vous laisser en tête à tête. Pour la vitre, désolé, je ne peux rien. Il faudrait peut-être la changer et mettre du verre cathédrale. J'en toucherai deux mots à Mme Evensong. Tenez-moi au courant !

Et, sur un clin d'œil, il s'éclipsa.

La porte claqua dans son dos. Eliza discerna deux voix masculines étouffées, le temps d'un bref échange. Elle s'enfonça davantage dans le fauteuil. C'était un vrai désastre, et pour plusieurs raisons. Tout d'abord, elle avait très peu dormi et devait avoir d'affreux cernes sous les yeux. Et elle portait un ensemble marron sur un de ses plus vieux chemisiers. De plus, il n'était pas impossible qu'elle sente la transpiration.

Elle entendit le cliquetis de la poignée qui tournait, le grincement des charnières. Il faudrait qu'elle dise à Oliver de mettre un peu d'huile là-dessus.

Dans son dos, Nicholas toussota et demanda :

— Puis-je entrer ?

— Comme vous voulez.

Elle avait répondu d'une voix boudeuse d'enfant buté. Qu'est-ce qui lui arrivait ?

Elle le savait bien. Elle était tombée amoureuse de Nicholas Raeburn.

— Vous avez oublié ceci.

Il vint se placer devant elle et déposa sur ses genoux le carton à chapeau à rayures bleues et blanches.

— C'est pour ça que vous vouliez mon adresse ? Je ne l'ai pas oublié, je l'ai laissé exprès.

— Pourquoi ?

Il était si grand qu'elle dut renverser la tête en arrière pour pouvoir le regarder en face. Il était pâle, et lui aussi avait des cernes. Tant mieux.

— Je n'ai pas besoin d'un chapeau comme ça.

— Bien sûr que si. La femme d'un artiste doit être bien habillée.

— La femme d'un artiste ! Vous voulez dire... *votre* femme ? J'ai peut-être oublié autre chose, comme par exemple le moment où vous m'avez demandé ma main et où j'ai accepté. Comment avez-vous pu parler à tous ces journalistes alors que je n'étais même pas au courant ?

Seigneur, voilà qu'il s'agenouillait devant elle. Ce devait être douloureux, avec toutes ses blessures.

— Relevez-vous, voyons.

— Aïe. Pas possible, pour le moment. Je voulais vous parler, mais il y a eu quelques légers contretemps.

Une lueur malicieuse pétillait dans ses yeux sombres.

— Je voulais vous remercier de m'avoir sauvé la vie, Eliza. Et acceptez-vous de m'épouser ? Je ne pense pas pouvoir vivre sans vous.

Elle devait rester forte, sinon son cœur allait se briser. Nicholas n'avait pas l'étoffe d'un mari. Il lui était reconnaissant, c'était une chose, et il culpabilisait d'avoir pris sa virginité. Enfin, il ne l'avait pas *prise*, c'était elle qui s'était jetée dans ses bras.

— Vous n'avez pas vraiment envie de m'épouser. Vous m'avez dit et répété que vous ne croyiez ni au mariage, ni à l'amour, ni à la fidélité, répliqua-t-elle.

— Je me trompais. C'était avant de vous connaître.

— Vous ne me connaissez pas. Comme vous l'avez vous-même déclaré, nous sommes des étrangers l'un pour l'autre. Vous ne saviez même pas où j'habitais !

— Je ne connais pas non plus votre deuxième prénom, et je ne sais pas quelle est votre soupe préférée. Nous avons des années devant nous pour combler ces lacunes.

De la soupe ? Pourquoi lui parlait-il de soupe ?

— Pourquoi voulez-vous m'épouser ?

— Parce que je vous aime, petite bécasse. Eliza, je ne suis pas sûr de réussir à me relever tout seul. Je suis encore un peu faible. S'il vous plaît, dites oui avant que je m'étale par terre.

Il agrippa le bras du fauteuil. Eliza le dévisagea de ses yeux écarquillés.

— Vous m'aimez ?

— Je viens de le dire, non ? J'ai essayé de rester logique, de peser le pour et le contre, mais l'amour n'a rien de logique. Vous me rendrez probablement fou, mais je ne veux pas qu'une autre le fasse à votre place.

— Ce n'est pas la première demande en mariage que je reçois, vous savez. L'autre était bien mieux.

Au moins le vieil associé de son père n'avait-il pas prédit qu'elle le rendrait fou.

— Je n'ai pas l'habitude de demander une femme en mariage. Voulez-vous que je recommence demain ? Je vais tâcher de m'améliorer.

— Vous reformuleriez votre demande ?

— Oui, à genoux s'il le faut, même si ce n'est pas très confortable, je l'avoue. Je vous demanderai de m'épouser tous les jours, jusqu'à ce que vous disiez oui. Notez quand même que j'ai envie de passer Noël en Écosse. Je l'ai promis à Sunny. À propos, hier, quand je l'ai ramenée à la maison, elle m'a conseillé de vous épouser. Vous ne voudriez pas la décevoir, n'est-ce pas ?

Oh, quel argument déloyal !

— Vous ne faites pas cela par sens du devoir mal placé, parce que c'est l'honneur qui vous le dicte ?

— Eliza, vous savez que le sens de l'honneur et moi… Je ne suis pas fier de la vie que j'ai menée, mais je vous jure que vous n'avez aucune raison de douter de moi. J'ai changé, et je vous aime comme je n'ai jamais aimé aucune femme auparavant.

Sérieusement, pouvez-vous m'aider à me relever ? J'ai déjà des fourmis dans la jambe.

Que pouvait-elle faire d'autre que l'aider ? Retomber avec lui dans le fauteuil, sur ses genoux, et l'embrasser ? Dire « oui » et ignorer les applaudissements et vivats qui retentissaient de l'autre côté de la porte vitrée ?

Épilogue

Raeburn Court, novembre 1904

Le mariage civil s'était déroulé sans anicroche, si l'on omettait l'intervention du petit Jonathan Hurst. Heureusement, la bombe à eau avait manqué son but, et la ravissante robe ivoire d'Eliza n'avait pas souffert. Calamité n'avait pas été très content de se retrouver trempé, mais comme la petite réception qui avait suivi se déroulait chez lui, il avait pu se changer.

Comme à l'accoutumée, il avait été un hôte parfait, et Nick l'avait taquiné en lui disant qu'il était le prochain sur la liste à devoir abandonner le célibat. Calamité avait verdi et s'était empressé de changer de sujet. Il n'avait pas encore rencontré son Eliza.

L'Eliza de Nick dormait à présent dans son lit d'adolescent, une main glissée sous son menton. Ses paupières frémissaient, sans doute parce qu'elle faisait un rêve mouvementé.

Il aurait pu passer la nuit à la contempler ainsi.

Il attrapa son bloc à dessin et alluma la lampe à huile. L'aile dans laquelle ils s'étaient installés ne disposait pas de l'électricité, mais cela ne le dérangeait pas du tout. Cette lumière dorée rehaussait la beauté de sa femme.

L'exposition qui aurait lieu le mois prochain à Londres se passerait de sa présence. Il était en lune de miel et n'avait pas l'intention de quitter l'Écosse.

Toute sa famille était là.

Alec et Mary étaient de retour d'Amérique, encore émerveillés par la modernité de ce pays qu'ils avaient découvert.

Evan était chez lui, dans la maison au bout du parc.

Sunny était dans la nursery avec une vraie gouvernante que l'agence Evensong leur avait dénichée.

Et Eliza était là, tout près de lui, à sa place.

Elle et Sunny s'adoraient. La transition de gouvernante temporaire à belle-mère s'était effectuée comme dans un rêve. Mais il fallait dire qu'Eliza était la femme la plus merveilleuse du monde.

Oui, il avait beaucoup de chance, et il ne tarderait pas à en avoir encore plus.

Les paupières de son épouse papillonnèrent. Elle ouvrit les yeux.

— Qu'est-ce que tu fais ? chuchota-t-elle d'une voix ensommeillée.

— Je bricole.

— Tu ne vas pas encore me peindre toute nue ? demanda-t-elle en plissant les yeux d'un air réprobateur.

— Je te rappelle que ta chemise de nuit est par terre et que je vise à plus de réalisme dans mes œuvres.

— Reviens te coucher.

Elle se redressa sur un coude. La couverture glissa, et l'attention de Nick dériva aussitôt.

— Est-ce un ordre ?

— Je ne sais pas pourquoi tu me trouves si autoritaire. Je ne te donne pas d'ordres, objecta-t-elle en glissant une boucle de cheveux derrière son oreille.

— Vraiment ? Tu pourrais aussi bien me mettre un collier et une laisse.

— Tu serais encore trop habillé pour ce que j'ai en tête, mon chéri.

Nick jeta son bloc à dessin, qui atterrit sur la chemise de nuit d'Eliza.

— Vous êtes une habile négociatrice, madame Raeburn.

— Tu as juste besoin de t'améliorer question organisation. On n'est pas censé dessiner et peindre toute la nuit alors qu'on a une femme nue dans son lit.

— C'est vrai, je t'ai épousée pour ton pragmatisme. Entre autres choses.

Puis il se concentra sur ces « autres choses », pour leur accorder toute l'attention qu'elles méritaient, en y mettant la meilleure volonté du monde.

AVENTURES & PASSIONS

2 mars

Eloisa James

Les duchesses - Trois semaines avec lady X

Inédit

Fortune faite, Thorn Dautry, fils illégitime du duc de Villiers, décide de se marier. Mais difficile de séduire une lady si l'on ne maîtrise pas les bonnes manières. C'est justement la spécialité de lady Xenobia qui promet de faire de Thorn un parti enviable en trois semaines.

✦

Tessa Dare

Les héritières - Il était une fois un duc

Inédit

Isolde Goodnight a été bercée durant son enfance par les récits de preux chevaliers et de gentes dames. Elle a toujours été persuadée qu'un jour, elle trouverait le prince charmant. Mais Isolde a perdu ses illusions. Or, un jour, elle hérite d'un château digne d'un conte de fées. Saura-t-elle apprivoiser le farouche duc qui y habite ?

✦

Julia Quinn

La chronique des Bridgerton - Benedict

Lors d'un bal, Benedict Bridgerton est tombé fou amoureux. À minuit, la ravissante inconnue s'est mystérieusement enfuie, en laissant un gant. Depuis, il la cherche désespérément. Ce n'est que trois ans plus tard que leurs chemins vont se croiser.

23 mars

Suzanne Enoch

Scandaleux Écossais - Le quadrille

Inédit

Lors d'un bal masqué à Londres, Arran MacLawry est ébloui par une séduisante jeune femme à la chevelure flamboyante. Malheureusement, Mary appartient au clan Campbell, ennemi juré de la famille MacLawry. Toute relation entre les deux jeunes gens est impossible, à moins que l'amour triomphe de la haine.

✦

Julie Anne Long

Pennyroyal Green - Pour un simple baiser

Inédit

Le destin de Cynthia Brightly va se jouer à la fête donnée par la famille Redmond. Mêlée à un scandale, elle doit absolument trouver un bon parti avant que l'affaire ne s'ébruite. Malheureusement Miles Redmond, autrefois éconduit par Cynthia, est déjà au courant.

✦

Elizabeth Hoyt

La légende des quatre soldats - Séduire un séducteur

Lorsque Melisande apprend que le vicomte de Vale doit se marier, elle lui propose un marché : il devient son époux, et elle lui assure une descendance. Une fois l'accord conclu, elle se révèle être une amante effrontée, offrant son corps mais jamais son cœur. Lord Vale, le séducteur impénitent et traumatisé par le massacre de son régiment, décide alors de séduire sa propre femme.

✦

Alyssa Alexander

Pour les beaux yeux d'un espion

Inédit

Lorsque son mari est tué à Waterloo, Lilias Fairchild s'engage dans les troupes anglaises et deviendra l'Ange de la Vengeance. Elle fait la connaissance d'Alastair Whitmore, marquis d'Angelstone et espion britannique. Deux ans plus tard, ils se recroisent lors d'un bal. Tous deux n'ont jamais oublié leur histoire commune, tout comme l'attirance qu'ils éprouvent l'un pour l'autre.

CRÉPUSCULE

23 mars

Sophie Jomain

Felicity Atcock - 4 - Les anges sont sans merci

« Des fées sorties de nulle part sont responsables du plus grand drame de ma vie. Elles m'ont mise K.O., ça, c'est certain, mais il ne sera pas dit que je me suis laissé marcher sur les pieds. Car s'il y a bien un truc qu'il ne faut jamais faire sous peine de représailles, c'est voler à une femme ce qu'elle a de plus cher. Alors, c'est vrai que je n'ai pas vraiment le profil de la grande méchante, mais je suis quand même prête à leur botter l'arrière-train, même si pour ça, je dois d'abord faire face à ce que je redoutais le plus : la trahison. »

Passion intense

23 mars

Abbi Glines

Désir fatal - 3 - En plein cœur

Inédit

Après avoir traversé de nombreuses épreuves, Blaire et Rush demeurent plus amoureux l'un de l'autre que jamais. Entre la grossesse de Blaire et leur mariage à venir, ils sont prêts à s'installer à Rosemary Beach. Seule ombre au tableau : Nan, la sœur de Rush. Manipulatrice et jalouse de Blaire, elle s'est juré de tout faire pour séparer le couple. Rush est profondément bouleversé et déchiré. Comment garder l'une des deux femmes sans perdre l'autre ?

PROMESSES

23 mars

Fiona Lowe

Une nouvelle vie pour le Dr Stanton

Inédit

Josh Stanton, médecin de ville, et sa voiture de sport, se marient mal avec la campagne. Mais il croule sous les dettes et a dû accepter un poste à Bear Paw, au fin fond du Montana. Katrina McCade, infirmière, y est de retour après huit ans d'absence, le cœur meurtri par le chirurgien du bloc de l'hôpital de Philadelphie. Perchée sur une échelle, elle repeint sa petite maison quand Josh surgit et reçoit le pot de peinture sur la tête. L'agent immobilier à qui elle avait confié sa maison, ne sachant Katrina de retour, l'a louée au beau médecin. Une rencontre explosive au milieu de nulle part que jamais Josh ne regrettera.

Et toujours la reine du roman sentimental :

Barbara Cartland

« Les romans de Barbara Cartland nous transportent dans un monde passé, mais si proche de nous en ce qui concerne les sentiments. L'amour y est un protagoniste à part entière : un amour parfois contrarié, qui souvent arrive de façon imprévue.
Grâce à son style, Barbara Cartland nous apprend que les rêves peuvent toujours se réaliser et qu'il ne faut jamais désespérer. »

Angela Fracchiolla, lectrice, Italie

Le 2 mars
L'impossible bonheur

11311

Composition
FACOMPO

Achevé d'imprimer en Italie
par GRAFICA VENETA
Le 11 janvier 2016.

Dépôt légal : janvier 2016.
EAN 9782290122426
OTP L21EPSN001499N001

ÉDITIONS J'AI LU
87, quai Panhard-et-Levassor, 75013 Paris

Diffusion France et étranger : Flammarion